Newton Compton Editores

Título original: *Impossible to Forget*

© 2022, Blue Lizard Books Ltd. Publicado gracias al acuerdo con Amazon Publishing, en colaboración con Sandra Bruna Agencia Literaria.
© 2026, de la traducción por Noelia Pousada Lobeira
© 2026, de esta edición por Antonio Vallardi Editore S.u.r.l., Milán

Todos los derechos reservados

Primera edición: febrero de 2026

Newton Compton Editores es un sello de Antonio Vallardi Editore S.u.r.l.
Pl. Urquinaona, 11 3.º 1.ª Izq., Barcelona, 08010 (España)
www.newtoncomptoneditores.com

Gruppo editoriale Mauri Spagnol S.p.A.
www.maurispagnol.it

ISBN: 979-13-87575-77-9
Código IBIC: FA
DL: B 16.709-2025

Composición:
Brioworkx

Diseño de interiores:
David Pablo

Impreso en febrero de 2026 en Puntoweb s.r.l., Ariccia (Roma), en Italia.

Imogen Clark

La felicidad en los días de lluvia

Traducción de Noelia Pousada Lobeira

Newton Compton Editores

Barcelona, 2026

*Las personas que menos te esperas
ocultan aureolas debajo de los sombreros.*

ANÓNIMO

Queridos amigos:

Si estáis leyendo esto es que estoy muerta (¡siempre he querido decir eso, al estilo Agatha Christie! Y, por favor, Leon, no llores, que solo es una broma. Un beso).

Ahora en serio, quisiera daros las gracias a todos por ayudarme durante los últimos meses. La verdad es que ha sido duro, pero teneros a mi lado lo ha hecho más llevadero. Si os soy sincera, no sé qué habría sido de mí sin vosotros. Sois la mejor pandilla de amigos del mundo.

Pero tengo que pediros un último favor.

Obviamente, lo que más me preocupa es mi preciosa hija, Romany. Jamás entenderé cómo es posible que el universo permita que una madre fallezca antes de que termine de preparar a su hija para la vida. Está mal, lo mires por donde lo mires. Pero así es la vida.

Sin mí, Romany se quedará sola. Aunque está a punto de cumplir dieciocho años, sigue siendo una niña y todavía tiene muchas cosas que aprender sobre el mundo, buenas y malas. Necesita a alguien a su lado, a un tutor, por decirlo de alguna manera, que la oriente hasta que se vuelva independiente. No será para siempre, solo hasta que termine los exámenes y entre en la universidad, pero no puedo permitir que tenga que pasar el mal trago del instituto ella sola. Es lo que me pasó a mí y no quiero que la historia se repita.

Ahí entráis vosotros. Os encomiendo, mis más queridos amigos, aquellos en los que más confío, la tarea trascendental de orientarla durante los duros meses que tiene por delante. Sé que no sería justo proponer que solo uno de vosotros cargue con una responsabilidad tan grande, así que he tomado la decisión de pediros a cada uno que saquéis a relucir vuestros puntos fuertes.

Maggie, como mi amiga más preparada y pragmática, te pido que ayudes a Romany con cualquier asunto legal y formal y cualquier otra cosa que deba leer antes de firmar. A mí nunca se me han dado bien estas cosas y sé que tú lo harás mejor.

Leon, a ti te dejo su vida cultural. Asegúrate de que escuche todo tipo de música, no solo la mierda de turno. Debería leer muchísimo e incluso escribir si encuentra la inspiración, y quiero que vaya con frecuencia al teatro y al cine. Y a museos. En fin, todo lo que eleve su día a día de lo mundano y la haga pensar.

Tiger, necesito que te encargues de que se abra ante ella un vasto horizonte. Asegúrate de que viaje siempre que se le presente la oportunidad y de que absorba distintas formas de vivir con la misma facilidad con la que absorbe la luz del sol. Ayúdala a mantener los ojos y el corazón abiertos.

Y, por último, Hope. Te preguntarás qué haces aquí. Sé que nos conocemos desde hace muy poco, en comparación con los demás, pero creo que te conozco lo suficiente como para estar en posición de pedirte ayuda y algo me dice que serías la candidata perfecta para vigilar las relaciones, las amistades y el corazón de Romany. Por favor, enséñale a juzgar a la gente debidamente para que aprenda a perdonar las debilidades de los demás.

Así pues, aunque mi pequeña se embarcará en la gran aventura que es la vida sin su madre, os tendrá a vosotros cuatro, sus ángeles de la guarda, para que la protejáis. Y sé que no podría estar en mejores manos.

Os querré siempre,

ANGIE

Capítulo 1

La abogada se quitó las gafas, se las colocó con estilo en lo alto de la cabeza y alzó la mirada hacia los presentes. Los cuatro tutores se habían quedado boquiabiertos y trataban de asimilar lo que acababan de escuchar. Al parecer, no bastaba con perder a su amiga Angie. Ahora también debían cuidar de su hija o, al menos, responsabilizarse de ciertas partes de su vida. No fue de extrañar que se pusieran un poco pálidos.

Aguardó unos instantes para que digirieran el contenido de la carta y, mientras tanto, los contempló con cierta curiosidad. ¿Quiénes eran estas personas para Angie y por qué las había elegido para desempeñar estas funciones tan inesperadas como desafiantes?

Justo enfrente se sentaba la hija, Romany. Era diminuta, y daba la impresión de que una ráfaga de viento podría deshacerla como una telaraña, pero algo había en sus ojos, no del todo marrones, que indicaba que era más fuerte de lo que parecía. Tan solo tenía dieciocho años y ya había tenido que lidiar con la enfermedad terminal y la muerte de su único progenitor. Es imposible gestionar una situación así sin derrumbarte a no ser que cuentes con mucha fuerza interior. No había montado ninguna escena melodramática ni se había puesto histérica. Había escuchado la lectura de la carta con calma y sin reaccionar.

La abogada sabía que los deseos de su clienta serían toda una sorpresa para los cinco. Angie había dejado muy claro el tema del secretismo, e incluso se había mostrado animada en su reunión hacía unas semanas.

–No voy a decirles lo que tengo en mente –le había dicho. Por aquel entonces, su cuerpo había adquirido una palidez amarillenta y tenía la piel de los pómulos tirante, lo que les daba un aspecto más anguloso y afilado–. Estoy segura de que me dirían que sí si se lo pidiese ahora, pero prefiero no darles a elegir. Si no se lo ven venir, habrá menos posibilidades de que se inventen una excusa o se nieguen.

A la abogada, por su formación, la había incomodado aquella impulsividad y le habría gustado objetar, convencer a Angie de que dejase preparado algo más concreto para la hija, pero, por otro lado, Romany ya había cumplido los dieciocho años y, técnicamente, no era necesario nombrar a ningún tutor, y mucho menos a cuatro. Si los elegidos estaban preparados para asumir el encargo asignado o no, no era una cuestión legal y, por tanto, no era algo de lo que la abogada tuviera que preocuparse en demasía. Aun así, tenía la sensación de que aquí había gato encerrado, un plan superior que no llegaba a entender del todo.

Pero no le pagaban para descifrar las pistas que iban dejando sus clientes. Había redactado el testamento y leído la carta tal y como le habían pedido y hasta ahí llegaba su responsabilidad en el asunto.

Romany sacó un pañuelo del bolsillo y lo sostuvo en la mano, por si se le caían las lágrimas, pero no derramó ninguna. No se podía decir lo mismo de Leon: las lágrimas caían por sus mejillas y se las enjugaba sonoramente con un pañuelo azul de algodón, planchado y doblado en un cuadrado perfecto. Era un hombre normal, de rasgos corrientes, con la raya del pelo oscuro peinada a un lado con esmero, tal y como lo habría peinado su madre el primer día de clase. Angie había mencionado que Leon era ingeniero químico, dato que le había dado con cierto desprecio, como si fuera una elección de carrera irrisoria, si bien le parecía perfectamente aceptable a la abogada, que tenía una opinión firme y si acaso anticuada de lo que era un buen trabajo.

Maggie, la amiga responsable, de ahora en adelante, del bienestar contractual de Romany, abrió la boca para hablar y la abogada, anticipando una batalla legal, la interrumpió:

–También tengo el testamento de Angie, del que les facilitaré una copia a cada uno de ustedes. Les ha nombrado albaceas a todos…
–Reparó en que Maggie enarcaba una ceja bien depilada–. Soy consciente de que es inusual contar con tantos albaceas y traté de hacer cambiar de idea a Angie. No obstante, ella sentía que era importante, dadas las circunstancias, que cada uno de ustedes tuviera el mismo grado de responsabilidad en su testamento. Dicho esto, pueden firmar la renuncia si desean rechazar la tarea que se les ha asignado.

El tutor llamado Tiger –un nombre ridículo para un hombre cincuentón, pensó– pareció cambiar de postura con incomodidad en el asiento y luego miró de reojo a los demás, pero, como no consiguió que nadie le prestara atención, volvió a mirarla a ella sin decir nada.

Los ojos de la abogada se fijaron en la que se llamaba Hope. Era una mujer de un atractivo arrebatador y, por tanto, resultaba encantadora. A la abogada le recordaba a las medusas luminiscentes que había visto en el acuario en una ocasión: hermosas pero, en cierto sentido, amenazantes. Ahora la mujer fruncía el ceño, con los labios entreabiertos, mientras paseaba la mirada por los demás. Mientras que Tiger parecía irritado con la noticia, la palabra que escogería la abogada para definir la reacción de Hope sería «desconcertada».

Retomó la palabra:
–Pasemos a las cuestiones más prácticas. Obviamente, como Romany ya es mayor de edad, podría vivir sola. Sin embargo, ya que se encuentra en el último curso de instituto, Angie quería que alguien se mudara a su apartamento para ayudarla.

Ahora se les veía ansiosos: fruncían los labios y se miraban de reojo, mientras, en la mente, barajaban las posibles opciones. La abogada veía que le daban vueltas a la cabeza mientras ideaban pretextos para justificar por qué no le venía bien a cada uno. Tenía la tentación de dejarlos sudar un poquito más. Sus jornadas en la oficina eran muy largas y, en general, sin incidentes, y hacer que varias personas por cuyos intereses no debía velar sufrieran un rato podría animarla un poco. Pero, por otro lado, sentía lástima por la pobre chica. Era su vida, a fin de cuentas. Prosiguió:

–Angie ha pedido que Tiger se mude al apartamento hasta el año que viene, mientras Romany termina los estudios. Tenía la esperanza de que Romany entre en la universidad el próximo mes de septiembre; a partir de entonces, no sería necesario que nadie viva con ella. No habría que pagar el alquiler, ya que Angie ha dejado fondos para cubrir los pagos de la hipoteca. También hay dinero para los servicios básicos, la comida y demás gastos domésticos para Romany, de los que usted, como propietario, también se beneficiaría.

A juzgar por la expresión de Maggie, debía de pensar que a Tiger le había tocado la lotería, pero este no lo veía así.

––Un momento –dijo, enderezándose en el asiento, de pronto en estado de alerta–. ¿Que Angie ha dicho qué? ¿Que yo me mude a su casa? Bueno, de eso ni hablar. Es imposible... Pero ¿en qué estaba pensando? No puedo. De ninguna manera.

Paseó la mirada por la habitación, buscando, desesperado, apoyo en los demás, pero estos permanecieron sentados en silencio, encantados, sin duda, pensó la abogada, de que esta imposición en particular no les hubiera tocado a ellos.

–Yo tengo cosas que hacer, ¿sabe? –siguió protestando–. Lugares a los que ir. Voy a viajar a Guatemala para ver a unos amigos el mes que viene y, después, estaba pensando en pasar las Navidades en Sudáfrica. ¿De verdad se espera que deje a un lado todos mis planes para hacer de niñera de su hija? ¡Y todo un año, ni más ni menos! Es ridículo.

Se recostó de nuevo en el asiento, de brazos cruzados, como si con esto hubiera zanjado el asunto. Romany estaba sentada muy quieta, tratando por todos los medios de no llamar la atención, ella, la hija que necesitaba una niñera. Uno a uno, los demás parecieron recordar que estaba presente y Maggie y Leon se miraron antes de que este último se pronunciara:

–Venga, Tiger –le dijo en voz baja–. Recuerda dónde estás. Este no es el momento.

Por un instante, Tiger pareció irritarse, pero entonces se suavizaron sus facciones.

–Mira, lo siento, Romany. Sé que nada de esto es culpa tuya, pero ya ves cómo están las cosas. Es inviable. Yo soy un espíritu libre, como sabes. Jamás he vivido en Inglaterra, para empezar. Voy y vengo según lo que me pida el cuerpo. Siempre he sido así. Tu madre lo sabía. Yo pensaba que me entendía.

Romany asintió, pero no apartó la mirada de sus zapatos. La abogada empezó a preguntarse si habría sido buena idea que estuviera presente en esta reunión, pero su clienta había insistido en que fuera así.

–No pasa nada –dijo la joven con un hilo de voz–. Puedo arreglármelas sola. Como ha dicho la señora abogada, ya tengo dieciocho años y mamá me ha dejado todo el dinero que necesito. No te preocupes por mí, por favor. Puedes venir a verme cuando estés por aquí para ver qué tal estoy. Y hablarme de tus viajes. Me encantaría que me contaras adónde has ido.

Le dedicó una sonrisa valiente a Tiger. Oh, esta chica es una guerrera.

–Gracias, cariño –le contestó él, como si ya se hubiera tomado la decisión; irradiaba alivio casi como si fuera sudor, como si acabara de echar una carrera.

La abogada reflexionó al respecto. A pesar de que ella y su clienta habían barajado la posibilidad de que sus amigos se negaran a cumplir con lo dispuesto, Angie estaba tan convencida de que no sería el caso que no habían preparado un plan de contingencia. Ahora una sensación de inquietud, leve pero persistente, se apoderaba de ella. Toda esta situación era tan insólita que, en realidad, no sabía cuál era la mejor forma de actuar. Romany era mayor de edad y no supondría un verdadero problema que Tiger se negara a mudarse con ella, pero es que ahora daba la sensación de que Angie había exagerado con sus deseos.

Estaba a punto de intervenir cuando Leon dijo lo siguiente:

—Eso no está bien, Tiger —su tono de voz brusco no concordaba con su apariencia de ratoncillo—. Angie quería que te quedes con Romany y lo menos que puedes hacer es poner algo de tu parte para que así sea. Solo será un año, hasta que acabe los exámenes de ingreso a la universidad. Tampoco es que sea un compromiso de por vida.

—Sí, sí, pero no veo que te ofrezcas voluntario para mudarte tú —soltó Tiger.

—Lo haría sin dudarlo —respondió Leon—, pero para mí no sería tan fácil. Trabajo fuera y durante muchas horas. Simplemente, no sería factible. Tú, en cambio, no tienes ni trabajo ni pareja ni ataduras. Como siempre dices, eres libre de ir allí donde te lleve el viento. —La abogada reparó en que Maggie ponía los ojos en blanco—. Y, durante una temporada —prosiguió Leon—, el viento tiene que dejarte aquí, en York, en el apartamento de Angie.

—Pero ¡ese es el problema! —dijo Tiger, quien, presa de la frustración, parecía más un niño que un hombre de cincuenta y pico—. Necesito libertad para recorrer el mundo, tío. Es como soy.

—Dios santo… —murmuró Maggie.

—Mirad —intervino Hope—. Sé que yo no pinto nada en este grupito tan alegre, pero ¿podría hacer una sugerencia?

Todos se volvieron para mirarla, como si se hubieran olvidado de su presencia. La abogada no tenía claro cómo encajaba Hope en todo esto, y, teniendo en cuenta su expresión confundida, resultaba evidente que ella tampoco lo entendía. Era más joven que los otros tres, una treintañera frente a quincuagenarios, y poseía esa belleza que te obligaba a darte la vuelta y seguirla con la mirada como si tuvieras ante ti una cebra en plena calle. Cada detalle de su aspecto transmitía firmeza y pulcritud, con unos ojos del tamaño y la forma idóneos, una nariz un poco puntiaguda, pero no demasiado. Su cabello relucía sano y su piel incluso brillaba, como si se hubiera puesto un filtro en todo el rostro.

Se sentaba algo alejada de los demás. ¿Sería porque era una

desconocida o había habido alguna discusión, se preguntó la abogada, algún enfrentamiento entre bambalinas del que no se había enterado? ¿Tal vez su belleza descolocaba a los demás? La abogada había leído en una revista que a la gente atractiva en ocasiones le costaba hacer amigos. Pobres encantos, cómo le dolía a ella en el alma. Pero tal vez eso era lo que estaba pasando aquí. En cualquier caso, Hope había acaparado la atención de todos:

–Has dicho…, Tiger… –pareció vacilar al pronunciar su nombre, como si a ella también le resultara, al igual que a la abogada, irrisorio–, has dicho que el mes que viene te irás al extranjero para ver a unos amigos. Pues bien, ¿por qué no te mudas al apartamento de Angie mientras tanto? Luego, cuando tengas que irte de viaje, ya veremos cómo va la cosa y pensaremos qué hacer.

–Es buena idea –dijo Leon–. Gracias, esto… –Se detuvo, tratando de recordar su nombre–. ¿Hope?

Así pues, no se conocían, pensó la abogada. De verdad que esta es una situación de lo más peculiar.

Tiger hizo un puchero con el labio inferior mientras reflexionaba acerca de la propuesta de Hope y, acto seguido, al no encontrar objeción alguna, asintió con la cabeza.

–De acuerdo –dijo–. Podría funcionar. Y así no tendría que quedarme en casa de mis conocidos hasta entonces. Vale. Me mudaré.

–No es para tanto… –masculló Maggie en voz baja.

Al parecer, Tiger no la oyó o, en todo caso, optó por ignorar el comentario. Era mordaz esa mujer, pensó la abogada, y tenía la impresión de que su personalidad no encajaba con Angie, quien, en sus reuniones, le había parecido mucho más despreocupada. Se preguntó durante unos instantes cómo habían llegado a intimar hasta el punto de que Angie pudiera pedirle un favor tan enorme como este. En realidad, era mucho más que un favor. Angie había encomendado a cada una de estas cuatro personas parte del deber de velar por lo más valioso del mundo para ella: Romany. Era un compromiso colosal, lo mirases por donde lo mirases.

–¿Alguien tiene alguna duda? –les preguntó.

Parecía que Leon quería decir algo, pero, después, se lo pensó mejor.

–¿Cuándo tengo que mudarme? –preguntó Tiger.

–Eso es algo en lo que se tendrán que poner de acuerdo Romany y usted –contestó la abogada–. Podría ser hoy mismo, si quisieran.

Romany le dedicó una débil sonrisa a Tiger y asintió, dando a entender que le parecía bien.

–Bueno, si no tienen más preguntas, mi secretaria les entregará las copias de los documentos cuando se marchen. Si en algún momento necesitan hacerme alguna consulta, no duden en llamarme.

La abogada se puso de pie para dar a entender que la reunión había terminado, y uno a uno los tutores hicieron lo propio y salieron a la zona de la recepción, asintiendo en señal de gratitud al pasar junto a ella. Cuando Romany estaba a punto de marcharse, la abogada le puso una mano en el hombro.

–Tu madre era una mujer maravillosa –le dijo.

No era muy propio de ella hacer un comentario tan personal y le sorprendió que se le hubiera escapado algo así, pero, por otro lado, Angie Osborne le había parecido una persona sorprendente.

Mientras preparaba la sala de reuniones para la siguiente cita, la abogada, absorta, reflexionó acerca de lo insólito que había sido lo que acababa de suceder. Luego miró el reloj y no volvió a pensar en ello.

Capítulo 2

—¿Y si vamos a una cafetería? –propuso Maggie cuando los cinco salieron del despacho de la abogada y volvieron a la calle–. No sé vosotros, pero a mí me gustaría hablar un poco de lo que acaba de pasar.

—¿Qué cafetería ni qué cafetería? –contestó Tiger–. Lo que necesitamos es un *pub* y tomarnos algo fuerte.

Leon asintió y Maggie se percató de que le temblaba el labio inferior, luchando como estaba por controlar sus emociones. Siempre había sido de lágrima fácil, desde que eran adolescentes. A veces podía llegar a ser molesto, pero ahora le parecía enternecedor y lo habría consolado de no ser porque Tiger estaba con ellos. A ella, a su vez, la embargaba una extraña sensación de calma, y las lágrimas, por el momento, estaban a buen recaudo. Ponerse nerviosa ella también no serviría de nada.

—En realidad –dijo Romany–, yo tengo que volver a clase. Ya me he perdido Química Avanzada.

Tiger negó con la cabeza, incrédulo.

—¿Y qué más dará, Romey? No te lo tendrán en cuenta. Tu madre acaba de morir.

Maggie torció la cabeza, frunciendo el ceño en su dirección. Lo que les faltaba era que Tiger empezara a inculcarle a Romany esos valores tan cuestionables que tenía; los cuatro fracasarían como tutores antes siquiera de comenzar de verdad.

—¡¿Qué?! –dijo Tiger, levantando a la vez las palmas de las manos y las cejas–. ¡Es verdad! Y el instituto no debería esperar que Romey vaya a clase, no tan pronto.

—Pero yo quiero ir –objetó esta–. Ya me he perdido bastantes clases. Y si algo quería mamá, era que me fuese bien en los exámenes

19

de acceso a la universidad. Volveré al apartamento más tarde, por si alguien me necesita.

–Entonces, nos vemos allí, compi –respondió Tiger, que alzó la mano para que le chocara los cinco. Romany pasó de él.

–Por Dios, Tiger –masculló Maggie–. ¿Seguro que estás bien, Romey? Sabes que estamos aquí para lo que necesites, ¿verdad? –Fulminó a Tiger con la mirada–. Tú pídenos lo que quieras.

Romany asintió.

–Estoy bien, tía Maggie –le dijo–. Nos vemos más tarde.

Parecía ilógico que Romany siguiera llamándola «tía». Maggie no era su tía, no eran familia en absoluto, y ese apodo tan anticuado nunca había parecido encajar con la actitud relajada que adoptaba Angie ante la vida. Y, sin embargo, esta última había insistido en que así fuera, como si, al obligar a Romany a llamarla «tía», le estuviera brindando a su hija algo que ella misma no tenía: una familia más grande. Maggie, hija única, no tenía descendencia, y Romany era como la sobrina que nunca tendría.

Dieron con un *pub* y entraron. Era más bien un bar que un *pub* en sí, con mucha luz y espacios destinados a permanecer de pie en vez de sentados, pero les valía.

–¿Qué vais a pedir vosotros? –preguntó Leon cuando se acomodaron en una de las pocas mesas que había.

Se miraron los unos a los otros antes de pedir, buscando el permiso de los demás.

–No me vendría mal un brandi –dijo Maggie, y, al pronunciar las palabras, notó que Tiger se relajaba a su lado.

–A mí tampoco –se apresuró a añadir–. Me ha pillado un poco por sorpresa todo esto.

Hubo una pausa. Maggie no iba a ser la primera en ofrecerse a ir hasta la barra y, por tanto, a pagar la ronda. Así pasaba siempre con las personas que conocías de casi toda la vida: eran fieles a sus costumbres. Tiger siempre había estado sin blanca. Ella no tenía ni idea de cómo había sobrevivido los últimos treinta años. Y ahí estaba otra vez, de brazos cruzados. Contó los segundos mentalmente. Uno, dos, tres…

–Iré yo –propuso Leon, tal y como sabía ella que haría.

–No, yo invito a la primera –contestó. No sería justo para Leon acabar en medio de las disputas entre ella y Tiger–. ¿Qué queréis tomar? ¿Leon? ¿Hope?

–Yo medio vaso de clara de limón –respondió Leon–. Tengo que volver al trabajo en breve –añadió, consultando el reloj.

–Agua mineral –dijo Hope.

Maggie notó que el nudo de resentimiento que tenía en el estómago se estrechaba un poco más. Tenía que controlarse, ya que ahora Hope iba a formar parte de su vida, pero ¿tanto le costaba a esa mujer decir «por favor»?

Pagó la ronda, repartió los vasos y volvió a acomodarse en la mesa. Todos dieron un sorbo a sus bebidas; nadie quería ser el primero en hablar. Tiger dio un segundo sorbo y luego se tomó el resto del brandi de un solo trago.

Maggie soltó todo el aire por la boca.

–Bueno –comentó esta, recostándose en el asiento–, menuda sorpresa, ¿no? No es por criticar a Angie, pero, madre mía, sí que sabía liarla parda.

–Sabía, sí –respondió Leon, asintiendo despacio–. Y no me ha quedado muy claro qué es lo que quiere que hagamos, en el día a día, quiero decir. Yo, en teoría, tengo que fomentar que Romany lea, vaya al cine y demás, pero ¿cómo voy a hacer tal cosa exactamente? ¿Debería enviarle libros o tal vez una lista de lectura? Me parecería una imposición por mi parte. Además, es una chica adolescente; dudo que tengamos los mismos gustos. ¿O quizá debería asegurarme de que lea ciertos libros para reforzar su cultura general? Ojalá Angie nos hubiera dado más pautas.

–Bueno, así era Angie –contestó Maggie–. Ambigua. ¿Os acordáis de aquella vez que nos llevó a todos a un *tour* de magia y misterio y resultó que ella tampoco tenía ni idea de dónde nos estábamos metiendo?

Todos sonrieron con cariño en torno a la mesa.

–¡Y cómo cocinaba! –comentó Tiger–. A veces se ponía a cocinar con lo que tuviera a mano, fuera lo que fuera. ¿Os acordáis cuando se le ocurrió echar plátanos a la salsa de la pasta porque no nos quedaba ninguna verdura?

Se pasó la mano por el cabello, descolorado por la exposición al sol. Maggie se dio cuenta de que empezaban a salirle canas, aunque el color rubio camuflaba los mechones con discreción. También empezaba a escasearle el pelo en lo alto de la cabeza. Si no andaba con cuidado, más que un chico moreno de la playa, iba a parecer un *hippy* entrado en años. Aun así, seguía teniendo cierto atractivo, pensó. Desechó ese pensamiento tan inoportuno al instante.

Así permanecieron sentados unos instantes, cada uno absorto en sus recuerdos. Hope, apoyada en el borde de la silla y preparada para levantarse en cualquier momento, no dejaba de mirar el reloj situado encima de la barra. Vale, pensó Maggie, no podía hablar de los viejos tiempos como ellos, puesto que no era parte del grupo, pero ¿tenía que manifestar tanto su falta de interés? Maggie notaba que el resentimiento se intensificaba; más pronto que tarde, le saldrían patas y todo. ¿Por qué había metido Angie a Hope en todo esto? ¿No podía limitarse a repartir las funciones entre sus viejos amigos? Sus vidas serían mucho más sencillas. Ahora, además de tener que decidir cómo ayudar a Romany, iban a tener que tomarle la medida a Hope. Era una complicación más que no necesitaban.

–Yo tampoco sé qué tengo que hacer –dijo Tiger–. ¡Primero me dice que tengo que orientarla con el tema de los viajes y después me obliga a mudarme a su piso! No tiene sentido. Desde que me marché de casa, a la edad de Romany, no he vivido en ningún lugar en concreto.

Eso no era cierto, Maggie lo sabía: claro que había vivido en varios lugares. A lo que se refería era a que había sido incapaz de asentarse de forma permanente en ninguno de aquellos sitios. Aun así, no le faltaba parte de razón. Era toda una ironía que le tocara el tema de los viajes y, después, Angie le pidiera que se quedara donde estaba.

–Si lo piensas bien –intervino Leon en voz baja–, tiene todo el sentido del mundo. Puedes mudarte sin más dilación: tienes todas tus pertenencias en esa bendita mochila y un cambio como este no te obliga a despedirte de ningún lugar… o de nadie.

–No te digo yo que no –contestó Tiger–, pero no veo que ninguno de vosotros tenga que detener su vida para cumplir los últimos deseos de Angie. Podéis seguir como antes. Yo, en cambio, tengo que cambiarlo absolutamente todo. A ver, chicos, no es justo, si os paráis a pensarlo.

Hope intervino entonces. Habló con voz clara, aunque sin mirar a ninguno de ellos.

–Sí, pero no tendrás que pagar el alquiler durante un año. A mí me parece un chollo –dijo.

Tiger abrió la boca para objetar, pero luego la cerró de nuevo. ¿Qué decir a aquello? Tenía toda la razón.

–Lo que tenemos que tener en cuenta –explicó Maggie– es que Romany es una persona adulta y puede tomar decisiones por su cuenta. Nosotros tan solo tenemos que orientarla hasta que enderece su vida. Habrá muchas cosas con las que querrá que la ayudemos. Tiene que quedarle claro que puede pedirnos lo que necesite.

–Maggie tiene razón –convino Leon–. Ninguno de nosotros sabe exactamente cómo saldrá esto, así que será mejor que Romany tome la iniciativa y que nos dejemos llevar.

Los cuatro asintieron con entusiasmo al escuchar aquellas palabras, pero Maggie no podía evitar pensar que, más que nada, intentaban convencerse los unos a los otros.

–Entonces, me mudaré con ella y me encargaré de las cuestiones básicas del día a día –dijo Tiger–. Y los demás intervendréis cuando y como se os pida.

–Supongo –respondió Leon.

–Pan comido –concluyó Tiger con una sonrisa resignada–. ¿Qué puede salir mal, a ver?

Capítulo 3

Los años ochenta
1985

Maggie contempló su nuevo hogar y asintió con satisfacción. Sus libros de texto de derecho estaban ordenados con esmero en la estantería; el grosor de los lomos impolutos resultaba prometedor. Su nuevo tocadiscos, comprado con el dinero que había ahorrado trabajando en un prestigioso bufete de abogados durante el verano, descansaba sobre la cómoda, junto a una selección de sus álbumes recopilatorios preferidos. En la mesa había un cuaderno tamaño A4 inmaculado, así como la lámpara negra de escritorio que había venido con la habitación. El esmalte se había desconchado de la lámpara en varias partes, lo cual era toda una decepción, pero tal vez podría pintar por encima las zonas desnudas con pintaúñas para que no fueran tan visibles. También tenía una planta de *schefflera* en una maceta de plástico que le había dado su madre para la buena suerte. Medía medio metro de alto y era demasiado grande para la mesa y demasiado pequeña para el suelo, pero, al igual que la lámpara, por el momento tendría que quedarse así. La cama estrecha, mucho más estrecha, estaba convencida, que la de su casa, la completaba su edredón de cuadros azules y blancos, a juego con las fundas de las almohadas, y sus toallas azules descansaban en una pila ordenada en un extremo. Atención, Universidad de York: Maggie Summers acababa de llegar.

Por supuesto, por muy emocionante que fuera estar ahí, el dormitorio distaba de ser ideal. Era tan pequeño que no cabía un alfiler. Las paredes eran bloques de hormigón pintados de blanco que hacían que se asemejara, de una forma muy inquietante, a una celda y debajo de sus pies había una alfombra un poco pegajosa. Pero Maggie hacía la vista gorda. Estaba ahí. Había llegado a la universidad. Se lo había ganado a pulso e iba a hacer todo lo que estuviera en su mano para asegurarse de que todo fuera sobre ruedas.

Ahora que ya había ordenado su nuevo dormitorio, empezaba a sentir curiosidad por sus vecinos. La puerta de su habitación, la B27, daba a un largo pasillo de puertas similares. Había solicitado una zona tranquila. Estaba ahí para trabajar y, si bien no se negaba a divertirse de vez en cuando, tampoco era una fiestera. No obstante, por el momento no parecía haber problema en ese sentido. Había visto a un chico de pelo lacio y oscuro meterse deprisa en la habitación de enfrente cuando fue a inspeccionar el baño y tampoco tenía cara de juerguista. Le había dedicado una sonrisa insegura, que ella le había devuelto con cortesía. No necesitaba hacer amigos, pero ser educada no costaba nada.

Por un instante, sopesó la idea de llamar a las puertas de la izquierda y de la derecha, pero se abstuvo. Ya conocería a los residentes en su momento y no tenía sentido comenzar ningún tipo de relación con ellos, por si se hacían una idea equivocada sobre su persona. En todo caso, o los dormitorios gozaban de una insonorización envidiable, lo cual dudaba, o sus ocupantes todavía estaban por llegar.

Maggie escogió un álbum de la banda Everything but the Girl de su colección, lo sacó de la funda y lo colocó en el tocadiscos. Luego, se sentó en la cama con el libro *Derecho constitucional y administrativo*, de Smith. Había leído, por el momento, hasta el séptimo capítulo, «El Consejo Privado del Reino Unido», y podría llegar a admitir que le estaba costando un poco leerlo, pero imaginaba que las clases no serían tan monótonas como el libro. En cuanto se pusiera manos a la obra, estaba convencida de que encontraría cosas más interesantes con las que apasionarse.

Fuera de la ventana, oía a más personas, otros estudiantes de primer año, imaginaba, riéndose y llamándose los unos a los otros aquella tarde calurosa de septiembre. Se permitió esbozar una pequeña sonrisa. Esta era ella ahora: una estudiante de Derecho en la Universidad de York. Iba a hacer realidad la ambición de su vida: todo iba según lo previsto.

A las cinco y media le entró el hambre. La cena se serviría en el comedor desde las cinco hasta las siete, de modo que bajaría alrededor de las seis para no parecer muy ansiosa. No tenía del todo claro el camino, pero disponía del mapa que le habían entregado al llegar y no podía estar muy lejos. Tal vez saldría a dar un pequeño paseo antes, para familiarizarse con el entorno. Decidió que aquella era buena idea, y, tras meter la llave de su habitación y la cartera en el bolso, estaba a punto de salir al pasillo cuando, sin previo aviso, se abrió su puerta de par en par.

Tenía enfrente a una chica, asumía que una estudiante de primer año como ella. Llevaba puestos unos pantalones de estopilla, una camiseta con un estampado desteñido y unas alpargatas maltrechas en los pies. Con un pañuelo mantenía alejado de la cara el pelo, del color rojizo de los zorros, y lo tenía enmarañado en greñas. Tenía la piel morena, de un color trigueño; para conseguirlo, debía de haber pasado más de dos semanas al sol.

—No hay papel higiénico —dijo sin más preámbulos—. En el baño. ¿Tú tienes?

Maggie estaba estupefacta, en parte por la apariencia de la chica, que era algo que jamás había visto hasta entonces, pero también por la manera abrupta de entablar conversación. Entonces, antes de que tuviera tiempo de reorganizar sus pensamientos, la chica la empujó con cuidado hacia un lado y soltó un leve silbido al reparar en la habitación de Maggie.

—¿Qué clase de persona tiene la habitación tan ordenada? —le preguntó—. En serio, ¿te has traído a un esclavo de extranjis? —Sus ojos repararon en el nuevo equipo de sonido—. Qué aparato más bueno —comentó con aprecio—. ¿Estos son tus álbumes? ¿Cuáles tienes? ¿Puedo echar un vistazo? Police, Squeeze, Kate Bush… —La desconocida repasó los discos uno por uno—. Son todos muy normalillos –concluyó–. Es que llevo un año viajando. Tengo gustos más cosmopolitas, ¿entiendes lo que te quiero decir?

Al fin, Maggie recuperó la capacidad del habla:

–Perdona –dijo, mosqueada–, pero no puedes entrar así como así y ponerte a revolver mis cosas.

–Oh, lo siento –contestó la chica, aunque no se la veía nada arrepentida–. No era mi intención ofenderte. Me llamo Angie.

Aguardó a que Maggie se presentara, pero por nada del mundo iba ella a compartir nada con esta intrusa tan impertinente, ya fuera su nombre o su papel higiénico.

–Bueno, no tengo papel higiénico, así que te agradecería que te marcharas ya, si no te importa.

Maggie pensó en el paquete de dieciséis rollos de papel que había guardado con esmero en el armario y cruzó los dedos para que no la delatara el sonrojo.

–No pasa nada –contestó Angie–. Probaré en la puerta de al lado.

Se fue con tanta despreocupación como había venido, pero, cuando se volvió para llamar a la puerta de al lado, se giró para mirar a Maggie.

–Pero los Cocteau Twins me gustan mucho. *Treasure* es un álbum fantástico.

Y entonces se marchó.

Maggie cerró la puerta y se sentó en su cama, donde no había ni una sola arruga, mientras se sobreponía a la ardiente oleada de orgullo que la embargaba por dentro. No, no le importaba lo más mínimo que esta chica tan extraña, aunque bastante guay, hubiera alabado sus gustos musicales. No le afectaba en absoluto.

Capítulo 4

Al cabo de cinco minutos, Maggie decidió que ya no podía esperar más para comer, pero abrió la puerta justo en el instante en el que el chico de aspecto friki de enfrente abrió la suya. Vio que él se ponía nervioso, que su primera reacción era cerrar de nuevo la puerta y volver a salir cuando estuviera todo despejado, pero entonces pareció pensarlo mejor y le sonrió, como había hecho antes. Esta vez su sonrisa era menos insegura y ella cambió la opinión que se había formado de su vecino: en vez de ser el aburrido de la clase, quizá podría ser alguien con quien le gustaría pasar el tiempo.

—Hola —dijo él—. Otra vez. Me llamo Leon.

—Yo soy Maggie —le contestó—. Justo iba a cenar.

—Dos personas inteligentes —respondió Leon—. O, al menos, imagino que tú debes de ser inteligente; si no, no habrías terminado aquí.

Oh, pensó Maggie. No era tan tímido como pensaba.

—Todavía está por ver lo inteligente que soy —dijo ella con modestia—. Pero me muero de hambre. ¿Te apetece que vayamos a comer juntos?

Los dos se volvieron y cerraron con llave sus respectivos dormitorios, mientras Maggie recordaba la charla que les habían dado a todos sobre temas de seguridad al llegar.

—Creo que es por aquí —sugirió Leon, y se dirigieron hacia las puertas cortafuegos situadas en mitad del largo pasillo.

—Bueno, ¿qué disciplina has venido a cultivar? —le preguntó él.

Maggie reparó con admiración en su forma de hablar anticuada. Ella siempre se enorgullecía de utilizar la terminología correcta.

Cada vez que alguien le preguntaba vagamente qué iba a «hacer» en York, se estremecía por dentro.

—Derecho —contestó con orgullo.

¿Se desvanecería alguna vez, se preguntaba, el escalofrío que sentía cada vez que pronunciaba aquella palabra? Leon enarcó una ceja, al igual que la mayoría de la gente cuando se lo decía, como si estudiar Derecho fuera algo que impusiera particular respeto.

—¿Y tú? —le preguntó; imaginaba que sería algo aburrido, como Matemáticas o Economía.

—Ingeniería Química —reveló, y ahora la impresionada era ella.

No estaba del todo segura de qué significaba aquello siquiera —en el instituto había escogido la rama de humanidades—, pero no era el momento de confesar su ignorancia.

—Increíble —dijo, porque ¿qué otra cosa podía decir?

Abandonaron el edificio de la residencia y siguieron las señales hacia el comedor. El campus lo dominaba un enorme lago artificial situado en el centro, que centelleaba reluciente a la luz del sol de media tarde. Los estudiantes se tumbaban en la hierba de la orilla, entre risas. Era todo idílico.

—¿Conoces a alguien más aquí? —le preguntó Maggie a Leon, al reparar en los pequeños grupos de estudiantes de primer año.

—Conozco al amigo de un amigo de segundo año, pero va a una facultad diferente, y dos chicas de mi escuela también están por aquí, pero dudo que fueran a saludarme si me vieran. —Le dedicó una pequeña sonrisa cargada de ironía—. Tenemos opiniones diferentes sobre lo que significa ser guay.

Maggie lo entendía. Ella nunca había sido «guay», pero le daba igual. Había cosas más importantes en las que centrarse.

—Yo tampoco conozco a nadie —le dijo—. La mayoría de la gente de mi colegio se ha ido a Londres.

—Me ha dado la impresión de que eres del sur —contestó Leon. Lo dijo como si fuera un insulto, pero le sonreía, de forma que Maggie decidió que no tenía malas intenciones.

—Soy de Worcester —respondió—. ¿Y tú?

–De Leeds. –Puso los ojos en blanco y añadió–: Ya, está a un tiro de piedra. Pero mi madre se preocupa mucho por mí y esta carrera es justo lo que quería.

–No creo que importe –dijo Maggie–. Lo importante es que estamos aquí.

–Eso es cierto –convino Leon.

Siguiendo la procedencia del bullicio y el olor nauseabundo a comida de comedor, llegaron al destino. La cola ya salía por la puerta y se extendía a lo largo del pasillo.

–Parece que hemos tenido todos la misma idea –comentó Leon.

Maggie asintió. Olía a comida poco apetitosa, quemada y pesada para el estómago.

–Creo que solo voy a coger una ensalada –dijo entonces–. En los dormitorios hace mucho calor, ¿no crees? ¿Y si nos sentamos en esa mesa de allí? ¿O prefieres que nos separemos y que cada uno se siente donde pueda? No me voy a ofender.

Durante unos instantes, Leon pareció horrorizarse ante la idea de tener que buscar a otra persona con la que hablar.

–No, me gustaría sentarme contigo. A no ser que tú prefieras...

–Me parece bien –respondió Maggie.

Era un chico bastante agradable y le venía bien para salir del paso. Esperaba, no obstante, que no se arrepintiera de mostrarse tan amable y que no acabara pasando el resto del año intentando quitárselo de encima. Una vez había leído algo semejante en una novela, pero, por mucho que lo intentara, no recordaba en cuál.

No tardaron en sentarse el uno al lado del otro, mirando a la multitud de nuevos estudiantes reunidos en la sala. Parecían clasificarse en dos grupos: los que habían encontrado un grupo al que pegarse y que se desplazaban al unísono tan cerca los unos de los otros que no se podría colar una hoja de papel entre ellos y los que estaban claramente solos. Maggie había pensado que no le importaría a quién conocía durante los primeros días, pero, ahora que estaba aquí y veía lo marginados que parecían los que se habían quedado solos, se sintió muy agradecida por haber tropezado con Leon. Y parecía un tipo bastante decente, dejando a un lado los pantalones de Marks and Spencer y el peinado de contable. Era incluso ingenioso, no sin discreción.

La ensalada estaba pasable. Leon había optado por un plato de pasta que parecía pasada, como si hubiera estado demasiado tiempo debajo de lámparas de infrarrojos, pero no pareció importarle y dio buena cuenta de la comida mientras conversaban distraídos. Vivía en Leeds, tal y como había dicho, con sus padres y un hermano pequeño, al que le gustaba el fútbol y que quería jugar en el Leeds United. Resultaba evidente, por la manera en la que narró la historia, que no era una ambición que Leon compartiera con su hermano, pero, de todos modos, parecía orgulloso de él.

Luego se armó un revuelo en el mostrador donde se servían las comidas que acaparó la atención de Maggie. Era por culpa de esa chica otra vez, la que había irrumpido en su habitación pidiendo papel higiénico. Estaba de pie con los brazos en jarras, gritándole a la mujer de pelo gris con reflejos azulados que estaba sirviendo los platos en el mostrador.

–No, «corazón» –dijo con sarcasmo intencionado–, el pescado no es comida vegetariana. El pescado es pescado. La comida vegetariana lleva ve-ge-ta-les. Ay, da igual. Me llevo la sopa de tomate. ¿No tendrá trozos de pollo también?

Leon enarcó una ceja.

–Así es como se hace amigos y se gana a la gente –comentó con una ancha sonrisa.

–¿También llamó a tu puerta para pedirte papel higiénico? –le preguntó Maggie–. Hace un rato, quiero decir.

Él negó con la cabeza.

–Se llama Angie. Es muy… –Maggie pensó en cuál sería la palabra correcta–. Muy… directa.

–¡Ya veo! –contestó–. Tiene pinta de ser de armas tomar. ¿Qué está estudiando? ¿Te lo ha dicho?

Maggie no podía jurarlo, pero sospechaba que aquella expresión de su rostro destilaba fascinación. Tal vez ese chico no era tan interesante, al fin y al cabo, si consideraba que Angie era digna de admiración.

—No se lo he preguntado —respondió con sequedad.

—Seguro que no es ni Derecho ni Ingeniería Química —comentó con amargura—. Qué lástima. Animaría mucho las clases.

—A mí no sé si me gustaría que mis clases fuesen así de divertidas —dijo Maggie.

Pero, en realidad, Leon no la estaba escuchando. Toda su atención estaba puesta en Angie.

Capítulo 5

Hacía unas pocas semanas que había comenzado el trimestre y Maggie ya empezaba a forjar una especie de rutina. Ahora se desplazaba por el campus de la universidad con confianza y ya no tenía que someterse a la humillación de consultar los grandes mapas que había desperdigados por los caminos para orientarse. La Facultad de Derecho quedaba relativamente en el centro y, por tanto, era fácil de encontrar, y sabía dónde se ubicaban el consejo de estudiantes y la cafetería del campus, aunque no es que frecuentara mucho ninguno de los dos sitios por el momento.

Maggie había decidido, antes incluso de llegar a York, que la típica vida de estudiante no era para ella. No era reacia a salir alguna que otra noche, pero no tenía pensado tener por costumbre vaguear todas las madrugadas. Ahora que estaba aquí, parecía que se había cumplido su predicción. Salía, para gran orgullo suyo, pocas noches en total y en intervalos de tiempo muy espaciados. No obstante, esto no se debía a los motivos que tenía ella en mente antes de llegar. Lo cierto era que Maggie no llevaba una vida plena de estudiante porque no tenía a nadie con quien vivirla.

No es que fuera tímida. No le costaba presentarse a desconocidos o proponerles algún plan. El problema era encontrar al tipo de persona por la que con mucho gusto sacrificaría una noche valiosa, una noche que, de otro modo, podría pasar estudiando.

Las personas de su clase no tenían mucho que ofrecerle, pues todas parecían o extremadamente aburridas o un poco cerradas. Esto la llevaba a estar con gente de su residencia en general o, para ser más exactos, de su pasillo, pero parecía que no había mucho donde elegir ahí tampoco. Leon le caía bastante bien y habían salido a tomar algo unas pocas veces, pero no paraba de insistir en invitar a la chica de la habitación contigua, Angie.

Angie arrastraba consigo toda una multitud, que parecía congregarse a su alrededor como si fuera una profeta. Maggie no tenía claro si todos querían hacerse amigos de ella o si simplemente sentían curiosidad. Semanas después de que empezara el trimestre, seguía pareciendo que Angie acababa de salir de la playa. Maggie empezaba a entender que así era su estilo y que, sin duda alguna, aquello la distinguía de los demás.

Así y todo, Angie no le caía bien. Era tan descarada, directa y maleducada como le había parecido el primer día, y, por el momento, su vecina no había hecho nada para cambiar la opinión que se había formado de ella. Su segundo encuentro había sido tan poco prometedor como el primero. En cada pasillo, había una pequeña cocina en uno de los extremos con una nevera, unos hornillos y un microondas para que los estudiantes se preparasen algún tentempié si tenían hambre o si se perdían el servicio de la comida en el comedor. Maggie, que no se habituaba a la comida que ofrecían ahí, había llenado su estante de la nevera, claramente señalizado con una etiqueta, con todo lo necesario para preparar varios platos. Además, había puesto un escrito en cada paquete con un rotulador permanente, para que no hubiera confusión sobre de quién era cada cosa.

Aquel día fue a prepararse una tostada de alubias, pero, cuando llegó, Angie ya estaba sentada en la diminuta mesa de formica. Ella también había optado por comerse unas alubias para el almuerzo y tenía un vaso alto de leche junto al codo. No fue hasta que Maggie reparó en el peculiar estampado de color azul del plato que estaba usando cuando comenzó a preocuparse. No quería ser maleducada, pero aquel era su plato y, por cierto, los cubiertos también eran los suyos, y prefería no tener que compartir, en especial cuando la noción que tenían algunas personas de la higiene no siempre coincidía con la suya.

–Preferiría que no usaras mis cosas –le dijo a Angie, tratando de adoptar un tono de afable autoridad. Esta se la quedó mirando inexpresiva–. Lo digo por el plato. Y por esa sartén –aclaró–. Los dos son míos.

–Oh –contestó Angie–. Pensaba que los podía usar cualquiera. Que eran comunitarios, tú ya me entiendes.

–No –dijo–. Son míos. Los he traído de casa.

–Perdona. No lo sabía –contestó.

Bueno, problema resuelto, pensó Maggie. Esperaba haberlo dejado claro y que no se repitiera esta situación.

–Pero solo es un plato –apostilló entonces Angie–. No entiendo por qué es tan importante.

Maggie se impacientó un poco.

–Bueno, lo que pasa es que, cuando la gente usa tus cosas, después, cuando quieres usarlas tú, no están disponibles –le explicó. Estaba hablando con el tono de voz más armonioso posible, y lo que le estaba diciendo era tan lógico y evidente que no llegaba a entender por qué Angie ponía reparos.

–¿Por qué no usas otro? –le preguntó esta–. Hay un montón en el aparador.

–Porque molestaré a otra persona si cojo sus cosas. Sería mejor que cada uno se limitase a usar lo suyo.

–Bueno, es que yo no tengo plato, así que a mí eso no me vendría muy bien –respondió Angie.

–No es mi culpa–dijo por lo bajo.

No pasaba nada. Maggie no era quisquillosa. Solo por esta vez, usaría las cosas de otra persona y después, cuando no hubiera nadie, recogería todas sus pertenencias y las pondría a buen recaudo.

Abrió el armario para coger la única lata de alubias que le quedaba, pero no estaba. De hecho, la pasta y la lata de arroz con leche que estaba reservando para una ocasión especial parecían haber desaparecido también. Abrió la nevera. De su barra de pan tan solo quedaba la corteza y alguien se había bebido su botella de leche: estaba vacía, a excepción de los pocos posos que quedaban en el fondo.

–¿Te estás comiendo mi comida? –le preguntó, furiosa.

–Ni idea –dijo Angie–. Esto estaba en ese armario de ahí. Ya te conseguiré comida cuando tenga un momento.

–¿Y qué se supone que debería hacer yo ahora?

–La tienda está abierta hasta las cinco. Podrías ir a comprar algo.

Tendrá cara. Maggie apenas se creía lo que estaba oyendo. La idea de coger la comida de otra persona sin su permiso le resultaba tan ajena que no llegaba a asimilarla del todo. ¿Y de verdad que Angie esperaba que fuera a por más comida?

–¡Esto es el colmo! –exclamó–. ¡Te comes mi comida y, después, en vez de ofrecerte a devolvérmela, me dices que vaya yo a comprar más!

Angie se llevó el tenedor con el último bocado de comida a la boca, se recostó y contempló a Maggie, como si fuera ella la que estaba siendo irracional.

–No entiendo por qué te pones hecha una fiera, si solo es una lata de alubias.

–Y pan. ¡Y medio litro de leche! No puedes ir por ahí cogiendo lo que te venga en gana. No es así como funcionan las cosas.

Angie se encogió de hombros. A continuación, se levantó, dejó el plato sucio en el fregadero, encima de la sartén, y se marchó de la cocina. Maggie se quedó ahí de pie, boquiabierta, por unos instantes incapaz de hablar de lo atónita que estaba.

Luego, una sensación de rabia se apoderó de ella. Persiguió a Angie, furiosa, y le gritó por el pasillo, mientras la otra se retiraba dándole la espalda:

–No puedes irte así sin más. ¡Vuelve aquí y lava mis cosas!

Pero Angie había llegado a su dormitorio; abrió la puerta y la cerró tras de sí sin siquiera volverse.

–Y tienes hasta mañana por la noche para devolverme mi comida

–prosiguió Maggie, aunque ya no tenía sentido, puesto que Angie no la escuchaba.

Una sensación de indignación avivaba las llamas de la rabia que sentía, al tiempo que sacaba todos los platos del fregadero y abría el agua caliente. Sin querer, vertió más detergente del necesario cuando apretó con cuidado la botella con los dedos. Ante aquel desperdicio, maldijo a Angie en un susurro. ¿Cómo se atrevía? Qué desfachatez. Y ni siquiera había hecho ademán de disculparse. Era inaudito. No dejó de echar chispas por lo bajo mientras lavaba todas sus cosas y las secaba con su paño de cocina, que había planchado con esmero. Seguía mascullando en voz baja cuando sacó todas sus posesiones de la cocina comunitaria para ponerlas a buen recaudo en su habitación.

Capítulo 6

Fue durante el trimestre de primavera cuando Maggie conoció a Tiger. Tropezaron, literalmente, cuando él se dirigía a la habitación de Angie y ella salía de la suya. Tenía prisa por llegar a su clase de la tarde; se había rezagado, muy impropio de ella, pues había perdido la noción del tiempo con un episodio de *Neighbours*. Abrió la puerta y se abalanzó a toda velocidad justo en el momento en el que un joven Adonis alto, moreno, que llevaba puesto lo mínimo, tan solo una toalla de mano, cruzó el pasillo para abrir la puerta de Angie. Maggie, por el impulso de la carrera, chocó contra él. Se le cayó la mochila y estuvo a punto de acabar ella misma en el suelo. Un archivador rebosante de apuntes se abrió al chocar contra el suelo y sus contenidos se dispersaron por la moqueta, armando todo un desorden.

–Lo siento mucho –comenzó a disculparse, agachándose para recoger sus apuntes y cerciorándose de que su mirada no iba a parar a aquella toalla tan corta.

–Oh, sí que llevas prisa –dijo él–. No te conviene, eh. Andar estresada.

Se agachó para ayudarla a recoger sus cosas, sosteniendo la toalla en su sitio en torno a la cintura con una mano, y sus cabezas casi se tocaron: la de él, rubia y enmarañada; la de ella, oscura y con los mechones delanteros recogidos hacia atrás. A él le olía el aliento a pasta de dientes de menta y su piel seguía mojada, pues acababa de salir de la ducha, pero ella estaba tan atolondrada que apenas le devolvió la mirada.

–Lo siento –repitió–. Lo siento. Llego tarde a clase. O casi.

–No creo que se atrevan a empezar sin una preciosidad como tú –dijo.

Hacía tiempo que Maggie no oía una frase tan cursi, pero, por algún motivo, al salir de sus labios le pareció del todo normal. Notaba que le ardían las mejillas. Una vez recogieron todos los papeles, se levantaron y él alzó una mano –la que no estaba protegiendo sus partes íntimas– en una especie de saludo.

–Me llamo Tiger –se presentó–. Soy amigo de Angie. ¿Y tú eres...?

–Maggie –alcanzó a decir–. Vivo en la puerta de al lado –añadió, y le dieron ganas de darse una bofetada, porque resultaba evidente que eso él ya lo sabía–. Tengo que irme. Ha sido un placer conocerte... –Quería repetir su nombre, imprimir cierta transcendencia en la forma de pronunciar los sonidos, pero no fue capaz. No podía ser cierto que su verdadero nombre fuera Tiger. ¿Quién le haría eso a su hijo? Así pues, la oración pareció flotar en el aire, incompleta.

Entonces reanudó la marcha por el pasillo, con el corazón latiéndole más rápido de lo acostumbrado.

–Estaré aquí unas semanas –gritó él a lo lejos–. Ya te pillaré otra vez.

Maggie oyó que se abría la puerta de Angie y que se cerraba de un portazo cuando llegó a las puertas cortafuegos.

¿Que se quedaría unas semanas? ¿De verdad había dicho eso? Por supuesto, en ocasiones la gente traía invitados los fines de semana y alguna que otra vez en su pasillo había alguien de fuera en mitad de la semana, pero ¿«semanas», en plural? Se preguntaba si estaba permitido siquiera; lo dudaba. Por otro lado, era muy propio de Angie saltarse las reglas. Tal vez le había subalquilado la habitación y se había ido a dormir a otro lado. Maggie la creía capaz de tal cosa.

Pero, pensándolo bien, ¿cómo iba a importarle si, con eso, aquel chico apuesto dormiría justo al otro lado de la pared de bloques de hormigón?

Fue incapaz de concentrarse en su clase de agravios como tal vez hubiera debido, y, al terminar, regresó deprisa a su cuarto para tantear el terreno, pero no había rastro del invitado. La curiosidad que sentía se sobrepuso al miedo a ser indiscreta y, así, llamó a la puerta de Leon. Ahora eran buenos amigos: a ella le gustaba su personalidad humilde y su sarcasmo, e intentaba restarle importancia a que pareciese igual de obsesionado con Angie que todos los demás.

—Adelante —gritó Leon, y ella abrió la puerta y la cerró al entrar.

La cama seguía sin hacer y la mayoría de su ropa parecía estar en el suelo, pero Maggie se obligó a ignorar aquel desorden. Se fijó en el calcetín negro que colgaba de las llaves del saxofón alto, el cual descansaba, como siempre, en un soporte en la esquina, pero centró la mirada donde se sentaba Leon.

—Oh, hola, Mags —dijo al verla.

Nadie la había llamado Mags en la vida, pero se lo consentía porque denotaba cierta intimidad entre los dos que le resultaba grata.

—¿Conoces a Tiger? —le preguntó directamente, sin más preámbulos.

Leon parecía confundido y negó con la cabeza.

—¿Tiger? ¿Es una persona o un peluche?

—Una persona. Un chico. Está durmiendo en la habitación de Angie.

—Oh, ese —contestó con cierto disgusto—. ¿El rubio que se cree que es un regalo del cielo para las mujeres? No lo conozco, pero lo vi antes. ¿Es amigo de Angie, entonces? ¿De otra residencia?

Maggie sopesó aquella posibilidad, pero la desechó.

—No creo. Ha dicho que se quedará con Angie unas semanas. No lo diría si tuviera una habitación propia en la residencia.

—Tal vez se la esté tirando y le sea más fácil estando aquí.

—No seas bruto, Lee —respondió Maggie, remilgada, aunque, en el fondo, la idea de que Tiger tuviera una relación con Angie le resultaba de lo más desconcertante, a pesar de que era la explicación más evidente para resolver el misterio de qué hacía él en la habitación de ella.

–Si de verdad se va a quedar unas semanas, ya nos enteraremos de los detalles –comentó Leon.

–Pero debe de ir contra las reglas –insistió ella– tener un invitado tanto tiempo. ¿Crees que debería denunciarlo?

–¡No! –exclamó–. Desde luego que no. Te lo digo de verdad, Mags, a veces puedes llegar a ser muy resabida…

Le sonrió con cariño al decir aquello, lo cual alivió sus palabras mordaces. Además, era cierto: era una resabida. Lo admitía con gusto. Acatar las órdenes era una parte tan fundamental de su personalidad que se le aceleraba el latido del corazón solo de pensar en transgredir las normas. Las reglas eran las reglas y estaban para cumplirlas, y el impulso de denunciar cualquier violación le parecía lo más natural del mundo. Por otro lado, si denunciaba a Tiger, este tendría que marcharse y eso, se percató de pronto, sería un disgusto. No podía negar que era atractivo y, por si fuera poco –bajo ningún concepto le diría esto a alguien–, había notado cierta química entre ellos. Su encuentro había sido tan fugaz que no había habido tiempo para que esa química se manifestara del todo, pero, sin duda, la había sentido.

–Mmmm –le dijo a Leon–. Puede que tengas razón, y no creo que esté haciendo nada malo. Aunque esa habitación debe de estar hasta arriba.

–Dudo que se hayan dado cuenta –respondió.

Le guiñó un ojo y Maggie notó que se le ponían los pelos de punta. No quería pensar en lo que fuera que Angie y Tiger hicieran juntos en ese sitio tan pequeño y desordenado.

Más tarde, mientras trataba en vano de concentrarse en su trabajo de derecho contractual, Maggie se dio cuenta de que estaba aguzando el oído por si se oía algún sonido de la habitación contigua que le diera alguna pista sobre lo que estaban haciendo, pero no se oía nada. O hacían el amor en completo silencio o no había mucho que contar. Esperaba que fuera lo segundo.

Capítulo 7

Durante los dos siguientes días, Maggie salió de su habitación justo en el momento en el que oía la puerta de Angie abrirse, pero, en general, era alguien que entraba en vez de salir, y desaparecía sin darle la oportunidad de entablar conversación. No obstante, al fin consiguió salir en el momento oportuno para hablar con quien fuera esa persona, pero se descorazonó cuando vio que se trataba de la propia Angie y no de Tiger.

A pesar de que lo que Maggie sentía por Angie era una apatía tangible, esta última parecía no haberse dado cuenta, aunque, por otro lado, daba la impresión de que iba por la vida sin importarle si importunaba a los demás. Siguió «tomando prestada» la comida de Maggie de la nevera sin devolvérsela jamás y, cuando su vajilla dejó de estar disponible, se limitó a usar la de otra persona. Era como si las vidas de los demás no tuvieran ningún impacto en la suya, y Maggie había decidido que sería mucho mejor para ella ser amable con Angie, aunque no su amiga.

Ahora que se había esforzado tanto para coincidir en el pasillo, no podía desperdiciar la oportunidad para recabar más información acerca del misterioso hombre de su habitación.

—Hola, Angie —empezó la conversación—. ¿Qué tal estás?

—Ni tan mal —respondió esta, sin dar muestras de sorprenderse con aquel intento, tan impropio de Maggie, de hablar con ella—. ¿Y tú?

Maggie asintió.

—Bien, gracias. Parece que voy bien en el curso, al menos.

Angie se dio la vuelta para cruzar el pasillo, sin interés alguno en lo que le estaba diciendo Maggie, de modo que esta se apresuró a hablar:

–Me encontré con tu amigo Tiger el otro día. Tropecé con él, literalmente.

–Ah, sí. Algo me dijo. ¡Me dijo que estuvo a punto de enseñarte la joya de la corona por accidente!

Angie le sonrió. Era guapa cuando sonreía, pensó, daba menos la impresión de ser «demasiado guay para ir a clase», y la invadió una absurda oleada de placer porque Tiger había mencionado su encuentro. Él también debió de notar la química que había surgido entre ellos.

–Parece simpático –continuó diciendo.

–Sí, es genial. Lo conocí de viaje en mi año sabático.

Bueno, tenía sentido, pensó Maggie. Él también poseía ese aire cosmopolita que tenía Angie y del que los demás, recién salidos del instituto, parecían carecer.

–¿Y también está estudiando aquí? –le preguntó, con la esperanza de que aquel interrogatorio sonase más natural de lo que a ella misma le parecía.

–¡Ay, no! Solo está de paso; se irá a Tailandia.

–Ah –contestó.

Una honda sensación de descontento se apoderó de ella. Solo había venido para ver a Angie y no pretendía quedarse. Fuera lo que fuera aquel pequeño fervor que había habido entre ellos, estaba destinado a caer en saco roto. Angie reemprendió la marcha, pero, tras dar unos pocos pasos, se detuvo y se volvió hacia ella. La miró de arriba abajo, pensativa, al mismo tiempo que Maggie trataba de no sentirse juzgada.

–Por cierto –dijo, pasado un momento–, estamos pensando en organizar una quedada aquí esta noche. Ven, si no estás ocupada. Trae una botella.

Y se marchó, recorriendo el pasillo con rapidez; su fular de seda ondeaba tras ella y dejaba a su paso un olor inconfundible a pachulí.

Una quedada. ¿A qué se refería? ¿A una fiesta? ¿A otra cosa? A Maggie no la habían invitado a ninguna quedada ni a ninguna fiesta por el momento. No tenía del todo claro en qué consistía, pero, sin duda alguna, le interesaba. En cuanto se cercioró de que Angie se había marchado, cruzó el pasillo y llamó con cuidado a la puerta de Leon, pero no obtuvo respuesta. Volvió a probar suerte con más insistencia, pero resultaba evidente que no estaba dentro. Probablemente, él tampoco sabría a qué se refería Angie con lo de la quedada. Su vida social no era mucho mejor que la de ella.

Cuando volvió a entrar en su habitación, decidió que iría, estuviera Leon invitado o no. A fin de cuentas, si se quedaba en su cuarto, lo oiría todo a través de la pared, de modo que le sería imposible concentrarse en los estudios. Y, aunque Tiger no estuviera soltero, al menos podría mirarlo un rato. Eso no tenía nada de malo.

Más le valía comprar una botella.

✦

Tal y como había pensado, era imposible no oír el bullicio de la quedada una vez empezó. Ya estaba preparada para salir a divertirse con los demás: se había puesto unos vaqueros y un top casi nuevo y había tenido más cuidado de lo habitual con el maquillaje. El resultado no estaba nada mal, decidió mientras se contemplaba en el espejo.

No obstante, ahora tenía que decidir cómo hacer acto de presencia. A juzgar por el ruido, la cosa se había extendido de la habitación de Angie al pasillo, justo delante de su puerta. Habían puesto música y oía a gente charlar y reír. Parecía que se estaban divirtiendo, fueran quienes fueran. Sin embargo, una cosa era saber que estaban montando una fiesta a la que estaba invitada justo fuera de su dormitorio y otra muy distinta, abrir la puerta y unirse a los demás. Dudaba que conociera a ninguno de los presentes. Aunque las personas que había visto de la clase de Sociología de Angie no tenían un aspecto tan bohemio como ella, intimidaban bastante por lo populares que eran. Maggie se negaba a sentirse atemorizada por ellos, pero, aun así…, esperaba de todo corazón que Leon estuviera ahí fuera. Sería maravilloso salir y sentarse con él, pero ¿cómo iba a saber si eso sería posible hasta que abriese la puerta? Y, una vez abierta, no podría cerrarla otra vez y esconderse en su habitación sin levantar algún que otro comentario, ya que estaban literalmente ahí fuera.

Oh, esto era una ridiculez. Era una persona adulta. Lo que tenía que hacer era abrir la puerta y unirse a los demás, y, si consideraba que no encajaba, podría irse hasta el bar de la facultad y fingir que esa había sido la intención desde el comienzo. Inspiró hondo, se pasó las manos por el cabello y se cuadró de hombros. Entonces, agarró la botella y abrió la puerta.

No había tantas personas como se esperaba, teniendo en cuenta el bullicio. Un pequeño grupo de cuatro o cinco se sentaba en el suelo entre su cuarto y el de Leon, mientras que Angie estaba tumbada bocabajo, apoyando la cabeza en las manos y con medio cuerpo dentro de su habitación. No había rastro de Tiger.

—¿Hay sitio para una más? —preguntó Maggie, se agachó y se sentó con las piernas cruzadas en el suelo, fuera de su puerta.

De inmediato, desenroscó la tapa de la botella de la marca Thunderbird y dio un sorbo. En situaciones normales, habría traído una copa, pero no quería parecer remilgada. Notaba el sabor fuerte del vino barato en la lengua, pero comenzó a notar los efectos del alcohol casi al momento.

—Claro —respondió un chico que jamás había visto, y se separó un poco para agrandar el círculo y que Maggie no tuviera que sentarse casi encima de él.

—Chicos, os presento a Maggie —dijo Angie—. Está estudiando Derecho, y solo Dios sabe por qué alguien querría estudiar algo así.

—Sabrás que el derecho es una invención social creada para… —comenzó a decir otro que llevaba puesto un grueso chaquetón con una chapa a favor de la huelga de los mineros de aquellos años en la solapa. En los edificios de la residencia hacía más calor que en otros sitios y debía de estar asándose así vestido, pensó Maggie.

–Ay, cállate, Dave –le dijo Angie–. Déjala en paz. Y, además, aún es muy temprano para hablar de esas cosas.

Le guiñó el ojo a Maggie y a esta la embargó una sensación de gratitud. Podía defenderse en un debate sin problema alguno, pero preferiría tantear el terreno antes de enzarzarse en una discusión.

–Justo estábamos hablando de si debería presentarme a las elecciones del consejo de estudiantes –prosiguió Angie–. Para llegar a presidenta en tercero, primero tienes que tener algo de experiencia, una trayectoria, para que así la gente te vote.

–¿Y tú quieres ser presidenta? –le preguntó Maggie con incredulidad.

Jamás se le había pasado por la cabeza la idea de presentarse a las elecciones para la presidencia, pero, mientras decía aquello, se planteó si sería algo útil que añadir a su currículum.

Angie ladeó la cabeza mientras reflexionaba al respecto.

–La verdad es que todavía no lo tengo claro –dijo, como si obtener el puesto fuera una elección suya y no el resultado de unas elecciones de lo más competitivas–. La cosa es que creo que hay problemas que hay que solucionar, pero no se está haciendo nada al respecto. Facilitar el acceso a la universidad a jóvenes de procedencia no privilegiada, para empezar. Darle una oportunidad a todo el mundo, venga de donde venga. Quiero decir que la mayoría de las personas que han llegado hasta aquí tienen padres que las apoyan, inspiran y animan. –Hizo una mueca que Maggie no pudo interpretar del todo: rabia, si acaso, o rencor. Luego, prosiguió–: Pero hay muchas otras personas que son perfectamente capaces de sacar buenas notas; el problema es que nadie las ayuda. Lo más seguro es que ni siquiera se les ocurra intentar entrar en la universidad, y al final acaban haciendo lo mismo que hacen sus conocidos, así que nada llega a cambiar. A no ser que aparezca alguien dispuesto a mejorar las cosas, claro.

Maggie la escuchaba con atención. Aquella era la primera vez que oía a Angie hablar así. Sí, en el campus había muchos debates políticos –el trance de los mineros, lo que le harían a Margaret

Thatcher si se la encontraran en una noche oscura–, pero aquella era la primera vez que Maggie oía a alguien hablar con el corazón en la mano sobre algo que le importaba. Y esto a Angie le importaba; resultaba evidente por la convicción con la que hablaba.

Pero entonces, como si hubiera dejado entrever más de lo que pretendía, Angie cambió de tema.

–Sal aquí, Tiger –gritó, dirigiéndose al interior de su habitación–, y trae esa bendita guitarra. Entiendo que ya la habrás encontrado, ¡que tampoco hay muchos sitios donde se haya podido esconder!

Cuando mencionó su nombre, a Maggie le dio un vuelco el corazón y bebió otro trago de vino, más para disimular el vuelco que otra cosa.

Y en ese momento apareció Tiger.

Era la primera vez que lo veía desde el incidente de la toalla y se había olvidado de lo sexi que era. Llevaba puestos unos pantalones desgastados 501 y una camiseta básica de color blanco que realzaba a la perfección su tez morena, pese a la época del año en la que se encontraban. Maggie casi se quedó boquiabierta al verlo. Sostenía una guitarra que estaba cubierta casi por completo de pegatinas de todos los tamaños y formas; se pasó la correa por el cuello y rasgueó unos acordes mientras se acomodaba en el suelo.

–¿Cuánto hace que no tocas esta preciosidad, Angie? Qué mal suena.

Angie se encogió de hombros y él se puso a afinar la guitarra, deteniéndose en cada cuerda hasta quedar satisfecho.

–¿Alguna petición? –le preguntó al grupo, pero, como nadie dijo nada, empezó a tocar los primeros arpegios de «The House of the Rising Sun».

Era sorprendente lo bien que tocaba; sus dedos se desplazaban con confianza por los trastes de la guitarra. Entonces, empezó a cantar. Cantaba peor de lo que tocaba, pero, aun así, resultaba agradable escucharlo y Maggie estaba ensimismada. A una persona que tocaba un instrumento mientras sus acompañantes la observaban la envolvía siempre un halo de magia. No era tanto por el talento –ella misma fue a clases de piano hasta los trece años–, sino por la templanza y la confianza que había que tener para demostrar tus habilidades en público. De acuerdo con la experiencia de Maggie, era algo insólito y, tal y como acababa de descubrir, extremadamente atractivo. A continuación, alguien se le unió, pero fue más un gemido que un canto y estropeó el momento. Tiger siguió tocando la melodía, pero dejó de cantar para que los demás bromeasen entre sí.

Acto seguido, tocó un repertorio de clásicos de The Doors y los Beatles, aunque nadie se sabía la letra entera de casi ninguna de las canciones. Tiger empezaba tocando los primeros acordes con gran entusiasmo, pero la música se suavizaba cuando perdía fuerza debido a la falta de letra.

–¿Dónde aprendiste a tocar? –le preguntó Maggie cuando al fin se detuvo para beber.

Tiger se encogió de hombros.

–Fue a base de practicar, supongo. Paso mucho tiempo en pensiones y por las noches no hay mucho que hacer. Imagino que se me fue pegando.

La miraba mientras hablaba y Maggie le devolvía la mirada. Lo sentía de nuevo: algo que no podía definir.

–Se te da muy bien –le dijo, esbozando una sonrisa que esperaba que transmitiera lo que estaba pensando.

Iba a tener que buscar la oportunidad de estar con él a solas, y pensó melancólica en su dormitorio, ordenado con tanto esmero, justo al otro lado de la puerta. Tal vez, cuando el grupo empezara a dispersarse o si los demás se iban con la fiesta a otra parte... Él le guiñó un ojo y ella notó un temblor en su interior.

–Anda, pero si están montando una fiesta en mi pasillo –comentó una voz conocida a su izquierda, interrumpiendo el hilo de sus pensamientos.

No había reparado en que Leon acababa de llegar –¿alguna vez reparaba alguien en Leon, siendo sinceros?–, pero ahí estaba, y, si Maggie no andaba con cuidado, se pegaría a ella y echaría a perder toda oportunidad que se le presentase con Tiger.

–Hola –lo saludó ella, con cierta brusquedad.

–¡Hola! –dijo Tiger, con mucho más entusiasmo–. Soy Tiger. Un compi de Angie. ¿Y tú eres…?

–Leon –respondió–. Esa de ahí es mi habitación –contestó, señalando con un gesto de la cabeza su puerta, ahora inaccesible a causa de todos los estudiantes que, generando gran confusión, se habían despatarrado enfrente.

–Tómate algo, Leon –dijo Tiger, sacando una de las latas que había traído de los anillos de plástico y entregándosela.

–Gracias –contestó él–. Un momento…

Se inclinó sobre el gentío, abrió la puerta de su habitación y arrojó la mochila a la cama sin hacer.

–¿Eso de ahí no es un saxo? –preguntó Tiger, echando un vistazo al interior.

El saxofón descansaba, como desde el comienzo del curso, en un soporte en una esquina. Maggie nunca lo había visto tocarlo. Incluso se le había ocurrido pensar que lo había traído tan solo para decorar su cuarto, una especie de recordatorio de la clase de persona que aspiraba a ser, como una colección de discos o una estantería de libros. En una ocasión, le había preguntado al respecto, pero le había contestado con evasivas. No se había ofrecido a tocar para ella y ni siquiera parecía preparado para hablar del tema. Si de verdad sabía tocar, el contraste entre él y la manera confiada y relajada con la que Tiger tocaba la guitarra de Angie no podría ser más evidente.

Hoy, por lo menos, al instrumento no lo adornaba ninguna prenda de ropa interior. Maggie esperó a ver cómo reaccionaría Leon.

Con naturalidad, al parecer.

–Sí –contestó.

–Entiendo que sabes tocarlo –le urgió Tiger.

–Sé tocarlo –confirmó.

Era como si los dos se estuvieran desafiando con sus palabras.

–Pues toca –lo retó.

Maggie presenciaba la escena con interés. Asumía que Leon caería presa de la vergüenza y de la modestia, como la mayoría de la gente cuando se le pedía que tocara en público. Eso, desde luego, encajaría con lo que sabía de él. Y Tiger estaba tan tranquilo y despreocupado que, ya solo por eso, sin duda Leon se echaría atrás.

Así que, cuando este contestó con un «Vale» y se puso en pie, ella se quedó estupefacta. Lo que sintió entonces rozaba el deseo de protegerlo. Leon le caía bien. No quería que esta gente se riera de él, que se burlara a sus espaldas. Se había perdido la actuación de Tiger y, por tanto, no sabía que tocaba tan bien, que el listón estaba ya muy alto en lo referente a la música. Una parte de ella quería ingeniárselas para distraerlos a todos y que, así, él no tuviera que ponerse en ridículo.

Pero Leon no era un niño y ella no era su madre.

Lo observó abrochar la correa al saxofón y pasársela por la cabeza. Le quitó la tapa a la boquilla y lamió la lengüeta, para cerciorarse de que estuviera bien húmeda. Entonces, se llevó el instrumento a los labios y sopló.

Capítulo 8

Tocó «Rhapsody in Blue», de Gershwin.

Las primeras notas de la melodía cautivaron a los presentes. Las manos que sostenían las bebidas quedaron suspendidas entre la cadera y la boca, mientras una sensación de sorpresa y asombro se difundía por el ambiente. Era una música cadenciosa. Las notas pendían del aire, como colgando de hilos invisibles; luego, se desintegraban hasta desvanecerse por completo y las reemplazaban otras de una perfección tal que era difícil creer que de verdad pudieran surgir de la nada con tanta armonía. Eran notas que se retorcían y se enroscaban, se formaban y deformaban, se henchían y luego se desintegraban conforme los dedos de Leon se desplazaban por las llaves. Era como si la música los hubiera tomado en brazos, como si se hubiera apoderado del mismísimo aire, y los mantuviera inmóviles, presas de un hechizo.

Maggie se quedó boquiabierta.

¿Cómo era posible que este muchacho humilde, al que pensaba que empezaba a conocer bien, fuera capaz de generar unos sonidos tan bellos sin que ella lo supiera, sin que no hubiera tenido ni la menor sospecha? ¿Cómo había podido ocultárselo? ¿Por qué no irradiaba todo este talento que tenía desde el momento en el que se despertaba por las mañanas, sumido en sueños, incluso? No había nada en Leon, ni un solo indicio, que dejara a la vista esta parte de su persona.

Angie fue la primera en romper el hechizo.

—¡Joder, Leon! —exclamó—. Qué calladito te lo tenías. Tocas como un profesional. Un profesional de verdad.

Lanzó una mirada al resto del grupo, para que secundaran su opinión.

–¡Te has ganado mi respeto, tío! –dijo Tiger–. Increíble. En serio, in-cre-í-ble.

Leon, que parecía haberse transportado a otra dimensión mientras tocaba, bajó el saxo y clavó la mirada en los pies; de pronto, resurgió el chico que Maggie conocía, discreto, un poco empollón e insulso. Se encogió de hombros, pero daba la impresión de que no sabía qué decir.

–Leon, ha sido maravilloso –le dijo ella–. ¿Dónde has aprendido a tocar así? ¿Y por qué no te he escuchado tocar hasta hoy?

Leon volvió a encogerse de hombros.

–Aquí no toco a menudo. Nunca tengo tiempo. A veces, bien entrada la noche…

Maggie había oído una música de *jazz* para saxofón arrebatadora mientras preparaba los trabajos de clase en plena madrugada, pero jamás se le había ocurrido pensar que pudiera ser en directo.

–Te he oído –le dijo–. O, por lo menos, creo que sí, pero no sabía que eras tú. Pensaba que era un disco que había puesto alguien. Nunca lo hubiese dicho. O sea, perdona, es que no tenía ni idea.

–No pasa nada –contestó Leon, volviéndose para dejar el saxo en el soporte.

–Bueno, pues no hay más que hablar –intervino Angie, decidida–. ¡Tienes que dejar la ingeniería química pero ya! ¡Qué desperdicio! Deberías estar en Londres tocando en Ronnie Scott's. O en Nueva Orleans.

Regresó al pasillo y se sentó en el suelo. Cogió la lata medio vacía y clavó la mirada en el suelo, negando con la cabeza.

–No –dijo–. No es esa la vida que quiero. Necesito un trabajo de verdad. Uno con el que pueda pagar la hipoteca que espero que me den.

–Ni se te ocurra –insistió Angie–. No es el momento. Tienes que ser músico; hazlo por ti mismo. ¿Qué digo? Con el talento que tienes, hazlo por el mundo entero.

A Leon le ardían las mejillas y cambió de postura, sin duda incomodado por llevar tanto tiempo siendo el centro de atención.

Señaló con un gesto de la cabeza la guitarra que Tiger seguía sosteniendo en las manos.

—Te toca —le dijo.

—¡No pienso volver a tocar en la vida después de escucharte a ti! —contestó Tiger con una ancha sonrisa—. A tu lado soy un aficionado de pacotilla.

Pero sí que levantó la guitarra y comenzó a tocar «Hotel California».

—¿No te sabes ninguna canción de esta década? —le preguntó alguien con sorna, y de pronto Tiger dejó de tocar en mitad de una frase.

—No hay nada de esta época que valga la pena tocar —contestó.

—Ahí le has dado —dijo Maggie, pero después se arrepintió de haber intervenido, por si daba la impresión de ser demasiado intelectual. Notaba que una sensación de calor le subía por la garganta y el vino tampoco la estaba ayudando nada en ese sentido.

—Cierto —masculló el que se había quejado.

Angie seguía mirando a Leon, como si no hubiera nadie más presente.

—En serio, Leon —le dijo—. Tienes que aprovechar ese talento que tienes. Te lo digo en serio.

Leon seguía pareciendo muy incómodo. Se le habían puesto coloradas las orejas y el cuello; molesto como estaba, destacaban sus espinillas y se empeñaba en mantener la vista fija en el suelo de moqueta, como si tuviera la esperanza de que, así, Angie dejara de presionarlo.

Al cabo de un rato, ella pareció rendirse y entabló conversación con otras personas. Así y todo, tenía razón, pensaba Maggie. Leon debería aprovechar su talento, pero, por otro lado, entendía su razonamiento: era mucho más sensato licenciarse, conseguir un trabajo de verdad y, después, tocar música como pasatiempo; un pasatiempo maravilloso, pero un pasatiempo.

Permanecieron en el pasillo, charlando y bebiendo, un rato más hasta que otros residentes comenzaron a quejarse del ruido.

–Creo que ya hemos abusado de la hospitalidad –dijo uno del grupo de Angie, cuando se abrió y se cerró una puerta de un golpe; así expresaba su disconformidad el vecino–. ¿Nos vamos al consejo de estudiantes?

A Maggie no le gustaba la idea. Ya había trasnochado más de lo que tenía planeado, pero, por otro lado, estaba la atracción que ejercía Tiger sobre ella. Si él iba al consejo, tal vez ella también debería unírseles.

–Yo creo que me retiro –dijo Leon, arrepentido–. Tengo clase a las nueve. Debería...

–No seas tan aburrido –contestó Angie, entre risas–. Tienes el resto de la vida para irte temprano a dormir. ¡Acompáñanos al consejo!

Leon, obviamente, vacilaba. Miró a Maggie, como si fuera resolver el dilema, pero ella se limitó a encogerse de hombros.

–¡Qué demonios! –anunció entonces–. Me apunto.

Aquello no era nada propio de Leon, pensó Maggie, que llegó a plantearse si había malinterpretado su personalidad. Aun así, se alegraba. Era una persona encantadora y le vendría bien salir. Un pensamiento como aquel hizo que se sintiera como si fuera su madre, así que lo desechó y volvió a centrarse en Tiger. También parecía reacio a ir al consejo de estudiantes. Maggie sentía que se estaba conteniendo. ¿Acaso estaba esperando a ver qué haría ella antes de comprometerse? No se atrevía ni a pensarlo.

Los amigos de Angie se pusieron en pie, quejándose de que les dolían las piernas y los pies entumecidos, y pronto recorrieron el pasillo generando gran estruendo, con Leon en el medio. Angie, a su vez, había desaparecido dentro de su habitación para dejar la guitarra en su sitio, con lo que Maggie y Tiger se habían quedado solos en el pasillo.

–Bueno, Mags –dijo él–. ¿Vienes?

Su indecisión era casi palpable. Ella también tenía clase temprano por la mañana, así como un seminario para el que tenía que estar bien despierta. Además, ya había bebido bastante aquella noche;

si seguía bebiendo, correría el riesgo de tener resaca, lo cual no se podía permitir. Y el consejo de estudiantes no era el lugar ideal para la cita íntima que tenía en mente. Era un sitio tan ruidoso que era prácticamente imposible mantener una conversación decente.

–O podríamos dar un paseo por el lago –propuso él, inclinándose para rozarle el muslo con el suyo. Hablaba con voz más baja ahora que estaban solos–. Te prometo que no te tiraré al agua –añadió con una sonrisa.

Parecía diferente, menos descarado, como si hubiera puesto en pausa por unos instantes la farsa que parecía ser toda su vida. Ella enarcó una ceja, dando a entender que, como se le ocurriera tirarla, no dudaría en vengarse, pero, antes de que tuviera tiempo para responder, Angie volvió a aparecer luciendo el abrigo afgano carcomido por las polillas que tanto le ponía los pelos de punta a Maggie.

–¡Lista! –dijo Angie–. Vámonos.

Y se marchó con los demás. Maggie vaciló unos instantes, pero ya era demasiado tarde.

–¿Seguro que no vienes? –preguntó Tiger, separándose de ella: la electricidad se disipó al instante.

A Maggie le dio un vuelco el corazón y comenzó a irritarse. ¿Qué era todo esto? Parecía estar delante de dos personas diferentes: el dulce romántico que le había propuesto dar un paseo tranquilo a la luz de la luna y el juerguista empedernido que era en compañía de Angie. Le recordó al personaje de John Travolta en *Grease*.

Bueno, Maggie no iba a rebajarse. O estaba interesado en ella o no lo estaba. No podía andarse con medias tintas.

–No –contestó con firmeza–, no me apetece.

Aquello era una mentira, pero miró a Tiger directamente a los ojos al hablar. Reparó en que fruncía un poco los labios, en que enarcaba una ceja, pero luego apuró el paso por el pasillo y alcanzó a Angie en tres zancadas.

–Pues que tengas dulces sueños, Maggie –le gritó, torciendo la cabeza hacia atrás sin llegar a darse la vuelta–. Que sueñes con los angelitos.

Angie entrelazó el brazo con el suyo mientras caminaban, relajada, sin pensarlo.

–Dios, ahora que lo dices, ¿te acuerdas de lo mal que dormimos en Goa…? –empezó a decir, y luego empujaron las puertas dobles y desaparecieron.

Maggie volvió a entrar en la habitación, tratando de reprimir la sensación de decepción que la invadía. Había tomado la decisión correcta, se dijo. Es más, probablemente se había salvado de una buena al no dejarse seducir por un individuo que, hablando alto y claro, era un imbécil. Estaba claro que Tiger, en el fondo, era un ligón. Desde luego, era la impresión que daba. Había sido sensato por su parte no intimar con él. Se ahorraría que le rompiera el corazón más adelante.

Pero, cuando se acurrucó en la cama estrecha y apagó la luz, rememoró la expresión que había puesto él cuando lo rechazó. Estaba convencida de que sus ojos destilaban cierto pesar.

Capítulo 9

Maggie no se había detenido a pensar mucho con quién se iría a vivir el segundo año, pero, cuando oyó a otros estudiantes de primero hablar del tema en el comedor, se dio cuenta de que tenía que empezar a organizarse. Lo había pensado hacía un tiempo, en mitad del trimestre, pero luego se había distraído tanto con el curso y los exámenes que se le había vuelto a olvidar. En realidad, si era sincera, eso no era del todo cierto: había tratado de no pensar en el tema porque no tenía claro cómo solucionarlo.

A medida que avanzó el año, en su vida social hubo pocos cambios. Si bien Maggie llegó a conocer un poco mejor a la gente de su clase, no había nadie con quien tuviese tanta confianza como para abordar el tema del alojamiento del año siguiente. De hecho, imaginaba que ya había perdido toda oportunidad. A juzgar por la conversación que había oído, parecía que la gente ya se había dividido en grupos y ya estaba buscando casa según sus necesidades. Aun así, con alguien tendría que vivir. Eso era evidente, ya que no podía permitirse pagar sola un alquiler.

Luego, su madre sacó el tema.

En general, hablaban el domingo por la mañana, después del episodio de *The Archers*; su madre llamaba al teléfono público del pasillo y Maggie se sentaba en el suelo, debajo del aparato, a la espera de que sonase y cruzando los dedos para que no llamase nadie más mientras hablaban.

−¿Has aprovechado la semana? −era siempre la forma de romper el hielo de su madre, y Maggie confirmaba que, efectivamente, la había aprovechado, fuera cierto o no.

En los informes semanales a su madre, preparados con cuidado, se cercioraba de no dar nunca motivo alguno para que se

61

preocupase. Su madre era propensa a entrar en pánico si pensaba que las cosas no iban sobre ruedas y lo mejor era hacerla creer precisamente eso. Y, en realidad, no había motivos para preocuparse. La vida universitaria de Maggie avanzaba como sentía que tenía que avanzar. Estaba sacando buenas notas e iba por el buen camino para alcanzar la siguiente fase de su plan.

–Hace poco hablé con Jenny –comentó su madre entonces.

A Maggie le dio un vuelco el corazón. Cada vez que su madre hablaba con las madres de sus amigos, siempre reparaba en alguna experiencia vital de la que Maggie carecía o con la que no le estaba yendo muy bien.

–Me dijo que Louise ya ha encontrado casa para el curso que viene. No me has dicho adónde te mudarás en septiembre –prosiguió, con cierta irritación–. La verdad es que fue muy incómodo: Jenny tenía todos los detalles de Louise y yo, en cambio, sigo sin saber nada. Tuve que salirme por la tangente y ponerme a inventar. Creo que mal no me salió. Entiendo que ya tienes un lugar en el que vivir. Y con gente buena.

Hizo hincapié en la palabra «buena» y Maggie comprendió a qué se refería su madre exactamente. Con gente «buena», se refería a personas de familias de bien, de la clase media asentada, preferentemente en las que los padres siguieran viviendo en la misma casa, y que estuvieran estudiando carreras «de verdad», como ella. Maggie podía contar con los dedos de la mano a las personas que conocía de York que encajasen con la definición de su madre y la mayoría no le caía bien.

–Oh, sí –contestó al instante–. Está todo arreglado.

–Pues dime –insistió su madre–. No quiero que me pillen desprevenida otra vez.

«Bueno, si dejaras de cotillear a mi costa y de presumir de lo bien que me va cada vez que se te presenta la oportunidad, no acabarías en ningún aprieto», pensó Maggie.

–Todavía hay uno o dos detalles en el aire –contestó con cierta vaguedad–, pero, en cuando lo tenga todo claro, te lo diré. Ahora tengo que irme, mamá –le mintió–. Se está haciendo una cola enorme para usar el teléfono. Ya te contaré más la próxima vez. Gracias por llamar.

Colgó el teléfono y miró el pasillo desierto de arriba abajo. Tenía que solucionar el problema de la vivienda. Ya.

Cogió las monedas de diez peniques de lo alto del teléfono y fue a llamar a la puerta de Leon.

–Adelante –le dijo la voz conocida de este.

Abrió la puerta, preparándose para el caos de siempre. Leon estaba sentado al escritorio, concentrado en unos libros de texto que casi eran tan gruesos como los que usaba ella para estudiar Derecho. Tenía la ropa de cama hecha un desastre; caía desde el borde del colchón hasta el suelo. Reprimió un escalofrío.

–Buenos días –dijo, animada. Cuando la reconoció, la cara de Leon se iluminó, o al menos así es como interpretó ella su expresión–. ¿Tienes un minuto? –preguntó, y de pronto le dio un poco de vergüenza lo que estaba a punto de pedirle.

–¡Pues claro! –contestó con entusiasmo–. Entra. Siéntate.

Le hizo un gesto con la mano, señalando toda la habitación, como dando a entender que podía sentarse donde quisiera, pero a ella le parecía demasiado íntimo sentarse en su cama sin hacer y no tenía otra opción, de modo que se quedó de pie.

Lo cierto es que Maggie no se había detenido a pensar en lo que iba a decir, pues venía directamente de la conversación con su madre. No quería parecer desesperada, pero tal vez él conocía algún lugar en el que pudiese encajar. En ese momento, decidió que lo mejor sería ir al grano.

–Me preguntaba dónde vas a vivir el próximo curso. No lo hemos hablado, ¿no? Va a ser muy raro que ya no vivamos en la puerta de enfrente, pero espero que no perdamos el contacto –trató de no sonar muy insegura; quería de verdad preservar su amistad, si bien sería difícil si acababan viviendo en barrios diferentes de York.

Leon se hundió en el asiento y resopló.

–Calla, no me lo recuerdes –dijo–. Me parece que dejé pasar la oportunidad cuando todo el mundo se puso a organizarse. Como aún quedaba tanto tiempo para que terminara el curso, no le di más importancia, pero la gente que conozco empezó a formar grupitos y a encontrar vivienda y yo me quedé colgado. Imagino que, al final, tendré que volver a casa y venir en tren todos los días. El trayecto va a ser un incordio, pero no veo qué otra cosa puedo hacer. Ya es muy tarde.

Maggie asintió, mientras pensaba que, efectivamente, sería un verdadero incordio tener que vivir en casa con sus padres de nuevo, aunque Leon no parecía profesar la misma aversión por la familia que ella. Tal vez la suya tenía algo de cordura y la convivencia no era tan difícil.

Pero entonces un pensamiento más relevante comenzó a tomar forma en su cabeza. ¿Y si vivía con Leon? Le caía muy bien. De hecho, pocas cosas tenía que no le gustaran. Era, en general, alegre, no parecía oler mal, cerraba la boca al masticar y no hacía ninguna otra cosa que le pareciera inadmisible. Era un chico, claro, lo cual le quitaba puntos. No es que hubiera algo entre ellos –Maggie jamás lo vería de ese modo–, pero sabía que el hecho de que, en realidad, solo fuesen «buenos amigos» no serviría de nada ante su madre escéptica y desconfiada. Lo mejor sería que vivieran en grupo, una pareja de cada sexo. Eso sería menos raro. Aun así, a caballo regalado no le mires el diente.

Estaba tan enfrascada en sus pensamientos que no se dio cuenta de que Leon le había hablado hasta que vio que la miraba con cierto apremio.

–Perdona, ¿qué? –le dijo.

–Te preguntaba qué vas a hacer tú. ¿Dónde vas a vivir?

–Yo tampoco tengo casa –confesó–. Es que…, bueno, no sé qué es lo que ha pasado, pero, entre una cosa y otra, no lo he solucionado. Pensaba en preguntar si podemos quedarnos en la residencia en el segundo curso. Puede que haya algún hueco.

Mientras decía aquello, se le ocurrió pensar que tal vez sería la solución perfecta. Desde luego, sería la más sencilla.

Pero Leon negó con la cabeza.

–Solo hay sitio para los de tercero, al parecer –le dijo–. Ya lo he preguntado.

Y las esperanzas de Maggie cayeron en saco roto. Soltó un suspiro. ¿Cómo había podido permitir que pasara esto? Era muy impropio de ella. Tal vez, en el fondo, esta era la solución que deseaba desde el comienzo, pero no quería ser ella la que la propusiese, por si Leon se hacía una idea equivocada.

–Y, por supuesto, Angie también sigue sin organizarse. Ni siquiera se ha puesto a buscar vivienda. Dice que dormirá en el suelo en casas de conocidos todo el curso.

Maggie chasqueó la lengua.

–Cómo no. Qué poco práctica…

Mientras lo decía, trató de desechar el pensamiento de que, al menos en este tema, parecía que ella y Angie estaban en la misma situación.

–Si te paras a pensarlo –dijo Leon–, si se apaña, diría que es una gran idea. Para empezar, no tendría que pagar el alquiler.

Maggie puso los ojos en blanco.

–Mira que le gusta vivir del cuento. ¡¿No le da vergüenza?!

La solución a todos sus problemas ahora era evidente, pero Maggie vacilaba, reacia a dar el paso. Guardaron silencio unos instantes, mientras los dos parecían reflexionar sobre lo que harían. Leon se mordió el labio un momento antes de decir:

–Mándame a la mierda si no te parece buena idea, pero ¿y si buscamos vivienda juntos, nosotros dos? O incluso los tres. Seguirá habiendo casas disponibles, en especial pequeñas. ¿Qué te parece? –añadió, vacilante.

–Tal vez –respondió Maggie, con cuidado de no enseñar sus cartas, pero consciente, por otro lado, de que no tenía más opción. Si Leon regresaba a Leeds, sí que acabaría con el agua al cuello–. Pero de Angie no estoy muy segura. Ella y yo… Bueno, somos como la noche y el día.

–Oh, es buena chica –dijo él–. Es decir, sé que siempre está en las nubes y que tiene una manera muy peculiar de entender el concepto de los objetos personales, pero, en el fondo, es buena persona. Y me parece que lo de acoplarse a la casa de sus amigos no era lo que quería en un principio. Estaba con otro grupo, pero tuvieron una buena discusión por esto y lo otro y se separaron. Creo que estaría dispuesta a compartir casa. ¿Le pregunto?

Maggie se lo pensó un segundo o dos, pero ¿acaso tenía elección? Si quería vivir con Leon, parecía que Angie tendría que venir también.

–Vale –acabó diciendo–. Gracias.

Capítulo 10

Resultaba emocionante volver a York para empezar el segundo año de universidad. Por supuesto, el comienzo del año anterior también había sido emocionante, pero, por aquel entonces, el entusiasmo de Maggie había venido acompañado de cierto temor por tener que emprender un camino completamente nuevo en su vida. En esta ocasión, casi todo el camino quedaba a la vista: sabía cómo era la vida universitaria, se orientaba en el campus y en la ciudad de York sin dificultad y se sentía mucho más madura en comparación con las multitudes de estudiantes de primer año que andaban con los nervios a flor de piel. Le parecía increíble que, hacía tan solo un año, ella hubiera sido así, pero esperaba que no se la hubiera visto tan nerviosa.

La novedad de este curso era su casa de estudiantes, motivo de verdadero gozo para Maggie. Tener un dormitorio en la residencia no estaba nada mal, pero una se sentía como una novata. Disponer de toda una casa en la que vivir se asemejaba mucho más a la vida adulta de verdad, aunque tuviera que compartirla con Leon, Angie y una chica llamada Fiona a la que todavía no conocía.

–¿Cómo vas a vivir con alguien que no conoces, Margaret? ¿No te parece un riesgo innecesario? –le dijo su madre cuando la ilusa de Maggie cometió el error de comentarle ese detalle.

–Es lo mismo que el año pasado, mamá. Tampoco conocía a nadie –contestó, no sin razón.

–Pero eso era diferente –dijo su madre–: tenías una habitación para ti. Con un cerrojo en la puerta. Ahora compartirás casa con una completa desconocida. A saber qué clase de persona es y cómo son sus amigos…

Maggie suspiró para sus adentros.

–Seguro que es muy maja, mamá, y una persona normal y corriente. Es una amiga de Angie, van juntas a clase, así que no es que sea una desconocida. Lo que pasa es que todavía no me la han presentado. Y ha aparecido en el último momento para sustituir a una persona que nos dejó colgados en verano. Tenemos suerte de haber encontrado a alguien con tan poco tiempo de antelación.

La chica con la que iban a convivir en un primer momento, también de la clase de Angie, había suspendido los exámenes y la recuperación, de modo que no volvería a York. Maggie no le dijo nada de esto a su madre. Ya menospreciaba bastante a los estudiantes de Sociología; no hacía falta echar más leña al fuego.

–Y tampoco es que me haga mucha gracia que vayas a vivir con un chico –prosiguió su madre, igual de contrariada–. ¿Y si ve tu ropa interior en la colada? Y tendrás que tener cuidado de llevar siempre la bata puesta. Los chicos no son de fiar, ya lo sabes. Solo piensan en una cosa.

Podría haberle explicado que Leon era el menos indicado de los hombres para insinuársele de esa manera, pero jamás la convencería, así que le prometió que tendría cuidado y dio el asunto por zanjado.

Cuando doblaron la esquina de su nueva calle, Maggie contuvo la respiración. Se había acercado para ver la casa varias veces al final del trimestre anterior: se había detenido en la calle y había alzado la mirada hacia las ventanas, preguntándose cómo sería vivir ahí. Incluso había escogido dormitorio –el de la primera planta, con vistas al jardín–, aunque no se lo había mencionado a los demás e imaginaba que se echarían las habitaciones a suertes.

Reparó en que su madre entrecerraba los ojos y fruncía los labios al ver qué clase de lugar era la calle Blake. Había contenedores bloqueando las aceras, visillos colgando de las ventanas deterioradas y pegatinas, en vez de relucientes números de latón, adornando las puertas. Al ver la zona desde el punto de vista de su madre, Maggie cayó en la cuenta de que había hecho la vista gorda con el mal estado de la calle.

–Es esa de ahí –dijo, conforme el coche ralentizaba la marcha–. La número 23.

La número 23, cuando menos, parecía estar en buen estado, con una puerta recién pintada de un alegre color rojo. Su madre paró el coche enfrente. Ese silencio lo decía todo, pero Maggie se negó a permitir que la desalentara. Abrió la puerta y salió, con la llave de la casa en la mano. Su madre también salió del vehículo, reticente, y se aseguró, montando una escena, de que todas las puertas estuvieran bien cerradas.

Bueno, Maggie no tenía pensado permitir que su madre estropeara el momento. Sin importarle que no dejara de chasquear la lengua, metió la llave en la cerradura y abrió la puerta principal. La alfombra, se percató de inmediato, estaba un poco más deshilachada de lo que recordaba, pero estaba limpia. El pasillo daba a una sala de estar oscura, iluminada por una bombilla que habían tomado prestada de la cocina diminuta del fondo, y habían convertido la habitación delantera en un dormitorio. En la sala de estar había dos sofás anticuados, además de una mesita desvencijada. Por la pinta que tenían, parecía que los habían sacado de la basura. Maggie siguió andando hasta la cocina, que también estaba más descuidada de lo que recordaba: el suelo de linóleo estaba levantado y dos de las puertas laminadas de los armarios estaban astilladas. No obstante, la cocina cumplía su función a la perfección y estaba limpia.

No quería mirar a su madre, pues sabía qué cara pondría. ¿Por qué no podía alegrarse por ella, aunque fuera solo por esta vez? Desde luego, la casa dejaba mucho que desear –era una casa de estudiantes–, pero, en el fondo, lo único que le molestaba era la desaprobación tangible de su madre.

–Vale –dijo, pidiéndole con ese tono de voz que no pusiera pegas–. Empezaré a traer mis cosas del coche, ¿te parece bien?

Su madre seguía contrayendo los labios en una mueca terca.

–¿Cuál es tu dormitorio? –le preguntó.

–Todavía no lo sé –contestó–. Creo que nos los repartiremos

cuando lleguen todos, pero, por ahora, dejaré mis cosas en la sala de estar. Las llaves, por favor.

Extendió la mano para que le entregara las llaves y, después, esquivó a su madre para volver a salir a la calle. Un gato naranja se había subido al coche y se estaba acicalando en la capota caliente. Su madre no se fiaba de los gatos, pero Maggie le dejó quedarse donde estaba.

—Vamos a ser vecinos —le dijo en voz baja; el gato la miró con languidez, pero no ofreció respuesta alguna.

Comenzó a trasladar su vida de un coche a una vivienda una vez más. Ahora se le daba mejor preparar la mudanza y sabía con mayor acierto qué era esencial para su vida en York y qué era un simple antojo. Cuando regresó a la sala de estar, con los brazos rebosantes de bolsas y cajas, se encontró con que su madre estaba hablando con Angie. Se apoderó de ella una sensación de mal agüero, pero parecía que a Angie le estaba saliendo bien lo de fingir que era una persona normal y corriente, si es que dejabas a un lado la maraña de su pelo y su ropa de segunda mano. Si bien su impresión de Angie seguía siendo ambivalente, como mucho, no le importaba fingir que era amiga suya para no levantar las sospechas de su madre.

—Hola, Angie —le dijo con toda la ligereza de la que fue capaz, y dejó las cajas en el sofá—. ¿Has disfrutado del verano?

—No ha estado mal —contestó Angie.

—Angela me estaba comentando que ha ido de viaje por Europa durante el verano. Has dicho que a Italia, ¿verdad? Y a Grecia.

—Sí, me compré un pase de Interrail. Puedes ir adonde quieras, básicamente.

—Nosotras fuimos a Cornwall, ¿a que sí, Margaret?

Maggie juraría que había visto a Angie sonreír con suficiencia al oír aquello, pero la principal amenaza en estos momentos era que su madre se disgustase, de modo que contestó lo siguiente:

—Sí, pero habría preferido ir a Grecia. ¿Hacía mucho calor?

—Para sudar la gota gorda —contestó Angie.

–¿Ya han llegado los demás? –preguntó entonces Maggie, buscando con la mirada algún indicio de que hubiera más personas en la casa–. Supongo que tenemos que esperar a que estemos todos para escoger las habitaciones. Lo echaremos a suertes, ¿vale?

–Si queréis echarlo a suertes, adelante –respondió Angie–, pero yo ya me he pedido una de la planta de arriba, la que da al jardín.

Maggie tensó la mandíbula. ¿Cómo era posible que Angie siempre se quedara con lo que quería ella? Había reglas para casos como este. No podías hacer lo que te diera la gana e ignorar los deseos de todo el mundo. No era justo. Pero este no era ni el momento ni el lugar de ajustar cuentas con ella. Su madre se daría cuenta de cualquier indicio de desacuerdo y eso había que evitarlo a toda costa. Con rapidez, cambió de táctica. Si así era como iban a ser las cosas, escogería la segunda habitación que más le gustaba y dejaría que Leon y la tal Fiona se pelearan entre ellos. Resultaba increíble lo fácil que una se dejaba llevar por esa mentalidad de «sálvese quien pueda» de Angie. Es más, era toda una liberación hacer algo por sí misma y solo por sí misma en vez de preocuparse por los sentimientos de los demás.

–Vale –dijo–. Voy a echar un vistazo a las demás habitaciones.

Y, antes de que su madre volviera a mencionar lo de echarlo a suertes, subió apresurada las escaleras.

En la planta de arriba había otras dos habitaciones, ahora que la que había querido para ella estaba ocupada: una habitación doble que daba a la calle y un cuarto diminuto en el que a duras penas cabía la cama. A este último no le prestó atención, pero se adentró en la habitación delantera para averiguar si se veía viviendo en ella. Era de un tamaño razonable y bastante luminosa, gracias a un ventanal debajo del cual descansaban un escritorio y una silla de madera con barras horizontales en el respaldo que parecía sacada de una escuela. Cruzó la estancia para mirar por la ventana: vio que el gato seguía durmiendo sobre el coche de su madre y había dos niños pequeños jugando al fútbol con una pelota de tenis amarilla al fondo de la calle. La habitación no estaba mal, pensó; no era la que quería, pero no estaba mal.

Entonces recordó que había otra habitación en el piso de abajo, la que debió haber sido la sala de estar original cuando la casa era una vivienda familiar. Se volvió sobre los talones y bajó de nuevo las estrechas escaleras. Su madre y Angie seguían charlando en la sala de estar; las ignoró y se dirigió directamente a la habitación delantera. Era enorme en comparación con las demás, con una ventana mirador que no tenía la de la planta superior, así como un espacio extra en uno de los lados que arriba debía de ocuparlo la escalera.

Maggie comenzó a replantárselo. ¿Valdría la pena el espacio extra, a pesar del inconveniente de vivir en el piso de abajo? Por lo que recordaba de cuando vino a ver la casa, había una pequeña ducha al lado de la cocina, la cual, seguramente, acabaría siendo suya si los demás se instalaban arriba. Además, en esta habitación reinaba una sensación de aislamiento que le resultaba atractiva. Sí, esta era perfecta.

—Voy a quedarme con esta —les gritó a las demás, y, acto seguido, regresó a la sala de estar para recoger algunas de sus cajas.

Su madre se pronunció antes incluso de ver el cuarto:

—Oh, no creo que sea buena idea, Margaret. Si te instalas en el piso de abajo, serás muy vulnerable. De noche deambulará toda clase de desconocidos por la calle y solo te protegerá un cristal.

Eso no se le había ocurrido a Maggie y, a medida que pensaba en las posibles consecuencias, notó que se tensaba un poco: los pelos de la nuca se le pusieron de punta, por la adrenalina que generaba el instinto de supervivencia. Su madre, como siempre, tenía razón. Tendría mucho más sentido que Leon se quedara con esta habitación y que las tres chicas vivieran escudadas por la relativa protección que les brindaba la planta de arriba.

Sin embargo, seguía sin estar de acuerdo, a pesar de que fuera lo más sensato. Aquella habitación tenía sus ventajas, por no decir que ¿a quién se le ocurriría romper un ventanal enorme para entrar en una casa? Los intrusos entraban y salían por lugares más pequeños, claro está.

Sobre todo, y dejando a un lado su propia seguridad, si Maggie se quedaba con este dormitorio, a su madre, que tenía otros planes para ella, le sentaría como un jarro de agua fría. Además, le demostraría al mundo que Maggie Summers era de armas tomar, tan impávida y valiente que se atrevía a dormir en el piso de abajo. Y no había que olvidar que, con ello, le estaría enviando un mensaje a Angie Osborne. No tenía del todo claro qué mensaje era aquel, pero estaba convencida de que debía enviárselo.

–Pues a mí me parece perfecta –le dijo a su madre–. Bueno, ¿me ayudas a traer todo esto?

Capítulo 11

—¿Os acordáis de mi amigo Tiger? —les preguntó Angie una noche, hacia el final del primer trimestre. A Maggie se le hizo un nudo en el estómago. ¿Que si se acordaba de Tiger? Oh, vaya si se acordaba. Jamás había logrado olvidarse de cuando lo vio en el pasillo sin nada encima salvo una toalla. Y eso que lo había intentado, de verdad que sí. Después de que él la abandonara aquella noche en la fiesta del pasillo, había hecho todo lo posible por convencerse de que era indigno de ella, pero su imaginación lo veía de otra manera, de modo que él seguía bien anclado en sus recuerdos.

Sin embargo, antes de que tuviera tiempo para responder, intervino Leon:

—Sí —dijo—. Un buen tipo.

Angie asintió, mostrándose de acuerdo con aquel parecer sobre su amigo.

—Lleva en el sur de Francia desde el verano, en la vendimia o algo así —comentó—. Pero la temporada ha terminado, de modo que volverá a Reino Unido un tiempo, hasta que decida qué hacer a continuación.

—¿A qué se dedica exactamente? —preguntó Maggie. Que alguien revoloteara de un lugar a otro era tan contrario a su modo de pensar que casi le resultaba imposible de entender—. Es decir, ¿dónde vive? ¿Y qué tiene pensado hacer cuando termine de viajar? No tiene estudios.

Angie le dedicó una mirada de lástima que hizo que Maggie se sintiera diminuta.

—¿Por qué tiene que hacer nada, para empezar? —le preguntó—. Es un nómada. A eso se dedica. Recorre el mundo, absorbiéndolo todo, ganando lo suficiente para salir adelante sin ser una carga para nadie. No todo el mundo necesita tener cada minuto de su vida planeado. –Le lanzó una mirada desafiante a Maggie, pero esta permaneció con la boca cerrada. No servía de nada ponerse a discutir con Angie. Jamás se pondrían de acuerdo, pues, por la manera en la que afrontaban la vida, eran como la noche y el día. A Maggie le gustaba planificarlo todo. A Angie y Tiger, al parecer, no. No pasaba nada–. En fin –prosiguió–. Quería preguntaros si puede quedarse aquí una temporada. Podría dormir en la habitación de Fiona.

Lo de compartir casa con Fiona no había funcionado. Se había presentado en septiembre, pero tan solo había aguantado unas pocas semanas, antes de decidir que la carrera de Sociología no era lo suyo y de abandonar por completo la universidad. Maggie había regresado de clase un día y se había encontrado una nota tan escueta como esclarecedora en la mesa de la cocina, y todas las cosas de Fiona habían desaparecido. Había pagado el alquiler hasta Navidad, de modo que habían dejado la habitación vacía y habían seguido como estaban, los tres solos.

–¿No va a dormir en tu habitación? –quiso saber Maggie, a quien se le escapó la pregunta de los labios antes de que tuviera tiempo para pensar.

El efecto en sus mejillas fue instantáneo y temía que el sonrojo también le llegase al cuello. La cuestión era si Tiger podía quedarse en la casa, no si él y Angie dormirían juntos. Eso, en realidad, no era asunto suyo, pero, por otro lado, ardía en deseos de saberlo. Angie la miró con curiosidad. Maggie vio que reparaba en sus mejillas ardientes y que, después, esbozaba la más leve de las sonrisas. Se mentalizó de que iba a burlarse de ella, pero entonces Angie se puso a preparar la mochila de clase.

–¡Dios, no! –dijo–. A saber dónde se ha metido. Dormirá en la habitación de Fiona, eso sin dudarlo. Al menos la mayoría de las noches.

Sus miradas se cruzaron un segundo fugaz. Angie ya no sonreía, pero Maggie era incapaz de interpretar su expresión.

—Pues no veo por qué no —comentó Leon, que al parecer no se había dado cuenta del trasfondo de la conversación que estaban teniendo delante de él—. La habitación está ahí para que alguien la use. Entiendo que pondrá de su parte para pagar las facturas, la comida y demás.

Angie asintió, si bien a Maggie le pareció un gesto falto de convicción. La vendimia, con toda seguridad, no era el más lucrativo de los trabajos. Angie se volvió hacia ella, a la espera de que diera su aprobación. Maggie trató de que su cara dejara de ser un poema y adoptó una expresión de total indiferencia.

—Sí —dijo a la ligera—. Por mí no hay problema.

—Genial —contestó Angie—. Su tren llega a las tres y media, así que debería de estar por aquí a eso de las cuatro.

Maggie puso los ojos en blanco. Conque Angie ya había hecho planes. Poco importaba lo que pensasen ella y Leon; Tiger iba a venir sí o sí. A principios de curso se habría molestado si la hubiera engañado de esa manera, pero a estas alturas se estaba acostumbrando. Leon estaba pensando algo similar, claramente; él le dedicó una sonrisa torcida, enarcando una ceja.

Maggie se centró en las cuestiones prácticas.

—En esa habitación no hay ropa de cama —dijo—. Fiona se lo llevó todo.

—Traerá un saco de dormir —contestó Angie, como si aquel comentario hubiera sido tan innecesario que apenas mereciese una respuesta.

—Bueno, a mí no me gustaría dormir en un saco de dormir día sí, día también —alcanzó a decir—, pero si a él no le importa…

—¿Os cocino algo? —preguntó Leon, mediando entre ellas—. Puedo preparar chili para todos.

Tenía poco talento para la cocina, pero los pocos platos que sabía preparar eran nutritivos y estaban buenos.

—Genial —dijo Angie—. Gracias, Leon.

Le dedicó una sonrisa radiante. No era de extrañar que lo tuviera en el bote, pensó Maggie. Con ella sus trucos no funcionaban tan bien, claro está.

Maggie tenía que prepararse para un seminario, de modo que se retiró a su dormitorio, del que tan solo salió para servirse más café y para prepararse un sándwich a la hora del almuerzo. Cuando sonó el timbre poco después de las cuatro, ya casi se había olvidado de que tendrían visita.

Y en ese momento se acordó. ¡Tiger! El corazón le latía atolondrado contra las costillas, pero trató de serenarse. No había motivo alguno para ponerse tan nerviosa. Todo se reducía a un instante en el pasillo hacía nueve meses que, para empezar, seguro que había malinterpretado. Pero no podía evitarlo, y tampoco pasaba nada por estar colada por alguien, ¿no?

¿Qué debía hacer? No podía abrir la puerta, con el aspecto terrible que tenía. La idea era arreglarse antes de que él llegara, cepillarse el cabello y maquillarse un poco, si acaso cambiarse la camiseta. Pero se había quedado absorta en la preparación para el seminario y había perdido la noción del tiempo. Y ahora ya era demasiado tarde. Él estaba ahí.

Mientras permanecía allí sentada, paralizada junto al escritorio y tratando de tomar una decisión, volvió a sonar el timbre. ¿Acaso estaba sola en casa? No había oído a los demás salir, pero, pensándolo bien, se había enfrascado tanto en sus estudios que tal vez no se había enterado. ¿Tenía una pinta muy horrible? Tal vez podría…

Sonó el timbre por tercera vez y llamaron a la puerta con un golpeteo rítmico. No podía dejarlo plantado en el umbral de la puerta.

Entonces, oyó que alguien bajaba a pisotones las escaleras y que abría la puerta de par en par, seguido de un chillido de Angie.

–¡Hola! ¿Qué tal? ¡Qué alegría verte! Se te ve genial. ¿Qué tal por Francia? ¿Has encontrado la casa sin problemas? Ay, cuánto me alegro de verte.

Maggie oía el murmullo de la voz de Tiger; algo comentaba sobre entrar en la casa, soltando una risa, y a ella, de pronto, ya no le importaba su aspecto: tan solo quería saludarlo. Se levantó del escritorio, cruzó la habitación y asomó la cabeza. Tiger estaba en el umbral de la puerta, con la mochila en el suelo, a su lado. Tenía la piel morena, de la misma tonalidad que las almendras, y estaba más rubio que en la ocasión anterior. Maggie notó un estremecimiento en todo el cuerpo. Angie colgaba de su cuello, ciñéndole la cintura con las piernas como si fuera un pequeño mono. Parecía ser una escena íntima y, de pronto, sintió que los estaba interrumpiendo.

Entonces Tiger la vio por encima de la cabeza de Angie y le sonrió de oreja a oreja.

—¡Maggie! ¡Hola! —dijo, y por la manera en la que la miraba, supo que no había malinterpretado nada de la última vez que se habían visto.

—Hola —contestó ella en voz baja; no debía olvidarse de respirar.

—Dios, te he echado de menos —dijo Angie, hundiendo el rostro en su cuello, al parecer ignorando el trasfondo de las miradas entre Maggie y Tiger—. Ven, vamos a tomar un té y me lo cuentas todo. Y no te guardes nada, ¡que quiero saber hasta el último detalle!

Se bajó al suelo, le cogió de la mano y lo condujo, pasando por delante de la puerta de Maggie, hasta el fondo de la casa, dejándola a ella ahí de pie. Pensó en seguirlos, pero resultaba evidente que este era el momento de Angie y desistió. Ya tendrían la ocasión de ponerse al día luego.

Regresó a su escritorio y se volvió a sentar, pero sabía que le costaría centrarse de nuevo en los libros. Aquella sonrisa, aquel momento íntimo que habían compartido. Fuera lo que fuera lo que hubiera entre ellos, aún no estaba resuelto.

Capítulo 12

Angie y Tiger charlaron sin cesar hasta la hora de la cena. Maggie oía el murmullo de sus voces, rociada de alguna que otra carcajada, a través de la pared de su cuarto. Le habría gustado entrar con total naturalidad en la sala de estar y unírseles, pero se abstuvo. No es que se sintiera del todo excluida, aunque sin duda era parte del motivo, pero este era, claramente, un momento importante para Angie y, en cierto sentido, pese a la tensión que seguía habiendo entre las dos, Maggie no le deseaba ningún mal. Quería que disfrutara del reencuentro sin que nadie se interpusiera.

Era evidente que Tiger era especial para ella, que habían forjado un vínculo profundo entre ellos. Cierto es que lo de dormir en habitaciones separadas había sido una sorpresa en principio, pero, en realidad, la manera en la que se trataban el uno al otro le recordaba más a la dinámica de hermanos que de amantes. Nada de lo que hubiera visto la llevaba a otra conclusión, aunque esto también podía ser fruto de un autoengaño por su parte.

Por otro lado, podría jurar que fuera lo que fuera que había sentido en presencia de Tiger en la otra ocasión seguía ahí. Él solo le había dicho dos palabras, pero ella lo tenía claro. Aquella historia podía desarrollarse, si quería.

Pero ¿quería? Esa era la cuestión. Tiger tan solo estaba de paso. Parecía un *cowboy* de esas películas en blanco y negro que tanto le gustaban a su padre: aparecía de repente en el pueblo y, después, se desvanecía de la misma manera. Y no podía olvidar la forma en la que la había dejado ahí plantada en el pasillo aquella vez. Ella había decidido, por aquel entonces, que él no iba en serio, y nada había pasado para que cambiara de opinión. Tiger era, claramente, un ligón, y los corazones rotos lo perseguían como una sombra. ¿De verdad valía la pena meterse en problemas por él si tenía tantos puntos negativos?

Sin embargo, ¿qué sentido tenía la vida si no te metías en problemas de vez en cuando?

Maggie se cambió de camiseta, se volvió a echar desodorante, se peinó y se puso rímel en las pestañas. Un aspecto natural, desenfadado: ese era su objetivo y, contemplándose en el espejo roto, parecía que lo había conseguido.

En la sala de estar, Angie y Tiger estaban repantigados en los sofás, cada uno en uno. Leon estaba en la cocina diminuta, cortando las verduras para el chili; en los momentos oportunos, formulaba alguna que otra pregunta para entrar en la conversación. Maggie, de pronto, lamentó haberse quedado tanto tiempo en su dormitorio. De haber sabido que Leon también estaba presente, habría salido antes. Dejando a un lado la confusión de sus sentimientos, tenía verdadera curiosidad por saber qué había hecho Tiger desde la última vez que lo habían visto.

Pero parecía que ya se lo había perdido todo. Los tres estaban debatiendo quién era la más guapa de *Los ángeles de Charlie*. Al parecer, los chicos votaban por el personaje de Farrah Fawcett, Jill; una elección tan predecible como decepcionante. Parecía que los chicos siempre se decantaban por las rubias de ojos azules.

–Kelly es la más atractiva, sin duda –comentó Angie–, con esos pómulos y ese pelo oscuro tan reluciente. De hecho –dijo, volviéndose a mirar a Maggie–, te le pareces un poco, Mags.

Todos se giraron para mirarla, como queriendo confirmar o negar la opinión de Angie.

Maggie se apartó el pelo de la cara, cohibida.

–Oh, no sé –contestó con modestia.

–Ahora que lo dices, sí que tienes un aire –dijo Leon–. Por lo que recuerdo, al menos. Ha pasado mucho tiempo.

–Esa serie se queda grabada a fuego en la mente de un adolescente para el resto de su vida –afirmó Tiger, cuyos ojos brillaban con picardía–. Esa y *El hombre de los seis millones de dólares*. En los momentos en los que no tenía pensamientos impuros sobre Farrah, me dedicaba a correr a toda pastilla y a acechar en las esquinas como un superhéroe.

Todos se echaron a reír, y Tiger sacó las piernas del sofá para que Maggie tuviera un hueco donde sentarse. Ella se agachó sobre los cojines con cuidado, cerciorándose de que ninguna parte de su cuerpo lo tocara a él, pero, en cuanto se sentó, él volvió a levantar las piernas y las colocó sobre su regazo. Ella se tensó y después se relajó con aquella nueva cercanía entre ellos. Parecía que nadie más se había dado cuenta.

Los cuatro hablaron largo y tendido. Los compañeros de casa se llevaban bien cuando solo estaban los tres, pero la presencia de Tiger parecía haber añadido algo que les faltaba, una especie de naturalidad en el trato que, por regla general, no tenían.

Cuando lel chili estuvo listo, Angie abrió una botella de vino tinto barato y se sentaron con los platos sobre las rodillas para degustarlo.

–¿Qué tal va el saxofón? –le preguntó Tiger a Leon mientras limpiaba el plato con una rebanada de pan blanco.

–Ay, Dios, Tiger –lo interrumpió Angie–. Díselo tú, por favor. Casi nunca toca fuera de casa. Está echando a perder todo ese talento que tiene. Debería irse a Estados Unidos y hacer una fortuna. Tienes que irte, Lee –añadió, volviéndose a Leon, que se encogió de hombros.

–Ya, algún día, tal vez, pero primero tengo que acabar la carrera.

Siempre discutían por el mismo motivo y Angie estaba convencida de que el estilo de vida que había elegido lo oprimía.

–Angie tiene razón –dijo Tiger–. Deberías probar suerte.

Leon bajó la mirada hacia su plato.

–Para vosotros no es problema –comentó–. Hacéis lo que queréis y, viéndoos, parece tan sencillo…, pero yo…, bueno, yo no soy así, la verdad. Lo que quiero es un trabajo, una hipoteca, ¿sabéis por dónde voy? Todas esas cosas aburridas que hicieron nuestros padres.

—Mis padres fueron por libre —dijo Angie con cierto sarcasmo. Jamás hablaba de su vida en casa y Maggie se preguntaba si, ahora que Tiger estaba aquí y habían abierto la segunda botella de vino, habría llegado el momento de que se sincerara. No obstante, parecía que no había sido más que un inciso y Angie retomó el hilo de la conversación—: Pero ¿por qué, Leon? —preguntó, como si él hubiera dado a entender que quería pasarse la vida de pie dentro de un cubo de agua fría—. Ya tendrás tiempo para todo eso. Algún día. —Agitó la mano, como refiriéndose al fin de los tiempos—. ¡¿Qué hay del presente?! Tienes que sostener la vida con ambas manos y aferrarte a ella con fuerza.

Él cada vez parecía más incómodo y Maggie se sintió en la necesidad de intervenir en su favor.

—Yo, en cambio, entiendo a qué se refiere Leon —dijo—. Soy igual que él. Lo único que quiero es acabar con esto y empezar mi carrera profesional. Me muero de ganas de convertirme en abogada.

—Pero entonces desaprovecharás esta etapa de tu vida —comentó Angie—. Te empecinas tanto en centrarte en el futuro que no valoras lo que tienes aquí y ahora.

Maggie caviló acerca de aquellas palabras y luego las desechó. Era algo que ya se había planteado y rechazado con anterioridad. Para ella, la universidad era un medio para alcanzar un fin. Si, además, conseguía divertirse, mejor que mejor, pero, en realidad, ese no era su principal objetivo.

—Eso no me preocupa —contestó—. Estoy muy feliz, aquí y ahora. Lo que pasa es que tengo la mirada puesta en el premio, nada más. —Se volvió para mirar a Angie. Toda esta sinceridad aparente entre ellas era algo nuevo, y no quería que se le escurriera entre los dedos—. ¿Y qué hay de ti, Angie? —le preguntó—. ¿Qué esperas del futuro?

Ella reflexionó unos instantes, cogiendo la copa para luego volver a dejarla sin beber.

–Luz –respondió–. Mi futuro está lleno de luz.

Maggie no tenía del todo claro cómo podía llegar a aquella conclusión, tal y como estaban las cosas, pero no era el momento de poner en duda su razonamiento.

–¿Y qué es lo que ves en tu futuro? –la urgió.

–¿Quieres que saque mi bola de cristal? –dijo Angie. Hizo un gesto con las manos, como si la rodeara una neblina, y puso los ojos en blanco–. No tengo ni idea. ¿Acaso alguien puede adivinar el futuro? Lo único que tengo claro es que, haga lo que haga, en ese momento será lo correcto.

Tiger asintió, admirado, ante aquellas palabras de sabiduría, pero Maggie no estaba tan convencida. Por ahora, no veía nada en la vida de Angie en lo que pudiera fundamentar una visión como aquella. Todo era fruto del azar, accidental. La arbitrariedad de todo ello le estremecía. En cambio, su propia vida... Bueno, eso era otra historia. Era una vida estructurada, ordenada, planeada, encaminada justo de la forma que quería.

Cuando terminaron de comer, Tiger volvió a subir las piernas al regazo de Maggie. Ahora estaban incluso más cerca el uno del otro. Ella anhelaba colocar una mano en su muslo, que descansaba sobre sus piernas, pero sabía que no le saldría de forma natural. Dejó las manos donde estaban, en ambos costados, pero en ese momento, como si le hubiera leído la mente, Tiger le rozó los dedos con los suyos. Maggie se sobresaltó con aquel contacto inesperado, pero después, relajándose un poco, permitió que le acariciara la palma con el pulgar, mientras lanzaba una mirada furtiva a Leon y Angie para cerciorarse de que no se hubieran dado cuenta de que había cambiado la dinámica entre ellos. Seguían riéndose y parecía que no se habían enterado.

–¿Y si sacas el saxofón, Lee? –propuso Angie–. Tócanos algo de *soul* acorde al ambiente.

En el rostro de Leon se manifestó una débil oposición antes de irse a su habitación a por el instrumento. Mientras lo preparaba, Maggie, que estaba sentada con la espalda recta en el sofá y las piernas de Tiger encima de ella, se deslizó a un lado hasta apoyar la cabeza en su pecho. Él, de inmediato, la rodeó con un brazo y encontró con los dedos la piel expuesta de su espalda, ahí donde su camiseta se había levantado. Ella cerró los ojos, deleitándose en aquella caricia, dulce, sin compromisos, pero de una intimidad que le era del todo nueva.

Leon tocó «Smooth Operator», idónea para el ambiente, y, acto seguido, «Careless Whisper», y, mientras las melodías arrebatadoras llenaban la habitación, Maggie comenzó a pensar que tal vez Angie no se equivocaba del todo. Quizá en la vida universitaria había hueco para algo más que una licenciatura en Derecho.

Capítulo 13

Al día siguiente, Maggie regresó a casa de un seminario. Albergaba la esperanza de que Tiger estuviera solo, pero, cuando abrió la puerta, reinaba en el ambiente una quietud y un silencio que parecían indicar que no había nadie, y su desencanto fue en aumento. No tenía del todo claro qué había entre ellos, si es que había algo. La velada anterior, después de que Leon los llevara a todos a un estado de tranquilidad extrema, se habían ido a dormir. Maggie se había sentido agradecida. Ni siquiera había besado a Tiger todavía, y no quería precipitarse, pero ahora la embargaba la sensación insatisfecha de no saber a ciencia cierta cómo estaban las cosas entre ellos, algo a lo que no estaba acostumbrada.

Fue directamente a su dormitorio y dejó la mochila en el escritorio. Luego, salió a prepararse una taza de café antes de ponerse a estudiar. En el fregadero había platos sucios del desayuno, pero Maggie apenas se molestó. ¿Se estaría volviendo más tolerante? Le parecía improbable, pero tal vez era cierto. Todavía no había llegado a limpiar los platos de nadie más, pero no le importaba dejarlos donde estaban, en vez de declararle la guerra al culpable.

El agua comenzó a hervir y, al servirla en la taza, le pareció oír movimiento en el piso de arriba. Tal vez se había equivocado: parecía que, al final, había alguien en casa. Cogió el café y se dirigió a su habitación de nuevo, pero, al cruzar el pasillo, oyó claramente el llanto de una persona. Era un sonido tan íntimo que se sintió culpable solo por oírlo. ¿Tal vez fuera quien fuera no la había oído entrar y pensaba que estaba a solas? Tenía que ser Angie. Leon era un alma sensible y tenía sus momentos, pero el llanto que oía Maggie transmitía un dolor cándido.

Vaciló en la puerta de su habitación, tratando de decidir qué hacer. No quería entrometerse, pero, por otro lado, a Angie quizá le vendría bien tener a alguien con quien hablar. Al menos debería ofrecerse, si bien estaba convencida de que la rechazaría de lleno. Se dio la vuelta, subió con cuidado las escaleras y se detuvo delante de la puerta de Angie. Parecía que los sollozos habían menguado un poco; ahora se la oía, más que nada, respirar por la boca y resollar. Tal vez ya se había recompuesto, fuera cual fuera el motivo de su angustia. Pero, por otro lado, ahora ella ya estaba allí, así que no le costaba nada preguntarle si necesitaba algo.

Alzó la mano y llamó a la puerta con cuidado.

–¿Angie? Soy yo, Maggie. ¿Te encuentras bien? ¿Necesitas algo?

La habitación cayó en un profundo silencio, como si Angie estuviera conteniendo la respiración, pero entonces Maggie la oyó resollar. Lo interpretó como una especie de permiso para que abriera la puerta.

Angie estaba sentada en el suelo, rodeada de bolas de papel higiénico que, sin lugar a dudas, había usado a modo de pañuelos. Cuando levantó la mirada, tenía la cara roja y los ojos hinchados, entrecerrados. A Maggie le pareció que aquella era una escena privada que no debería estar viendo, pero esta Angie abatida y desolada era tan diferente a la Angie que conocía que se sentía atraída hacia ella, como si fuera una actriz en el escenario.

–Oh, Angie –dijo, al entrar en la habitación, y, sin más dilación, se agachó para quedar a su altura–. ¿Qué demonios pasó?

Angie se limitó a negar con la cabeza y arrancó otro trozo de papel higiénico del rollo que tenía al lado. Se sopló los mocos, generando gran estruendo.

–No es nada –respondió.

¿Por qué las mujeres siempre decían eso, aun cuando resultaba evidente que no era cierto? Maggie volvió a intentarlo:

–A ver, a ver, salta a la vista que algo te pasa. No es muy propio de ti estar tan triste.

–Se me pasará dentro de un minuto –contestó Angie.

Maggie no estaba segura de si la estaba echando. Nunca habían tenido una relación muy cercana. ¿Tal vez no le correspondía a ella interferir en una situación como esta? Pero no quedaba rastro de aquella confianza desenfadada tan característica de Angie: tenía los hombros hundidos y agachaba la cabeza, y Maggie intuyó que no le parecía del todo mal que se preocupara por ella.

–Cuéntamelo –le dijo mientras se sentaba a su lado, dejando claro que no tenía la intención de marcharse–. Te sentirás mejor si te desahogas, y tal vez incluso pueda ayudarte.

Al pronunciar aquellas palabras, Maggie pensó que parecía una ridiculez. ¿Qué podía ofrecerle ella a Angie? Angie era una chica de lo más guay, y ella…, bueno, tenía que admitirlo, en comparación era muy aburrida. Se quedó un poco rígida mientras esperaba a que la rechazase, pero en ese momento Angie se abalanzó contra ella y le rodeó los hombros con los brazos. La reacción instintiva de Maggie fue tensarse ante aquel contacto inesperado, pero luego se fue relajando, la rodeó con los brazos y la estrechó con cuidado. Notó que Angie comenzaba a sollozar de nuevo e instintivamente la abrazó con más fuerza.

–Es que es una mierda –dijo Angie, con voz ahogada, contra el hombro de Maggie.

–¿A qué te refieres? –le preguntó esta.

–A todo.

No tenía claro qué responder a aquello, de modo que se limitó a sostenerla, a la espera de que recobrara la compostura, y entonces la soltó.

Angie se reincorporó en el suelo.

–Lo siento –dijo sin alzar la mirada.

–No hace falta que te disculpes –contestó–. Simplemente me preocupo por ti. ¿Qué es una mierda?

Angie resolló y se limpió la nariz con la base de la mano.

–Todo.

Estaban entrado en bucle y Maggie trató de que todo aquel

sinsentido no la irritara, pero en aquel instante Angie pareció darse cuenta justo de lo mismo.

–Quiero decir, aquí me tienes. Se supone que la universidad es la mejor época de tu vida, pero es que siento que todo esto le está pasando a otra persona. ¿Sabes a lo que me refiero?

Maggie asintió. Sí que lo sabía. De hecho, entendía perfectamente cómo se sentía.

–Y no tengo ni idea de lo que quiero hacer cuando termine la licenciatura. Tiger dice que debería viajar, como él, pero no es lo mío. No quiero pasarme toda la vida huyendo. Me gusta Inglaterra. Quiero estabilidad. Quiero conseguir un trabajo y tener un piso y sentar la cabeza. Él dice que eso es venderse y que me estoy tragando la propaganda del mundo empresarial, pero yo no lo veo así. No quiero trabajar en una empresa, pero sí quiero trabajar. Lo que pasa es que no sé de qué.

Y, con aquellas palabras, rompió a llorar una vez más.

Maggie no sabía qué decir. Aquello no era algo que la hubiera preocupado jamás. Desde que tenía uso de razón, siempre se había esforzado con gran diligencia en convertirse en abogada y en ningún momento había dudado de que fuera a conseguirlo o de que, una vez hiciera realidad su sueño, no fuera a ser lo que esperaba. Así y todo, entendía que, sin un camino tan claro que seguir, la vida podía resultar inquietante.

Pero es que ¡estaban hablando de Angie! De Angie, que parecía ir por la vida sin ningún plan, tomando prestado o apoderándose de lo que necesitase sin preocuparse lo más mínimo por ninguna de las cosas que para Maggie eran tan importantes. Era una situación difícil de digerir.

–No creo que tengas que preocuparte por esto, Angie –le dijo entonces, con un tono que esperaba que no transmitiera ni menosprecio ni superioridad–. Aún estamos en el ecuador de la universidad; lo que te sobra es tiempo para decidir qué harás después. Tú no le hagas caso a Tiger. ¿Qué sabrá él? Su estilo de vida es insostenible. Más pronto que tarde, tendrá que dejar de viajar y sentar la cabeza, y entonces no tendrá ni estudios ni perspectivas de futuro. Tú eres inteligente y elocuente y guapa y conseguirás cualquier trabajo que te propongas; de eso no me cabe la menor duda. Si yo estuviera en tu lugar, dejaría de preocuparme por el futuro y me centraría en sacar adelante la licenciatura de la mejor manera posible.

Aquello era una mentira. Si de verdad estuviera en su lugar, se moriría de la preocupación. Pero, por otro lado, jamás habría llegado tan lejos sin un plan.

Angie se sonó la nariz, hecha un desastre, y lanzó el papel higiénico lleno de mocos a la alfombra. Maggie trató de no ponerse nerviosa.

—Supongo que tienes razón —dijo.

Hubo una pausa, y Maggie se preguntó si debería dejarla a solas, ahora que había cumplido con su deber, pero, justo entonces, esta retomó la palabra:

—No tienes ni idea de lo mucho que te envidio —dijo, mirándola directamente a los ojos de tal manera que Maggie quiso bajar la mirada—. Tú tienes claro quién eres y adónde quieres ir. Es impresionante. Y poco frecuente. Creo que eres la única persona que conozco que esté tan segura de todo.

Maggie sabía que era poco frecuente, pero trató de mostrarse modesta y no orgullosa.

—Y no quiero hacerme la víctima —prosiguió Angie—, pero, si has tenido una infancia como la mía, ya es bastante difícil decidir qué vas a almorzar. Como para ponerte a planear toda tu vida…

Maggie no tenía idea de qué clase de infancia había tenido. No había sido como la suya, eso lo tenía claro, pero, dado que no quería meterse donde no la llamaban, sabía muy poco sobre la niñez de Angie.

—Seguro que fue dura —contestó con vaguedad.

—Fue bastante siniestra. ¿Sabías que mi madre se desentendió de mí cuando solo tenía diez años? Me entregó a los servicios sociales, como si ella ya no tuviera nada que ver conmigo. Y en los centros de acogida no es que te den muchos consejos para tu carrera profesional. Lo único que quieren es que salgas de ahí sin que caigas en una adicción o te pesque un proxeneta o algo peor. En el instituto sí que me ayudaron. Mi tutora me ayudó con todo el papeleo y demás. Y fue un milagro que sacara esas notas y consiguiera una plaza en este lugar. Luego trabajé de reponedora un par de meses, así que pude irme de viaje, pero no tengo ningún plan importante, como tú. De hecho, no tengo ningún plan, punto.

Maggie negó con la cabeza en silencio. De pronto, se sentía muy humilde.

–Has logrado tantas cosas… –le dijo–. A mí me pusieron la universidad en bandeja. Solo tenía que hacer lo que me decían. Pero tú… Que hayas superado todos esos obstáculos es un milagro. De verdad que lo es.

El orgullo que había sentido Maggie hacía unos instantes se desvaneció: ¿qué había logrado ella en comparación con lo que había hecho Angie hasta entonces? Y, ahora que sabía todo esto, los hábitos más irritantes de Angie cobraban sentido: tomar cosas prestadas, robar la comida, todo. Maggie estaba avergonzada. ¿Qué derecho tenía ella de valorar tanto unas pocas latas de alubias en unas circunstancias como aquellas?

Angie se encogió de hombros.

–No sé si existen los milagros –comentó, poniendo los ojos en blanco–,no soy Jesucristo. Pero he tenido que tomar decisiones por mi cuenta. Y es difícil. Y a veces, como hoy, también da miedo.

–Bueno, yo te aconsejo que no le hagas caso a Tiger –contestó Maggie–. Sus consejos no son tan sabios.

En el rostro de Angie apareció una leve sonrisa.

–Sí. A Tiger se le da bien otro tipo de cosas. Creo que ya te has dado cuenta –dijo, enarcando una ceja en su dirección.

–Es un buen tipo –respondió con incertidumbre.

Seguía sin tener claro qué había entre ellos y no quería meter la pata.

–Sí –dijo Angie–. Es un trozo de pan, la verdad.

Sonrió de oreja a oreja y fue como si la Angie de siempre hubiera vuelto a entrar en la habitación. El único indicio de lo que había pasado era el montón de trozos de papel higiénico llenos de mocos en el suelo.

—¿Seguro que estás bien? —quiso saber Maggie, desconfiando un poco de aquel cambio de rumbo tan repentino.

—Ay, sí —contestó, quitándole hierro al asunto—. Y tengo que cambiarme de ropa; voy a llegar tarde a clase.

Recogió todas las bolas de papel con la mano, se puso en pie y las echó a la papelera de mimbre junto al escritorio. Maggie tenía la impresión de que Angie estaba tratando de borrar de su existencia los últimos minutos y se preguntó si no se arrepentiría de toda aquella franqueza pasado un tiempo. Bueno, no pasaba nada. No eran amigas íntimas y probablemente jamás lo serían. Había sorprendido a Angie en un insólito momento de debilidad por pura casualidad, nada más, pero esperaba haberla ayudado un poco. Y, a partir de entonces, ella trataría de ser más indulgente, ahora que se hacía una idea del pasado de Angie.

También se levantó y cruzó la estancia en dirección a la puerta, esquivando la ropa y los libros que Angie había dejado tirados en el suelo.

—Cierto —comentó—. Yo también tengo que irme. Que tengas un buen día. Nos vemos luego.

—Claro que sí —contestó Angie sin mirarla—. Y, Maggie... —añadió.

Maggie pensó que estaba a punto de darle las gracias, pero lo que le dijo fue lo siguiente:

—Tiger y yo... —Negó con la cabeza.

Maggie no entendía qué quería decirle. ¿Le estaba diciendo que no había nada entre ellos o la estaba amenazando? De cualquier manera, parecía que había sido una ilusa al pensar que nadie más había notado la química entre ella y Tiger.

Salió del cuarto y cerró la puerta tras ella, antes de dirigirse a la cocina. El café que se había preparado ya estaba templado, de modo que lo vertió por el fregadero y se preparó uno nuevo. Era una pena, pensaba mientras el agua volvía a hervir, que Angie y ella no tuvieran una relación más íntima. No tenía la conciencia tranquila. Había prejuzgado a su compañera de casa, había asumido ciertas cosas basándose en lo que había visto en vez de tomarse la molestia de conocerla de verdad, pero tal vez no era demasiado tarde para rectificar. Y ¿acaso no era cierto que las dos tenían la impresión de que la universidad no estaba siendo todo lo maravillosa que esperaban? Puede que, a fin de cuentas, sí tuvieran algo en común.

Una vez estuvo preparado el café, regresó a su dormitorio y se acomodó en el escritorio. Justo empezaba a comprender el razonamiento de lord Denning en el caso que estaba leyendo cuando Angie se presentó en su puerta. Se había lavado la cara y no quedaba rastro alguno de su malestar, con la excepción, si acaso, de la leve hinchazón alrededor de sus ojos. Maggie asumía que iba a decirle que no vendría a cenar o alguna banalidad doméstica del estilo, pero la miró a los ojos y le dijo:

—Gracias por lo de antes, Mags.

Algo había en su tono de voz y en la sencillez de sus palabras que le dio a entender a Maggie que las cosas habían cambiado, que se había abierto el cerrojo de una puerta que las separaba. Era como si ahora compartieran un secreto que las unía de una manera en la que, hasta entonces, no habían estado unidas. Aquella idea la inundó de una sorprendente sensación de cariño.

—No hay de qué —contestó con una sonrisa.

Capítulo 14

Estaban disfrutando de una perezosa mañana de sábado: Maggie estaba ordenando los apuntes de la semana anterior en la mesa de la cocina y Leon estaba leyendo una revista. Había una jarra de café templado entre ellos, además de una botella vacía de leche y un bol de cereales a medio comer, pero Maggie no había sentido la necesidad de limpiar nada de aquello.

Tiger se paseó hasta la cocina, vestido de pies a cabeza, lo cual no solía ser el caso a estas horas del día. Se desplazó por la estancia recogiendo sus cosas con una convicción sorprendente, ante la atenta mirada de Maggie, que se preguntaba a qué venía aquel ímpetu por limpiar. Le gustaba tener un pretexto para mirarlo sin tener que avergonzarse.

—Mañana os dejaré tranquilos —dijo, retirando su chaqueta vaquera del respaldo de una silla.

A ella le dio un vuelco el corazón. La estancia de Tiger había sido de una duración indeterminada desde el comienzo, como no podía ser de otra manera; ninguno de ellos, ni siquiera el propio Tiger, tenía del todo claro cuánto tiempo pretendía quedarse. Una vez superado el alboroto de su llegada, ella se había acostumbrado a su presencia y estaba convencida de que algo se estaba formando entre ellos, sin prisa pero sin pausa. Pero ahora se marchaba, así, tan pronto. Entró en pánico. No tenía claro qué era lo que esperaba, pero había dado por sentado que dispondrían de más tiempo para aclarar la situación.

—Tengo un billete de tren a Dover para mañana —prosiguió Tiger—. Y después me iré a San Petersburgo.

—¿San Petersburgo, en la Unión Soviética? —quiso aclarar Leon, alzando la mirada de su ejemplar de *New Musical Express* y mirando a Tiger boquiabierto–. Pensaba que no podíamos cruzar el telón de acero. ¿No te meterán en un gulag hasta que te pudras?

–Eso solo pasa en las novelas de espías, amigo –contestó–. No es peligroso viajar, siempre y cuando no cometas ninguna estupidez. No te quitan el ojo de encima y no puedes ponerte a deambular tú solo por donde quieras, pero algo te dejan ver. Así que cogeré el tren en París el lunes por la noche.

–¿Qué pasa? –preguntó Angie, al entrar en la cocina.

Lucía una camiseta holgada con el eslogan «*Choose Life*» que se había vuelto gris a base de lavarla y unos bombachos. Se había recogido el cabello pelirrojo con un calcetín de Leon. Saltaba a la vista que acababa de levantarse.

–Tiger nos deja –explicó Leon–. Mañana.

Angie cruzó la estancia y rodeó a Tiger con los brazos.

–Ay, amigo, qué mal. Te echaré mucho de menos –le dijo–. ¿Adónde vas?

–A San Petersburgo –contestó Tiger.

–Mola –dijo Angie–. Bueno, pues esta noche toca fiesta de despedida. Para que tengas algo en lo que pensar cuando te estés muriendo de frío en Siberia.

–San Petersburgo está muy lejos de Siberia –intervino Leon–. Dios, Angie, ¿no aprendiste nada en el colegio?

Angie tragó saliva y Maggie recordó la conversación que habían tenido a propósito de su infancia. Se preguntaba con cuánta frecuencia quedaban en evidencia las carencias de su formación. Por otro lado, Maggie tampoco era experta en geografía de la Unión Soviética.

Angie recobró la compostura con rapidez.

–Nada de nada, queridito. Yo no sé *niente, rien, nichts, niets* –dijo con sarcasmo.

Maggie comprendió que, como de costumbre, parecía que Angie había decidido dar una fiesta sin consultarlo con los demás, pero, por una vez, no le importaba. Podría ser precisamente lo que necesitaban ella y Tiger para aclarar qué había entre ellos de una vez por todas.

–Una fiesta. Qué gran idea –dijo con entusiasmo, y Leon la miró de reojo, como si no se creyera lo que acababa de oír.

–¿Nosotros solos o invitamos a más gente? –preguntó Angie.

Maggie, que no tenía a gente a la que invitar, preferiría que estuvieran los cuatro solos, pero era consciente de que podría beneficiarla que hubiera una multitud de personas. Les brindaría a ella y a Tiger la oportunidad de ausentarse sin llamar la atención.

–Los que no tengan planes, que vengan –sugirió–. Tiene que ser una noche memorable.

–Vale. Voy a llamar a unos cuantos. ¿Alguien tiene una tarjeta telefónica?

Maggie puso los ojos en blanco, sacó de la cartera la tarjeta telefónica que acababa de comprar y se la entregó a Angie.

–A ver si no agotas el saldo –le dijo–. Aún tiene 2,40 libras.

–Gracias –respondió, deslizando la tarjeta entre los mechones de su cabello y dirigiéndose a la puerta.

–¿No piensas vestirte antes de salir? –le preguntó Maggie, pero Angie se limitó a encogerse de hombros.

Al caer la tarde, contaban con unos diez invitados que habían prometido traer sus propias bebidas. Leon se ofreció a hacer chili, su plato insignia, y Maggie compró vajilla de plástico en el supermercado Woolworths. Angie preparó un cuenco de su celebérrimo ponche y llevaron el equipo de sonido de Leon al piso de abajo para escuchar algo de música. Maggie era consciente de que habría tenido más sentido utilizar el suyo, puesto que su habitación se ubicaba en la planta de abajo, y le estaba muy agradecida a Leon por no haberlo sugerido. Por último, Angie tapó todas las luces con unos chales para crear un ambiente más íntimo, y ya estaban listos para empezar la fiesta.

Se reunieron los cuatro en el salón y Angie sirvió el ponche en los vasos de plástico, antes de distribuirlos con orgullo.

–Ahí va el mejor ponche de vuestras vidas –dijo.

Maggie probó un sorbo y se sorprendió. Era una bebida fuerte.

—¿Qué le has echado? —le preguntó, entre tos y tos.

—Oh, qué te voy a decir —contestó Angie con vaguedad—. Un poco de todo.

—Por el sabor que tiene, querrás decir un mucho de todo —dijo Maggie entre risas, pero tomó otro sorbo.

Cuando dieron las nueve, seguía sin aparecer nadie.

—¿A qué hora has citado a la gente? —preguntó Leon.

—A ninguna en particular. Solo dije que íbamos a dar una fiesta en casa.

—Entonces puede que no aparezcan hasta que cierren los *pubs*, ¿no? —inquirió Maggie.

Trató de ocultar la irritación que la embargaba, pero no podía esperarse otra cosa de Angie. Maggie no quería que una horda de desconocidos se presentara en su casa a medianoche. No le hacía la menor gracia, pero, a medida que pasaba el tiempo, los invitados seguían sin hacer acto de presencia y todo apuntaba a que se saldría con la suya: no fue nadie.

—Bueno, no nos hace falta nadie más —comentó Angie, arrastrando un poco las palabras cuando el reloj dio más de las diez—. Podemos montar una fiesta nosotros solos.

Subió el volumen y «Don't Leave Me This Way» acaparó toda la estancia.

—Es la canción perfecta —dijo, contoneándose hasta donde se sentaba Tiger, en el sofá hundido—. No me puedo creer que me vayas a abandonar otra vez —añadió, al tiempo que le cogía de la mano y tiraba de él para que se pusiera en pie, momento en el que ella estuvo a punto de perder el equilibrio.

—Podrías venir conmigo —contestó Tiger, acompasándose al ritmo de la música de inmediato sin dejar de dar pequeños brincos.

Parecía que, para él, bailar era tan natural como caminar. Maggie, al bailar, más que nada se limitaba a mover los pies, aunque llegaba a dar saltos si bebía mucho. Le gustaría bailar con Tiger, pensó entonces, pero, al verlo moverse de aquella manera, perdió toda la confianza. Lo que hizo fue coger el vaso de plástico y dar un buen trago a ese ponche con el que le escocían los ojos.

—No puedo —le gritó Angie, que había subido al máximo el volumen de la música—. Me gusta este lugar y, además, tengo que acabar los estudios.

Tiger la cogió de la mano y le dio una vuelta de un lado a otro mientras Maggie los observaba. Por un lado, anhelaba bailar con Tiger de esa manera, pero, por otro, se alegraba de no encontrarse en un aprieto como ese. Volvió a beber.

—Se me ha ocurrido una idea —dijo Leon, antes de desaparecer en la cocina para volver segundos después con el paquete de los cereales. Lo dejó en el suelo—. Venga, tenéis que levantar el paquete con los dientes, pero solo podéis tocar el suelo con los pies.

A Maggie, por regla general, no le gustaba jugar a nada cuando bebía, pero este juego parecía bastante inocente.

—Vale —respondió Angie, que seguía bailando con Tiger—. Haznos una demostración primero.

Leon se inclinó y, con gran facilidad, agarró el paquete con los dientes y se reincorporó. Parecía la mar de contento.

—No es por ser un aguafiestas, amigo —dijo Tiger—, pero vaya mierda de juego.

Leon enarcó una ceja, indiferente a aquella crítica.

—Pues adelante, Tiger. Te reto —le respondió, señalando el paquete.

Tiger se acercó un paso, se quedó mirando el paquete y empezó a agacharse. No tardó en quedar claro que no tenía la misma flexibilidad que Leon: se reincorporó y lo intentó de nuevo, en esta ocasión doblando una rodilla, en vez de las dos, y consiguió acercar más la cara al paquete, pero fue incapaz de agarrarlo.

—Dios, Tiger, qué mal se te da —se rio Angie—. Voy a probar yo.

Angie levantó el paquete, pero con menos gracia que Leon.

—¡Tarán! —masculló, apretando los dientes y agitando el paquete en el aire.

Maggie sabía que ahora le tocaba a ella, pero no tenía la más mínima idea de si sería capaz de superar el reto o no. No quería quedar en ridículo, pero sabía que daría incluso peor imagen si ni siquiera lo intentaba.

Angie volvió a dejar el paquete en el suelo.

—Te toca, Mags —le dijo.

En pocas ocasiones se había sentido Maggie tan cohibida como cuando se dobló en dos para alcanzar el paquete, pero se maravilló al darse cuenta de que podía cogerlo con facilidad. La embargó una oleada de alivio.

—Voy a intentarlo otra vez —dijo Tiger, e imitando la técnica de Angie, que se había agachado con una sola pierna, consiguió levantar el paquete sin perder el equilibrio.

—Vale —anunció Leon, quitándole el paquete de los dientes—. Ahora quitamos esto —arranco la tira de cartón de la parte superior del paquete— y empezamos otra vez.

—Para agacharme tanto, voy a tener que beber más —comentó Tiger, entre risas.

Siguieron jugando ronda tras ronda. Tiger se rindió en la tercera, mientras que Angie se cayó hacia delante en la quinta y anunció que se retiraba, de modo que solo quedaron Maggie y Leon. Conforme se agachaban para alcanzar lo poco que quedaba del paquete de cereales, Angie y Tiger los animaban y vitoreaban como si fuera un deporte olímpico. Maggie no se consideraba una persona competitiva en particular, pero, con el ponche recorriéndole las venas y Tiger observándola, se dio cuenta de que ardía en deseos de ganar. A medida que el paquete se iba empequeñeciendo, aquella ansia se incrementaba. No obstante, Leon era un duro rival y compitieron hasta que tan solo quedaron unos pocos centímetros del paquete.

Primero probó Leon. Seguía pareciendo muy fácil cuando él lo intentaba, pues sus caderas y su torso le permitían agacharse mucho; daba la sensación de que, de haberlo necesitado, habría sido capaz de lamer la alfombra con la lengua. Para Maggie no era tan sencillo: siempre corría el riesgo de perder el equilibrio y caerse de bruces. Cambió de postura, separando más los pies, pero, a continuación, perdió el equilibrio y cayó. Rodó hasta quedar bocarriba y les sonrió a las tres caras que la miraban desde lo alto.

–¡Me rindo! –dijo–. Tú ganas, Leon.

Este empezó a correr en círculos para celebrarlo, levantando los brazos y gritando, y Angie se le unió. Tiger se agachó y se sentó a horcajadas sobre Maggie, inmovilizándole los brazos con las rodillas.

–Te tengo –le dijo–. No te me vas a escapar.

Se inclinó sobre ella para que notara su cálido aliento en el semblante. Maggie trató con poco entusiasmo de liberarse, pero él se sentaba sobre su cuerpo con firmeza, sonriente. Había llegado el momento, pensó entonces. La iba a besar y no le importaba que Angie y Leon estuviesen allí presentes. Lo único que quería era que sucediera. Lo miró a la cara, tratando de dárselo a entender con la mirada. Tenía que saberlo. Era imposible que se acercaran tanto el uno al otro sin que aquello desembocara en un beso.

Pero entonces oyó que Leon gritaba:

–Maggie está en el suelo. ¡A por ella!

Y se puso sobre sus piernas, detrás de Tiger, y perdieron la oportunidad. Angie se unió y notó que se sentaba detrás de los dos chicos, de forma que todos acabaron encima de ella; comenzó a respirar con dificultad por todo el peso. Sabía que Tiger hacía lo que estaba en su mano para soportar la mayor parte del peso de los demás con su cuerpo, e instantes después se desplazó a un lado y todos se desplomaron sobre la alfombra, jadeantes.

–¿Queréis matarme o qué? –les preguntó ella, entre risas, y todos lo negaron.

Uno a uno, se pusieron de pie, y Leon le tendió a Maggie la mano y tiró de ella para que se levantara.

–Enhorabuena, Mags –le dijo–. Una digna rival en el reto del paquete de cereales, pero, al parecer, ¡no has estado a la altura!

–¿Cómo es posible que se te dé tan bien, Lee? Debes de llevar años practicando a escondidas –comentó Angie–. Como con el saxofón, igual.

Leon se encogió de hombros.

–Soy una caja de sorpresas –dijo, esbozando una ancha sonrisa en su dirección.

–Mmmm –contestó ella–. Bueno, ¿y qué hora es?

–Ya casi son las doce y media –anunció Leon–. Me parece que no va a venir nadie a nuestra fiesta.

–Así mejor –dijo Tiger–. ¡Alguien se ha bebido todo el ponche! Ah, aún queda un poco. ¿Quién quiere?

Todos le pasaron los vasos y él sirvió lo que quedaba.

–¡Un brindis! –exclamó Angie–. Me da igual que no haya venido nadie. Me lo he pasado en grande con mis personas favoritas. ¿Para qué hace falta más gente? Venga, levantad las copas de cristal. –Alzó la suya–. Bueno, sí, ya sé que solo son vasos de plástico. ¡Por nosotros! ¡Seremos amigos para siempre!

El eco de sus palabras resonó lento en la habitación.

Capítulo 15

Los años noventa
1993

Iba a haber una reunión familiar. Bueno, no en el sentido estricto de la palabra, pero Leon había invitado a Angie y a Maggie a cenar a su casa. Desde que acabaron la universidad, ninguno de ellos se había mudado muy lejos. Maggie y Angie seguían en York y Leon había vuelto a Leeds, de modo que estaban a cuarenta y cinco minutos de distancia. Por supuesto, no era como cuando vivían en la misma casa, pero mantenían el contacto y trataban de reunirse siempre que se les presentaba la oportunidad.

En general, cuando se juntaban, acababan comiendo algo porque les entraba el hambre, pero ir a comer nunca era el motivo principal de los encuentros, así que, cuando a Angie le llegó por correo postal la invitación formal y abrió el sobre nuevo de color blanco, estuvo a punto de caerse del puf. ¿Qué clase de persona invitaba a alguien a cenar por carta? ¿Por qué no las llamaba para que se acercaran y punto? Y el artífice no era otro que Leon, lo que hacía la situación incluso más extraordinaria.

Ella y Maggie viajaron a Leeds juntas. La segunda iba al volante, mientras se entregaban a todo tipo de especulaciones de lo más descabelladas para tratar de adivinar qué diantres se traía él entre manos.

—Tal vez al fin haya firmado el contrato en el club de *jazz* Ronnie Scott's —dijo Maggie— y quiera celebrarlo por lo alto con sus amigas de toda la vida.

–Por desgracia, creo que hay más probabilidades de que yo me haya enrollado con Brad Pitt –contestó Angie–. Y, créeme, no es el caso.

Aparcaron frente al piso de Leon, la planta baja de un viejo edificio victoriano en Headingley, rodeado por estudiantes; de ahí que, tal y como les había dicho él, fuera, «con mucho alivio, tan barato».

–¡Mierda! –exclamó Angie–. No hemos comprado una botella. ¿Vamos a por algo a esa tienda de licores?

–No, que ya he traído dos –dijo Maggie–. Están en el maletero. Bueno, vamos a ver a qué viene todo esto, ¿no?

Resultó evidente que algo en el mundo de Leon había cambiado segundos después de que abriera la puerta. Llevaba una camisa a cuadros y unos pantalones chinos color beis, en lugar de los vaqueros y la camiseta de siempre. Angie estaba a punto de hacer un comentario al respecto, pero vio algo en su expresión que la contuvo. Le estaba dando la clara sensación de que Leon preferiría llevar puesta otra ropa y de que no quería que se burlara de él por eso.

Así pues, se limitó a rodearlo con los brazos y darle un fuerte abrazo.

–Qué peripuesto estás –dijo, y no pudo evitar añadir–: ¿Esto es una entrevista o algo?

Leon no le respondió, sino que abrió la puerta del todo y cogió las botellas que Maggie le tendía.

–Entrad –les dijo–, entrad.

El piso había cambiado. En situaciones normales, no estaba mucho mejor que su casa de estudiantes: libros, partituras y tazas de café usadas desperdigados por todas las superficies. Ahora, en cambio, todo estaba en su sitio y había reemplazado las luces sencillas del techo por unas lámparas de mesa más íntimas. A Angie tan solo se le ocurría una razón que explicara todos aquellos cambios: Leon tenía novia.

Dejándose llevar por el instinto, paseó la mirada por la habitación y, cómo no, vio que había una mujer sentada en el sofá detrás de ella. Sonreía, pero no hizo ademán de acercarse para saludarlas.

—Bueno, chicas —les dijo Leon. Los tres estaban bastante incómodos ahí de pie, en aquella habitación tan ordenada—, os presento a Becky. Becky, estas son Angie y Maggie, dos de mis amigas de toda la vida.

Mientras hablaba, se frotaba la palma de la mano con el pulgar de la otra y Angie se dio cuenta, presa de una oleada de cariño, de que estaba nervioso. Pero ¿lo que le ponía nervioso era que ellas conocieran a Becky o que Becky las conociera a ellas?

Al fin, la susodicha se puso de pie, pero permaneció donde estaba, como si Angie y Maggie fueran contagiosas.

—Hola —las saludó, arreglándoselas para esbozar una sonrisilla fugaz—. Es un placer conoceros. Leon me ha hablado mucho de vosotras.

Angie la contemplaba. Era menuda, de rasgos angulosos. El pelo claro y recto a la altura de los hombros le enmarcaba el rostro. Era bastante guapa, pero era una belleza imprecisa; no destacaba nada en concreto ni por ser peculiar ni por ser interesante. No era en absoluto la clase de mujer que habría escogido para Leon, pero sí precisamente la que Leon habría escogido para sí mismo.

—Hola, Becky —dijo Maggie, y se adelantó para estrecharle la mano.

¿A quién se le ocurriría hacer tal cosa, pensó Angie, aparte de a Maggie, claro? Pero a Becky no pareció incomodarle lo más mínimo aquel gesto.

Leon se apresuró a ofrecerles algo de beber, pero Becky, sin más dilación, dijo que se encargaría ella del refrigerio y los dejó a los tres a solas.

—Leon, ¡serás pillín! —le dijo Angie—. No nos habías dicho nada de que te hubieras enamorado. ¿Dónde quedan los tres mosqueteros? ¿Lo de uno para todos y todos para uno?

Estaba de broma, pero él frunció el ceño y, tras sentarse, cambió de postura.

–Lo siento. Iba a contároslo, pero es que no tenía claro si íbamos en serio y me parecía demasiado pronto para darle tanta importancia, y luego Becky me pidió que os invitara para que os conocierais. Y, nada, aquí estamos.

Ah, pensó Angie. Lo de la invitación formal ahora tenía sentido. Había sido cosa de Becky. Tendría que haberse imaginado que a Leon no se le habría ocurrido algo así.

–¿Y vive aquí? –le preguntó, aunque parecía evidente, teniendo en cuenta la transformación del piso y el hecho de que Becky estaba sola en la cocina preparando la comida.

Pero él negó con la cabeza.

–No, todavía no –dijo–. Nos lo estamos tomando con calma.

Angie buscó a Maggie con la mirada, tratando por todos los medios de mantener la expresión de su cara bajo control. Becky lo había cambiado prácticamente todo y ni siquiera se había mudado todavía. Pobre Leon… Pero ¿quién era ella para juzgar? Lo importante era que él fuese feliz y, por lo menos, así parecía ser.

Los tres charlaron de forma distendida, poniéndose al día, hasta que Becky los llamó para que fueran a comer.

La mesa que estaba en la esquina de la cocina y en la que habían comido muchas pizzas y curri a domicilio también había sufrido cambios. Ahora había un mantel y servilletas de verdad, y las copas de vino de Leon, todas ellas diferentes, relucían a la luz de cinco velas alargadas dispuestas por toda la estancia. Angie tenía que quitarse el sombrero ante Becky, que claramente estaba detrás de todo aquello. Era espectacular.

–Sentaos, por favor –les dijo esta.

Ahora sonreía más. Debía de ser por los nervios, concluyó Angie, por lo que transmitía aquel aura distante, y por eso podía perdonarla. A menudo era incómodo conocer a gente nueva, en especial a gente que se conocía tan bien, como era su caso. No era de sorprender que se sintiese un poco intimidada.

Angie separó de la mesa la silla que más cerca le quedaba para tomar asiento, pero entonces Becky alzó una mano para que se detuviera.

–Ahí, no, por favor, Angie –le dijo–. Tú te sientas ahí, al lado de Maggie, para que Leon se siente conmigo en este lado de la mesa.

A Angie nunca le habían dicho dónde tenía que sentarse y era toda una provocación para su espíritu rebelde, pero no quería montar una escena, por el bien de Leon.

–Vale –respondió, cortante. Se desplazó al otro lado de la mesa–. ¿Aquí? –preguntó, apartando una silla.

–Ese es el sitio de Maggie –dijo Becky.

Angie la miró con frialdad, separó la otra silla y se sentó.

–A sus órdenes –dijo por lo bajo, y Maggie le dio una palmadita en el muslo.

–Pues bien, para empezar, tenemos sopa de berros con pan de tostadas –anunció Becky, sirviendo los cuencos con esmero.

La sopa tenía un color verde muy nutritivo, además de una capa blanca de nata en la superficie. Parecía digna de un restaurante y Angie tenía que admitir, después de hundir la cuchara y probarla, que era excelente.

–Bueno, ¿y a qué te dedicas, Becky? –le preguntó Maggie.

–Soy la asistenta personal del director ejecutivo de Lutterworths, la tienda de muebles –contestó–. Seguro que os suena.

A Angie no le sonaba, pero Maggie asintió con entusiasmo.

–Debe de ser un trabajo interesante –comentó.

–Y exigente –concordó Becky–. Ser asistenta personal entraña muchas más cosas de lo que piensa la gente. Es un cargo de gran responsabilidad.

Angie se preguntaba si acaso estaba compitiendo con Maggie. De ser el caso, tenía las de perder. Esta última acababa de convertirse en socia de su bufete, la más joven de toda su historia. Era imposible que una secretaria, por muchos aires de grandeza que se diera, tuviera más responsabilidades.

–¿Y tú eres abogada? –le preguntó Becky a Maggie.

–Especializada en inmuebles comerciales –explicó la aludida–. Compro y vendo todos esos proyectos de construcción enormes en las afueras de la ciudad, la mayoría de las veces para los fondos de pensiones.

Becky asintió, pero resultaba evidente que no quería que le diera más detalles.

–¿Y tú eres masajista? –le preguntó a Angie, pronunciando la palabra como si fuera a contagiarse de algo con solo tenerla en los labios.

–Soy terapeuta alternativa –la corrigió–. Ofrezco tratamientos holísticos, no masajes.

–¿Y qué tal te va? –quiso saber Maggie.

–Acabo de empezar, pero ¿quién sabe? Puede que tenga futuro. Dentro de unos años me encantaría tener un local e incluso contratar a alguien, pero no siempre es fácil encontrar a la persona adecuada.

–Imagino que ha de ser arriesgado –dijo Becky, y a Angie no le quedó claro si se refería a la clase de negocio que regentaba o a su personalidad, pero decidió darle el beneficio de la duda.

–Sí, tengo que encontrar a alguien con los mismos valores que yo. Me interesa mucho...

Pero Becky se puso de pie, arrastrando la silla contra el suelo, y comenzó a recoger los cuencos.

–A continuación, carne a la naranja con patatas gratinadas a la *dauphinoise* y judías verdes.

–La sopa estaba deliciosa –le dijo Maggie a Becky, que seguía de espaldas.

Angie enarcó una ceja, pero tuvo cuidado de que Leon no la viera. No quería herir sus sentimientos, aunque su novia era una grosera y, además, empezaba a sospechar que tenía pocas luces.

A medida que fue avanzando la noche y el vino se servía a raudales, la conversación volvió a centrarse en la época que pasaron en York. Angie vio que Becky se revolvía en el asiento, sin nada que decir, y que estaba desesperada por sacar un tema que controlase.

–¿Sabes algo de Tiger, Angie? –le preguntó Leon.

–Sí. Está en la Australia profunda, trabajando en una granja de ovejas. Le encanta el aislamiento, pero me parece que echa de menos tener compañía. Tiene pensado mudarse a Sidney pronto y después irse a Nueva Zelanda o tal vez a Bali.

–¿Tiene un plan concreto, entonces? –Leon sonrió–. ¡Muy propio de Tiger!

–Sí. –Angie se echó a reír–. Ya sabes cómo es.

–Pues mi jefe, Lutterworth hijo, ha estado en Australia –apostilló Becky–, pero dice que no es para tanto. Que no hay nada, al parecer. Ni cultura ni nada.

Angie se quedó mirándola, para ver si estaba bromeando, pero su expresión sugería lo contrario.

–Los aborígenes australianos son una de las civilizaciones más antiguas del mundo –le dijo–. Tal vez el tal Lutterworth hijo no prestó mucha atención a lo que tenía a su alrededor.

–Oh, seguro que sí –añadió Becky con rapidez–, con lo observador que es. Pero dice que no hay nada. Ni edificios viejos ni nada.

Angie lanzó una mirada a Leon, asumiendo que él se pondría de su lado, pero este parecía estar absorto en el estampado del mantel.

–Me parece que tu jefe fue a Australia con ideas preconcebidas –dijo con frialdad– y que solo vio lo que quiso ver.

Pero Becky hizo oídos sordos.

–De postre, hay tiramisú –anunció, y comenzó a retirar los platos.

Se marcharon poco después. Maggie sacó el pretexto de que tenía mucho trabajo al día siguiente y Leon, que en situaciones normales las habría animado a quedarse un rato más, pareció aliviado de que la velada fuera a terminar tan pronto.

–Bueno, ha sido un placer veros a las dos –les dijo cuando se detuvieron en la puerta–. Tenemos que repetir pronto.

Se besaron con poca convicción.

—Bueno, pues no lo volveremos a ver hasta que se deshaga de ella –dijo Angie, mientras volvían a casa en coche–. Nos odia.

—Eso lo dirás por ti –contestó Maggie, no sin cierta indignación–. ¡Yo he hecho migas con ella! Pero razón no te falta. Es un poco seca y no sé muy bien qué es lo que ve Leon en ella. Las mujeres controladoras, en general, no son su tipo, ¿no crees?

—¿Acaso ha habido otras mujeres? –preguntó–. ¿Controladoras o no? No me acuerdo de ninguna novia que le durara más de una semana o dos. Quizá siempre ha buscado a alguien como ella, pero no la ha encontrado hasta ahora.

—Tal vez estaba nerviosa –dijo Maggie–. Debe de ser agobiante conocernos a nosotras, sabiendo la relación estrecha que tenemos con él. ¿Tal vez en situaciones normales es, no sé, un poco menos desagradable?

—Tal vez –concedió Angie–, pero mi sexto sentido me dice que esta noche hemos visto a la verdadera Becky.

—Bueno, si es así, tendremos que ganárnosla sea como sea –dijo–. Y, aunque me he expresado en plural, en realidad lo digo por ti. Con el éxito que has tenido con ella…

Aunque el interior del coche estaba a oscuras, Angie supo que Maggie estaba sonriendo por su tono de voz.

—Mmmm –contestó–. Lo que quieres decir es que tenemos que salvar a Leon de sí mismo. Otra vez.

Capítulo 16

1997

La clienta de Angie estaba tendida en la camilla del tratamiento. Si bien permanecía inmóvil con los ojos cerrados, Angie notaba la energía nerviosa que irradiaba. Todos y cada uno de los músculos estaban tensos. Incluso las pestañas, que no paraban de parpadear, transmitían cierta tensión. Estaba acostumbrada. Sus clientes a menudo demostraban un nerviosismo surrealista antes del primer tratamiento y había aprendido a no tomárselo como algo personal. No era por ella. En verdad, ella no hacía sino ayudarlos. En ocasiones, era el miedo a lo desconocido lo que generaba aquella ansiedad, el hecho de haber venido a probar un tratamiento en el que no confiaban del todo y de no tener claro qué iba a suceder. En otros casos, tenía que ver más con el propio cliente y la razón oculta por la que había venido a recibir el tratamiento en primer lugar. De cualquier modo, Angie había aprendido que la mejor manera de lidiar con todo aquello era mantener la calma, mostrarse amable y esperar que, a medida que el cliente se relajara, desapareciese la ansiedad.

Pero, al parecer, este no era el caso. La clienta, Mandy, que había venido por recomendación de la amiga de una amiga y de quien Angie no sabía casi nada, abrió los ojos de pronto y se sentó de golpe. Si Angie hubiera estado más cerca de ella, se habrían golpeado la cabeza e incluso puesto en peligro un diente o dos, pero, por suerte, justo estaba subiendo el volumen del reproductor de CD para tapar el ruido del tráfico y, por tanto, no corrió peligro cuando Mandy se levantó de la camilla con un movimiento digno de *Beetlejuice*.

–No sé si esto es lo mío –dijo Mandy, cortante–. Será mejor que lo dejemos aquí.

Sacó las piernas por un lado de la camilla y se dispuso a tocar el suelo con los dedos de los pies, momento en el que Angie entró en acción. Últimamente las reservas escaseaban; no se podía permitir cancelar ninguna y seguir pagando el alquiler. Ya había tenido que sacar dinero de la hucha de la comida para pagar la factura del gas. A ella no le habría importado vivir en un piso sin calefacción –había vivido en lugares peores, a fin de cuentas–, pero una sala fría no era el ambiente adecuado para sus clientes y, por tanto, la factura del gas siempre era elevada.

–No te preocupes, Mandy, por favor –le dijo con toda la dulzura posible, haciendo hincapié en el nombre de su clienta para crear cierta intimidad que, en todo caso, no encajaba con la relación que tenían–. Todo el mundo se pone un poquito nervioso antes del primer tratamiento. Me pasa siempre. Es del todo comprensible, pero, de verdad te lo digo, no tienes nada de qué preocuparte. El *reiki* es una terapia cien por cien natural; como ya te he explicado, ni siquiera tendré que tocarte si no quieres. Más que nada, es una transferencia de energía. Y es ahí donde reside su belleza. Cuando emplee la energía que fluye por mi cuerpo para realinear la energía bloqueada del tuyo, notarás los beneficios de inmediato.

Claro que esto no era siempre cierto. En más de una ocasión, aquellos clientes que, a pesar de todos los esfuerzos de Angie, parecían incapaces de beneficiarse con su tratamiento la habían acusado de ser una charlatana, una farsante y una timadora. No le importaba –era consciente de que no se puede complacer a todo el mundo a la vez–, pero albergaba la esperanza de que las pocas personas insatisfechas se guardaran sus opiniones y no hicieran nada que pudiera perjudicar su negocio. En esta fase del tratamiento, no tenía ni idea de qué clase de clienta acabaría siendo Mandy, de modo que lo único que podía hacer era tratar de serenarla y cruzar los dedos.

–Lo único que te pido –prosiguió, con toda la calma posible– es que durante los siguientes instantes confíes en mí, y si, después de empezar, te sigues sintiendo incómoda por el motivo que sea, me lo dices y abortamos el tratamiento. Dime, ¿qué puede salir mal?

A juzgar por la cara de Mandy, muchas cosas podían salir mal, pero se mordió el labio, asintió con un leve movimiento de la cabeza y volvió a tumbarse sobre la camilla. Se la veía incluso menos relajada que antes y hasta se le tensó un músculo del cuello. Angie empezaría por esa zona, decidió entonces; ralentizó la respiración y comenzó los preparativos.

Cogió la manta estilo *kantha* que había traído de India y la colocó sobre el cuerpo de la mujer con cuidado. Mandy se estremeció con aquel primer roce y abrió los ojos de nuevo, pero en esta ocasión los volvió a cerrar casi al instante. A continuación, golpeó el tazón tibetano con el mazo de madera recubierto de fieltro y el sonido nítido se extendió, melodioso, por la estancia. Siempre la relajaba. Le recordaba al *ashram* en Goa que había descubierto durante el año que estuvo fuera y al que esperaba regresar algún día. Cuando el sonido plácido del tazón le envolvía la cabeza, se sentía en un lugar seguro, calentito. Se imaginaba el mar Arábigo meciéndose a sus pies y a los periquitos de plumaje brillante llamándose los unos a los otros desde los árboles que acariciaba la brisa. Lo que tenía que hacer ahora era trasladar aquella sensación de bienestar a Mandy, quien en ese momento estaba hecha un manojo de nervios en la camilla frente a ella.

Mientras extendía las manos a pocos centímetros de Mandy, cerró los ojos y despejó la mente; se concentró en desplazar la negatividad que estaba bloqueando los chacras de su clienta. No era difícil. Incluso en el caso de los clientes más escépticos, Angie sabía que, si conseguía que confiaran en ella, podría llegar a un lugar muy hondo en su ser. Que reconocieran esto último o no ya era otra cuestión. A veces los clientes negaban haber notado nada en absoluto, pero Angie sabía que era solo porque se empecinaban en rechazar el tratamiento. Bajaban de la camilla, negando con la cabeza y quejándose de que no habían sentido ni el más mínimo cambio, pero no dejaba de sorprender que muchos de ellos la volvieran a llamar para pedir una segunda y una tercera sesión. Fue un alivio notar, en todo caso, que con Mandy era diferente. La relajación de su cuerpo bajo las manos de Angie era palpable. A pesar del recelo inicial, pronto resultó evidente que Mandy iba a dejarse llevar por completo, y a ella le encantaba esta parte de su trabajo: saber que había conseguido comunicarse con una parte de alguien que, hasta entonces, había estado reprimida, saber que había liberado algo en su interior que ni siquiera esa misma persona sabía que existía.

Trabajó a buen ritmo, sin dejar de comentar lo que estaba haciendo para que Mandy se relajara incluso más. Para cuando terminó sabía que el tratamiento había surtido efecto y que Mandy pediría otra sesión. Cuando volvió a tocar el tazón tibetano, para marcar la conclusión del tratamiento, Mandy estaba a un paso de ronronear.

–Ahora –le susurró Angie– quédate ahí un rato para centrarte. Yo estaré por aquí.

Le hubiese gustado disponer de una sala de tratamiento separada donde dejar a los clientes para que se recuperaran, pero vivía en un piso de una sola habitación y no estaba dispuesta a ceder su dormitorio sagrado a los clientes. Tal y como estaban las cosas, había colocado la camilla del tratamiento en mitad del salón y, para camuflarlo, había minimizado en lo posible los objetos personales –toda una hazaña, tratándose de Angie–, usando sábanas de manera estratégica.

Mandy volvió a la realidad relativamente rápido y se sentó y se cubrió el torso con los brazos, como si quisiera defenderse de la fuerza que se había apoderado de ella.

–¿Qué tal el tratamiento? –le preguntó Angie–. ¿Has cobrado conciencia de algo que, en el día a día, no sientes? No es que sea necesario, pero a veces los clientes me comentan que... –se detuvo.

Tenía que controlarse antes de caer en la trampa –antes de darles motivos a los clientes para que la criticaran–, pero en esta ocasión no había nada de lo que preocuparse. Mandy se deshizo en halagos:

–Ha sido maravilloso –dijo, sin aliento, con los ojos relucientes–. No sé cómo describirlo. He notado una sensación de calor aquí, justo aquí. –Se señaló con entusiasmo las entrañas–. Y después una sensación muy fría. Y sentía un hormigueo en las piernas. ¿Es normal que haya un hormigueo en las piernas? Casi me derrito en la camilla. Te pido perdón por haberme puesto tan nerviosa. No sabía qué esperar, pero ha sido… ha sido fantástico.

Angie no cabía en sí de gozo, pero no podía dejarse llevar por los cumplidos. Era una cuestión de negocios. Tenía que centrarse.

–Bueno, ¿reservamos otra sesión? Podemos ir un paso adelante y probar a que te toque con las manos. Con la ropa puesta, quiero decir –añadió con cautela, aunque no era necesario: Mandy no paraba de asentir con entusiasmo, como si estuviera dispuesta a que la tratara desnuda si Angie se lo pedía.

Hicieron cuentas, concertaron otra sesión para la semana siguiente y Mandy bajó levitando las escaleras, salió a la calle y cerró la puerta. Otra clienta satisfecha.

Angie volvió a preparar la camilla de tratamiento para la siguiente clienta. Hoy solo tenía dos, pero la señora Meehan hacía tiempo que venía y siempre reservaba sesión doble. Con aquellas tres sesiones, no llegaría a pasar hambre, pero iba a tener que buscarse otra cosa. Vivir así, al día, era posible, pero no tenía ahorros y no sabía qué hacer para mejorar su situación. Había estado a un paso de la indigencia con anterioridad, pero no tenía pensado volver a correr ese riesgo, si estaba en su mano.

Capítulo 17

Jax iba a venir de visita y la alegría que sentía Angie en el pecho amenazaba con abrirse paso con risitas y demás aspavientos de felicidad, lo cual era de lo más inoportuno en una sala de terapia holística. No lo veía desde hacía más de tres meses, y antes de su último encuentro habían pasado otros seis meses. La suya no se podía definir como una relación convencional. Puesto que vivían en dos extremos opuestos del país y, la mayor parte del tiempo, en situaciones precarias, los días que pasaban juntos eran tan insólitos como valiosos. Pero hacían lo que podían y, por el momento, parecía que funcionaba.

Angie jamás se había enamorado y se mostraba reacia a etiquetar de aquella manera lo que sentía por Jax. La vida le había enseñado que el amor era para los débiles, para los que no tenían imaginación, para los necios que soñaban con vivir felices y comer perdices. Nada de esto se aplicaba a ella. Depender de otra persona nunca le había traído nada bueno. La última vez que se había encontrado en una situación así, ella tenía diez años y la otra persona era su madre, y no había tardado en descubrir que le iba mucho mejor por su cuenta. Si no confiaba en nadie, nadie la decepcionaría. Y nadie le haría daño. Ya había sufrido bastante. No iba a permitir que le rompieran el corazón una vez más.

Pero Jax era maravilloso. La hacía reír y a ella le gustaba su forma de ser. Al igual que a Angie, no le interesaba el compromiso. Lo habían hablado en varias ocasiones a lo largo de su relación y habían concluido que estaban en la misma onda. El compromiso era tan convencional como innecesario, y estaban dispuestos a seguir como hasta entonces, en una relación sin ataduras, pero monógama.

Se aprestó a limpiar el apartamento, lo cual no dejaba de ser irónico, teniendo en cuenta las condiciones lamentables en las que se conocieron y en las que habían pasado tanto tiempo juntos. No obstante, ahora era diferente y, ya que tenía un piso, no le costaba nada adecentarlo para darle una buena bienvenida. Pasó un trapo por el lavabo y, de forma inconsciente, se puso a tararear la canción que había escogido el partido laborista para la campaña, «Things Can Only Get Better». Tenía aquella condenada melodía metida en la cabeza desde hacía una eternidad y, si bien ya hacía más de una semana que se habían celebrado las elecciones, de las que los laboristas habían salido vencedores con mucha ventaja –sin duda porque la canción se le había metido en la cabeza a toda la nación–, era incapaz de dejar de cantarla. La estaba volviendo loca.

Echó un vistazo al apartamento y asintió, satisfecha. Estaba todo listo. No tenía ninguna cita con clientes programada para las próximas veinticuatro horas, la nevera estaba llena y la cama, limpia. No quedaba nada por hacer, salvo disfrutar de su compañía. Iba a ser un fin de semana perfecto.

Jax vendría a Yorkshire haciendo autoestop, de modo que no llegaría a una hora en concreto, pero la había llamado desde una cabina de teléfono en la A-61 a las afueras de Leeds, así que, suponiendo que consiguiera parar un coche para el último tramo del trayecto sin mucha dificultad, Angie no tendría que esperar mucho más. Le estaba costando centrarse: si tuviera televisión, podría encenderla y ver alguna de las chorradas que ponían por las tardes, pero el televisor usado que había tomado prestado de una amiga se había estropeado del todo. Ahora estaba en un rincón de la sala de estar, oculto debajo de un fular con un estampado desteñido, y lo usaba para poner plantas encima.

Entonces, su mente inquieta se centró de manera inesperada en Leon. Una vez le había contado que tenía el hábito de coger el saxofón en momentos de tensión y dejarse llevar por la música.

Angie siempre había envidiado aquella forma de evadirse. Se preguntó, distraída, si seguiría recurriendo a la música para aislarse o si Becky habría acabado con aquella costumbre.

Hacía siglos que no lo veía. Sus vidas habían tomado caminos opuestos desde que conoció a Becky. Ahora estaba casado. ¡Casado! Las había invitado a ella y a Maggie a la boda y habían asistido juntas, pero todo le había parecido muy serio, al más puro estilo de la clase media, y en el fondo no podía creerse que estuviera pasando de verdad que su amigo hubiera decidido casarse con Becky. Le había parecido que Leon irradiaba felicidad, de modo que Angie había tenido que concluir que algo se le escapaba de la novia. Se habían reunido muy pocas veces después de aquella primera cena –imaginaba que por culpa de Becky– y, por tanto, Angie no había tenido la oportunidad de cambiar la primera impresión que le había dado, pero estaba claro que Becky hacía feliz a Leon y eso tendría que ser suficiente. En la postal navideña que, como de costumbre, había llegado sin demora a comienzos de diciembre, escrita con esa caligrafía femenina con la que ya se había familiarizado Angie, ponía que habían tenido un bebé, un niño. ¡Leon tenía un hijo! Aquello la había sorprendido tanto que, al leer la noticia, soltó un grito. No obstante, la entristecía que Leon ni siquiera hubiera pensado en contarles que Becky estaba embarazada. Hubo un tiempo en el que ella y Maggie encabezaban su lista de contactos, pero los días se convertían en semanas, meses y, en última instancia, años, y uno perdía la costumbre de mantenerse en contacto.

No le sorprendía que Leon hubiera apostado por una vida convencional. Si alguno de ellos acababa formando una familia tradicional, suponía que tendría que ser Leon, aunque jamás había perdido la esperanza de que, al final, lo dejara todo por el ambiente humoso de los clubes de *blues* de Nueva Orleans. Nunca se sabe.

Pero Leon y su saxo no podían ayudarla en estos momentos. Necesitaba entretenerse con algo mientras aguardaba a que Jax llegase. Tal vez podría meditar un rato. Con eso lograría calmarse. Pero, justo cuando se sentó con las piernas cruzadas en el sofá, llamaron a la puerta. Ahí estaba; había llegado más rápido de lo que pensaba. No debió de costarle nada encontrar coche para el último tramo del trayecto.

Se reincorporó de un brinco, con el corazón disparado, y bajó a la carrera las escaleras para abrir la puerta principal, preparada para arrojarse a los brazos de Jax, pero, cuando abrió la puerta de un golpe, reparó en que no era él, sino Tiger, quien estaba de pie en el umbral. Una oleada de desencanto le recorrió cada fibra de su ser.

–¡Sorpresa! –la saludó él con alegría, pero entonces se desvaneció su sonrisa en cuanto reparó en su expresión–. Bueno, esto sí que es una bienvenida y lo demás son tonterías –añadió.

Angie alcanzó a esbozar una pequeña sonrisa.

–Hola, Tiger –le saludó.

–Bueno, podrías alegrarte al menos un poquito de verme –le dijo–. ¿Puedo pasar?

Desesperada, quería decirle que no. Jax llegaría en cualquier momento y lo tenía todo preparado para recibirle. Lo último que le faltaba era que Tiger fuera el tercero en discordia.

–Ahora mismo me pillas en mal momento –alcanzó a decir–. Quiero decir que, de haber sabido que ibas a venir…

Tiger parecía algo desconcertado, pero volvió a la carga:

–Oh, ya me conoces –comentó–. Nunca planeo nada. Voy donde me lleve el viento.

Bueno, pues el viento podía devolverlo al lugar del que había venido, pensó Angie.

–Sí, pero va a quedarse una persona en mi casa. Llegará en cualquier momento. Si te digo la verdad, pensaba que eras esa persona.

–Pues mucho mejor –dijo Tiger, mientras la empujaba con cuidado hacia un lado y se disponía a subir las escaleras–. Cuantos más, mejor. Podemos montar una fiestecilla. Tengo marihuana de la buena. La escondí en… Bueno, no hace falta que te diga dónde la escondí, pero los de aduanas no se dieron cuenta.

Angie suspiró, miró fijamente la calle para ver si Jax ya despuntaba en el horizonte –todavía no– y entonces subió las escaleras detrás de Tiger.

–Y no te preocupes por mí, que no necesito gran cosa. Me vale con dormir en el sofá. No te molestaré y prometo no encandilar a tu amiga.

Este sería el momento ideal para decirle a Tiger que, en lugar de la amiga que parecía asumir que se quedaría en su casa, quien vendría sería Jax, un hombre hecho y derecho, y que Tiger no era bienvenido, se quedase en el sofá o no, pero, por algún motivo, aquellas palabras se le quedaron atascadas en la garganta. ¿De qué valdrían? Sabía por experiencia propia que no habría manera de hacerle cambiar de idea; en todo caso, no esta noche. Y, además, era uno de sus amigos de toda la vida. No podía echarle a la calle nada más llegar.

Tiger tiró la mochila al suelo en el centro de la estancia y se repantingó en el sofá, de tal manera que lo ocupó todo con su cuerpo. Estaba mugriento y necesitaba urgentemente echarse algo de agua caliente y jabón, pero, por lo demás, tenía buen aspecto. De acuerdo con lo que le había garabateado con las prisas en una postal, había cumplido los treinta años en una yurta en algún lugar de la cordillera del Atlas, pero quien lo viera, pensó Angie, le seguiría echando veintipico. Tenía el cuerpo moreno, atlético, y el rostro irradiaba salud. Era lo que tenía llevar una vida sin preocupaciones.

–¿Hay cerveza? –preguntó, expectante–. Oye, ¿no tendrás, por un casual…?

Angie soltó un suspiró y sacó una botella de la nevera. Se la pasó y él le sacó el tapón con el pulgar antes de tomar un trago para degustarla.

–Ahhh. Mucho mejor –dijo–. Qué ganas tenía yo de esto.

A ella le entraron ganas de comentarle que lo que sobraban eran sitios donde comprar cerveza entre el lugar de dondequiera que hubiera venido y su apartamento, pero Tiger no tenía remedio. Era el mismo de siempre y Angie nunca se había quejado de su conducta, de modo que no le parecía justo ponerle pegas ahora.

–Bueno, ¿qué tal todo? –le preguntó él–. Veo que sigues aquí. Es un pisito la mar de chulo.

Angie se encogió de hombros.

–Me gusta –le dijo–. Pero escucha, Tiger, de verdad que va a venir alguien esta noche, así que te agradecería que…, bueno, que te airearas un rato. El *pub* que hay más adelante en la calle está muy bien.

Si al menos se ausentara hasta la hora del cierre, hasta las once, ella y Jax gozarían de algo de intimidad un rato. Tiger esbozó una sonrisilla.

–Conque esas tenemos, ¿eh? No me digas que te has buscado un ligue mientras yo andaba por ahí.

Angie puso los ojos en blanco, dando a entender que no le importaban sus palabras lo más mínimo, pero en su fuero interno notaba que la traicionaba una sensación de acaloramiento. Esperaba que no se estuviera sonrojando, pues Tiger nunca se lo dejaría pasar. Siempre habían estado de acuerdo en el tema de las relaciones: ninguno de los dos había sentido la necesidad de buscar pareja en el sentido tradicional de la palabra. El sexo había surgido entre ellos de forma natural, como cuando veían una película juntos o contemplaban el atardecer. Había sido divertido, pero sin ataduras sentimentales. Sin embargo, ahora tenía a Jax, lo cual no solo alteraba la dinámica entre ella y Tiger, sino que casi le parecía que suponía una traición al acuerdo tácito que tenían de pasar por la vida sin compromisos.

–La vida sigue –dice ella–. No me quedo sentada a esperar a que vuelvas, ¿sabes?

–Entonces, ¿me voy olvidando del sexo? –preguntó–. Es un golpe bajo. Tenía casi tantas ganas de eso como de la cerveza.

–Dios, mira que eres fino. Y que lo hayamos hecho en el pasado no quiere decir que vaya a pasar ahora –tenía la intención de hablar con ligereza, pero, en realidad, percibió un tono mordaz en sus palabras nada propio de ella.

Tiger también lo oyó, sin duda alguna, ya que alzó ambas manos.

–Lo sé, lo sé. Perdona. Solo era una broma. Por supuesto, no te lo estoy exigiendo. Yo no…

Angie asintió, reticente.

–Lo sé. Es que… Bueno, me gusta este tío, Jax. Es diferente a los demás. Un poco especial. ¿Me entiendes? –sonaba tan cursi; incluso ella misma se dio cuenta.

–¿Es un semidiós o algo? –preguntó Tiger–. ¿O te ha hechizado? ¡Te estás prendando de un tío! ¿Quién eres y qué le has hecho a la Angie Osborne de verdad?

–No seas tonto, Tiger –protestó–. Es majo, punto. Y no todo el planeta orbita en torno a ti, ¿sabes? Pasan cosas mientras tú te dedicas a ver mundo sin preocuparte por nada.

A Tiger se le descompuso el rostro y Angie se preguntó si no se habría pasado, pero él recobró la compostura.

–Bueno, me alegro mucho por ti –le dijo–. En serio. Ya era hora de que encontraras a alguien especial.

Arrugó la nariz, un gesto que a ella le recordó a cuando tenía dieciocho años, y la tensión que se había generado entre ellos se disipó. Una vez se resignó a las circunstancias, Angie se sirvió una de las cervezas de la nevera y se sentó encima de él.

Capítulo 18

Acababan de empezar la tercera cerveza cuando volvió a sonar el timbre. Para entonces, Angie casi se había olvidado de que seguía esperando a Jax y, por instinto, se irritó un poco por que alguien los estuviera molestando. Y entonces se acordó. Se puso de pie rápidamente, alisándose el pelo con las palmas de la manos y colocándose bien la ropa.

—¿Tengo buen aspecto? —le preguntó a Tiger.

—¡Como para que no le entre a uno un calentón! —le contestó él. Y entonces añadió—: No lo digo porque haga calor. Lo digo porque...

Angie asintió.

—Ya lo he pillado. Gracias. ¿Podrías, eh...?

Ladeó la cabeza, señalándolo: estaba tumbado bocabajo.

—Oh, sí. No vaya a ser que parezca que vivo aquí. Igual tu chico se hace una idea equivocada. ¿Cómo se llama, por cierto?

—Ya te lo he dicho. Jax —le dijo.

—¿Jax? Pero ¿no es nombre de chica? —comentó, mientras se reincorporaba y se sentaba.

—Viene de Jackson —contestó Angie—. ¿Y podrías tirar todo eso a la basura? —añadió, señalando con un gesto de la cabeza las botellas vacías antes de bajar a toda velocidad las escaleras.

—Sí. Claro —contestó Tiger con cierta vaguedad.

Al llegar a la puerta principal, Angie se concedió unos segundos para serenarse. Se succionó los labios e inspiró hondo, antes de soltar el aire despacio, conforme se le despejaba la mente. Luego, abrió la puerta.

Se había olvidado de lo sexi que le parecía Jax. Bueno, no es que se hubiera olvidado, pero seguía sintiendo cierto vértigo tanto en la cabeza como en el estómago cada vez que lo veía. Era más alto que ella, pero no mucho, y su cabello castaño caía alrededor de sus hombros en suaves rizos. Además, tenía unos ojos que se asemejaban al chocolate fundido. Eran sus ojos los que la conquistaban cada vez. Ojos seductores, le había dicho él una vez, el muy vanidoso.

–Ay, Dios, qué alegría verte. Pensaba que no llegarías nunca. La espera ha sido una tortura.

Él abrió los brazos y ella se fundió en ellos; la abrazó y la estrechó con fuerza. Su chaqueta olía a hierba recién cortada; su piel, a ese aroma terrenal suyo.

–Hola, cariño –la saludó–. ¿Me has echado de menos, entonces?

Angie asintió contra su hombro y permaneció inmóvil, gozando de su presencia física, hasta que él la apartó con dulzura.

–¿No vas a dejarme entrar? –inquirió.

–Sí, perdona. Entra, entra. Pero se ha presentado sin avisar un amigo mío de mi época de viajera. Siempre hace igual. No podía ser más inoportuno. Lo siento mucho, pero ya me libraré de él mañana.

–¿Mañana? –dijo Jax, con una voz cargada de desencanto.

–Lo sé, es un fastidio, pero es que acaba de volver a Reino Unido y no tiene adónde ir. Ya lo arreglaré, te lo prometo.

Jax soltó un suspiro, un sonido que denotaba cierta impaciencia, así como irritación, pero no puso objeciones cuando la siguió escaleras arriba hasta el apartamento. A Angie la alegró constatar que Tiger, efectivamente, había tirado las botellas y guardado la mochila detrás del sofá, y estaba sentado de piernas cruzadas en el suelo cuando entraron. Se reincorporó de inmediato, tendiéndole una mano a Jax, quien la estrechó.

–Hola. Siento molestar, colega –le dijo–. No tenía ni idea de que Ange tenía planes. Pero no te preocupes, que os pienso dejar tranquilos. ¿Dónde está el *pub* que mencionaste, Ange?

–No te preocupes, colega –respondió Jax–. No hace falta que salgas corriendo por mi culpa.

Angie se sentía ofendida. Por supuesto que Tiger tenía que marcharse. No había más que hablar.

–Es el Masons Arms, Tiger –le dijo–. Está más adelante en la calle, junto al paso de cebra.

–Ah, vale –contestó este con entusiasmo, pero, a juzgar por su lenguaje corporal, parecía que ella le había pedido que fuera a darse un chapuzón, a estas horas de la noche, en el río Ouse.

–No seas tonto –le dijo Jax–. De verdad que no hace falta. Puedes quedarte.

Su lenguaje corporal también lo delataba, pero ¿qué podía hacer Angie si Jax se empeñaba en ser noble? No podía arrastrar a Tiger hasta la calle. Se dirigió a la nevera, sacó tres botellas de cerveza de sus provisiones, que se estaban acabando, y se las entregó.

–Esto ya es otra cosa –dijo Jax, y se dejó caer en el sofá, que se quejó con un crujido sonoro, como si ya hubieran abusado de los muelles suficientes personas.

–¿Y qué tal el viaje? –le preguntó Angie, sentándose en el regazo de Jax, para que Tiger no tuviera más remedio que sentarse en el suelo, que fue, precisamente, donde se sentó.

–Se me ha hecho largo –contestó Jax–. La culpa es de la televisión. Estoy convencido de que, antes de que todos tuviéramos al alcance esas películas de crímenes, era mucho más fácil hacer autoestop.

–Eso es muy cierto –contestó Tiger, asintiendo con ánimo–. Antes conseguías que te llevaran nada más extender el pulgar, pero ahora te puedes pasar horas antes de que alguien pare.

–¿No se os ha ocurrido pensar que será porque ya no sois jóvenes guapitos? –preguntó Angie con una sonrisa–. Me parece que las personas se muestran más reacias a recoger a hombres adultos, y ¿cómo las vamos a culpar? ¿Quién les dice que no sois asesinos en serie?

–¿A quién estás llamando asesino en serie? –inquirió Jax, entre risas.

–Eso, ¿a quién estás llamando asesino en serie? –repitió Tiger. Parecía un niño que quería imitar al adulto de la habitación y

Angie se avergonzó un poco de él, pero Tiger no dio muestras de haber notado su incomodidad.

–Bueno, ¿y dónde os conocisteis vosotros dos? –les preguntó.

–En un árbol –contestó Jax, dedicándole a Angie una sonrisa que le llenó a ella el estómago de mariposas.

–No exactamente –aclaró–. Nos conocimos en Newbury.

Tiger se los quedó mirando inexpresivos y negó con la cabeza, como si aquello no le dijera nada.

–¿Te suena lo de la huelga de la circunvalación? Hay que ver, Tiger. ¿No ves las noticias?

Tiger volvió a negar con la cabeza. Angie suponía que no. Casi nunca permanecía en el país lo suficiente como para enterarse de lo que sucedía y era del todo posible que se hubiera perdido lo ocurrido.

–Resulta que querían construir una circunvalación gigantesca –explicó Jax–. Iba a arrasar con medio cinturón verde de Berkshire. Más de cuarenta y ocho hectáreas de bosques centenarios destruidos de un plumazo. Zonas de interés científico, puestos de trabajo. La carretera iba justo por el medio. Cien mil árboles masacrados.

–Mal asunto –apostilló Tiger, y Jax puso los ojos en blanco.

–Ni que lo digas –respondió con sarcasmo.

–Así que mucha gente se sumó a las protestas –intervino Angie, retomando la historia antes de que Jax se le adelantara–. Había gente de todo tipo, desde párrocos hasta miembros del Instituto de la Mujer, pasando por mujeres que participaron en las protestas contra la base militar en Greenham Common, y algunos habían estado en las manifestaciones contra la carretera de Twyford Down. De eso te habrás enterado, ¿no?

Tiger volvió a negar con la cabeza y Jax chasqueó la lengua.

–¡Si hasta participó Johnny Morris! –continuó Angie–. El de la serie de televisión *Animal Magic*. Sabes, ¿no? De *Animal Magic* te acordarás.

Tiger empezó a tararear la conocida melodía de la serie.

–Sí, esa.

–¿Y os conocisteis por casualidad?

Angie miró a Jax y sonrió.

–Jax llevaba ahí desde el verano. Él y los demás construyeron un pueblo entero en los árboles. Iglús de ramas; así se referían a las casitas. Eran monísimas. Y vaya ingenio. Fue toda una hazaña ingenieril, la verdad sea dicha, que consiguieran asentarse ahí arriba. Se desplazaban de árbol en árbol sin tener que bajar en ningún momento.

Jax asintió.

–Sí. Vivimos ahí varios meses. Había mucha solidaridad en el ambiente, ¿entiendes? En fin, un día Angie se presentó en el árbol contiguo y nos pusimos a hablar y...

–No parece muy práctico –comentó Tiger–. ¡Un romance en la copa de un árbol! ¿Lo hicisteis...? ¡En la copa del árbol, quiero decir!

–¡Dios, Tiger!

Tiger se encogió de hombros, como si se lo hubieran puesto en bandeja.

–Bueno, ¿y qué pasó? –les preguntó–. En algún momento tuvisteis que bajar. ¿Ganasteis?

–Al final, talaron los árboles –respondió Jax; Angie se percató de que seguía habiendo cierta amargura en su voz.

–¿Con vosotros encima? –preguntó, abriendo mucho los ojos–. ¿Cómo es posible?

–Bueno, no les importó. Los muy cabrones cortaron las ramas para que no pudiéramos bajar y luego llevaron una plataforma elevadora para sacar a todos los manifestantes. Resistimos todo lo que pudimos.

Jax agachó la cabeza, como si fuera el único responsable de que las protestas contra la nueva carretera no hubieran funcionado. Angie extendió una mano y le acarició la espalda a modo de consuelo.

–¡Vaya! –contestó Tiger, dando un trago a la cerveza–. Un dramón en lo alto de los árboles.

129

No paraba de sonreír, como si todo aquel altercado le pareciera entretenido, y Angie le lanzó una mirada de advertencia. Empezaba a arrepentirse de las cuatro cervezas y de no haberse librado de Tiger cuando se le presentó la oportunidad.

–No es una broma, colega –contestó Jax–. Había gente dispuesta a dar la vida por la causa. Me refiero a dar la vida de verdad.

Angie pensaba que Tiger se echaría a reír, pero, de alguna forma, se contuvo.

–Claro, colega. Las carreteras son un problema. Un problema que no veas –dijo, negando con la cabeza.

Angie notó que el cuerpo de Jax se tensaba bajo su roce. Lo último que le faltaba era que estos dos se pusieran a discutir.

–Pues eso –intervino ella entonces–. Así fue como nos conocimos. Ay, estoy hecha polvo. ¿Nos retiramos al dormitorio, Jax?

Le guiñó el ojo, lo cual, en situaciones normales, habría sido suficiente, pero Jax, al parecer, seguía empeñado en pelear con Tiger.

–Lo que parece que no entiendes –dijo deliberadamente– es todo el daño que está haciendo la carretera. El bosque no lo podemos recuperar, ¿entiendes? No puedes plantar unos pocos árboles y, hala, que crezca todo otra vez. Era el hábitat de quién sabe cuántas especies. De mamíferos, por supuesto. La gente se acuerda de los tejones y de los conejitos adorables. Y los pájaros, obviamente, también perdieron sus casas. Pero los insectos y la flora, los organismos como el liquen y los hongos… llevaban viviendo ahí desde tiempos inmemoriales, desde el Big Bang; vete tú a saber. Y entonces desaparecieron. De golpe. Es imperdonable, lo mires por donde lo mires.

–Sí –dijo Tiger–. Lo entiendo. Pobres conejitos.

Jax se reincorporó con tanta rapidez que Angie tuvo que agarrarse al sofá para no caer al suelo.

–¿Siempre eres así de gilipollas? –le preguntó a Tiger.

Este se encogió de hombros.

–Yo lo único que digo, hombre, es que, cuando has visto tanto mundo como yo, es difícil preocuparse tanto por un bosquecillo en un país diminuto como Reino Unido. La destrucción de las selvas tropicales: eso sí que es un problema importante. La destrucción de la capa de ozono: joder, ¡sí! Por eso sí que hay que cabrearse. Pero que haya un puñado de personas abrazando árboles en las zonas verdes de Berkshire… Lo siento, pero no lo veo.

–Chicos, chicos, vamos a calmarnos un poquito, ¿no? –dijo Angie. No eran chicos, desde luego, sino hombres bien adultos, aunque su comportamiento parecía indicar lo contrario–. Para gustos los colores, ¿no es verdad?

Le lanzó una mirada insinuante a Tiger, abriendo mucho los ojos, con la intención de que lo dejara pasar. Sabía por experiencia que, una vez que Jax se obcecaba con algo, no había nada que hacer, y no quería que una discusión tan absurda como esta le arruinara el fin de semana.

–Sí, perdona –respondió Tiger–. Supongo que todos tenemos causas que nos tocan de cerca.

Jax no respondió, pero con eso a Angie le bastaba.

–Sí –dijo ella–. Nos vemos mañana, Tiger. Buenas noches.

Este miró el reloj de la pared.

–Pero si son las nueve menos cuarto –protestó, como si fuera un niño pequeño que se queja de la hora a la que lo quieren mandar a dormir. Entonces, pilló la indirecta–. Ah, ya. Yo también estoy hecho polvo. Me vendrá bien acostarme temprano. Nos vemos mañana.

Angie le pidió perdón con los labios, sin llegar a pronunciar la palabra, y, acto seguido, cogió a Jax de la mano.

–Ven aquí, tú. Que tenemos que ponernos al día.

Sacó las últimas dos cervezas de la nevera, arrastró a Jax, que seguía de malhumor, a su dormitorio y cerró la puerta de un portazo.

–Ese tío es un imbécil de primera –gritó él en cuanto se cerró la puerta.

–Es buena persona, en el fondo –le contestó; no quería irritarlo incluso más, pero, aun así, se sentía en la necesidad de defender a Tiger–. Lo que pasa es que no le gustan las mismas cosas que a nosotros. Viaja tanto que le cuesta centrarse en los detalles. Pero tiene buen corazón.

Jax carraspeó, caminando de aquí para allá como un leopardo. El cuarto no era muy grande y solo tenía espacio para dar unos pocos pasos antes de tener que darse la vuelta. Angie trató de no reírse de él. No era el momento. Se subió a la cama y se colocó de manera provocadora.

–Túmbate aquí, cariño –le dijo–. Olvídate de Tiger.

Dio unas palmadas al colchón junto a ella, pero Jax no estaba por la labor.

–¿De qué os conocéis vosotros dos, para empezar? –le preguntó él.

Angie sabía a adónde quería ir a parar, pero cierto era que darle todos los detalles no ayudaría en nada.

–Nos conocimos durante mi año sabático –le explicó–. En India. Y después yo volví a casa para ir a la uni y él se quedó donde estaba. Lleva viajando desde entonces. Ya no tiene casa en Reino Unido; cuando viene, va de un lado a otro pidiendo favores a la gente hasta que se vuelve a marchar.

–Será parásito… –comentó Jax.

Parecía que, a cada minuto que pasaba, se cabreaba más, y Angie veía que el tiempo tan valioso del que disponían se le escurría entre los dedos.

–Ay, no te preocupes por él –le dijo–. Ven aquí. Relájate. Tomémonos otra cerveza y pasémonoslo bien. Si quieres, te doy un masaje para soltar todos los chacras que se te han bloqueado.

Pareció relajarse un poco entonces y se tumbó junto a ella. Una oleada de excitación sacudió todo el cuerpo de Angie ante aquella proximidad. Le rodeó las caderas con la pierna, se sentó a horcajadas sobre él y comenzó a frotarle los hombros y la nuca.

–Estás muy tenso por aquí, cariño –le dijo mientras le destensaba los músculos con los pulgares. Esperaba que aquellas palabras no le sacaran de quicio de nuevo, pero al fin parecía dispuesto a dejar a Tiger donde estaba, al otro lado de la puerta.

En realidad, no le sorprendía que Jax no entendiera a Tiger ni la relación especial que tenía con él. A veces ella tampoco lo entendía del todo. Eran amigos desde hacía más de una década, aunque, a lo largo de todo ese tiempo, desde que ella regresó a Inglaterra, no habían estado juntos de verdad más de unas pocas semanas. Y Jax estaba en lo cierto: Tiger era una especie de parásito. Aparecía sin previo aviso, tal y como había sucedido hoy, y se esperaba que le ofrecieran un techo y comida sin ofrecerse a pagar nada a cambio. Sí que ayudaba en el piso; no es que se esperase que le sirvieran como a un rey. Y Angie suponía que tendría que ahorrar lo poco que ganara para costearse los gastos cuando estaba en el extranjero. Aun así, no había duda de que parecía esperar que ella estuviera siempre dispuesta a ayudarlo cuando se presentara en su puerta.

En todo caso, a pesar de que a ella tampoco le sobraba el dinero, no le guardaba rencor. Él había estado ahí, en India, cuando más necesitaba un amigo. La había acompañado hasta altas horas de la madrugada mientras ella trataba de dar sentido a lo que le había sucedido en la vida hasta entonces: su madre, los centros de acogida, la sensación de que no tenía un hogar, de que no sabía lo que era la estabilidad o la seguridad. Tiger la había escuchado sin juzgarla, sin tratar de solucionar nada –¿qué podría solucionar él, además?–, se había limitado a darle espacio para que resolviera todas aquellas dudas en la cabeza. Y, por este motivo, le estaría eternamente agradecida, un sentimiento que jamás lograría explicarle del todo a nadie más.

Era la primera en admitir, aun así, que Tiger estaba lejos de ser perfecto. A los treinta años no era muy diferente a cuando tenía dieciocho, edad a la que lo había conocido. Seguía siendo algo superficial, pese a lo mucho que había visto del mundo, y sus necesidades eran muy simples. Angie había descubierto, hacía mucho tiempo, que de nada servía tratar de hablar de política con él. Simple y llanamente, no le interesaba, y todo lo que decía era un resumen, que repetía como un loro, de lo que había oído decir a los demás, en vez de algo en lo que creyera de verdad.

Pero Tiger poseía algo que ninguno de sus otros amigos tenía. Una especie de valor. Había que tenerlos bien puestos para no tener hogar, para no tener nada, e ir adonde quisieras sin planes ni propósitos. Ella no se veía capaz de tal cosa; bueno, al menos no año tras año. Le gustaba pensar que ante ella se extendía un vasto horizonte, pero, en realidad, sus sueños estaban atados, como un globo, y no podían salir volando adonde quisiesen. Los de Tiger eran distintos. Lo único que los contenía era la gravedad.

Pero no podía explicarle nada de esto a Jax. Lo único que veía él era a un inculto irritante que se interponía en su camino. No pasaba nada. No se sentía en la necesidad de compartir con él lo que tenían ella y Tiger. Si tenía pensado quedarse en su vida, ya se iría acostumbrando a que Tiger apareciese de repente en los momentos más inoportunos. Y sí esperaba que Jax se quedase en su vida, al menos una temporada más.

Y, con tales pensamientos, le dio la vuelta a Jax, que seguía debajo de ella, para que quedara bocarriba y comenzó a besarlo en cuerpo y alma.

Capítulo 19

Diana de Gales falleció y el país entero, o esa fue la impresión de Angie, perdió la cordura. Jamás había visto tanto llanto y crujir de dientes. Había que ver las alfombras de flores colocadas fuera del palacio de Kensington para creérselo. Había más flores tendidas en el suelo de las que debían de florecer en todo un verano, o eso parecía. Daba la impresión, pensaba Angie, de que todo el mundo había canalizado cualquier rastro de tristeza o pesar de sus vidas personales en el duelo por esta desconocida. Como resultado, reinaba un ambiente extraño; una energía, en cierto modo, inconexa.

Angie sentía lástima por los pequeños príncipes, que seguían a su padre para contemplar los homenajes florales. Parecían adultos en miniatura, con aquellos trajes tan serios y ridículos, guardando la compostura, como debieron de enseñarles. Todo aquel dolor reprimido tan solo les traería problemas más adelante en la vida; estaba convencida. Quería gritarles que chillaran y lloraran y soltaran todas aquellas emociones contenidas de la forma que les resultara más natural, pero ¿quién era ella para decirles nada?

Pese a todos aquellos desvaríos, la vida normal seguía su curso. Mucho antes de que nadie supiera lo que le deparaba a la princesa, Angie había recibido un sobre, de un color naranja reluciente, por correo postal. Contenía una alegre invitación, también naranja, pero con alegres elefantes de color azul desperdigados por el papel, para la primera fiesta de cumpleaños de Thomas. En un primer momento, Angie se había quedado confundida, pues no tenía del todo claro quién era Thomas. No conocía a ningún niño y, desde luego, no lo suficiente como para que la invitaran a su fiesta de cumpleaños. Lo que había resuelto el misterio fue que le hubieran pedido que confirmara la asistencia: eran Leon y Becky. ¿Acaso su hijo ya había cumplido un año? Angie suponía que así debía de ser. No podía ser que se lo estuvieran inventando.

Angie había tenido que tragarse el resentimiento cuando leyó el nombre de Becky, la mujer que les había arrebatado a Leon, o tal vez Leon le había permitido que se lo arrebataran. Angie no tenía claro qué sería peor. Pero, cuando menos, la habían invitado a la fiesta de cumpleaños, aunque fuera mera cuestión de etiqueta. Tal vez Becky se sentiría menos intimidada en presencia de las amigas de toda la vida de Leon a partir de entonces. Eso esperaba, porque ni ella ni Maggie eran una amenaza. Bueno, igual sí.

Entonces Maggie la había llamado. Por lo menos, la veía con mayor frecuencia que a Leon, pero también era complicado reunirse con ella, ocupadas como estaban con sus vidas. Aun así, hablaban todas las semanas y se lo contaban todo. Parecía que a Maggie le iba bien en el trabajo y, cuando quedaban, siempre vestía ropa elegante y cara –aunque Angie no entendía mucho de estos temas– y tenía un estiloso descapotable que le envidiaba en secreto. Pero no parecía suceder gran cosa en su vida fuera del trabajo. Su vida social consistía, más que nada, en cenas de trabajo o fiestas aburridas con los colegas y no había ningún romance a la vista. Quizá ser abogada era como ser policía. Te acababas casando con tu trabajo.

–¿Te han invitado a la fiesta de cumpleaños? –le había preguntado entonces Maggie.

–¿Qué fiesta de cumpleaños? –había respondido Angie, por pura maldad: sabía que, si Maggie pensaba que había metido la pata, se pondría con los nervios a flor de piel.

Así había sido.

–La del hijo de Leon, Thomas. –Y, entonces–: ¡Ay, madre! ¿Que no te han invitado? Lo siento muchísimo. Mira que soy desconsiderada. No tenía ni idea. Pensé que, como yo he recibido una… Ay, Dios. Qué vergüenza.

Angie, sonriéndole al teléfono, la sacó del aprieto:

—Qué fácil es meterse contigo, Mags. Solo era una broma —le había dicho—. Claro que la he recibido. ¿Tú también vas?

—Ay, por Dios. —Maggie había chasqueado la lengua—. No hay quien te aguante, Angie Osborne. Bueno, estaba pensando que, si a ti también te han invitado, podríamos ir juntas y, si vemos que la cosa pinta muy mal, nos escabullimos y nos vamos a tomar algo por ahí. ¿Qué me dices?

A Angie le había parecido una gran idea. Tenía la intención de hacer un esfuerzo con Becky de ahora en adelante, pero sería más sencillo con Maggie a su lado. Leeds estaba a menos de una hora de distancia y Maggie tenía un buen coche. Si la llevaba, no tendría que gastar dinero en los billetes de tren.

—¿Por qué no? —le había contestado—. ¡A conocer a la progenie de Leon se ha dicho!

Así pues, habían hecho planes. El día de la fiesta, el sábado, 6 de septiembre, Maggie la recogería en el piso e irían en coche hasta la casa de Leon. Pero eso había sido antes de que nadie supiese que aquel día se celebraría el mayor funeral desde el de Winston Churchill.

Cuando Maggie pasó a recoger a Angie, no había ni una sola alma en la calle. Todo el mundo, al parecer, estaba viendo la ceremonia en la televisión. Angie no tenía televisor, de modo que no la habría visto de todas formas, pero Maggie parecía bastante ofendida.

—Era de esperar que retrasaran la fiesta unas pocas horas —le dijo cuando se pusieron en marcha por la carretera desierta—. He dejado a grabar la ceremonia, pero preferiría mil veces verla en directo.

—¿Por qué? —preguntó Angie. Por una vez, no estaba intentando picarla. Es que no lo entendía—. Si no la conocías.

Maggie se volvió hacia ella y se la quedó mirando antes de volver la cabeza hacia la carretera.

—No —contestó—. Claro que no la conocía en el sentido estricto de la palabra, pero, en cierto modo, siento que sí.

Angie negó con la cabeza. ¿Había algo más morboso?

–Y esos pobres niños… –prosiguió–. Han perdido a su madre.

Angie resopló.

–Mucha gente pierde a su madre –comentó–. Así es la vida. Y ni siquiera era de la realeza. No es que eso importe, pero no entiendo por qué se está montando tanto alboroto por la muerte de una ricachona.

Notaba que Maggie empezaba a exasperarse; apretaba tanto la mandíbula que Angie le veía el contorno en el moflete.

–Bueno –dijo Maggie, malhumorada–. Solo digo que a mí, personalmente, me habría gustado ver la ceremonia en directo, pero aquí estamos. A ver, tengo un mapa en el asiento trasero. He redactado la ruta en ese trozo de papel de ahí. ¿Me puedes guiar cuando lleguemos a Leeds? En el centro de la ciudad no tengo problema, pero igual me pierdo en las afueras.

Angie sonrió para sus adentros. Cómo no, Maggie ya había preparado la ruta.

–Sí –le dijo–, pero, si nos perdemos por mi culpa, no me lo eches en cara.

–Es imposible que te pierdas. Solo tienes que… –Maggie se volvió hacia ella y cayó en la cuenta de que Angie se estaba metiendo con ella otra vez y puso los ojos en blanco–. Ay, ay, ay –añadió–. Me parto contigo.

Resulta que Leon vivía en una casita adosada de ensueño en una calle de casitas adosadas de ensueño, todas ellas idénticas, con jardines cuadrados de ensueño en la parte delantera y, al lado, coches relucientes aparcados en unas plazas de garaje de ensueño. Así se imaginaba Angie el infierno.

–¿Cómo hemos llegado hasta este punto? –preguntó–. Nuestro querido Leon ha acabado viviendo en una pesadilla suburbana.

–Pues es cuqui –respondió Maggie.

–Cuqui. Esa es la palabra –Angie pronunció la palabra como si significara precisamente lo contrario–. Pero Leon no es así. Él vale mucho más que todo esto.

–No –discrepó–. Leon sí es así. El problema es que siempre has querido que fuera una persona diferente.

Angie reflexionó al respecto unos instantes.

–No –concluyó–. Quiero que se respete a sí mismo. Y esta… –Señaló la calle con un gesto del brazo–. Esta no es la manera.

Maggie salió del coche y abrió el maletero, de donde sacó un pequeño paquete envuelto con esmero con papel de regalo de color azul y una cinta rizada. Angie lo contempló con curiosidad unos segundos, hasta que cayó en la cuenta de lo que era.

–¡Mierda! –exclamó–. ¿Tendría que haber traído un regalo?

Su amiga se la quedó mirando, enarcando una ceja.

–Bueno, es que es una fiesta de cumpleaños –le explicó, no sin sarcasmo.

–Ups –dijo–. No se me ha pasado por la cabeza en ningún momento. Supongo que no…

Miró amenazante el paquete.

–¡No! –contestó Maggie con indignación–. Este regalo es mío. –Luego, soltó un suspiro y puso los ojos en blanco–. Bueno, supongo que no hay problema. No he sellado la tarjeta de felicitación porque sospechaba que podría pasar algo así… –Miró a Angie como una maestra mira a una mala alumna–. Y… –Se volvió hacia el maletero y sacó un segundo paquete idéntico al primero–. Tengo uno de sobra. –Le sonrió–. Es un tren, pero también vendían los vagones, así que compré ambas cosas y les pedí que las envolvieran por separado. Me debes quince libras. Ya me pagarás cuando puedas –añadió.

A Angie la embargó una sensación de humildad. Maggie no solo la conocía lo suficiente como para saber que jamás se le habría ocurrido comprar un regalo de cumpleaños, sino que también se había adelantado a solucionar el problema. He ahí el motivo por el que se había hecho amiga de una persona tan sensata, organizada y algo maniática como Maggie. Por qué Maggie se había hecho amiga de ella era algo que no llegaba a entender.

Capítulo 20

Había globos azules, en los que aparecían escritas las palabras «Feliz primer cumpleaños», atados al poste de la entrada y a la aldaba de la puerta delantera de Leon.

–Me encanta que la gente decore las viviendas con globos –comentó Maggie–. Es una forma de convertir el cumpleaños en un acontecimiento comunitario de verdad. Siempre me sacan una sonrisa cuando los veo.

Angie nunca había visto globos de cumpleaños en las casas. Asumía que se debía a que lo de tener hijos no estaba entre sus prioridades y nunca se había fijado o tal vez no era algo que se hiciera en York, aunque esto último le parecía menos probable. Por otro lado, Maggie tampoco tenía hijos, de modo que Angie no tenía del todo claro por qué ella sí se había fijado en aquella costumbre. Ya habían hablado sobre tener hijos; la última vez fue cuando recibieron la invitación para la fiesta de cumpleaños.

–¿No te parece raro que, de nosotros cuatro, solo Leon haya sentado la cabeza y tenido un hijo? –le había preguntado Angie.

–La verdad es que no –le había contestado Maggie.

–Pero es que yo tengo treinta y uno y tú me pisas los talones –había proseguido Angie–, y las dos seguimos solteras y sin hijos.

–Por decisión propia –la había corregido Maggie–. En mi caso, no tengo hijos por decisión propia, y estoy contenta. Y no, no me parece extraño. Inusual, tal vez, pero, si te paras a pensar en quiénes somos nosotros cuatro, no tiene nada de raro. Ninguno ha escogido la vía tradicional, salvo Leon. No estoy diciendo que no vaya a pasar. Con treinta y uno aún eres joven y estás a tiempo de tener un hijo si es lo que quieres.

–Pero ¿tú no quieres? –le había preguntado Angie, que siempre había dado por sentado que Maggie querría tener hijos, pero, ahora que se paraba a pensarlo, se daba cuenta de que nunca se lo había dicho explícitamente.

–No, creo que no –le había contestado, pensativa–. Me encanta mi trabajo y me parece que, si tuviera un hijo y contratara a una niñera, la cosa cambiaría. ¿Qué sentido tiene tener un hijo si nunca lo veo porque estoy en el trabajo?

–Muchas mujeres recurren a niñeras –había objetado Angie– y no por eso son malas madres.

–Claro que no –le había contestado–. Creo que incluso las hace mejores madres. Pero sé que yo no querría dividir la atención de esa manera. Y, en todo caso, es hablar por hablar, porque no tengo un hombre que me vaya a dar un hijo.

–Bueno, eso tiene fácil arreglo –había comentado.

–¿Cómo se arregla? ¿Con líos de una noche bien planeados? No sé si me veo. –Maggie se había echado a reír–. ¿Y tú? ¿Aún quieres tener hijos?

Angie había reflexionado al respecto unos instantes. No estaba segura de si Jax tenía instinto paternal, pero, en general, tampoco tenía mucha experiencia con el tema de los padres como para identificar el instinto paternal. En cualquier caso, sí que quería tener un bebé. O, por decirlo de otra manera, no se imaginaba un futuro sin hijos.

–Sí –le había dicho–. Creo que sí.

✦

Maggie llamó a la puerta de la casa de ensueño de Leon y Becky. Oían los chillidos estridentes de los niños provenientes del interior.

–Todavía estamos a tiempo de cambiar de idea –comentó Angie con una sonrisilla.

Se abrió la puerta y apareció un Leon que parecía muy agobiado. Sostenía un cortacésped de juguete de plástico en una mano y un pañal desechable en la otra.

–Ah, sois vosotras. Menos mal. Entrad, por favor, y distraedme. Como me vuelvan a hablar de clases de canto o natación para recién nacidos, ¡no respondo de mis actos! –Abrió la puerta del todo y las apremió para que entraran–. Y, por si fuera poco, están retransmitiendo el maldito funeral y la mitad de las madres lo están viendo y llorando a moco tendido. Contaba con que se echasen a llorar los niños, no los padres... Un momento.

Desapareció por lo que parecía ser la sala de estar y regresó instantes después sin el pañal, justo cuando Maggie estaba dejando los regalos en el mueble del recibidor, colocándolos con cuidado en lo alto de una pila enorme. Al reparar en que el papel de regalo era idéntico, Leon les dedicó una sonrisita a las dos y le guiñó el ojo a Maggie.

–Gracias, Mags.

Angie puso los ojos en blanco.

–¿Y yo qué? –dijo, pero fue incapaz de aparentar indignación y le devolvió la sonrisa–. Me has pillado. El tema de los regalos lo gestiona el departamento de Maggie.

–Tendríais que haber retrasado la fiesta –comentó esta última con vehemencia; resultaba evidente que seguía molesta por perderse el funeral.

–Becky me dijo lo mismo –admitió Leon–, pero supuse que no cambiaría nada. ¡A ver, que está muerta! –Negó con la cabeza, fingiendo cierta desesperación–. ¿A qué viene tanto bombo?

Maggie enarcó una ceja con la mirada fija en Angie, pero se abstuvo de responder.

–Bueno, en un abrir y cerrar de ojos habrá terminado. ¿Podemos ayudar en algo?

Leon le sonrió.

–Las crisis son lo tuyo, Mags –le dijo–. Pero no, creo que lo tenemos todo bajo control. Becky quería organizar un juego para abrir los regalos, pero nadie le hizo caso, así que ha tirado la toalla y se ha reunido con las demás en torno a la televisión. Y los bebés están con sus madres, así que no hay problema. ¿Queréis beber algo?

Maggie consultó el reloj, como poniendo pegas por lo temprano que era, pero Angie hizo caso omiso.

—Sí, por favor. ¿Qué tienes?

—Tinto, blanco, cerveza y zumos naturales sin azúcar. Y agua.

—Una cerveza, por favor —pidió sin pensárselo.

—Marchando. ¿Mags? —le preguntó Leon, pero la aludida negó con la cabeza.

—Tengo que conducir —alegó—. Voy a...

—Es por ahí —le dijo, señalando la dirección en la que se encontraba la televisión, y Maggie se escabulló.

Angie siguió a Leon por la casa hasta llegar a la cocina, donde un grupo de hombres que asumía que eran padres permanecían de pie, sosteniendo unas botellas de cerveza y charlando. Leon seguía aferrando el cortacésped, como si le fuera la vida en ello. Al darse cuenta de pronto, lo dejó junto a la puerta trasera, al lado de un pequeño camión azul de plástico que también parecía un regalo de cumpleaños, a juzgar por la cinta que decoraba el volante.

—Os presento a Angie —les dijo a todos los reunidos—. Una compi de la universidad. No tiene hijos. Qué suerte tiene la cabrona.

Angie les sonrió a todos y, a continuación, cogió la cerveza que le ofrecía el anfitrión. Hablaron un rato por cortesía, pero luego los hombres volvieron a retomar la conversación, conque Angie y Leon se quedaron de lado.

—Qué bien te lo has montado, Lee —comentó ella, haciendo un gesto vago a su alrededor—. Con jardín incluido. ¿Salimos un rato? Podrías enseñarme la casa.

Él lanzó una mirada a la sala de estar, pero, como ahí parecía reinar la calma por el momento, asintió. El acceso a la puerta trasera lo bloqueaba una barrera de seguridad para bebés, que abrió con un movimiento ágil de la muñeca. Luego, abrió la puerta y salieron al jardín. El cielo tenía un color gris, semejante a la piel de los elefantes, y unas nubes cargadas de lluvia, incluso más oscuras, acechaban en el horizonte, amenazantes. Leon alzó la mirada hacia el cielo, pensativo.

–Solo pido que aguante sin llover hasta la una, cuando todos se marchen –dijo–. Becky quería celebrarlo fuera, pero parece que ha habido cambio de planes, por culpa del funeral. En todo caso, supongo que no nos quedará mucho tiempo cuando acabe la ceremonia, pero, aun así, podemos volver al plan A. Lo que pasa es que tal vez se alargue más de lo esperado.

Angie no tenía del todo claro qué clase de fiesta había que montar para un bebé de un año. ¿Sabía caminar siquiera, por no hablar de si estaba en condiciones de corretear de aquí para allá? No tenía ni idea. Los bebés eran todo un misterio para ella. De haberse acordado de que se esperaba que trajera un regalo, no habría sabido qué comprar. Tampoco le interesaba lo suficiente como para preguntárselo a Leon.

El jardín estaba, como el resto de la casa, muy ordenado: el césped se dividía en franjas de tonalidades distintas de verde y, en las esquinas, había pequeños cúmulos de flores. Había toques de color por doquier, en pleno contraste los unos con los otros, pero todo ello creaba, a la vez, una sensación general de cohesión.

–¿A Becky también se le da bien la jardinería? –le preguntó con una sonrisilla–. Empiezo a pensar que es la Mujer Maravilla.

Por lo que había visto de la vivienda hasta entonces, Becky le parecía sobrehumana. No había nada ni fuera de lugar ni discordante, si bien, por lo poco que sabía de ella, no le sorprendía. Becky era, sin lugar a dudas, la clase de persona que se cercioraba de que su casa transmitiera la imagen debida.

Así y todo, Leon negó con la cabeza.

–No –dijo–. Todo el jardín es obra mía.

Sonrió con ternura, como si el jardín fuera otro hijo más.

–¡Vaya, no me digas! –exclamó Angie–. Eres toda una caja de sorpresas, Lee. No me esperaba que fueras un jardinero en ciernes.

Las facciones de Leon se ensombrecieron, como si le hubiera dolido que le infravalorase, pero fue tan fugaz que Angie no estaba segura de si se lo había imaginado.

–Siempre me ha gustado plantar –explicó–. De niño, mi padre

me cedió una zona de su jardín. Empecé plantando verduras, algo sencillo. Zanahorias, rábanos y cosas por el estilo. Pero, al cabo de un par de años, me pasé a las flores. Me encanta combinar colores, mantener el jardín colorido todo el año. En verano es pan comido, claro está, pero desde ahora hasta la primavera es más complicado. Como desafiar a la Madre Naturaleza.

–Bueno, parece que tienes las de ganar –dijo Angie con admiración–. De verdad que es maravilloso, Lee. De verdad.

Se despertó un levísimo rubor en sus mejillas antes de desvanecerse.

–Gracias –le dijo–. Es una forma de evadirme. De… –Señaló la casa con un gesto de la cabeza–. Bueno, tú ya me entiendes. Un bebé puede llegar a agotarte y no respeta las necesidades de los demás.

Angie recordó que una vez le había dicho que también recurría a la música para evadirse, cuando vivían en la puerta de enfrente en el mismo pasillo.

–¿Y el saxo? –le preguntó, convencida de que él debía de estar pensando en lo mismo.

Se encogió de hombros con cierto pesar.

–Últimamente no toco mucho. Parece que nunca tengo tiempo. Antes tocaba de noche, pero Thomas no podía dormir. Al parecer.

Aquello último lo añadió con un tono de voz que daba a entender que él no estaba conforme, y Angie tuvo que darle la razón. Por experiencia, sabía que pocas cosas había más relajantes que escuchar a Leon tocar música de *jazz*.

–Me parece que te tienen controlado –dijo entre risas, aunque solo estaba medio en broma.

Leon siempre había sido un poco estricto, jamás había querido salirse mucho del guion establecido, pero esta no era la vida que ella había imaginado para él ni de lejos.

–No, eso no es cierto –contestó–. Sé que soñabas con algo grande para mí, Angie, pero eran tus sueños, no los míos. Yo siempre he querido algo más modesto, más acorde con lo que mi familia esperaba de mí. Y Becky y yo nos hemos esforzado mucho para conseguir lo que tenemos; estoy orgulloso.

Angie no entendía el concepto de hacer lo que quisiera la familia. En realidad, ni siquiera se lo imaginaba, pero cayó en la cuenta de que Leon hizo ademán de marcharse, de modo que cambió de parecer:

–Claro que deberías estar orgulloso –se apresuró a añadir–. Lo que habéis construido entre los dos es precioso.

Él le sonrió, agradecido, al parecer, de que no fuera a criticar sus decisiones, pero a Angie también le pareció vislumbrar cierto arrepentimiento. Desde luego, una parte de él debía de sentir curiosidad, debía de coquetear con todo lo que podría haber sido. Tenía tanto talento... De aquello no había duda, pero ahora había dejado de tocar. Era una lástima y él debía de saberlo en lo más hondo de su corazón, si es que en algún momento se atrevía a echar un vistazo a su interior. De nada servía, no obstante, decirle todo aquello ahora.

–¿Y tú, Angie? –le preguntó, cogiendo la sartén por el mango de forma inesperada–. ¿Te arrepientes de algo?

¿Se arrepentía de algo? Angie nunca perdía el tiempo pensando en el pasado. ¿De qué valía? No podía cambiarlo.

–¡No! ¡Por supuesto que no! –contestó con despreocupación–. Cuando no tienes un plan, ¿de qué te vas a arrepentir? La vida es una gran aventura. Me encanta lo que hago. Mi negocio va viento en popa y mis clientes son maravillosos. Más pronto que tarde, se convertirá en todo un emporio holístico.

Leon la rodeó con los brazos y la estrechó con fuerza.

–Cuánto me alegro de verte, Angie –le dijo–. No cambies nunca.

Ella estaba algo desconcertada, pero le devolvió el abrazo.

–Me recuerdas a... –prosiguió él–. Bueno, me alegro mucho de verte. Tenemos que intentar no distanciarnos mucho.

–Quizá deberíamos quedar de vez en cuando los tres solos –le propuso–. Hace siglos desde la última vez. Podríamos ir a un bar en Leeds, comer algo… Sería como en los viejos tiempos.

Leon asintió, pero algo en su rostro le reveló que no creía que aquello fuera a suceder.

–No va a ser pequeño para siempre, Lee –añadió–. Los niños crecen y entonces quizá te sea algo más sencillo escabullirte. Hasta tú te mereces portarte mal un rato, para variar. –Dudaba que el verdadero impedimento fuera la edad de Thomas, pero la consolaba que Leon sí quisiera verlas más a menudo, aunque la cuestión de la logística fuese tan complicada–. ¿Sabes qué? –prosiguió–. La próxima vez que Tiger se digne a aparecer, saldremos todos juntos. Será fantástico. Sé que estamos todos ocupados, pero seguro que podemos tomarnos una noche libre sin que se acabe el mundo.

Leon le dedicó una sonrisa amarga. Ambos sabían que, en el fondo, lo decía por él.

–Tú no te preocupes –añadió Angie–, que no te vas a librar de mí, por mucho que lo intentes. No pienso irme a ningún lado.

✦

Seguían afuera, conversando con alegría sobre las trivialidades de la vida, cuando Maggie se les unió. Tenía la cara roja e hinchada y los ojos entrecerrados, pero parecía que su maquillaje seguía intacto en su sitio. Lo más probable era que se hubiera puesto rímel resistente al agua para la ocasión, pensó Angie.

–Hola a los dos –les dijo al aproximarse.

–¿Ha terminado? –preguntó Leon.

–Todavía no, pero ya he sufrido lo suficiente, así que me he retirado. ¿Qué os traéis vosotros entre manos?

–Estamos arreglando el mundo –contestó Angie.

–¿Tan mal está el mundo? –preguntó Maggie–. A mí me parece

que está bastante bien, desde mi punto de vista –comentó, contemplando el glorioso jardín de Leon.

Y Angie comprendió que estaba en lo cierto. La vida no era perfecta, pero tampoco estaba mal. A no ser que fueras Lady Di, por supuesto.

Capítulo 21

El nuevo milenio
2000

Angie levantó el palito de plástico y miró la pantalla diminuta. Si aparecía una línea, significaba que no estaba embarazada. Si aparecían dos...

¿Había dos? ¿Acaso no se veía la levísima sombra de una fina línea azul en la segunda pantalla? No podría jurarlo en mitad de un juicio, pero, en su corazón, sabía la respuesta con o sin la línea. Estaba lo suficientemente conectada con la energía de su cuerpo para saber que algo había cambiado, un cambio que solo podía definirse como tajante. Tenía el pulso más acelerado de lo habitual y le dolían los pechos sin que hubiera un motivo concreto. Pero, incluso dejando a un lado los pocos síntomas físicos, Angie sabía que albergaba en su interior un embrión diminuto. No podía explicar por qué, pero estaba convencida.

Volvió a observar el palo. La segunda línea era difusa, aquello era innegable, pero, sin duda alguna, estaba ahí. Estaba embarazada.

Algo aturdida, comenzó a caminar por el piso, cogiendo cosas sin motivo alguno y colocándolas en otro sitio. Embarazada. Encinta. Preñada. Daba igual cómo lo dijera. Dentro de ocho meses aproximadamente, si todo iba bien, sería madre. ¡Madre!

No obstante, no era del todo una sorpresa encontrarse en esta situación, pues había dejado de tomar la píldora hacía un tiempo. Nunca le había gustado inyectar hormonas artificiales en su cuerpo. Había comenzado a tomarlas por conveniencia en torno a la época de las protestas de Newbury. Vivir en un árbol ya era difícil de por sí sin tener que preocuparse, además, de la menstruación.

Luego, había conocido a Jax y la píldora había venido como anillo al dedo. Después había seguido tomándola, más que nada por puro hábito. Pero, durante los últimos años, a medida que se incrementaba su interés por la sanación holística, la idea de tragarse fármacos a diario había comenzado a incomodarla. Y, dado que mantenía relaciones sexuales muy de vez en cuando, le había parecido innecesaria.

Así pues, se había arriesgado, se había tomado a la Madre Naturaleza a la ligera, había jugado a la ruleta rusa contra una posibilidad entre un millón. Y había perdido.

¿O acaso había ganado?

Angie estaría mintiendo si dijera que nunca se había planteado quedarse embarazada. Por supuesto, al mantener relaciones sexuales sin anticonceptivos corría el riego de acabar donde estaba. Y, sin embargo, había seguido exactamente igual que antes, sin hacer el mínimo esfuerzo por reducir el riesgo, lo cual quería decir que, en el fondo, pensaba que quedarse embarazada no sería algo tan desastroso. Tenía treinta y tres años y siempre había tenido la intención de tener un hijo llegado cierto momento. El problema era que nunca llegaba dicho momento.

Pero ahora había llegado, con toda la pompa de un desfile triunfal y toque de trompetas incluido. Este era el momento en el que Angie Osborne debía aceptar su destino y tener un hijo.

Se colocó frente al espejo y se puso de lado, bajándose los pantalones de yoga hasta las caderas para descubrir la zona en la que, como un huevo, se había instalado el embrión. No había nada que ver, no había indicio alguno de la multiplicación frenética de células que se estaba dando en su interior. Se acarició la piel con los dedos, el más leve de los roces, al mismo tiempo que la embargaba la admiración. Era como un hechizo de magia, como una especie de alquimia. De los componentes menos atractivos, su cuerpo había creado un ser vivo. Era un milagro en estado puro.

Un bebé.

Jax. Tendría que decírselo a Jax y sabía que a él le llevaría más tiempo aceptarlo. La suya era una relación anclada en el presente; con muy poca frecuencia mencionaban el futuro en sus conversaciones. Habían revoloteado con alegría de un encuentro al siguiente con el paso de los años. De vez en cuando ella había sugerido que todo sería más llevadero si, por lo menos, viviesen en el mismo condado, aunque no fuera en el mismo edificio. Su negocio de medicina holística prosperaba y aquello la ataba a York, pero Jax iba de trabajo en trabajo, a medida que le surgía la oportunidad. Era una persona, tal y como a él le gustaba decir, sin paradero fijo, aunque parecía mostrarse reacio a adentrarse mucho más al norte de Birmingham.

–Estar separados es lo que nos mantiene unidos, cariño –le había dicho la última vez que Angie le propuso que buscara algo más cerca de ella.

Lo había aceptado porque pensaba que probablemente estaba en lo cierto. La independencia era una cuestión de vital importancia y ella valoraba la suya. Pero ¿y si tenían un bebé? Bueno, las cosas tendrían que cambiar, ¿no?

No se lo contaría de momento, decidió. Al fin y al cabo, todavía era muy pronto y podría armar un revuelo para nada. Y no volverían a verse hasta pasados otros dos meses. Justo acababa de venir a verla –tal y como demostraban los acontecimientos–; debieron de gestar al bebé en la última noche del milenio, aproximadamente, y tan solo estaban en la segunda semana de enero. No pasaba nada por mantener la noticia en secreto por el momento, mientras se iba haciendo a la idea.

Bueno, tal vez no hacía falta que fuera un secreto.

Más tarde, cuando el último cliente de la jornada se marchó, Angie cogió el teléfono y llamó a Maggie.

–¿Estás ocupada? –le preguntó–. ¿Quieres ir a tomar algo esta noche? ¿O mañana?

Hubo una pequeña pausa antes de que Maggie le contestara, pausa que podría interpretarse como falta de interés, pero Angie sabía que su amiga simplemente estaba reconfigurando los planes que tenía para la noche.

–Me encantaría. ¿Donde siempre? ¿A las ocho?

Trataban de verse una vez al mes, más o menos, aunque en ocasiones el plazo se alargaba un poco. A pesar de que Maggie tenía la agenda más ocupada, lo cierto es que era Angie quien cancelaba la cita la mayoría de las veces, casi siempre porque estaba demasiado cansada después de pasarse todo el día de pie como para ir al centro. Por supuesto, Maggie tan solo cancelaba los planes si los cuatro jinetes del apocalipsis irrumpían en su despacho: así era ella.

«Donde siempre» era un bar de vinos en Goodramgate, más del estilo de Maggie que del suyo, a decir verdad. Imperaba cierto ambiente de soberbia y egocentrismo, desde el punto de vista de Angie, y parecía que lo frecuentaba esa clase de gente que vestía traje y corbata en sus trabajos importantes y luego se dedicaba a hablar de ello en voz alta en público. El hedor a colonias embriagadoras y *aftershave* tumbaría a un rinoceronte. Angie siempre se ponía la ropa más chillona y menos convencional que tenía y disfrutaba cada vez que los demás torcían el cuello para mirarla y se daban codazos los unos a los otros cuando se abría paso entre el mar de Boss y Armani para reunirse con Maggie.

Esta última había llegado antes –cómo no– y ya se había pasado por la barra. En la mesa descansaban un *gin-tonic* refrescante y una pinta de *snakebite*, una mezcla de cerveza rubia y sidra.

–Supuse que sería lo que querrías –le dijo cuando Angie se sentó, señalando la pinta con un gesto de la cabeza.

Angie miró el vaso, luego a ella e hizo una mueca.

–Perdona –se disculpó Maggie, poniéndose rápidamente de pie–. Lo di por hecho. Ahora mismo vuelvo a la barra. ¿Qué te apetece?

–¿Zumo de naranja? –contestó.

–¡¿Tienes resaca?! ¿En pleno miércoles? –dijo, pero entonces debió de comprender que estaba equivocada–. ¡Ay, Dios! ¡Estás embarazada!

Angie no dejaba de maravillarse con la forma en la que funcionaba la mente de Maggie. Ella jamás habría llegado con tanta agilidad a aquella conclusión. De hecho, dudaba que se le hubiera ocurrido siquiera. Pero Maggie había dado en el clavo a la primera. Era hasta decepcionante.

Asintió.

—¿Y...? —añadió Maggie.

Le estaba preguntando si aquello era algo bueno o no, comprendió. No habían pasado ni cuatro horas desde que descubrió la verdad y ya tenía que decidirse.

Pero se percató de que no era una respuesta difícil que dar.

—Es algo bueno —anunció, asintiendo, como para confirmárselo a sí misma—. Sí, es algo bueno, sin duda. Una sorpresa, es toda una sorpresa, pero una buena.

Maggie no cabía en sí de gozo: esbozó una ancha sonrisa que transmitía pura felicidad por aquella noticia.

—Me alegro mucho por ti —le dijo—. Enhorabuena. Voy a por ese zumo de naranja y me lo cuentas todo.

Regresó al cabo de unos pocos minutos, con un vaso rebosante de zumo de naranja, y los cubitos de hielo chocaron contra el cristal cuando lo colocó con cuidado sobre la mesa, junto a la pinta. Angie reparó en que esta última le parecía mucho más apetitosa. Hoy había entrado en estado de *shock*, al fin y al cabo, así que... Pero se repuso al impulso de bebérsela: este sería el primero de los muchos sacrificios que le deparaban.

—¿Y bien? —comenzó Maggie—. Cuéntamelo todo.

—No hay mucho que contar. Me hice la prueba esta tarde y ya.

—¿Y qué ha dicho Jax? Porque entiendo que es de Jax.

Maggie estaba al tanto de su relación con Jax, aunque no lo conocía. Angie no se imaginaba exhibiendo a una pareja así en una cena y, además, el tiempo que pasaban juntos era tan escaso que lo atesoraba con mucho cuidado. Hizo una mueca, fingiendo que estaba horrorizada.

—Pero ¿qué estás insinuando...? —le dijo.

–Vale. –Sonrió–. Es que no quiero asumir lo que no es. Bueno, ¿y qué te ha dicho? ¿También está contento?

Angie se arañó las rastas.

–Todavía no lo sabe. En realidad, no lo sabe nadie, salvo tú y yo.

Aquella expresión de halago y placer que surgió en el rostro de Maggie le llegó a Angie al corazón. Pero luego su amiga volvió a ponerse pragmática:

–¿Por qué? –quiso saber–. ¿Te preocupa que no le vaya a parecer tan bien como a ti?

–En el fondo, no importa lo que piense –contestó, con cierto desafío en su voz–. Es mi cuerpo.

–Sí, obviamente –dijo–. Pero el bebé es suyo. Tiene derecho a que se lo consultes.

–Y no estoy diciendo que no se lo vaya a decir. Lo que estoy diciendo es que, por ahora, no. Solo llevo cuatro semanas embarazada. No pasa nada si solo lo sé yo… y tú –añadió– un par de semanas más, mientras barajo todas las consecuencias.

Maggie asintió levemente, reconociendo que su argumento era acertado.

–¿Y cómo crees que va a reaccionar? –le preguntó.

Ya que no lo conocía, no tenía manera de predecir su reacción, comprendió Angie. Por otro lado, Angie tampoco las tenía todas consigo.

–Creo que, en un primer momento, se va a desconcertar –contestó–, pero que después le gustará la idea.

–¿Y si no le gusta…?

Siempre hacía lo mismo: formular la pregunta cuya respuesta Angie preferiría no saber.

–Si no le gusta, que se vaya a tomar viento –dijo, más mordaz de lo que esperaba–. Pero creo que lo va a aceptar.

Maggie asintió, digiriendo todo aquello.

–¿Y tú? –le preguntó con más dulzura–. ¿Qué es lo que sientes?

–Estoy ilusionada –comentó Angie, y, al pronunciar las palabras, se dio cuenta de que era cierto.

–Bueno, yo también tengo novedades –reveló Maggie con una sonrisa–, aunque son irrisorias en comparación con las tuyas.

–¿Ah, sí? –dijo Angie, dando un trago a la bebida y haciendo una mueca al saborear el zumo de naranja y no el alcohol que, claramente, esperaba beber su subconsciente.

–Me han pedido salir. Una cita de verdad –dijo Maggie, enarcando una ceja.

Su vida amorosa era tranquila, por decirlo de alguna manera. Desde que eran amigas, Angie jamás se había enterado de que hubiera salido con alguien durante más de un par de meses. «Mi vida es mi trabajo –le había explicado en más de una ocasión–. Cuando estoy ocupada, no tengo tiempo para una relación, y, cuando estoy libre, lo único que quiero es dormir y prepararme para cuando vuelva a estar ocupada». «Pero ¿no te sientes sola?», le había preguntado Angie, haciendo hincapié en aquella última palabra, pues, más que nada, se refería a la aparente falta de sexo en su vida, pero Maggie le había quitado hierro al asunto. «No, la verdad. Tengo todo lo que necesito». Angie no tenía del todo claro que aquello pudiera ser cierto. No obstante, ¿acaso no sobrevivía ella también por su cuenta la mayor parte del tiempo, puesto que Jax tan solo venía al norte una vez cada pocos meses? La falta de contacto humano no la amargaba. Pero, por otro lado, ella sabía que lo tenía al alcance de la mano, por muy infrecuente que fuera. Le costaba creer que Maggie fuera tan independiente como procuraba aparentar, pero esta no dejaba de demostrar que se equivocaba una y otra vez.

–¿Quién es el afortunado? –le preguntó Angie entonces.

Maggie se sonrojó y ella le dedicó una sonrisa. Ahí estaban las dos, a los treinta y tres años: su amiga seguía ruborizándose cuando hablaban de chicos. Era adorable, la verdad.

–Se llama Adam –contestó– y es abogado especializado en pensiones. Vive cerca de Thirsk y tiene un *golden retriever* llamado Charlie.

–Espero que sea más interesante de lo que parece –comentó entre risas–. ¡Pensiones! Dios santo. ¿Está bueno?

Maggie reflexionó al respecto unos instantes.

–Define «estar bueno» –contestó llegado cierto momento.

–Tú ya me entiendes. ¿Se te disparan los latidos del corazón cuando lo ves? ¿Te entran ganas de empujarlo contra la estantería más cercana y tirártelo?

Maggie siguió reflexionando.

–No –concluyó–, pero es muy agradable y no se pasa todo el tiempo hablando de pensiones.

–Ah, vale, pues entonces es que es el hombre perfecto –dijo, sarcástica.

Maggie la miró con seriedad.

–Hemos quedado para cenar, Ange. No me voy a casar con él.

–Así me gusta –respondió. Aguardó unos instantes y después añadió lo siguiente–: Tiger me llamó la semana pasada. Está en Andalucía, en Granada. Dice que la Alhambra es preciosa y que tengo que ir a verla. Un chico práctico hasta la muerte, ¿eh?

Sabía que era una maldad por su parte mencionar a Tiger en mitad de una conversación sobre hombres sexis, pero no pudo evitarlo. Observó atentamente a Maggie, esperando a que reaccionara como sabía que reaccionaría. Adoptó una expresión de indiferencia fingida y dijo:

–¿Ah, sí? ¿Cómo le va?

–Como siempre –respondió–. Sigue con su vida de viajero feliz.

Maggie asintió y Angie hizo una pausa para brindar mayor premura a la conversación. Su amiga nunca confesaría lo que sentía por Tiger. Angie había llegado a pensar que se debía a que no quería arrebatárselo a ella y había tratado en más de una ocasión de dejarle claro que su amistad con Tiger era casi del todo platónica, pero, aun así, Maggie seguía sin sincerarse.

–¿Adam, el abogado de pensiones, está tan bueno como Tiger, el nómada? –bromeó.

Maggie la fulminó con la mirada.

–No tendría que haberte dicho nada de Adam –dijo–. La próxima vez pienso callarme, y a ver cómo te enteras del cotilleo entonces.

Estaba sonriendo.

Capítulo 22

El centro de bienestar de Angie estaba en auge. Además de *reiki*, ahora también ofrecía sesiones de psicología energética y asesoramiento en temas de bienestar. Además, había contratado a una reflexóloga, Kate, a la que había conocido en un curso de formación, y las dos se habían trasladado a un local en la calle Fossgate y cambiado el nombre del negocio a Live Well. Era mucho mejor que trabajar en el salón de su casa. El centro contaba con una pequeña recepción y dos salas de tratamiento, e incluso disponía de una pequeña ducha que se había instalado, no sin ingenio y esfuerzo, en lo que antaño era una despensa. La clientela no dejaba de aumentar, en especial por el boca a boca, lo cual era muy gratificante para Angie.

Por supuesto, había cosas que tendrían que cambiar cuando naciera el bebé, pero estaba convencida de que se lo llevaría al trabajo. Los bebés, a fin de cuentas, son pequeños y fáciles de llevar, ¿no es así? Y duermen mucho. Así pues, si reorganizaba un poco su tiempo y, tal vez, si contrataba a otra persona a media jornada, podría mantener el negocio a flote hasta que estuviera preparada para volver a tiempo completo. No la intimidaba el porvenir. Como todo en la vida, tendría que seguir adelante.

Ahora mismo se centraba en las dificultades que entrañaba el trabajar con unas náuseas constantes. Si bien tenía la suerte de haberse librado por completo del malestar matutino, la embargaba en cualquier momento una leve sensación de mareo que le resultaba igual de estresante. Había probado el jengibre en todas sus formas –crudo, confitado, infusionado e incluso en formato galleta–, pero de poco servía para reprimir el miedo a estar todo el tiempo al borde del desastre. La acupuntura, en teoría, también debería ayudar, así que había pedido cita con un profesional que conocía. Los resultados, tenía que admitirlo, no eran esclarecedores, a pesar de que ardía en deseos de que fuera la panacea que buscaba, pero, por lo menos, le había dado algo con lo que distraerse un rato.

Estaba justo a punto de tener que decirle a Kate lo que le estaba pasando a su cuerpo y explicarle por qué la había sorprendido devorándose un paquete de patatas fritas con sabor a gambas, saladas y con químicos a las ocho de la mañana, cuando al fin dejó de sentirse mareada y comenzó a reponerse. Era un gran alivio sentirse normal de nuevo y se felicitó por haber sobrevivido a los tres primeros meses relativamente ilesa.

Pero Jax seguía sin saberlo.

Angie se decía que era porque quería decírselo a la cara y estaba esperando a que volviera a visitarla para darle la noticia. Era un argumento del todo razonable que le había dado un pretexto para no examinar los verdaderos motivos más de cerca. Quedaba muy poco para las vacaciones de Pascua y Jax tendría libres los días festivos, de modo que planeaba venir al norte para pasar juntos el largo fin de semana. La emoción que le suscitaba el encuentro a Angie la corrompía el miedo a cómo reaccionaría a la noticia. Cuanto más tiempo tenía para hacerse ella misma a la idea de tener un bebé, más firme era su convicción de que a Jax no le importaría. Ahora tenía una minúscula hinchazón en el vientre con la que Jax podría encariñarse. ¿Cómo no iba a enamorarse de la idea cuando colocase la mano sobre un hijo en plena gestación?

¿Y si no era el caso? Bueno, eso ya no importaba mucho. A Angie ya no la preocupaba. Era feliz. Si él también lo era, perfecto; pero, si no, se las arreglaría sin él. No albergaba la esperanza de que él hiciera las maletas y se mudara a Yorkshire, así que, dijera lo que dijera, ella sabía que estaría sola.

Cuando Jax llamó a la puerta el Viernes Santo y ella se apresuró a bajar las escaleras para abrirla, a él le llevó menos de un minuto percatarse de lo que había sucedido, por la expresión de su rostro, tal vez, el brillo de su piel, su serenidad. Fuera lo que fuera, Jax lo vio en ella enseguida.

La miró a los ojos, sosteniéndole la mirada unos instantes más de lo acostumbrado, y entonces se centró en su vientre.

—¿Cómo ha pasado? —le preguntó.

A ella le pareció que su tono de voz transmitía curiosidad, más que rabia, pero se esperaba una respuesta más entusiasta ante aquella revelación. Contuvo la respiración, preparada para defenderse a sí misma y al bebé que estaba por nacer, aunque esperaba no tener que llegar a tanto.

—No lo sé —dijo, no con total sinceridad—. Pero ha pasado.

—¿Y cómo te encuentras? —preguntó Jax, cuyas facciones se suavizaron un poco, como si el desconcierto estuviera menguando.

—Estoy genial —contestó ella—. Al principio me encontraba algo indispuesta, pero ahora… —Se detuvo, pues no tenía del todo claro cómo se tomaría él que le hubiera ocultado la noticia, que la hubiera enterrado en lo más hondo de su ser, junto con el embrión.

—Bien —contestó, pero no le preguntó desde cuándo sabía que estaba embarazada o cuándo nacería el bebé. Claramente, seguía digiriendo la noticia—. Bueno, ¿me vas a dejar entrar? —fue lo que preguntó.

Seguían de pie en el umbral de la puerta, cayó en la cuenta Angie, pero antes dio un paso hacia él y le rodeó el cuello con los brazos.

—Dios, cuánto me alegro de verte —le dijo contra la clavícula, mientras inspiraba el conocido aroma de su cuerpo hasta el fondo de los pulmones.

Él le devolvió el abrazo, estrechándola con brazos fuertes, de tal forma que se sintió protegida y a salvo. Había pasado la mayor parte de su vida sin la más mínima caricia. En ocasiones, se preguntaba si no habría escogido su profesión para compensar aquello de lo que tanto carecía en las otras facetas de su existencia: el contacto físico con otro ser humano. Pero aquí estaba ella ahora, y todo iba a estar bien, o, al menos, eso es lo que daba a entender el abrazo.

Se separaron y él la siguió escaleras arriba. Angie quería preguntarle por el viaje, quería tratar de aparentar normalidad, pero no le salían las palabras. Reprimió el impulso de darse la vuelta y de subir las escaleras marcha atrás para ver su rostro. Una vez llegaron al piso, al fin pudo verlo con claridad y concluyó que su expresión denotaba, más que nada, perplejidad.

–Un bebé –dijo–. Nuestro. Quiero decir… Vaya. Dios.

Angie le sonrió.

–¿Y cuánto tiempo llevas embarazada?

–Unas quince semanas. Nacerá en septiembre.

Él volvió a bajar la mirada hacia su vientre, y ella se subió la camiseta para mostrarle el bulto, pequeño pero perceptible.

–Nunca se me ha pasado por la cabeza ser padre –comentó con una voz embargada por la nostalgia, como si de verdad fuera la primera vez que se le ocurriera tal cosa–. Asumo que es mío –añadió, pero ella sabía que estaba de broma y le dio un golpecito en el brazo–. ¿Y te parece bien criarlo sola? –le preguntó entonces.

Y ahí estaba. Su verdadera reacción a la noticia. Angie notó que la sensación de seguridad que le había transmitido su abrazo, hacía unos instantes, la abandonaba. Era todo un *shock*, pero no se sorprendía; en realidad, no. A Jax no le interesaban ni la sensación de seguridad ni la paternidad. No dudaba de que la amara, pero no tenía más que ofrecerle.

–Claro –dijo, alzando un poco el mentón–. No espero nada de ti.

–Bien –contestó él, asintiendo–. Porque no puedo darte más de lo que tenemos ahora. Ya sabes cómo son las cosas, cariño. Simplemente no es práctico.

–Eso ya lo sé –respondió Angie.

Notó que el agujerito de esperanza que había permitido que se abriera en su ser se cerraba como una anémona de mar cuando algo la tocaba y guardaba sus tentáculos diminutos en su interior, ahí donde estuvieran a salvo. Estaba conforme con la situación. Sabía que, si decidía tener el bebé, sería responsabilidad suya. Jax podría darle apoyo moral desde la distancia, incluso contribuir en el tema de las finanzas, pero la supervivencia diaria del bebé sería responsabilidad suya y de nadie más.

Y le había dado vueltas en la cabeza cientos de veces: confiaba plenamente en su capacidad no solo de estar a la altura del reto, sino de bordarlo. Todo lo que desconocía por no tener un ejemplo al que seguir lo compensaba la determinación tajante de hacerlo mejor que su propia madre.

—Pero me gustaría ser parte de su vida —prosiguió Jax—. Quiero que sepa quién es su papá. Aunque no vaya a pasar mucho tiempo con él.

De pronto, Angie lo tuvo todo claro. Era con esta clase de persona con quien tenía una relación. El nivel de compromiso que él había sido capaz de darle a ella era ahora el mismo que le ofrecería a su hijo. Y se había preparado para aceptarlo. Incluso le había parecido conveniente.

Pero ya no.

—Bueno, ya veremos, ¿vale? —le dijo.

Capítulo 23

Maggie se enteró de la noticia cuando volvió a casa del trabajo. Tenía un mensaje en el contestador: la lucecita parpadeaba como un faro que la guiaba a tierra firme cuando entró en el recibidor.

Se apresuró a reproducirlo.

–Soy yo. No puedo hablar mucho tiempo. Solo tengo diez peniques y la comadrona nazi se niega a darme cambio. Bueno, que ya ha nacido el bebé. Es una niña. Tres kilos y pico. Monísima. La mamá (¡o sea, yo!) y la bebé están bien. ¿Puedes avisar a Leon? Y Tiger está pasando una temporada en mi apartamento. ¿Le puedes avisar también? Todavía no le he puesto nombre. Venid a vernos, por favor. Voy a quedarme ingresada un par de días más y me voy a volver loca aquí sola. Traedme comida decente. Lo que te sirven aquí da asc... –Bip, bip, bip–. Tengo que irme. Venid mañan...

Entonces, se cortó.

¡Angie había dado a luz y era una niña! Maggie se rodeó los hombros con los brazos y se dio un fuerte abrazo, meciéndose de un lado a otro mientras reflexionaba. Una niñita. Había nacido y estaba a salvo. Era todo perfecto.

Pero ¿cómo se las iba a arreglar Angie? Las cuestiones más prácticas amenazaron con destruir la felicidad de Maggie casi al instante. Todos los ingresos de Angie provenían de su negocio y no tenía ahorros, hasta donde ella sabía. Si no podía trabajar, no tardaría en quedarse sin dinero. El piso era de alquiler; podría perderlo si no seguía pagando, por no hablar del alquiler de Live Well. ¿Y cuánta paciencia tendrían sus clientes en cuanto se dieran cuenta de que podrían recibir los tratamientos en otro lugar, por parte de una persona que no acababa de tener un bebé y que, por tanto, estaba más centrada? Por si fuera poco, lo que más la angustiaba era que Angie no parecía preocuparse lo más mínimo por nada de esto.

¿Y dónde estaba Jax?, se preguntaba, y no por primera vez. En cuanto aclararon que él era, sin lugar a dudas, el padre, pues no había más candidatos, pareció desvanecerse de todas sus conversaciones, como si Angie se negara a explicar qué función desempeñaría él. Maggie había dado por sentado que vendría a York a ayudar, al menos durante los primeros días mientras Angie se recuperase, pero ahora se daba cuenta de que esta última jamás le había dicho tal cosa. Aun así, no había habido discusiones de pareja, que ella supiera, así que Maggie imaginaba que Angie habría destinado, como mínimo, otra moneda de diez peniques a comunicarle que acababa de dar a luz a su hija. Quizá también iría al hospital. Tal vez lo conocería al fin.

Entretanto, ella seguiría preocupándose por Angie. Alguien tenía que hacerlo, ya que parecía que la propia Angie era incapaz de preocuparse por sí misma. Hasta entonces, su amiga no había manifestado duda alguna sobre su capacidad para cuidar de una niña en soledad ni una sola vez. Pero ¿sería eso una muestra de ingenuidad por su parte? Siempre había admirado el optimismo implacable de Angie, pero en esta ocasión no podía evitar pensar que tal vez sería, en parte, infundado.

Sin embargo, ahora le había confiado una tarea y debía llevarla a cabo. Cogió el teléfono y llamó a Leon. Después de tan solo dos tonos, le contestó Becky.

—Hola —le dijo esta, con voz tensa y medio susurrante.

Maggie vio el reloj. Eran las siete y media: hora de dormir. Una amiga más considerada quizá habría esperado a que Thomas y su hermano pequeño se hubieran bañado y metido en la cama antes de interrumpir, pero no estaba habituada a la rutina de una casa con niños pequeños. Se maldijo en silencio por aquella falta de consideración.

—Hola, Becky. Soy Maggie —le dijo en voz baja, como si los críos estuvieran en aquella misma habitación con ella—. ¿Está Leon?

–Está acostando a Thomas –contestó, cortante–. ¿Le digo que te llame?

–Sí, por favor –dijo–. Dile que Angie ha dado a luz a una niña. Vamos a visitarla mañana a las dos, por si quiere venir.

Se produjo la más breve de las pausas.

–Una niña. Qué bien –contestó, aunque por su tono de voz parecía que no se alegraba. ¿Habría deseado Becky tener una hija?, se preguntó Maggie entonces. Desde luego, lo importante era que fuesen niños sanos–. Se lo diré –añadió.

–Y dile que me llam…

Pero Becky ya había colgado.

A continuación, debía llamar a Tiger. No sabía que había vuelto a York, aunque no habría cambiado nada de nada, la verdad. Aun así, si cabía la posibilidad de cruzarse con él un día cualquiera, preferiría estar avisada. Se estremeció levemente al pensar que tal vez hubieran compartido el mismo pasillo en un supermercado sin saberlo y, al reaccionar de aquella manera, puso los ojos en blanco. Tenía treinta y cuatro años. ¿Alguna vez superaría el flechazo adolescente? Entre ellos no había pasado nada más que una chispa de química y algún que otro flirteo inconsecuente. Cada vez que había surgido la esperanza, les habían arrebatado la oportunidad de que sucediera algo más. Ni siquiera lo veía desde hacía… –hizo el cálculo mental– como mínimo cinco años, seguramente más. Al principio, después de terminar la universidad, había tratado de mantenerse informada de sus idas y venidas tanteando a Angie en busca de información, pero, una vez que esta se enteró de la verdad, desistió. Podía resistir muchas cosas, pero que Angie se burlara de ella sin parar, no. Tenía cierto orgullo, incluso a día de hoy.

Llamó al número de Angie y le temblaron los dedos cuando pulsó los números. Sonó tres, cuatro, cinco veces. No estaba en casa. Debía de haber salido para hacer algo con lo que ella no tenía nada que ver. Maggie se permitió fantasear un poco con que, en realidad, estaría de camino a su casa, con una botella de vino para celebrarlo. Cuando dejó de sonar y le respondió una voz masculina, casi se había olvidado de la realidad.

–¿Hola? –respondió con voz ronca, como si acabara de despertarse.

–¿Tiger? Soy Maggie.

–Oh, hola. Perdona, estaba durmiendo. Por el *jet lag*. Tengo el reloj biológico descontrolado. ¿Todo bien?

Ella sonrió. No había cambiado. ¿Alguna vez llegaría el día en el que no tener un hogar y estar siempre yendo de un lugar para otro perdiera su atractivo? Asumía que en algún momento él tendría que dar el paso, pero por ahora parecía que no.

–Sí, estoy bien. Te llamo porque me lo ha pedido Angie. Acaba de dar a luz. Es una niña.

El grito de alegría que soltó al otro lado de la línea fue tan estridente que Maggie tuvo que apartarse el teléfono de la oreja hasta que terminó. Sonrió mientras esperaba a que él recobrase la compostura. Aquella alegría tan natural resultaba contagiosa, incluso a día de hoy.

–Y… –prosiguió, cuando dejó de gritar– me ha pedido que tú, Leon y yo vayamos a verlas mañana. No tengo claro cuál es el horario de visitas, pero suele ser a eso de las dos. Puedo pasar a recogerte, si quieres –añadió.

–Te lo agradecería. Podría ir a pie, pero no tengo ni idea de dónde está el hospital.

–No hay problema. Me quedas de camino –explicó–. Iré a por ti a eso de la una y media. Así, deberíamos tener tiempo de sobra para llegar ahí y aparcar.

–Fantástico. Gracias, Mags. Nos vemos.

Había colgado el teléfono y Maggie se había quedado con la sensación de que, de alguna manera, habían desperdiciado una oportunidad. ¿Debería volver a llamarlo y preguntarle si estaba libre esa noche? Estaba convencida de que no estaría ocupado y, desde luego, ella no tenía planes. Acercó la mano al botón para volver a llamar, estiró el dedo, pero no llegó a pulsarlo.

Capítulo 24

Maggie tenía el estómago lleno de mariposas cuando llegó a la calle de Angie al día siguiente en busca de un lugar donde aparcar. Era una ridiculez, se decía a sí misma, que estuviera tan nerviosa, pero, aun así...

Encontró una plaza un par de puertas después del piso de Angie y apagó el motor. Necesitaba ver su reflejo en el espejo del parasol, pero resistió. Tenía buen aspecto cuando salió de casa, hacía menos de quince minutos. ¿Por qué habría cambiado algo desde entonces? Debía calmarse. Aquello no era una cita. Iba a recoger a Tiger para hacer una visita a Angie y a la recién nacida. Nada más.

Tocó el timbre del apartamento de Angie e instantes después oyó que él cerraba la puerta de arriba y bajaba a pisotones las escaleras en su dirección. Vislumbró su silueta a través del cristal opaco de la puerta interior y, de repente, estaba ahí.

Tiger.

No había cambiado. Seguía teniendo el cabello rubio aclarado por la luz del sol: le rodeaba el rostro como una corona. Tenía la piel morena, de un atractivo color bronceado, que hacía que sus ojos parecieran incluso más azules y sus dientes, más blancos. Había ganado algo de peso; su estómago abultado se ceñía un poco contra los botones de la camisa de batista, pero, en esencia, seguía siendo el mismo. Se preguntó qué vería él al mirarla, pero estaba convencida de que no había envejecido muy mal. Desde luego, no corría el riesgo de que le estallara la ropa.

—¡Pero mírate! —dijo él; se le iluminó el rostro con lo que sin duda parecía un placer sincero y Maggie se relajó un poco.

–Hola. Tienes buen aspecto. ¿Vienes de...?

–Vietnam –contestó–. Los campos de las matanzas y demás. Aterricé hace una semana y llegué aquí el miércoles.

–¿No quisiste ir al hospital con Angie y acompañarla en el parto? Hizo una mueca.

–Dios, no. Con toda esa sangre... –Se puso pálido y lo moreno de su piel se desvaneció al instante–. No me sienta bien lo de... La medicina nunca ha sido mi fuerte.

Incluso describir lo que no le gustaba le resultaba demasiado complicado, parecía ser. Maggie negó con la cabeza, como si estuviera ante un niño al que no le gustasen las zanahorias.

–Pero no tiene nada que ver con la medicina, ¿no crees? –contestó–. Lo de tener un bebé. A mí me habría encantado estar presente. Debe de ser increíble ver a un bebé nacer.

Y, al decirlo, se dio cuenta de que era cierto. ¿Por qué no lo había pensado antes? Podría haber acompañado a Angie en el parto. Jamás daría a luz en carne propia, así que habría sido la alternativa perfecta. En todo caso, ahora ya era demasiado tarde.

–Entonces, ¿por qué no estuviste presente? –le preguntó él, un poco a la defensiva.

–No me lo pidió –se limitó a responder Maggie, y se percató del fallo que tenía aquel plan repentino y, a aquellas alturas, irrealizable.

Tiger volvió a sonreír, dejando atrás aquella frialdad tan pronto como había venido.

–Así es Ange en estado puro: independiente hasta la muerte.

Llegaron hasta el vehículo y Tiger le dio unas palmaditas en lo alto de la carrocería en un gesto de admiración.

–Vaya coche, Mags –le dijo antes de entrar–. Y Jax ni está ni se le espera, entiendo –comentó mientras se abrochaba el cinturón.

–No –contestó–. No sé si tenía pensado venir, pero parece que no, si es que no está en el apartamento.

–Ahí no está –corroboró–. Y menos mal. A mí me parece intenso de más; tú ya me entiendes. Se lo toma todo muy a pecho.

–Ahora que lo dices, yo nunca lo he visto –dijo, y se sintió algo ofendida porque Tiger sí lo conocía.

–Yo solo lo vi una vez, pero, créeme, no es nada del otro mundo –le informó–. Ya sé que a Angie le gusta y demás, pero a mí no me cayó en gracia. A ti tampoco te gustaría.

Maggie pensó que habría preferido que le dieran la oportunidad de formarse su propia opinión al respecto, pero decidió que no tenía otra opción que confiar en la palabra de Tiger, al menos por el momento. Ahora que había nacido la bebé, tal vez habría más oportunidades para que los presentaran.

Se dirigieron al hospital, y Tiger le habló durante todo el trayecto de Vietnam, de lo que había visto, de dónde se había hospedado y de las personas a las que había conocido. Por la forma en la que hablaba, parecía una experiencia mágica y emocionante y, durante unos minutos, Maggie se dejó llevar por el romanticismo, hasta que se percató de que Tiger, en el fondo, no tenía nada ni a nadie. La vida de ella no era muy envidiable, pero, al menos, tenía una casa, un trabajo, cierta estabilidad…

Una vez llegaron al hospital, siguieron las señales en dirección a la unidad de maternidad y llamaron al timbre para que les permitieran entrar; ya casi eran las dos en punto. Encontraron a Angie en una habitación al final del pasillo. Estaba sentada en la cama, con una camiseta holgada manchada de pintura y la bebé en el pecho. Se había retirado de la cara las rastas pelirrojas con una pañoleta de algodón. Se la veía cansada pero radiante.

–Hola. ¡Venid a ver lo que he creado! –dijo en un susurro, aunque lo suficientemente alto para que la oyeran.

Con movimientos delicados, como si estuviera tocando el ala de una mariposa, apartó la manta de hospital de la pequeña bebé de tal forma que el lado de su cara, la zona alta de su hombro y una mano diminuta llena de arrugas quedasen a la vista.

–Aquí la tenéis. Romany Rose Osborne.

Maggie se acercó un paso y se inclinó para contemplar a la bebé.

–Oh, Ange. Es preciosa…

En realidad, era difícil ver a la bebé desde aquel ángulo, pero, en el fondo, lo que era precioso era su propia existencia. Angie había creado a esta personita maravillosa y sus rasgos faciales, fueran los que fueran, carecían de importancia ante el milagro de su nacimiento.

–Tiene mi nariz –dijo Angie, y Maggie estaba más que dispuesta a seguirle la corriente.

–¿Y cómo fue el parto? –le preguntó.

Había oído suficientes historias de partos a lo largo de los años como para hacerse una idea bastante clara de qué hacía que un parto fuera bueno y qué no, aunque careciera de experiencia personal.

–Terminó todo bastante rápido –explicó Angie–. No tomé nada para el dolor, por supuesto: hice mis ejercicios de respiración *pranayama*. La matrona dijo que nunca había visto a una mujer así de tranquila en su primer parto.

Tiger parecía estar algo indispuesto de nuevo, pero parecía que Angie no les daría más detalles.

–¿Y tienes todo lo que necesitas? –le preguntó Maggie, y ella se encogió de hombros.

–Aquí dentro tienen pañales, pero me han dicho que debería comprar más por mi cuenta. Como pienso usar de los reutilizables, los compraré cuando me vaya a casa. Jax me ha enviado un paquete de tres *bodies* que deberían ser suficientes por el momento. La alimento yo misma, así que ¿qué más necesito?

Se lo estaba preguntando con total sinceridad. Maggie recordó las fiestas de nacimiento a las que la habían invitado por trabajo, las montañas de ropa diminuta y misteriosos artilugios que parecía necesitar un solo bebé. Pero, en realidad, puede que Angie tuviera razón. Ropa, pañales y comida: esas deberían ser las necesidades básicas de todo recién nacido.

–Bueno, te compraré pañales para que vayas tirando –se ofreció– y un par de prendas más, para que no tengas que lavarlas todos los días.

Miró a su alrededor en busca de la bolsa para el parto de Angie y lo que vio fue una bolsa diminuta en la que, si a duras penas cabían los artículos de primera necesidad del día a día, difícilmente cabría todo lo necesario para dos personas hospitalizadas, aunque una de ellas fuese muy pequeña. Recordó el primer día de universidad; un día al que Angie, de forma lamentable, tampoco se había presentado preparada. Esta vez, en cambio, era diferente: no podía seguir así. Ahora que tenía una hija, tenía responsabilidades de las que se debía encargar.

Angie debió de adivinar parte de sus pensamientos. Habló en una voz tan baja que Maggie tuvo que esforzarse para oírla:

–Gracias, Maggie. Puedo hacerme cargo de todo esto, ¿sabes? Y me haré cargo. Esta bebé tendrá lo mejor que yo pueda darle. Crecerá feliz, sana y salva y llena de amor.

–Por supuesto que sí –dijo Maggie–. Por supuesto que sí.

Y, a pesar de las dudas que tenía respecto a las cuestiones prácticas, sabía que era verdad.

Capítulo 25

Hasta que volvió a casa Maggie no se dio cuenta de que Leon no se había presentado en el hospital. Ella y Tiger se habían quedado durante toda la hora de las visitas y se turnaron para sostener a Romany, a la que acunaron con ternura hasta que se quedó dormida. Tiger las había entretenido con más anécdotas de sus viajes y, cuando Angie se adormeció, agachando la cabeza hacia delante a medida que se le cerraban los ojos, los dos se quedaron sentados, sumidos en un silencio cargado de admiración, maravillados por lo que veían.

Por supuesto, Angie no era la primera de ellos en tener un hijo –Leon ya había tenido dos–, pero, en cierto sentido, cuando aún había pasado tan poco tiempo desde el parto, que ella se hubiera convertido en madre parecía más trascendental. Los padres se quedaban en un segundo plano, incapaces como eran de competir con las madres: sí, Leon tenía dos hijos, pero él no los había empujado hasta que salieran al mundo y, por eso, en cierta manera, al menos dentro del grupo de amigos, la hazaña de Angie parecía mucho más asombrosa.

Nadie había preguntado si vendría Jax o cómo se las arreglaría Angie o qué haría con su negocio mientras se tomase algo de tiempo libre para estar con Romany, pero nada de eso parecía importar: lo único relevante era que la niña había nacido sana. Eran todas ellas cuestiones prácticas, detalles que solucionar más adelante.

Maggie se preparó una taza de té mientras asimilaba todo esto. Y luego cogió el teléfono y llamó a Leon una vez más. En esta ocasión, fue él quien le contestó.

–Se te echó de menos en el hospital –le dijo, una vez dejaron atrás las preguntas de rigor sobre la familia de él.

Hubo una pausa.

–¿Qué? –le preguntó–. ¿Qué hacías en el hospital? ¿Te encuentras bien?

–Sí. Fuimos a ver a Angie; ha dado a luz. Es una niña, Romany Rose. Te llamé anoche para contártelo, pero justo estabas acostando a Thomas y le pedí a Becky que te diera el mensaje. ¿Acaso no te lo ha dicho?

–No –contestó. Parecía confundido, incapaz de entender por qué había ocurrido aquello, aunque Maggie sospechaba que Becky no se lo había dicho a propósito–. No me lo ha dicho. Ha debido de olvidársele. Lo siento. ¿Cómo está Angie? ¿Cómo están las dos?

Maggie percibía en su voz una alegría sincera y se enfadó con Becky por negarle la oportunidad de ver a Angie y a Romany con sus propios ojos.

–Están de maravilla –le contestó–. Romany es preciosa. Es perfecta, una joya. Y Angie está llena de vida, de la mejor de las maneras, aunque está exhausta. Tiger también ha venido. Está pasando unas semanas en casa de Angie, hasta que se vuelva a marchar. Es una verdadera lástima que tú no estuvieras. Pero tal vez nos podamos reunir los cuatro cuando Angie vuelva a casa. Creo que le van a dar el alta mañana o el lunes.

–Sí –le dijo Leon–, me encantaría –pero hubo algo en la forma en la que lo dijo que le dio a entender que no llegarían a reunirse.

✦

A Angie y Romany les dieron el alta el lunes siguiente y Maggie recorrió todo York en dirección al hospital para ir a recogerlas. Angie le había dicho que no hacía falta que se molestara, que podía coger un taxi, pero Maggie la creía capaz de ahorrarse el importe del trayecto e intentar ir a pie con la bebé al hombro.

Por supuesto, Angie no tenía silla de coche ni tampoco se veía en la necesidad de adquirir una, pues no tenía coche; así pues,

Maggie, asumiendo que aquel sería el primero de muchos viajes, cogió un desvío para ir a la tienda Mothercare. Tras examinar con atención las muchas clases de sillas de coche disponibles, optó por comprar una con capazo y carrito. Aquellos artículos, sin embargo, resultaron ser de una complejidad extraordinaria y tuvo que concentrarse de lleno mientras la dependienta le explicaba las muchas piezas que había y cómo encajaban todas entre sí.

–Es un regalo –le explicó Maggie, puesto que la dependienta estaba claramente confundida ante la falta de un vientre hinchado o de un bebé–. Para una amiga –añadió sin necesidad.

–Una amiga con suerte –apostilló la dependienta, al tiempo que posaba la mirada en el precio de la etiqueta.

Maggie también compró pañales reutilizables y forros, un cubo de la basura donde meterlos hasta que tocase lavarlos, un paquete extragrande de pañales desechables, por si Angie cambiaba de parecer, un cambiador, algún que otro *body* de manga larga y de manga corta, un juego de cama para el capazo y un pequeño elefante de peluche de terciopelo color verde que era tan suave que tuvo que reprimir el impulso de rozar los labios contra la tela. La factura le salió por un ojo de la cara, pero no le importó. Tenía dinero de sobra y a Angie no se le había ocurrido comprar nada con antelación. Sería un placer regalarle todos aquellos artículos y echar una mano a la nueva familia.

Cuando llegó al hospital para recoger a Angie, la encontró en su habitación vestida y lista para marcharse, aunque había traído tan pocas cosas consigo que Maggie no sabía si las había recogido o las había tirado. Se limitaba a contemplar a la Romany durmiente, absorta, como si no se pudiera creer del todo que fuera real, y, cuando alzó la mirada, Maggie reparó en que tenía los ojos llorosos.

Esta levantó la silla del coche, como si estuviera enarbolando una bandera en plena batalla.

—¿Todo listo? —le preguntó.

—¿Qué es eso? —inquirió Angie, mirando el asiento confundida.

—Mi nueva silla de coche —le dijo Maggie—, que pienso usar para llevar a tu bebé a tu piso. ¿O ibas a dejar que fuera dando tumbos en el asiento trasero?

—Iba a llevarla en brazos —contestó, pero la comadrona que estaba quitando la ropa de la cama negó con la cabeza.

—No puedes hacer eso, Angie, es ilegal —le explicó esta—. Y, de todas formas, no te permitiríamos marcharte si no tuvieras una silla de coche en condiciones para la bebé.

Angie negó con la cabeza, como si toda aquella burocracia la dejara atónita, pero le dedicó una sonrisa llena de gratitud a Maggie.

—¿Alguna vez se te escapa algo? —le preguntó.

—Nunca —respondió la aludida—. Bueno, ¿la colocamos en la silla?

Angie sacó a la Romany durmiente del moisés. La bebé agitó los brazos y torció la cabeza de un lado a otro en señal de protesta, pero no llegó a abrir los ojos. Angie la colocó en el asiento y Maggie le enseñó a abrochar las correas. Acto seguido, las tres se marcharon de la unidad de maternidad.

—Seguro que piensan que eres mi novia —le dijo Angie, y Maggie puso los ojos en blanco.

El descapotable de Maggie disponía de un maletero muy pequeño, de modo que había metido a presión las compras en el asiento trasero, dejando poco espacio para que Angie se sentara, pero, de alguna manera, se las arreglaron para entrar y Angie se agazapó en el asiento con cuidado.

—¿Qué es toda esta mierda? —le preguntó, señalando con un gesto de la mano las bolsas de plástico y las cajas—. Tu coche no suele estar tan desordenado.

—Toda esta mierda, como tú has dicho como si nada —contestó Maggie, con un tono burlón—, es mi regalo para Romany, para celebrar su nacimiento.

Angie volvió a echar un vistazo con mayor atención, reparando en el interior de cada bolsa y, por último, en la enorme caja de cartón que contenía los complicados pertrechos para el carrito de bebé.

—Ay, madre, Mags. Esto ha debido de costarte una fortuna.

—Bueno, Romany se lo merece —respondió Maggie.

No habría muestras de gratitud efusivas, lo sabía, y no era ese el motivo por el que había sido tan generosa. Le bastaba con oír, desde el asiento trasero, un sencillo «Gracias, Mags».

—De nada —se limitó a responder.

Llegaron al apartamento de Angie con mucho ajetreo: esta cogió las bolsas de plástico más ligeras y Maggie llevó a Romany dentro de la silla de coche con los brazos extendidos, como si fuera una corona sobre un cojín de terciopelo. En cuanto metieron la llave en la cerradura, apareció Tiger, pidiendo participar como un cachorrito, aun sin saber muy bien cómo. Maggie le lanzó las llaves del vehículo.

—Vete a por el resto de las cosas, ¿quieres? —le pidió—. Y no te olvides de cerrar el coche cuando acabes —se vio en la necesidad de añadir, aunque después se arrepintió.

Tiger desapareció escaleras abajo y ellas entraron. Por suerte, el apartamento estaba ordenado. Maggie temía que Tiger hubiera ensuciado incluso más ese piso que ya era caótico de por sí, pero, al parecer, era más educado de lo que pensaba. Además de limpiar, también había preparado una pancarta rosa, en la que había escrito: «Bienvenida a casa, Romany» con una caligrafía de una belleza sorprendente. Toda una caja de sorpresas, pensó Maggie.

Angie se echó a reír cuando lo vio.

—Mira, Romany —le dijo a lA bebé durmiente—. Al tío Tiger no le han faltado cosas que hacer —sonaba complacida de verdad por las molestias que se había tomado.

Tiger volvió a aparecer con las bolsas justo a tiempo para presenciar su gesto de admiración. Maggie vio la mirada que compartió la pareja y sintió una punzada de algo que podría definirse como envidia, pero la reprimió al instante.

–¿Os apetece un poco de té? –preguntó ella, depositando con cuidado la silla de coche en la que dormía LA bebé en la alfombra que había en el centro de la habitación, donde se la viera bien, para que nadie tropezase.

–Yo me encargo –se ofreció Angie, pero Maggie la silenció con una mirada de lo más severa.

–Antes las mujeres no se confinaban después del parto porque sí, ¿sabes? –le dijo–. Tú siéntate, que ya lo preparo yo.

Angie parecía estar a punto de poner objeciones ante aquellas órdenes, pero entonces hundió los hombros y se dejó caer en el sofá.

–Gracias, Mags. ¿Sabías que en India, según las antiguas tradiciones, la madre debía permanecer dentro de casa cuarenta días después del parto para recuperarse y forjar un vínculo con su bebé?

–Bueno, pues eso mismo digo yo –contestó Maggie–. Aunque tendré que volver al trabajo. Ya me relevará Tiger.

–¿Relevarte en qué? –preguntó este, que volvió a aparecer y le devolvió las llaves.

–Estaba diciendo que podrías quedarte aquí unas semanas, mientras Angie se recupera –le explicó Maggie.

Una expresión de horror se apoderó del semblante de Tiger.

–No tenía pensado quedarme tanto tiempo –dijo con cautela–. Ya llevo aquí dos semanas y tengo un billete de barco reservado para finales de la semana que viene con destino a las Cícladas para aprovechar los últimos días de calor.

Maggie abrió la boca para protestar, pero Angie se le adelantó:

–No pasa nada. Además, para entonces, ya estaré harta de ti.

Tiger, contento de haberse librado, le dedicó una sonrisa y se puso a investigar las cajas del carrito de bebé, pero Maggie se fijó en la expresión de Angie. Era una mezcla de angustia y tristeza: no sabía cuál de ellas era la predominante.

Así pues, parecía que recaería en ella la misión de cuidar de Angie durante las próximas semanas y meses, pensó. Tiger solo era de ayuda si tus planes no interferían en los suyos, Leon estaba en Leeds y tenía una familia propia con la que lidiar y de Jax no había ni rastro. Angie se recuperaría, con el tiempo –con lo fuerte que era, no cabía duda–, pero, mientras tanto, Maggie permanecería a su lado por si la necesitaba.

Capítulo 26

Romany tenía cuatro semanas y Jax seguía sin dar señales de vida. Angie no se sorprendía, en realidad, pero se sentía decepcionada. Esperaba más de él de lo que había demostrado ser capaz y no podía evitar sentirse descorazonada. Él no le había prometido que fuera a implicarse y, por tanto, no se había contradicho; eso debía concedérselo, pero, aun así, Romany no dejaba de ser su hija. Era de esperar que, cuando menos, sintiera un poco de curiosidad por ella.

Pero no parecía ser el caso. La había llamado un par de veces para cerciorarse de que se encontraba bien y para preguntarle por Romany, pero nada más. No le había ofrecido ayuda económica ni le había dado a entender que tuviera pensado venir a visitarlas. Angie se debatía entre perdonarlo o desterrarlo de la vida de su hija por completo, dependiendo del día. O, a veces, de la hora. Pero, en todo caso, parecía que a Jax se lo había tragado un agujero negro.

Ella misma sentía que la estaba arrastrando un agujero negro. El apartamento, que ni en sus mejores tiempos estaba limpio, corría el peligro de convertirse en todo un riesgo para la salud. Había platos con restos de comida en todas las superficies, junto con tazas de café, en las que la leche rancia comenzaba a formar una capa verdosa. Se había rendido con los pañales reutilizables, a pesar de que se decía a sí misma que tan solo era una medida temporal, pero ya se estaba acabando el paquete de los desechables que le había comprado Maggie. Los pañales, dentro de unas bolsitas de plástico, sobresalían de la basura, y, si bien las heces de Romany, gracias a la alimentación a base de leche materna que llevaba, eran claras y desprendían un olor inofensivo, el hedor dulzón y nauseabundo de fuera lo que fuera que contuvieran las bolsas de los pañales le escocía en la nariz. Ansiaba abrir las ventanas, pero temía que, con la entrada de aire fresco, el apartamento se enfriara y le sentara mal a Romany. El otoño había llegado vengativo, desechando toda esperanza de que fuera a vivir un perezoso verano tardío.

El principal problema, según Angie, era la fatiga mortal que la atenazaba a todas horas. La dejaba sin la energía ni la determinación para hacer nada. Según lo que había planeado con diligencia y optimismo antes de que naciera Romany, la intención era volver al trabajo el lunes de la semana siguiente, confiando en que pasar un mes en casa con una recién nacida sería más que suficiente para recuperarse del parto y adaptarse a su nuevo estilo de vida. Se había imaginado que llevaría a Romany a Live Well y la dejaría durmiendo en algún lugar tranquilo donde estuviera a salvo mientras ella trataba a sus clientes. La alimentaría entre sesión y sesión, había pensado, y también haría algún que otro hueco para darle mimos. Ahora, en cambio, veía que era un plan tan ingenuo como ridículo. A duras penas estaba en condiciones de salir del apartamento, como para ofrecer terapias de sanación a sus clientes. Kate se había quedado a cargo con total desenvoltura, pero no podía ofrecer los mismos tratamientos que Angie, de modo que el negocio no dejaba de ir a peor a medida que los clientes se marchaban a la competencia. La situación era insostenible. Tendría que volver más pronto que tarde o se quedaría sin trabajo.

Pero es que estaba tan cansada… La mera idea de darse una ducha y de vestirse la superaba algunos días, por no hablar de cuando se animaba a hacerlo de verdad. Por primera vez en su vida, se dio cuenta de que casi sentía cierta simpatía por su madre incompetente, que la había criado sola al menos la primera década, antes de entregar, derrotada, a Angie a los brazos del Estado. Jamás se había detenido a pensar en las dificultades a las que debió de enfrentarse su madre adicta, pues siempre se había centrado en su estrepitoso fracaso. Ahora que tenía experiencia con esas mismas dificultades, ¿cabría la posibilidad de que se abriera un poco a entenderla...?

Pero desechó aquel pensamiento enseguida. Ella y su madre no tenían nada en común. Romany era una bebé diminuta y, aunque daba la impresión de que Angie a duras penas había sobrevivido al Armagedón, su hija estaba llena de amor y bien alimentada. Su madre la había desatendido deliberadamente desde el momento en el que nació. A pesar de que Angie no la veía desde la adolescencia, no se olvidaba de su lamentable legado, que tantas marcas seguía dejando en su vida, como una mancha de tinta que nunca se borraría del todo.

No, no había punto de comparación entre ella y su madre, se decía Angie con seriedad a menudo. Lo que le pasaba a ella no era sino un episodio de depresión posparto, de acuerdo con la matrona que venía a verla; un episodio del todo natural, al parecer, que en ningún caso indicaba que ella fuera, o fuese a ser, una mala madre. La matrona la ayudó a ordenar el piso y le aconsejó que fuese un poco más diligente con la limpieza, y Angie bromeó con que el apartamento ya era un desastre antes de la llegada de la recién nacida y le prometió que se esforzaría más, pero, en cuanto la matrona se marchó, pareció perder el control de nuevo. ¿De dónde sacaba la gente que tenía un bebé tiempo para hacer nada?

A pesar de lo que le había dicho la matrona, Angie, desde luego, no se sentía buena madre en esos momentos. Apestaba, para empezar: un hedor mohoso, terroso, consecuencia de vestir la misma ropa demasiado tiempo. Levantó un brazo, se olió la axila con cierta reticencia y se echó hacia atrás. No, no era solo por la ropa: le apestaba el cuerpo. Sus rastas también olían mal; lo supo antes incluso de agarrar unas cuantas y llevárselas a la nariz.

En los centros de acogida había niños que olían mal. A pesar de que el personal trataba de mantener un mínimo de higiene, siempre había niños que se escabullían y se saltaban la ducha. No le había parecido tan mal al llegar, en plena preadolescencia y sin vello corporal, pero, a medida que todos fueron creciendo y sus hormonas comenzaron a despertar, los que ya apestaban antes de la pubertad pasaron a oler a muerto.

No había olor que Angie asociase con su infancia deficiente más que el hedor del cuerpo humano. Incluso a día de hoy bastaba el más leve tufo a cuerpo sucio para devolverla a la oscuridad de aquella época. Si se presentaba un potencial cliente en Live Well que parecía que llevaba tiempo sin pasarse agua caliente y algo de jabón por el cuerpo, Angie le decía que tenía todo el día reservado para librarse de él. Prefería rechazar a la gente que volver a respirar aquel olor. Pero aquí estaba: olía igual que ellos.

Tenía que poner fin a esta situación.

Empezaría hoy mismo.

Ahora mismo.

Separó a Romany del pecho, donde, más que alimentarse, había buscado cobijo, y la colocó con cuidado en el capazo. Acto seguido, fue a la cocina en busca de las tijeras. Por supuesto, no estaban donde deberían haber estado y le llevó algo de tiempo encontrarlas: estaban debajo de una bolsa de guisantes descongelados que había sacado del congelador, abierto y dejado en cualquier lado.

Con las tijeras en la mano, se dirigió al baño, se colocó frente al espejo y se contempló detenidamente. Tenía el rostro cetrino y unas ojeras moradas, del color de los ciruelos, circundaban sus ojos vacíos. Incluso se asemejaba a su madre, pensó, aunque aquel aspecto desfallecido se debía a la falta de aire fresco y de ejercicio, no a la adicción. Probó a esbozar una sonrisa y le sorprendió el cambio que suponía. Así estaba mucho mejor. Angie Osborne había vuelto a hacer acto de presencia.

Alzó las tijeras, las sostuvo junto a la oreja unos instantes y con un tijeretazo decisivo, se cortó una rasta. Cayó en el lavabo y ahí permaneció, como si se tratara de un roedor muerto. Sin darse la oportunidad de detenerse, se cortó las demás y fueron cayendo una a una, flácidas e inertes, sobre la superficie de porcelana, hasta que no quedó ninguna. Entonces, se detuvo y se miró. Su pelo ahora tan solo medía unos centímetros de largo y despuntaba de su cabeza como las púas de un erizo, pero, ahora que se había liberado de las rastas, veía el color pelirrojo de nuevo y el poco cabello que le quedaba tenía un tacto semejante a la seda entre sus dedos. Se había transformado. Había desaparecido la Angie de la última década y había nacido una persona nueva. Una nueva Angie dispuesta a comenzar este nuevo capítulo de su vida.

Capítulo 27

A Angie la desconcertaba lo dolorida que tenía la piel de la cabeza incluso días después de cortarse las rastas. Se había lavado el cabello una y otra vez hasta que todos los pelos sueltos desaparecieron por el desagüe, pero el que permanecía fijo en su cabeza se empecinaba en mantenerse de punta pasase lo que pasase, y cada vez que intentaba aplanarlo notaba una punzada aguda de dolor en la piel. Era cuestión de tiempo, se dijo.

El resto de la transformación fue más sencilla. Metió todas y cada una de las prendas de ropa en la lavadora, se las hubiese puesto hacía poco o no. Tiró tres bolsas negras de la basura a los contenedores y se deshizo de todo aquello que estuviera caducado en la nevera. De ahora en adelante, decidió, iba a tener mucho más cuidado con lo que se metía en el cuerpo. No solo debía estar todo lo sana posible por Romany, sino que adoptar un estilo de vida más natural le parecía lo correcto. Llevaba años hablando de dietas y estilos de vida saludables a sus clientes sin predicar con el ejemplo, pero había llegado el momento de cambiar. Echaría de menos el queso, los bocadillos de beicon que muy de vez en cuando se preparaba cuando estaba borracha, y la cerveza –la cerveza la echaría mucho de menos–, pero le parecía lo correcto, como si fuera algo que tendría que haber hecho hacía mucho tiempo.

Además de introducir cambios en la cocina, incluso montó un rincón para la bebé en una de las esquinas de su dormitorio, con el cambiador, los pañales y toda la ropita de Romany. No podía garantizar que todo fuese a estar siempre en su sitio, pero, por lo menos, las intenciones eran buenas. Hacía siglos que su casa no estaba tan ordenada, en especial desde que trasladó el negocio de su salón al local de Live Well. Y eso la hacía sentir bien. Regresaba a su vida esa ansiada sensación de control.

A finales del domingo, el apartamento, si bien no llegaba a estar tan ordenado como los que se veían en las revistas, se había transformado de tal forma que resultaba irreconocible, y, por tanto, Angie veía abrirse ante ella un futuro más positivo. ¿Qué clase de excusa era eso de que acababa de tener una bebé? Una muy mala, pensaba. Miles de mujeres daban a luz todos los días, algunas en situaciones mucho más precarias que la suya, y no podían permitirse el lujo de dejarse arrastrar por el victimismo, sino que se recuperaban y proseguían con sus vidas sin quejarse o sin pensar en tirar la toalla. Y Angie Osborne no se quedaba atrás. No era de las que se rendían.

El lunes por la mañana, tras ponerle a Romany el *body* más grande que tenía, ya que los demás le quedaban muy apretados, Angie llevó el carrito hasta Live Well y lo dejó en el pequeño patio trasero. Acto seguido, cogió a la bebé en un brazo, se dirigió al interior y subió las escaleras. El conocido olor a citronela le inundó la nariz cuando abrió la puerta y Kate salió de una de las salas al oír el tintineo de las campanas colocadas sobre la puerta. Cuando vio quién era, sonrió de oreja a oreja, pero entonces se quedó boquiabierta al reparar en el nuevo aspecto de Angie.

—¡Madre mía! ¡Me encanta tu pelo! ¡Hala! Date la vuelta, que quiero verlo por detrás.

Angie dio una vuelta completa sin moverse del sitio. Había conseguido aplanar un poco el pelo sobre la cabeza, pero, por el momento, seguía sin ser muy estiloso.

—¿Puedo tocarlo o sería muy raro? —le preguntó Kate, extendiendo una mano con cautela antes de frotarle la cabeza recién rapada. Ella se estremeció un poco, ya que la piel de la cabeza todavía no se había recuperado del todo del trauma—. Qué suave es. —Se echó a reír—. Es precioso. ¿Por qué te has cortado las rastas?

Angie se encogió de hombros.

—Para empezar de cero, supongo —se limitó a responder.

A continuación, Kate armó un revuelo con Romany, quien, si bien todavía no sonreía, no se quejaba de las atenciones recibidas. Luego se sentaron con unas tazas de té verde, de las que se elevaban columnas de vapor, para decidir cómo organizarse de ahora en adelante. A la hora del almuerzo ya habían acordado que Angie trabajaría a media jornada y habían llamado a la guardería de esa misma calle para pedir una plaza para Romany.

–¿Qué me habrá hecho pensar que podría traerme a la bebé al trabajo? –comentó Angie, a quien ahora la idea resultaba de lo más absurda.

Kate le dedicó una sonrisa indulgente.

–Bueno, es que no lo sabías –le contestó con diplomacia.

Y nadie se atrevió a corregirme, pensó Angie, pero no llegó a decirlo.

En todo caso, ya se había puesto manos a la obra. A finales de la semana, el calendario de citas, pese a no estar lleno, tenía mucha mejor pinta, y la vida comenzaba, en cierta manera, a volver a la normalidad.

✦

¿Cómo era posible que Romany ya hubiera cumplido dos meses? Angie no entendía por qué los días se sucedían los unos a los otros con tal celeridad y, al mismo tiempo, le resultaba casi imposible recordar la vida sin su hija. Los tejemanejes del tiempo constituían uno de los mayores misterios de la existencia. El caos de las primeras semanas, plagadas de dificultades, seguía fresco en su memoria, pero, por otro lado, apenas recordaba lo mal que se había sentido por aquel entonces. Ahora el miedo y la desesperación se habían disuelto y, pese a que había días en los que todo le seguía resultando amargo, ya no la intimidaba el porvenir.

Las dos habían forjado una especie de rutina y Angie presentía que comenzaban a entenderse y a fiarse la una de la otra. Cuando acercaba a su hija al pecho y los ojos claros de Romany buscaban los suyos, sabía que había descubierto ese arrebatador amor maternal del que tanto se hablaba. Así era amar a otra persona de todo corazón, incondicionalmente. Para Angie era un sentimiento novedoso, pero ya tenía claro que jamás lo perdería, que había pasado a ser parte de su identidad.

Era un sábado por la tarde y ella y Romany se abrazaban felices en el sofá del apartamento cuando sonó el timbre. Angie no esperaba visitas. Maggie venía a verla de vez en cuando, pero, sabiendo cómo era, siempre llamaba antes para preguntarle si le venía bien. Nunca se presentaría sin previo aviso.

Tras colocar a Romany en el brazo, Angie bajó las escaleras. Había cambiado la hora y la calle ya se había sumido en la penumbra; el color anaranjado de las farolas de sodio teñían el firmamento nocturno de una tonalidad marrón chocolate.

En un primer momento, no reconoció a la persona que estaba de pie en el umbral de la puerta.

Y luego la reconoció.

Jax. Aquí estaba. Pasado todo este tiempo. De pie, ahí, en el umbral de su puerta, en la oscuridad.

Por la sorpresa, Angie se sintió algo mareada y se agarró al marco de la puerta con una mano, mientras que con la otra aferró con más fuerza a Romany.

¿Qué se suponía que debería sentir? Reflexionó sobre cómo debería tomarse que se hubiera presentado de repente, dejando que su corazón, más que su intelecto, tomara las riendas. La sorpresa por su aparición repentina enseguida dio paso a la alegría que le producía volver a verlo después de tanto tiempo, antes de recordar lo abandonada que se había sentido: lo que prevaleció entonces fue la ira. Se concentró en que su semblante reflejara esta última emoción y lo miró impertérrita. Él se mordió el labio inferior y golpeó el adoquín de la acera con el pie. Por lo menos tenía a bien mostrarse avergonzado.

Estaba diferente. Al igual que ella, se había cortado el cabello y estaba recién afeitado. Angie nunca le había visto sin una barba de cinco días por lo menos y le resultaba extraño. Hasta parecía normal y corriente, como un hombre cualquiera con el que te pudieras cruzar en la calle, en vez del guerrero ecologista que sabía que era. Pero, por otro lado, pensó, ahora ella también parecía una mujer normal y corriente. Tal vez estaban madurando.

Y en ese momento él le sonrió, un gesto contenido, cohibido, y al fin reconoció a este extraño: su Jax. Notaba que su empeño por castigarlo comenzaba a fundirse, pero tenía pensado intentarlo, al menos un rato. Se merecía pasar un mal trago, dada su falta de comunicación. Redobló el esfuerzo por mostrarse airada.

—Hola —le dijo él con voz incierta, casi como si fuera una interrogación, como si no estuviese seguro de cómo le iba a recibir.

Cada fibra de su ser le gritaba a Angie que le diera la bienvenida, pero guardó la compostura.

—Hola —contestó con frialdad.

—Siento presentarme así. Espero que no sea un problema. Te habría llamado, pero… —se interrumpió de pronto por el peso de la mentira que acababa de soltar, pero ella no iba a ponérselo fácil y esperó a que siguiera hablando—. Y se te ve genial, Ange —contestó—. Te lo digo de verdad. Me encanta el pelo. Te queda bien así de corto.

Ella se encogió de hombros. La nueva apariencia de Jax también le favorecía, pero no tenía pensado darle el gusto y decírselo.

—Y esta debe de ser Romany —dijo.

Angie agradecía que la hubiera llamado por su nombre, en vez de «mi hija», ya que, de alguna manera, así era más fácil.

Asintió.

Romany lo miró curiosa, con los ojos bien abiertos; ya no eran de ese azul puro como después del parto, aunque todavía no habían adoptado un color específico. Él extendió una mano para tocarla y Angie tuvo que reprimir el impulso de alejar a la niña. Tenía una mano tan grande en comparación con la cara de Romany que casi parecía una amenaza, a pesar de que sabía que Jax nunca les haría daño a ninguna de las dos, al menos no físicamente. Con un dedo le acarició la mejilla con delicadeza, como si a duras penas se creyera que fuera de carne y hueso.

Angie frunció los labios. Le parecía importante que fuera él el primero en hablar, aunque ella tenía un sinfín de cosas que decirle, como, en especial, preguntarle por qué demonios aparecía sin previo aviso a estas horas.

–Lo siento –se limitó a decir él–. Te he decepcionado y lo lamento mucho. Sé que con esto no basta, pero es la verdad. Tenía miedo. No sabía qué hacer o qué pensar, así que opté por lo más fácil: no hacer nada. Pero fui un cabrón. Ahora lo veo.

Angie le devolvió la mirada y observó sus ojos, sin dejar escapar el más leve indicio de empatía. Iba a tener que ponerse de rodillas si quería volver a su vida. Aparecer de la nada cuando le convenía habría funcionado si solo estuvieran ellos dos, pero ahora no le colaba. Las dos se merecían algo más.

–¿Puedo entrar? –le preguntó él–. Por favor.

En ese instante tuvo la tentación de echarle, pero, de ser así, podría desaparecer para siempre y no volver nunca, y no podía arriesgarse a tanto, a pesar de todo lo que había hecho él.

–Vale –concedió.

Se volvió y lo condujo escaleras arriba. Notaba que Romany se quedaba inmóvil en sus brazos mientras lo miraba por encima de su hombro. Los dos estarían a la misma altura, pensó Angie, padre e hija evaluándose por primera vez. Se resistió al impulso de darse la vuelta para ver qué opinión se estaban formando el uno del otro.

Una vez en el piso, ella y Romany se sentaron en el sofá, pero Angie no le invitó a que hiciera lo propio, de modo que se quedó de pie, incómodo, mirándolas a las dos.

–Bueno, ¿qué tal? –le preguntó él–. Se te ve genial –repitió.

–Ha sido duro –se limitó a contestar–, pero ya nos vamos acostumbrando.

Ahora sabía lo que tenía que hacer. Había tomado la decisión de no pedirle nada. Si quería ofrecerse a ayudar, estaría dispuesta a escuchar lo que tuviera que decirle, pero no le iba a suplicar nada. No obstante, parecía que no era eso lo que Jax tenía en mente.

–Bien –dijo–. Muy bien. ¿Y ella está bien?

Angie asintió.

Jax se llevó la mano al mentón para frotarse la barba que ya no tenía. Se pasó la palma por el pelo y por la nuca.

–Dios, cuánto me alegro de verte, Ange –comentó–. Te he echado de menos. De verdad.

–Pero no lo suficiente –soltó ella–. Hemos estado aquí todo este tiempo, ¿sabes? Podrías haber venido antes.

Él bajó la mirada al suelo.

–Lo sé, pero no sabía qué esperarme –explicó–. No sabía si querías verme o no.

–Podrías habérmelo preguntado. Nuestra bebé tiene casi dos meses y solo has llamado dos veces. ¡Dos! –habló en un tono de voz más alto de lo que quería y se recompuso; gritarle no le serviría de nada y Romany podría asustarse.

–Sí, lo siento. Lo siento de veras. Pero es que… –Inhaló hondo, alzó la mirada y, esta vez, la fijó en el techo. En cualquier lugar menos en ella, pensó Angie–. La cosa es… –prosiguió– la cosa es que he conocido a alguien. Hay otra persona…

El dolor fue instantáneo y vívido, como si alguien la hubiera apuntado y le hubiera disparado directamente en el pecho. Por un instante, no pudo respirar; todas sus vías respiratorias parecían estar atascadas y el pánico hizo mella en ella mientras se debatía por coger aire. Todas aquellas veces en las que pensó en él y en por qué no se había puesto en contacto, aun sabiendo que estaba cuidando de su hija sin ayuda, nunca se le había ocurrido la posibilidad de que tuviera una nueva relación. Había asumido que el silencio se debía a que estaba tratando de asimilar la existencia de Romany y que, en cuanto la hubiera asimilado, volvería y decidirían juntos qué hacer en el futuro, llegarían a un acuerdo entre ellos que reflejase su nuevo estado como padres. Incluso había albergado la esperanza de que volvieran a tener algo de lo que habían tenido en el pasado, con el tiempo. Seguía amándolo, a su manera, con deficiencias. Se le había ocurrido pensar que tal vez lo amaba incluso más ahora que se había convertido en el padre de su bebé.

Pero él amaba a otra persona.

Durante todo este tiempo de sufrimiento, en el que no había dejado de darle vueltas a su silencio y de tratar de interpretarlo, él había estado ensimismado con otra persona. No había tenido que luchar consigo mismo para controlar sus sentimientos ni se había preguntado cuál sería la mejor manera de enfocar esta nueva parte de su vida juntos ni ninguna de las muchas opciones de futuro que ella había barajado en su mente. No, él estaba enamorado, simple y llanamente. Casi no le había dirigido la palabra porque estaba muy ocupado acostándose con otra mujer.

Angie no tenía pensado ponerse a llorar. No solo porque no quería darle la satisfacción, sino porque no tenía lágrimas que derramar. Era algo que había aprendido hacía años: si llorabas o mostrabas cualquier indicio de debilidad, la otra persona no lo dudaría y se aprovecharía de ti.

—Ya —optó por decir; no le pediría detalles, no le daría la oportunidad de resarcirse, de justificarse, pero, aun así, parecía que era inevitable que se lo contara.

—He vuelto a la universidad —le dijo—. Para formarme y conseguir un empleo. Ahí fue donde conocí a Sam y simplemente congeniamos.

A Angie le importaba un rábano como habían «congeniado». Le daban igual sus estudios universitarios y le daba igual Sam. Lo único importante en estos momentos eran ella y Romany.

—Muy bien —le dijo—. Pues nada, será mejor que te marches.

Se levantó para dar el asunto por zanjado. Jax parecía sorprendido.

—¿Qué? ¿Así, sin más? Pero si he venido hasta aquí…

—Ese no es mi problema —respondió.

—¿No puedo ni cogerla en brazos?

Aferró a su hija con más fuerza. Todos sus instintos le gritaban que protegiera a su niña. Pero entonces pensó en sus propios padres, en que su madre había echado a su padre antes de darle a Angie la oportunidad de formar ningún recuerdo de él, para luego echarla también a ella de su vida. Recordó la promesa que le había hecho hacía poco a Romany de que no permitiría que la historia se repitiese, de que siempre sería la mejor madre posible. Jax la había decepcionado. La había decepcionado por una serie de motivos que todavía no había asimilado. Pero todo esto era algo entre ella y él. Romany no tenía nada que ver. Jax siempre sería su padre, independientemente de lo que ocurriera entre ellos dos.

Aunando todas las fuerzas de las que disponía, extendió los brazos y le entregó a Romany, que no paraba de retorcerse. Él la cogió por las axilas, mientras la niña daba patadas. Entonces, la acercó al pecho y la sostuvo con firmeza. Se le deformó el rostro y las lágrimas comenzaron a surcarle las mejillas mientras le acariciaba el pelo claro y fino. Angie los contempló desapasionada, escudando su corazón de cualquier estímulo sentimental, tal y como había aprendido de niña.

Romany comenzó a gimotear y Jax miró a Angie con ansiedad, pidiendo que le guiara.

—Tiene hambre —explicó ella, inexpresiva.

Volvió a coger a la bebé y Romany comenzó a rebuscar en su camiseta, golpeándose la cabecita contra la clavícula de Angie, presa de la frustración.

—Debería irme —dijo Jax, inseguro.

—Sí, creo que sí —respondió Angie.

Se lo veía desorientado, desolado, lleno de arrepentimiento, pero el único culpable de que ella hubiera reaccionado así era él. Angie se sentó en el sofá y se preparó para alimentar a Romany. No lo miró.

—¿Eso es todo, entonces? —le preguntó Jax, haciendo un último esfuerzo, aunque sin ánimo, para comunicarse con ella: cuatro palabras, cuatro años.

Angie tenía que tomar una decisión. Parecía que él quería mantener el contacto de alguna manera, aunque no se había ofrecido a ayudarla económicamente, que era lo que más necesitaba. Si por ella fuera, lo dejaría marcharse y lo perdería la pista, pero todo esto no era por ella, sino por Romany. No podía cerrarse a aquella oportunidad, por el bien de su hija.

—Ya veremos, ¿vale? —le contestó.

Era lo mejor que le podía ofrecer.

Capítulo 28

2006

A Maggie dar una fiesta para celebrar su cuadragésimo cumpleaños le había parecido una buena idea en enero, cuando se les ocurrió a ella y a Angie. Esta última también acababa de cumplir los cuarenta ese mismo año, pero, tal y como había explicado, la casa de Maggie era mucho más oportuna para una fiesta de adultos que su pequeño apartamento. Así pues, Maggie, seducida por la idea de un acontecimiento social para el que todavía faltaba mucho tiempo como para empezar a preocuparse, había accedido. Pero ahora que la celebración estaba a la vuelta de la esquina ya no estaba tan convencida.

No iba a ser nada del otro mundo. Maggie había invitado a los compañeros de su equipo del bufete y a sus parejas, un total de treinta personas. Podría haberse convencido a sí misma de que se había limitado a este círculo social por pura lógica, para que todos se llevasen bien; una garantía de que la fiesta fuese a ir sobre ruedas, pero, en realidad, era consciente de que sus colegas eran su único círculo social. No tenía ni tiempo ni interés en forjar más amistades.

Y, además, estaba la «pandilla de la uni», que era como la describía cuando alguien le preguntaba por sus amigos. Angie y Romany vendrían, al igual que Leon y Becky con sus hijos, Thomas y James. Y, posiblemente, Tiger. Sabía que la asistencia de este último estaba en el aire. Ni siquiera estaba segura de que hubiera recibido la invitación. Angie decía que se conectaba a internet en cafeterías de vez en cuando y que, por tanto, tal vez hubiera visto su correo electrónico, pero, de ser así, no se había tomado la molestia de responder. Por consiguiente, cada vez que se le llenaba el estómago de mariposas ante la posibilidad de volver a verlo, las espantaba enseguida: tenía que olvidarse de Tiger de una vez por todas.

El parte meteorológico era pésimo y, por supuesto, harían una barbacoa con opciones vegetarianas escogidas con cuidado como alternativa a la carne. En la fase de planificación se había imaginado a los invitados paseándose alegres por el césped a la luz del atardecer y había supuesto que no entrarían en la casa hasta que el frío viento otoñal los obligase a refugiarse en el interior, donde haría más calor. Incluso en tales circunstancias, en el fondo había albergado la esperanza de que se quedasen fuera y no le manchasen la casa. Pero ahora había perdido todas sus esperanzas. Sus invitados, tanto los adultos como los niños, tendrían que entretenerse dentro.

Se había comprado un cenador para cocinar fuera, por lo menos, pero, por lo demás, estarían dentro de casa, sin lugar a dudas. Maggie se quedó mirando sus alfombras de color crema claro y su mesilla lacada y soltó un suspiro. *C'est la vie.*

Angie y Romany fueron las primeras en llegar, de acuerdo con el plan, para darle apoyo moral. Angie traía una enorme tarta de cumpleaños. Hasta el último centímetro de la capa de chocolate estaba adornada con dulces de toda clase y salpicada por doquier por velas, muchas de las cuales se asomaban por los lados a noventa grados de inclinación, de tal forma que la cera caía donde cuadrase, en vez de escurrirse hasta las bases de las velas, como debería ser. Maggie esbozó una amplia sonrisa nada más verla.

—Feliz cumpleaños, tía Maggie —le dijo Romany, sonriendo y brincando al lado de Angie—. ¿Te gusta el pastel? Lo he decorado yo, ¿a que sí, mami?

Saltaba a la vista, y Maggie notó que se le agrandaba el corazón por Romany, que desde luego se había esforzado, y por Angie, que lo había hecho posible.

—¡Me encanta el pastel! —dijo Maggie, agachándose y levantándola para darle un abrazo. Con casi seis años, ya empezaba a ser demasiado grande para cogerla de aquella manera, pero, de todos modos, la niña le rodeó las caderas con las piernas y puso de su mano para aliviar la carga–. ¡Gracias, Romany! –añadió, rociándole la cabeza de besitos.

–¿Con qué podemos echarte una mano? –le preguntó Angie, que hizo ademán de llevar el pastel a la cocina, pero se detuvo de pronto en la puerta–. Oh, con nada, parece –dijo–. Caramba, Mags, lo de improvisar no es lo tuyo.

–La organización es clave para alcanzar el éxito –contestó Maggie, volviendo a poner en el suelo a la niña, que no paraba de retorcerse–. No lo olvides, Romey –apostilló, mientras seguían a Angie a la cocina, donde los aperitivos, las bebidas, los platos, los cubiertos, las salsas, los vasos, las ensaladas, el pan y cualquier cosa necesaria para preparar una buena barbacoa estaban dispuestos en filas rectas sobre las superficies de granito.

–Eso, eso, Romes. Tú hazle caso a la tía Maggie –le dijo Angie, que se volvió y le dio un apretón a su amiga–. Feliz cumpleaños, Mags –la felicitó–. Tengo algo para ti, pero me lo he dejado en el piso.

Mantuvo la mirada fija en los preparativos y se puso colorada, observó Maggie. No habría regalos, pero le daba igual. El pastel ya lo decía todo.

–Supongo que no sabes nada de Tiger –comentó; no quería sacar el tema, pero, por otro lado, fue incapaz de resistirse a preguntar.

Angie le dedicó una sonrisilla y Maggie se preparó para las burlas, pero su amiga se limitó a negar con la cabeza.

–Pues no. Ni siquiera tengo claro dónde está. Seguro que celebrará su cuarenta cumpleaños en alguna playa por ahí. Qué suerte tiene el cabrón.

Angie bajó la mirada hacia Romany para ver si la había oído. Maggie se había dado cuenta de que trataba de controlar su forma de hablar cuando su hija estaba presente y, a pesar de que le sorprendía que para ella fuese algo importante, se alegraba de que hiciera el esfuerzo. Romany estaba contando los vasos, yendo y viniendo fila tras fila y señalando cada uno mientras pronunciaba los números; no la había oído.

✦

Comenzaron a llegar los invitados, que se reunieron en la cocina. Maggie revoloteaba en torno a ellos, recibiendo regalos y ofreciendo algo que beber. Puesto que todos se conocían entre sí, no había necesidad de presentar a nadie salvo a Angie y a Romany, y de eso ya se encargaba la propia Angie. No había perdido ni una pizca de su confianza con el paso de los años, pensó Maggie mientras veía a su amiga abalanzarse hacia un grupo de desconocidos e interrumpir la conversación, pero ahora se daba cuenta de que aquello la impresionaba en vez de irritarla.

Pasaba el tiempo y seguía sin haber rastro de Leon y de Becky. Maggie había esperado, en parte, que cancelasen –el trato seguía siendo frío entre ellas y Becky, quien no llegaba a encariñarse con los encantos que tenían para ofrecerle–, pero no le habían dicho nada, de modo que tenía que asumir que estarían de camino. Romany, por lo menos, se alegraría, pues parecía disfrutar de la compañía de los hijos de Leon, que jugaban con ella con indulgencia, como si fuera una prima pequeña. Los niños habían salido a Leon, no a Becky.

Richard, su socio y sibarita empedernido, se había ofrecido a hacerse cargo de la barbacoa y el delicioso olor de la carne a la brasa no tardó en expandirse por toda la casa, conque poco a poco los invitados salieron de la cocina a la terraza, contigua a la parrilla que había montado para la ocasión. Ahí no había alfombra; Maggie se dio cuenta del detalle y se regañó por darle tanta importancia. Se concedió unos instantes para felicitarse: estaba siendo, hasta el momento, una fiesta encantadora y daba la impresión de que todos se estaban relajando y se lo estaban pasando bien.

Cuando al fin llegaron Becky y Leon, sin embargo, con su sola presencia el ambiente pareció cambiar. Justo venía de cerciorarse de que había toallas en el baño de abajo cuando los oyó discutir en la puerta antes de llamar.

–Lo que tú digas, Leon, pero no eres el centro del universo. Nos quedaremos treinta minutos y después nos vamos.

–No seas ridícula. Maggie es una de mis amigas de toda la vida. ¿Es mucho pedir que vengamos a su fiesta de cumpleaños?

No hubo respuesta. Al parecer, era mucho pedir.

Maggie se rezagó en el recibidor, a la espera de que sonara el timbre, e instantes después así fue. Aguardó unos segundos, fingió una sonrisa y abrió la puerta. Leon estaba en el umbral; se le veía pálido y cansado, como quien se está recuperando de una enfermedad larga y complicada, pero le devolvió la sonrisa al verla. El rostro de Becky era inexpresivo y los niños estaban observando el reloj solar de piedra que había en mitad del jardín delantero, ajenos a la riña de sus padres.

–Feliz cumpleaños, Maggie. Perdona por llegar tarde –dijo Leon, que se encogió de hombros, como diciendo: «Ya sabes lo que hay», pero no le ofreció pretexto alguno que justificara la tardanza.

No era necesario. Maggie ya había oído lo suficiente. Él le entregó un precioso ramo de calas blancas y rosas. No tenía tarjeta.

–Pasad, pasad –les dijo con entusiasmo–. Espero que hayáis tenido un buen viaje. Dadme los abrigos. Niños, si queréis beber, id a la cocina. Romany está ahí. Se muere de ganas de veros. Y ya veréis qué pastel ha preparado…

Thomas y James se abrieron paso entre sus padres y ambos le sonrieron cohibidos a Maggie al pasar junto a ella.

–Feliz cumpleaños –dijo James en un susurro cuando pasó a su lado, y Maggie le dio las gracias en voz baja.

Se había generado tanta tensión entre Leon y Becky que Maggie no dejó de parlotear, tratando a la desesperada de aparentar normalidad.

–Las bebidas están en la cocina y creo que la comida ya está casi lista. Es una pena lo del tiempo, pero qué le vamos a hacer, ¿verdad? Angie anda por ahí. Como para no oírla.

–Por desgracia, no podremos quedarnos mucho tiempo –dijo Becky nada más poner un pie dentro de la casa–. Mi madre no se encuentra bien y no me gusta separarme de ella mucho tiempo.

–Oh, cuánto lo siento –respondió Maggie–. Espero que no sea nada grave.

Leon se miró los zapatos y Becky hizo caso omiso.

Por lo menos, la fiesta estaba en pleno apogeo y la frialdad de ellos no se contagió a los demás invitados, pero Maggie reparó en que Becky se servía una copa contundente de vino blanco y luego se colocaba junto a la ventana, con la mirada fija en el jardín y de espaldas a la sala.

–¿Tienes algo ligero? –le preguntó Leon.

–Claro que sí –respondió Maggie, y le soltó la multitud de opciones–. ¿Todo bien, Lee?

Este asintió y pareció reacio a darle más detalles. Ella cambió de tema:

–Es increíble lo mucho que han crecido los niños –comentó.

A Leon se le iluminó el rostro.

–¡Y que lo digas! ¡Ya casi no les entra el uniforme escolar, por no hablar de la talla del calzado!

–Y, cuando te des cuenta, ya estarán en el instituto –señaló–. ¿A Thomas todavía le gusta el fútbol?

–Oh, sí. Vive por y para el Leeds United. Es igualito a mi hermano, por cierto. Y sigue entrenando en el club. No creo que vaya a llegar a ningún lado, pero hay que animarlo.

–¿Animar a quién? –inquirió Angie, que acababa de aparecer al lado de Leon.

–Estaba hablando de Thomas y de su entrenamiento de fútbol –le explicó él–. Quiere ser deportista profesional, y aunque es muy difícil meterse en ese mundillo, siento que es nuestro deber animarlo a que lo intente, por lo menos.

–¿Alentarlo a seguir sus sueños y a que no se conforme? –dijo

Angie, enarcando una ceja–. Sí, me parece que eso es justo lo que tendrías que hacer tú.

Leon puso los ojos en blanco, como diciéndole: «Que sí, que ya sé por dónde vas, pero no saquemos el temita».

–Y a James le encanta su grupo de teatro –prosiguió–. Participó en una pequeña obra en primavera. Sé que no puedo ser imparcial, pero no cabe duda de que fue el mejor del escenario.

–Eso seguro –dijo Maggie–. Deberías estar orgulloso de ellos, Leon. Los dos deberíais estarlo –se apresuró a añadir, lanzando una rápida mirada a Becky, que seguía mirando por la ventana.

Continuaron hablando, poniéndose al día e interrumpiendo la conversación solo para llamarles la atención a los tres niños, que correteaban entre los adultos, robando comida entre risitas, pero, en lo que pareció un abrir y cerrar de ojos, Becky empezó a mirar el reloj. Se acercó adonde estaban hablando y le lanzó unas miradas insinuantes y en absoluto sutiles a Leon, que pilló la indirecta al instante.

–Bueno, lo siento, Mags, pero vamos a tener que dejarte. Me da pena que se haya hecho tan corto.

–Pero si ni siquiera habéis probado la comida –objetó Maggie, aunque sabía que no iba a conseguir nada.

Él se encogió de hombros e hizo una mueca.

–Tenemos que quedar otra vez un día de estos –propuso Angie–. Nosotros tres solos –añadió, penetrando a Becky con la mirada de tal forma que la propia Maggie se puso colorada.

–Buena idea –contestó Leon.

Les llevó unos minutos reunir a los niños y separar a la fuerza a Romany de ellos, pero entonces ya estaban listos para marcharse.

–Muchísimas gracias, Maggie –dijo Becky, colocada junto a la puerta como en la línea de salida de una carrera–. Ha estado muy bien.

Maggie ni siquiera le sonrió. ¿Para qué? Las dos sabían lo que había. Becky se dirigió al coche, llevándose a los niños, que no paraban de quejarse, y dejando a Maggie y a Leon en el umbral de la puerta.

—¿Seguro que estás bien, Lee? —le urgió en voz baja.

—No lo hace a malas —contestó él—. Es que prefiere socializar con sus amigos.

Ella asintió y le dio un abrazo.

—Bueno, nosotras siempre estamos aquí para ti —le dijo al oído—. Por si nos necesitas. Nunca lo olvides.

Siguieron abrazándose unos instantes más hasta que Maggie oyó el pitido estridente del claxon.

—Será mejor que me vaya —dijo Leon, retirando los brazos en torno a su cuerpo. Entonces, la cogió de la mano. Maggie no recordaba que se hubieran cogido de la mano nunca y le resultó peculiar, aunque no incómodo—. Gracias, Maggie —le dijo, mirándola directamente a los ojos al pronunciar las palabras.

Por unos instantes, a ella le pareció ver en sus ojos algo que no había visto hasta entonces, pero, luego, se esfumó. Debieron de ser imaginaciones suyas.

Más tarde, después de que se marcharon los invitados, que la felicitaron por el éxito de la fiesta al irse, y después de que terminó de recoger, trató de recordar la expresión de Leon, pero era incapaz. No tenía del todo claro que hubiera sido real.

Tiger no apareció.

Capítulo 29

La década del 2010
2013

Hope inspiró hondo y abrió la puerta de la clase de un empujón. Hacía nada más y nada menos que diez años que no ponía un pie en una institución académica, pero el olor seguía siendo el mismo: cuerpos acalorados, comida rancia y lejía. ¿Acaso olían así todos los centros educativos?, se preguntaba, e imaginaba que sí. Este no era su antiguo colegio, pero, si cerraba los ojos, le parecía que acababa de entrar en ese mismo lugar otra vez.

Se oían murmullos por lo bajo en la estancia; otra cosa que se asemejaba al colegio. Eran muchas las personas que no se concentraban en los estudios. Así había sido ella en sus tiempos: se sentaba lo más lejos posible del profesor y se dedicaba a lanzar bolitas de papel sobre las cabezas de los demás con la regla.

No obstante, eran otros tiempos, una Hope diferente.

Las mesas estaban dispuestas de dos en dos, todas ellas de cara a la pizarra blanca situada enfrente. Eso era un alivio, por lo menos. No le gustaba nada cuando ponían los pupitres en forma de herradura para obligar a los alumnos a participar en los debates. No tenía interés en intimar lo más mínimo con sus compañeros, en debatir con ellos o escuchar sus opiniones. La única persona importante de la sala era el profesor, del cual, por el momento, no había rastro. Esperaba que no fuera el típico docente despistado que se desviaba del tema una y otra vez y perdía el tiempo de la clase contando anécdotas que poco interesaban a los demás. Esa clase de profesor había sido la mejor cuando estaba en la escuela, pero ahora ya no era una niña. Estaba aquí para aprender.

El aula estaba casi llena y Hope soltó un improperio para sus adentros. Había tenido la intención de llegar la primera para escoger asiento, pero le había sonado el teléfono nada más marcharse de casa: una llamada internacional que debía responder para cerciorarse de que, en su ausencia, no hubiera problemas el resto de la jornada. Para cuando solucionó el asunto, llevaba veinte minutos de retraso. En todo caso, todavía había varios asientos libres y, con gran alivio, reparó en que había dos mesas vacías en la fila del fondo. Se dirigió hacia allí, agachando la cabeza y calándose bien el gorro, y ocupó las dos.

Se sentó en una de las sillas y dejó el bolso en la otra. Había varios asientos libres; nadie vendría a sentarse a su lado si daba la impresión de que le estaba guardando el sitio a otra persona. Puede que incluso hubiera sido la última en llegar. Sacó el estuche y el cuaderno nuevo de su maletín de la marca Mulberry, un regalo de una sesión de fotos de Londres de hacía unos años que, no obstante, seguía como nuevo, y los colocó con esmero frente a ella. Estaba preparada.

Instantes después, se abrió la puerta, entró un chico y se dirigió directamente a la mesa del profesor. No es que fuera un chico, en realidad, pero debía de estar recién salido de la universidad. Hope reprimió una oleada de irritación. Estaba aquí para aprender, conque esperaba que, como mínimo, el profesor fuera mayor que ella, a sus veintiocho años, y, a poder ser, ya con poco pelo y de mediana edad, para que supiera más del tema que ella. El profesor sacó un fino ordenador portátil del maletín y lo abrió sobre la mesa. De pronto, a Hope le dio la impresión de que la libreta y el bolígrafo que había traído estaban pasados de moda. No se le había ocurrido traer el portátil, pero así lo haría la próxima vez. Lanzó una mirada furtiva a los demás estudiantes, pero parecía que algunos de ellos ni siquiera tenían libreta y bolígrafo.

Pasaron unos instantes mientras el profesor –Carl Watts, según los datos sobre el curso que aparecían en el folleto de formación profesional que se había encontrado en la alfombrilla de la puerta el mes pasado– conectaba el portátil al sistema y abría un documento de PowerPoint. Acto seguido, cuando se cercioró de que estaba todo listo, clicó en la primera diapositiva y se aclaró la garganta. Disminuyeron los murmullos.

–Buenas tardes a todos –comenzó–. Me llamo Carl Watts y seré yo quien imparta este curso, para el que se me ha ocurrido el ingenioso título de «Cómo montar tu negocio desde cero paso a paso».

Miró a la sala con orgullo, como si en verdad creyera que aquello se podía considerar un título ingenioso, y Hope se desesperó un poco. Si el profesor resultaba ser un idiota, tendría que replantearse lo de asistir a clase. Esperaba que no fuera más que un pequeño intento de hacerse el graciosillo, pero mucho se temía que estaba tan complacido consigo mismo como aparentaba.

–Así pues, durante las próximas treinta semanas, os explicaré todos los pormenores que debéis tener en cuenta para que vuestro negocio sea un éxito. Y, al final del curso, tendréis un plan de negocio muy envidiable que podréis llevar al banco o hasta a un inversor de capital riesgo para conseguir ese préstamo que tanta falta hace.

Ay, madre. Quizá el curso era muy básico, pensó Hope. Ella era una novata en la materia, pues su negocio justo acababa de despegar, pero no tenía claro si iba a soportar que una persona que claramente no sabía de lo que hablaba se pusiera a explicarle nada.

–Bueno, algunos os estaréis preguntando qué cualificaciones tengo yo para hablaros a vosotros de este tema.

Una persona delante de ella resopló, y Hope se preguntó si también estaría tan poco convencida de la acreditación del profesor como ella.

–Pues bien –prosiguió Carl, con las ínfulas de quien tiene la mano ganadora en una partida de póquer–, tengo una licenciatura con honores en Economía y un máster en Administración de Empresas de la University College de Londres.

Que no era lo mismo que dirigir tu propia empresa, ¿no?, pensó Hope. Suponía que, si tuviera algo de experiencia de verdad, estaría ganando dinero ahí fuera, en vez de estar dando clase, aunque cabía la posibilidad de que su negocio se hubiera ido a pique con la recesión y esto fuera una especie de interludio. En cualquier caso, no las tenía todas consigo.

Aun así, pensó, el profesor tenía que saber más que ella. Arrinconó todas sus dudas al fondo de la mente y se preparó para concentrarse.

Oyó un ruido a la izquierda: la puerta del aula se abrió y se cerró de nuevo. Alguien llegaba tarde. Hope no se molestó en desviar la mirada, con la esperanza de que fuera quien fuera se apresurara a sentarse con la mayor discreción posible, pero, entonces, oyó que le decían lo siguiente:

–Perdona. ¿Te importa quitar tus cosas para que pueda sentarme?

Había muchos otros asientos vacíos que no estaban ocupados con lo que claramente eran mecanismos de defensa, como su bolso, así que ¿por qué se empeñaba esta persona en molestarla? Se volvió para mirar a esta mujer y puso la peor cara que podía poner estando en una sala llena de gente, confiando en que con eso bastara para desalentarla y para que se marchara a otra mesa con el rabo entre las piernas. Cabía la posibilidad de que los sitios donde se sentasen aquella tarde pasaran a ser sus asientos permanentes para todo el curso, teniendo en cuenta que eran animales de costumbres. No quería tener que sentarse al lado de nadie durante treinta semanas enteras.

Pero su cara de pocos amigos de nada sirvió. La mujer se quedó ahí de pie, a la espera de que retirara sus cosas de la otra silla y, al parecer, ajena a las malas vibraciones que le estaba mandando. De no estar tan irritada, la habría impresionado aquella actitud tan imperturbable. La gente empezaba a darse la vuelta en los asientos para ver por qué la recién llegada no se sentaba de una vez, de modo que, a regañadientes, Hope apartó el bolso y lo colocó a sus pies. La mujer le dedicó una sonrisa de agradecimiento y se sentó, pero no hizo ademán de sacar nada para tomar apuntes, sino que se limitó a recostarse en la silla y a centrarse en la parte delantera del aula.

—¿Me dejas algo de papel? ¿Y un bolígrafo, a poder ser? —le susurró.

Hope puso los ojos en blanco, pero arrancó un par de hojas del final de su libreta tamaño A4 y sacó un bolígrafo del estuche. Se los entregó sin establecer contacto visual con ella.

Carl presentó brevemente las varias unidades del curso y, a las ocho y media, les propuso hacer una pequeña pausa y les indicó cómo llegar hasta las máquinas de café que había dentro del edificio.

—Gente, volved dentro de quince minutos, por favor —pidió, sobreponiéndose al ruido de las sillas al chirriar contra el suelo de linóleo.

Hope hizo una mueca.

—¿Acaba de llamarnos «gente»? —le preguntó su vecina, y, por primera vez, Hope se volvió hacia ella.

Era mayor. No se le daba muy bien adivinar la edad de las personas, pero le parecía que aquella mujer estaba más cerca de los cincuenta que de los cuarenta, aunque tenía una piel fantástica y el pelo, de un precioso color pelirrojo, sin canas y a simple vista muy natural. Llevaba ropa que describiría como excéntrica o *hippy*, dependiendo de su estado de ánimo, con mucha pedrería extraña de colores llamativos.

—Eso me temo —le dijo, haciendo una mueca.

—Dios —contestó la mujer—. Será imbécil. Más le vale que sepa de lo que habla o no vuelvo. Lo último que me faltaba es que un tipo que se gana la vida dando cursillos para adultos se ponga a explicarme nada.

Habiendo expresado en voz alta lo que Hope tan solo se había atrevido a pensar, aquella mujer ahora contaba con toda su atención.

–Eso mismo pienso yo –respondió–. Me llamo Hope, por cierto.

Levantó un poco la gorra para establecer contacto visual con ella. Acostumbraba a llevar gorra. Así, la gente no se la quedaba mirando. Se preparó para la reacción de la desconocida. Siempre sucedía lo mismo cuando la gente la veía por primera vez, y en ocasiones incluso aunque ya la hubieran visto varias veces. No era arrogante por su parte esperar aquella reacción; lo veía simplemente como un mero trámite que había que pasar.

–Yo soy Angie –dijo la mujer. Y, luego, añadió lo siguiente–: Ay, Dios, pero qué guapa eres. Me parece que eres la persona más atractiva que he visto en la vida.

Por una vez, a Hope la sorprendían con la guardia baja. Su aspecto siempre daba pie toda una serie de respuestas, pero casi nunca eran tan directas como aquella.

Bajó la mirada con modestia.

–Gracias –le dijo.

–Fijo que es un coñazo ser tan despampanante –comentó Angie–. Debe de dar problemas día sí, día también, como estar montado en el dólar. Supongo que debe de ser difícil distinguir a los que te quieren por quien eres y los que quieren estar contigo por otras razones.

Hope se la quedó mirando, boquiabierta. El punto de vista de aquella mujer era sorprendente.

–¡Precisamente! –le dijo–. Has dado en el clavo. ¿Sabes? Nunca nadie lo ha expresado como tú.

–Y no puedes decirlo porque, si lo dices, parecerá que te estás quejando: «Pobre de mí. Nadie entiende lo que sufro yo por ser así de estupenda». –Angie puso una cara de pena que le arrancó una sonrisa a Hope–. A mí me pasa lo mismo –añadió, mordiéndose las mejillas y abultando los labios, de tal forma que parecía más bien un pez que una supermodelo.

Las dos se echaron a reír.

–¿Te apetece un café de la máquina expendedora? –le preguntó Hope, pero Angie negó con la cabeza.

–No tomo cafeína –le explicó.

–¿Qué? ¿Lo dices porque es de noche o no tomas café nunca? –quiso saber, horrorizada.

–Nunca –contestó–. Estoy intentando depurar mi dieta todo lo posible, así que nada de químicos o estimulantes, ya sean artificiales o no.

–¡Vaya! –comentó Hope–. Increíble. ¿Tampoco tomas nada de alcohol, entonces?

Angie negó con la cabeza.

–Nada de nada. Hace doce años tuve una hija y, en ese momento, decidí que tenía que cambiar ciertos hábitos de mi vida. Ninguna de esas cosas ha entrado por mis labios desde entonces.

–Entonces, mejor no te hablo de toda la cafeína que consumo al día. –Hope se echó a reír–. No quiero que te pongas a llorar. Bueno, imagino que estás aquí porque vas a montar un negocio.

Angie tiró de uno de los aros plateados que tenía en la oreja y se puso a juguetear con él con la uña.

–En realidad, quiero expandir el que ya tengo –reveló con orgullo–. Así que me pareció buena idea aprender un poco antes. Es un centro de terapia holística. Ya tiene unos cuantos años y el negocio va viento en popa, por lo que me gustaría abrir un segundo local. El problema es que, hasta ahora, he ido improvisando sobre la marcha. Creo que debería enterarme mejor de cómo se hacen las cosas. ¿Sabes lo que se siente cuando no sabes qué es lo que no sabes?

Hope asintió. La entendía a la perfección.

–Pues eso, aquí me tienes. ¿Y tú?

Lo cierto era que no le había contado a nadie su plan de negocios. Le había comentado la idea a su novio, Daniel, pero sin entrar en detalles, para no darle pie a que echara abajo su proyecto antes siquiera de perfilarlo en serio. Ahora, de pronto, se sentía cohibida por tener que explicarlo en voz alta. Pero ¿qué sentido tenía estar aquí si no se atrevía a decirle a nadie lo que tenía pensado?

–Voy a montar un negocio de importación de bañadores italianos –le dijo.

Angie asintió. Por lo menos, parecía impresionada.

–La verdad es que no estoy al día con la moda, como seguro que salta a la vista –le dijo, señalándose la ropa–, pero, en mi opinión, parece que aquí los bañadores estilosos brillan por su ausencia. El último que me compré era de Marks and Spencer. –Hope se estremeció–. Ya, eso mismo pensé yo. –Angie se echó a reír–. Pero es que no sabía en qué otro sitio comprarlo. E imagino que tú sabrás un poquito más del mercado –continuó–. Eres modelo, ¿verdad?

Hope no dejaba de sorprenderse, pero era una sensación gratificante. Aquella mujer acababa de asumir que era modelo y lo había dicho como si fuera un trabajo como cualquier otro. La mayoría de la gente se cegaba con el glamur que parecía desprender todo ello y no paraba de preguntarle dónde había trabajado y a qué personas conocía. Angie parecía entender su belleza como un atributo del que Hope, como no podía ser de otra manera, tenía que sacar provecho; así de simple.

–Bueno, antes sí –explicó–, pero mi trabajo empezó a perder fuelle y decidí que tenía que diversificarme antes de acabar en la calle. Las modelos caen en el olvido al llegar a los treinta y a mí me falta muy poco. Así que se me ocurrió importar ropa. Los contactos los tengo y sé qué les sienta bien a las mujeres y cómo sacar lo mejor de cada prenda. Y, sin duda, es un nicho de mercado. Pero no sé nada de los negocios. Ni siquiera terminé la ESO.

–Bueno, ¿y para qué ibas a terminarla con el cuerpazo que tienes? –razonó Angie–. Imagino que no te hizo falta ningún diploma para conseguir trabajo.

Hope se encogió de hombros.

–No, la verdad, pero no es que sea tonta ni nada por el estilo –añadió; de pronto, se sentía en la necesidad de justificarse.

–Eso no hay quien lo dude, con todo lo que me acabas de contar. Al contrario, yo diría que eres muy astuta –dijo Angie.

Hope notaba que, muy a su pesar, se estaba poniendo colorada.

–Gracias –le dijo.

Era todo un gusto que alguien pensara que su idea, cuando menos, tenía potencial, y ya le daba la impresión de que Angie no tenía por costumbre decirle a la gente lo que quería oír solo para contentarla.

Los demás estudiantes comenzaron a volver al aula, sosteniendo vasos marrones en las manos, y se sentaron. Hope se volvió hacia delante, dando a entender que había terminado la pausa para hablar, pero se le ocurrió pensar que tal vez no sería tan terrible sentarse al lado de Angie durante las próximas treinta semanas.

Capítulo 30

En la tercera semana del curso, Hope llegó a la conclusión de que Carl, el profesor, era insoportable, pero que, en el fondo, sí sabía de lo que hablaba. Tras decidir que tomar notas en el portátil no era todo lo satisfactorio que debería ser, se compró un archivador de palanca, así como todo un conjunto de separadores de colores, y las secciones comenzaron a llenarse con gusto. El placer que le suscitaba contemplar las pulcras páginas de los apuntes era algo del todo nuevo. Así debían de sentirse los empollones en el colegio.

Además, seguía llevándose bien con Angie, aunque todavía no se había presentado en clase ni una sola vez con su propio material. A Hope no le importaba; traía todo lo necesario para las dos y lo repartía al comienzo de cada sesión, después de caer en la cuenta de que, si dejaba que Angie se llevase a casa sus folios y sus bolígrafos, en la siguiente clase no había ni rastro de ellos.

Había aprendido más cosas sobre Angie en las pausas de quince minutos que Carl hacía en mitad de cada clase. Parecía que era la madre soltera de una niña de doce años que, a juzgar por las anécdotas que le contaba, era muy madura para su edad. No había ningún hombre implicado, hasta donde sabía Hope. Le preguntó por el padre de la niña, primero dando rodeos y, luego, de forma más directa.

Angie soltó un suspiro y se puso algo melancólica al pensar en él.

—Creo que el padre de Romany fue, con toda probabilidad, el amor de mi vida —le dijo—, pero, por aquel entonces, yo no lo sabía. De otro modo, seguramente me habría esforzado más por retenerlo a mi lado.

–¿Acaso no quiso encargarse de su hija? –le preguntó.

–Creo que, más bien, no tenía del todo claro qué hacer –le explicó–. No éramos unos críos, pero la idea del compromiso era algo nuevo para los dos y me parece que no pensamos bien las cosas. Además, Jax vivía en el sur y casi nunca lo veía. Luego, nació Romany y todo eso nos pilló a los dos por sorpresa. No me refiero a la niña. Es decir, que sabíamos que yo estaba embarazada. Lo digo por las consecuencias. Yo debería haber tenido claro lo que esperaba de él y habérselo dicho sin tapujos, pero no fue así y él acabó desapareciendo. Fue más un accidente que otra cosa, la verdad.

A Hope le parecía extraño, pues a ella nunca le pasaba nada por accidente.

–¿Seguís en contacto? –le preguntó.

–Ya no –dijo–. Al principio, sí, pero, luego, nosotras nos mudamos y no se lo dije. Así que ahora no podría localizarnos aunque quisiera.

Guardó silencio unos instantes. A Hope le parecía que no darle a alguien importante tu nueva dirección no era algo que pasase por accidente, pero ¿quién era ella para comentar?

–No pasa nada, supongo –añadió Angie–. Nos va bien solas.

¿Se daba alguna vez el caso de que lo mejor para un niño fuera no tener contacto con uno de los padres si dicho padre no había hecho nada malo? Hope no lo tenía claro, pero, por otro lado, ella no tenía hijos. Aun así, no podía dejarlo pasar.

–¿Y Romany? –quiso saber–. ¿Qué piensa ella?

Angie se encogió de hombros.

–Por ahora no ha supuesto ningún problema. De pequeña, cuando cayó en la cuenta de que los otros niños tenían padre y me preguntó por él, yo le dije que vivía muy lejos. Ahora casi nunca lo menciona. Supongo que con Facebook y esas cosas no sería muy difícil localizarlo cuando sea algo mayor, pero, por el momento, se la ve muy feliz tal y como estamos. ¡Ya tiene bastante con cuidar de un solo progenitor!

Angie sonrió, pero, a pesar de ese último comentario, Hope tenía la sensación de que se le estaba dando bien criar a una hija ella sola.

–¿Y qué hay de ti? –preguntó Angie.

–No tengo hijos. Novio sí, pero es bastante reciente. Por ahora parece que todo va sobre ruedas.

Angie enarcó una ceja, pero Hope no tenía ganas de contarle mucho más al respecto. Conoció a Daniel en una gala en York a la que la invitó una organización benéfica para la lucha contra el cáncer de mama con la que colaboraba. Se fijó en él, que revolotcaba de aquí para allá concentrado y, si acaso, un poco estresado, y llegó a la conclusión de que tenía que ser miembro de la organización del evento, más que un invitado.

Resulta que su restaurante había preparado los canapés, los cuales estaban mucho mejor que la comida que acostumbraban a servirle, que siempre sabía a cartón. Se cruzaron sus caminos cuando él le golpeó el hombro con el borde de una bandeja de pastelitos de queso de cabra, los cuales terminaron cayéndole por la parte delantera de su vestido naranja color fuego de Carolina Herrera. El traje era prestado y estaba asegurado, pero la cara que puso él no tenía precio.

–¡Ay, Dios santo! Lo siento muchísimo. Espera, permíteme…

Pero no tenía ni idea de qué debía hacer. No iba a ponerse a retirar los pastelitos de su escote. Ella se regodeó unos instantes, viendo que entraba en pánico, y después se echó a reír.

–No te preocupes –le dijo–. Son cosas que pasan, y justo estaba pensando que ya es momento de volver a casa.

–Ay, Dios –exclamó él–. Bueno, tienes que darme tu contacto para que te pague la limpieza del vestido.

Ella bajó la mirada hacia la seda manchada de grasa. Un trozo de queso de cabra se estaba deslizando caderas abajo.

–Creo que el vestido no tiene arreglo –contestó con cierta ironía.

–Mierda –dijo él, y por unos instantes Hope tuvo la impresión de que se iba a echar a llorar de verdad–. Esta es la primera vez que nos piden que nos encarguemos de ceremonias de este estilo y necesito que salga bien…

—La comida estaba deliciosa —le dijo, pasándose un dedo por el vestido para coger un pedacito de pimiento rojo seco y llevándoselo a la boca con un gesto provocador.

Durante unos instantes, él pareció olvidarse de la crisis que estaba teniendo mientras la contemplaba, pero entonces recordó la gravedad de lo ocurrido. Se pasó las manos por el cabello; era bastante atractivo, pensó Hope.

—Ay, mierda —repitió.

La gente comenzó a darse cuenta de lo que le había pasado a Hope y no dejaba de mirarla.

—Mira, voy al baño para limpiarme la peor parte. Tú, mientras tanto, vete al guardarropa a por mi abrigo. Nos vemos en la recepción. —Abrió el bolso de mano y sacó la ficha del guardarropa—. Me llamo Hope Maxwell, por si te preguntan por qué quieres recoger mis cosas. Diles que vas de mi parte. Me conocen.

Sin poner reparos, él salió disparado en dirección a la puerta. Hope cuadró los hombros y, contoneándose todo lo posible como si estuviera subida a una pasarela, se fue al baño. Todo aquel incidente le pareció divertido, la verdad sea dicha, y ya no tendría que hablar con ningún dignatario más, lo cual era toda una bendición.

Al día siguiente, apareció en la oficina de su agente el más enorme de los ramos de flores. Carrie la llamó presa del entusiasmo:

—¿Quién es Daniel, el Torpe? Sea quien sea, ¡parece que lo siente mucho!

En la tarjeta aparecía un número de teléfono, de modo que Hope lo llamó, sobre todo para asegurarle otra vez que no pasaba nada, y así fue como surgió la primera cena y, luego, una especie de relación.

Aun así, ese día en clase no dijo nada al respecto. Angie era encantadora, pero Hope no era la clase de persona que acostumbrase a contarles su vida a los demás.

Angie, en cambio, sí lo era. Mantuvo a Hope entretenida con un sinfín de anécdotas de las cosas que hacía y decía su hija. Por regla general, tanto detallismo molestaba a Hope –¿acaso había algo más aburrido que escuchar a los demás hablar de sus hijos?–, pero Angie no buscaba nada de protagonismo y sus historias eran muy divertidas, hasta el punto de que Hope casi tenía la sensación de que conocía a Romany, aunque nunca la hubiera visto. Y estuvo a punto de ir a probar uno de los estrafalarios tratamientos de Angie, ya que tanto había oído hablar de ellos semana tras semana. A punto…, pero no.

Capítulo 31

2016

Maggie seguía sin creérselo. Hacía treinta años que ella, Angie y Leon habían comenzado la universidad. Bueno, treinta años y unos seis meses, para ser exactos, pero, con todo lo que había pasado últimamente, se le había pasado el día del aniversario. El tiempo volaba. Era todo un cliché, pero en verdad tenía la sensación de que había sido ayer cuando llegó a York, llena de esperanza y de ambición. El mundo por aquel entonces estaba rendido a sus pies, y creía que podría hacer cualquier cosa que se propusiera.

Y hasta entonces así había sido. Siempre pasaba lo que Maggie Summers quería que pasase, fuera lo que fuera. Era como si tuviera línea directa con quienquiera que estuviese al mando del universo. ¿Que Maggie Summers quería estudiar Derecho en la universidad? Marchando. ¿Que Maggie Summers quería trabajar de abogada en un bufete prestigioso? Marchando. ¿Que Maggie Summers quería ser socia? Marchando. La lista era inabarcable. Hasta que todo cambió…

¡Treinta años!

Bueno, esto había que celebrarlo, sin duda alguna. Cogió el teléfono y creó un grupo de WhatsApp que llamó: «Reunión 30 años». Para la foto de perfil escogió una imagen sacada de Google del lago que había en el campus de la universidad de York. Acto seguido, escribió el siguiente mensaje:

Hola a los dos. Me acabo de dar cuenta de que hace treinta años que nos conocimos en York. ¡No me digáis que no es buena excusa para reunirnos! ¿Qué me decís? ¿Os apetece?

¿Les apetecería?, se preguntaba. Detuvo el dedo a escasos centímetros del botón de enviar. Angie, claramente, se apuntaría; de eso estaba segura, aunque tal vez tendrían que quedarse en York para salir. Romany tenía quince años y, si bien era lo bastante mayor como para quedarse sola una noche aunque su madre se fuera de la ciudad, Angie siempre había sido muy protectora con ella, una actitud que no había adoptado en ningún otro ámbito de su vida. Si al final se reunían, tal vez convendría proponer que se quedasen en York, en vez de ir ellas a la ciudad de León.

Maggie no tenía tan claro cómo reaccionaría este último. Estaba pasando por un momento complicado y tal vez no le apetecía celebrarlo. Empezó a sospechar que algo se había torcido en su vida cuando no recibió una postal navideña por parte de su familia el año pasado. Becky, por lo general, era una persona muy organizada y las postales llegaban con total diligencia la segunda semana de diciembre. Maggie, a su vez, siempre enviaba las suyas la primera semana y dudaba que se hubieran olvidado de ella por un despiste. Por supuesto, cabía la posibilidad de que la hubieran borrado de la lista a propósito, aunque Becky la llevaba aguantando todos estos años, así que sería extraño que, de pronto, hubiera cambiado de actitud. Presa de la curiosidad, Maggie había llamado a Angie para averiguar si ella sí había recibido una postal.

—¡Espera! —le había dicho Angie—. Voy a poner el manos libres mientras lo compruebo.

Desde luego, no le había costado mucho repasar las felicitaciones de Navidad que le habían llegado, ya que había vuelto a coger el teléfono instantes después. O había recibido muy pocas o, con toda probabilidad, ni se había molestado en abrir las que le habían llegado. Maggie se había imaginado su postal —la había escogido con esmero y había escrito en su interior un mensaje personalizado y bien meditado— perdida en mitad de una pila de circulares y facturas, sin abrir y sumida en el olvido.

—Pues no —le había dicho—. A mí tampoco me ha llegado.

–Qué raro –había comentado–. Becky suele ser muy meticulosa con estas cosas.

–Una tiquismiquis de cuidado, querrás decir –había respondido–. Sin ánimo de ofender –se había apresurado a añadir.

Maggie ya no se ofendía. A Angie siempre le había costado entender que una vida organizada de una manera que ella consideraba irrazonable era, precisamente, la vida de la que Maggie se enorgullecía de tener. Lo que Angie entendía como una persona tiquismiquis era, para ella, una persona que sabía organizarse.

Así pues, Maggie le había enviado un mensaje a Leon, sin mencionar la postal navideña en sí, sino preguntándole cómo se encontraban él y su familia en general. Al cabo de pocos instantes le había sonado el teléfono. Era él.

–Hola, Lee –le había dicho–. Y feliz Navidad. ¿Qué tal todo?

–Oh, bueno… –le había contestado–. Voy tirando. ¿Qué tal tú?

–Yo bien. Sin novedad. –Era consciente de que le ardían las mejillas, pero todavía no estaba preparada para contarle lo que había sucedido. No estaba preparada para contárselo a nadie–. En fin, la vida sigue –había proseguido–. Bueno, más bien corre a toda pastilla. ¿Cómo es posible que ya casi tengamos cincuenta años, para empezar? Creo que estoy entrando en estado de negación. ¿Vais a hacer algo especial estas Navidades?

Había habido una pausa al otro lado de la línea y Maggie había notado un cambio en el ambiente.

–La verdad es que este año las voy a celebrar solo –le había dicho, con una voz que, de pronto, se había vuelto tensa, como si se le hubiera hecho un nudo en la garganta y a duras penas consiguiera emitir sonido alguno–. Becky y yo… Bueno, nos separamos en verano.

Maggie, por unos instantes, se había quedado sin palabras. ¿Qué clase de amiga era ella que no se había enterado de nada y no había estado a su lado cuando más la necesitaba? Se había devanado los sesos tratando de recordar la última vez que habían hablado. ¿En Pascua, tal vez? No podía haber pasado tanto tiempo, pero es que la vida tenía la costumbre de acelerarse. Podían haber pasado seis meses desde la última vez que habían hablado. Y, entretanto, su matrimonio se había roto.

Era una lástima, pero no del todo una sorpresa. Becky jamás había encajado con Leon, al menos según Maggie, y había notado cierta tensión en su relación con el paso de los años, pero siempre había asumido que se debía a que Becky nunca había aceptado a las amigas de la universidad de Leon; no se le había ocurrido que fuera un síntoma de problemas más graves dentro del matrimonio. Pero, dejando a un lado su opinión, se sentía fatal porque Leon se hubiera tenido que enfrentar a la ruptura solo, aunque ella no hubiera tenido ni la menor idea de lo que estaba sucediendo.

–Oh, cuánto lo siento, Lee –había alcanzado a decir–. ¿Te encuentras bien? ¿Se encuentran bien los niños?

Leon había resollado.

–Thomas ahora vive fuera, en la universidad, y parece que todo le da igual. A James le ha afectado un poco más, siempre ha sido el más sensible.

Más parecido a su padre que a su madre, había pensado Maggie.

–Entonces, ¿dónde estás viviendo? –le había preguntado–. Entiendo que sigues en Leeds.

–Así es. Becky se ha quedado con la casa y yo he encontrado un piso de soltero junto al río, en el centro de la ciudad. Me viene bien para el trabajo y tiene un cuarto de invitados para que James venga a pasar la noche siempre que quiera.

Maggie había sido incapaz de asimilar todo aquello. Le había parecido surrealista, pero, por otro lado, en la vida no dejaban de suceder cosas surrealistas. Sin ir más lejos, solo había que mirar en qué situación se encontraba ella.

–¿Y tú te encuentras bien? –había repetido con más dulzura.

Había habido una pausa de nuevo. Maggie se había preguntado si estaría llorando, pero entonces él había vuelto a tomar la palabra y en su voz no había el más leve indicio de que hubiera derramado lágrima alguna.

–Sí, no me puedo quejar. Hacía tiempo que se veía venir, si te soy sincero. Cuando pasó lo que pasó, hasta casi fue un alivio.

Maggie había ardido en deseos de preguntarle quién había dado el paso en la separación, pero no sería de recibo preguntar algo así por teléfono.

–¿Y tú cómo estás? –le había preguntado él entonces.

¿Cómo estaba ella? Bueno, con la conversación que estaban teniendo, no hacía falta decir más: se encontraba bien.

–Estoy bien –le había dicho.

Le había contado lo que sabía de Angie y Tiger, se habían deseado feliz Navidad y, luego, habían colgado. Aquello había sido hacía cuatro meses. Era de esperar que estuviese dispuesto, a estas alturas, a salir una noche para celebrar los treinta años de amistad.

Sin pararse a darle muchas más vueltas, Maggie le dio a enviar.

Poco después, su teléfono comenzó a sonar con las notificaciones de las respuestas: las de Angie consistían, más que nada, en emoticonos de caras sorprendidas y tacos, mientras que las de Leon eran más comedidas, si bien no dejaban de denotar desconcierto por que de verdad hubieran pasado treinta años. Acordaron verse para comer y tomarse un vino en York el siguiente sábado por la noche, y Angie escogió un restaurante que conocía y que, por ende, le ofrecería suficientes opciones veganas entre las que escoger.

Maggie tenía ganas de verlos a los dos. Prepararía un pequeño test, decidió, sobre cosas que habían sucedido cuando vivían juntos. Sería divertido; rememorar los viejos tiempos era una sensación grata. Puede que incluso sacase viejas fotografías, aunque tener pruebas tan gráficas del paso del tiempo podría resultar un poco doloroso. Maggie siempre había pensado que estaba envejeciendo bien. Conservaba su figura y mantenía a raya las canas yendo, cada poco tiempo y a pesar del precio, a la peluquería de Vidal Sassoon, en Leeds.

Así y todo, últimamente las marcas del paso del tiempo se habían ido entretejiendo a su semblante: más que finas líneas, eran arrugas profundas. Y, ya que había dejado de ir con tanta asiduidad a la peluquería, su corte de pelo, en otros tiempos bien perfilado, se había metamorfoseado en algo más propio de una mujer anticuada o «madura».

Tal vez no hacía falta que se molestase con lo de las fotos. Con el test sería más que suficiente.

Capítulo 32

Angie tenía pensado llegar al restaurante antes que los demás, más que nada para demostrar que era capaz de tal cosa, pero, entre una cosa y la otra, se le había hecho tarde.

–Qué guapa estás –comentó Romany cuando la vio con su vestido para salir, una túnica de color azul claro con un estampado de pavos reales que se había puesto por encima de unas mallas de color amarillo mostaza–. ¿Adónde ibas?

La joven estaba sentada a la mesa, rodeada de libros y folios impresos. ¿Qué había sido de los libros de texto de toda la vida?, se preguntaba Angie. Eran muy caros para los tiempos que corrían, sin duda, pero todos aquellos folios impresos acabarían igualando, año tras año, el coste de un libro de texto. Además, no le parecía una alternativa muy verde.

Su hija se había recogido el cabello castaño en un moño informal, del que sobresalían dos bolígrafos y un lápiz, y, al verlos ahí, a Angie la sobrevino tal arranque de amor por su niña estudiosa que tuvo que achucharla.

–¡Ay! –se quejó Romany, pero permitió que la estrujara unos instantes, en lo que duró el abrazo.

Era una chica centrada, cualidad que Angie jamás había tenido. A menudo le recordaba a Maggie, lo cual, ahora lo veía, con la perspectiva que le brindaban casi cincuenta años de experiencia en la vida, tal vez no era nada malo.

–He quedado con Maggie y Leon, ¿te acuerdas? –le dijo–. Porque parece ser que hace treinta años que nos conocimos.

–¡Qué fuerte! Es, en plan, toda una vida –respondió Romany, y Angie soltó un suspiro.

–Pues que sepas que es el doble de tu edad –comentó–. Y yo

que pensaba que se te daban bien las mates... Y deja de decir «en plan».

Romany puso los ojos en blanco, divertida.

–Pero es una pasada, mamá. Que sigáis siendo amigos pasado todo este tiempo.

Angie asintió, pensativa.

–Sí –le dijo–. Supongo que sí. Tiene gracia. No deberíamos haber congeniado como congeniamos. Somos todos muy diferentes, pero la vida nos juntó y acabamos muy unidos.

–Y probablemente por eso sigáis siendo amigos –dijo–. Si sois tan diferentes, hay menos probabilidades de que os peleéis.

Angie le dio un beso a su hija en la frente.

–Cariño mío, qué sabia eres.

–Lo sé –contestó, haciéndose la interesante–, es uno de los muchos talentos que poseo. Bueno, ¿dónde habéis quedado?

–N.º 24. A las siete y media. –Angie vio la hora en el móvil–. Y ya llego tarde. ¡Mierda! Bueno, me voy. Te quiero en la cama a las diez. Nada de fiestas locas ni orgías. Voy a cerrar la puerta con llave. ¡No abras a nadie!

Romany enarcó una ceja y negó con la cabeza.

–Ya no tengo seis años –le dijo–. Pásatelo bien. Saluda a la tía Maggie de mi parte. Y a... ¿Cómo se llamaba? Leon.

–Lo haré –contestó Angie, que le dio otro besito y otro apretón en el hombro antes de marcharse del piso.

Fuera hacía frío y su vestido era muy fino. Tendría que haber traído un abrigo, pero, si daba la vuelta ahora, llegaría incluso más tarde y Romany se reiría de ella por ser tan desorganizada. Así pues, apuró el paso por la calle, confiando en que con un poco de ejercicio entraría en calor y así no echaría en falta el abrigo. Cuando llegó al restaurante, los otros dos ya estaban ahí; habían abierto la botella de un líquido rojo y se habían servido dos copas grandes.

–¿Por qué soy siempre la última? –preguntó sin aliento, deján-dose caer en la silla que quedaba libre y apartándose el pelo de la frente sudorosa.

–Porque tienes un talento especial para llegar tarde –contestó Leon con una sonrisa cargada de ternura–. ¿Quieres un poco?

Levantó la botella e hizo ademán de echarle un poco en la copa, pero ella cubrió la superficie con la mano.

–¿Cómo es posible que no te acuerdes de que ya no bebo? ¡Que ya han pasado quince años!

Leon negó con la cabeza.

–Supongo que es porque siempre te imagino con una cerveza en la mano –le dijo, y ella le dio un puñetazo en el hombro–. ¿Qué te apetece, entonces?

–Agua, nada más –dijo, y él negó con la cabeza.

–¿No echas de menos la bebida? –le preguntó.

Angie estaba a punto de contestarle lo de siempre, que ya no necesitaba el alcohol en su vida, pero recordó con quién estaba hablando.

–¡Vaya que no! A veces hasta sueño con la cerveza, con un ejército entero de botellitas que se abalanzan contra mí. Pero entonces recuerdo que esto ha sido decisión mía y que no me ha obligado nadie. Y la verdad es que me siento mucho mejor sin toda esa mierda en mi organismo.

–Pues ¿qué quieres que te diga? A mí un poquito de esta mierda me sienta de maravilla –respondió Leon, entre risas.

Angie decidió centrarse en Maggie. Por el momento, no había dicho nada: permanecía sentada en silencio, observándolos a los dos.

–Oye, Mags… –empezó a decir Angie antes de desviar la mirada de su amigo hacia ella, pero, en cuanto la miró, se le quedó el resto de la frase atascada en la garganta–. Ay, madre, Maggie. ¿Qué te pasa? Estás horrible.

Maggie intentó reírse.

–Vaya, pues gracias por el cumplido, Angie –le dijo.

–Perdona, pero, ahora en serio, ¿qué pasa? ¿Estás enferma? ¿Es grave?

A Angie le vino a la cabeza un cáncer u otra enfermedad mortal.

Nunca había visto a nadie envejecer tan rápido en tan poco tiempo. Trató de recordar cuándo había sido la última vez que había visto a Maggie y concluyó que debió de ser cuando vino a verla poco antes de las Navidades con regalos para ella y para Romany. Tan solo hacía cuatro meses de aquel último encuentro. ¿Cómo podía cambiar tanto una persona con tanta rapidez?

Maggie pareció echarse un poco hacia atrás, cubriéndose con los brazos como si quisiera protegerse de su mirada inquisitiva.

–No estoy enferma –le dijo–. Estoy bien.

Angie no se lo creyó y así se lo hizo saber.

–No, no estás bien. Está claro que algo te pasa. ¿De qué se trata? Venga, a nosotros puedes contárnoslo.

Maggie se quedó mirando fijamente la mesa, como si la respuesta a aquella pregunta fuera muy dolorosa. No paraba de tirarse de la piel del mentón con los dedos esqueléticos y a Angie le entraron ganas de extender una mano para detenerla.

Entonces inspiró hondo.

–Me he quedado sin trabajo –anunció.

Alzó los ojos para devolverles la mirada. A continuación, cuadró los hombros y levantó el mentón, como si hubiera decidido dar la cara. Cogió la copa y bebió un buen trago.

Angie estaba anonadada. Una parte de ella pensaba que debía de haberla malentendido, pero, en el fondo, sabía que no era así.

Leon fue el primero en recobrar la compostura.

–Pero eres socia –le dijo–. Eres la jefa. Entiendo que no pueden hacerte algo así.

–Sí pueden –contestó Maggie–. Y lo han hecho.

–Pero ¿por qué? –quiso saber Angie.

Maggie, desde luego, debía de ser la mejor abogada del bufete. Angie no entendía nada del mundo del derecho, pero nunca había albergado la más mínima duda de que su amiga era extraordinaria en todo lo que hacía. Así era ella, simple y llanamente. Derrochaba aptitudes a todas horas, como un lirio con el polen, aptitudes que estaban ahí, a la vista de todos.

Maggie se encogió de hombros.

–Mi perfil ya no encaja –explicó–. Soy muy vieja, muy tradicional, muy adversa a los cambios. Muy adversa a los riesgos, mejor dicho –añadió, enarcando una ceja con cierto sarcasmo–. En fin, por hache o por be, me han echado. Me he quedado sin trabajo. Y, claro está, ahora me será mucho más difícil encontrar otro, por si fuera poco.

Angie se arrepentía de no haber pedido una cerveza. Tomarse un sorbo de agua no surtía efecto cuando una entraba en estado de *shock*. Y es que esto era todo un *shock*. Jamás habría creído posible que el caos, en ninguna de sus formas, y mucho menos de esta magnitud, se pudiera cernir sobre Maggie. La suya era una vida atornillada con titanio: a prueba de explosiones, a prueba de bombas, a prueba de cualquier cosa. Así había sido siempre y Angie había asumido que así seguiría siendo siempre.

–Dios, Maggie, qué mierda –dijo Leon–. ¿Cuándo pasó?

–Hace tres semanas –respondió–. Técnicamente, sigo en la empresa, pero me han dejado claro que no necesitan que los ayude a reorganizar mis proyectos. Estoy de baja remunerada hasta finales de junio. Y después sanseacabó. Derecha al desguace, justo antes de cumplir los cincuenta. ¿Qué más puede pasar?

A Angie se le ocurrían varias cosas que, en verdad, serían peores, pero resultaba evidente que no era el momento de ponerse a decirle que había muchos motivos por los que debería estar agradecida. Lo que hizo fue rodearle el hombro con el brazo; notó que se tensaba ante aquel roce tan poco habitual, pero después se apoyó contra ella y Angie la estrechó con fuerza.

–¿Y ya has pensado qué vas a hacer? –le preguntó Leon.

Por la forma en la que lo miró Maggie, daba a entender que no había pensado en otra cosa, pero, entonces, se encogió de hombros.

–Lo cierto es que no. Por supuesto, me van a pagar hasta finales de junio. Y tengo muchos ahorros, así que el dinero no va a ser un problema. Al menos, una temporada. Pero ¿qué pasará después?

No tengo ni idea. Buscaré otro trabajo, imagino, aunque que alguien vaya a querer contratarme es otra cuestión.

–Claro que querrán contratarte –dijo Angie con indignación.

Pero se dio cuenta de que estaba hablando de la otra Maggie, de la Maggie con un plan sin fisuras que siempre conseguía justo lo que quería. No tenía del todo claro quién era esta nueva versión de su amiga. Y, al parecer, la propia Maggie tampoco.

–¿Sabéis qué es lo peor? –preguntó esta última, sin mirar ni a Angie ni a Leon, sino con la vista fija en el ajetreo de la barra–. Que si no soy abogada, no tengo ni idea de quién se supone que soy. Llevo toda la vida centrada o bien en convertirme en abogada o bien en ser abogada. No tengo ningún recuerdo en el que el derecho no haya sido parte de mi identidad. Y ahora que me lo han arrebatado no tengo claro qué es lo que queda de mí. No mucho, la verdad.

Comenzó a temblarle el labio inferior, lo que delataba lo mucho que se estaba esforzando para no romper a llorar.

–Pero sigues siendo abogada –le dijo Leon–. Siempre lo serás.

Aquel comentario no servía de nada y a Angie le entraron ganas de darle una patada por debajo de la mesa, pero Maggie pareció entender sus intenciones y le dedicó una débil sonrisa.

–Sí, pero ya me entiendes. No tengo marido, no tengo familia, no tengo vida social, con la excepción de vosotros dos. Mi trabajo era, en cierto sentido, mi vida y mi razón de ser. Si ahora alguien me preguntase quién soy y a qué me dedico, no tendría ninguna respuesta que darle.

Angie se percató de que a su amiga le estaba costando mucho no derrumbarse.

–Sé que ahora lo ves así, Mags, pero todos sabemos que no es cierto. Nosotros no seríamos amigos de una fracasada, ¿a que no, Leon?

Este esbozó una sonrisa.

–No, claro que no. Solo se pueden unir a nuestro grupo los que van por la vida arrasando con todo a su paso –le dijo.

Le dedicó una mirada a Maggie que Angie nunca había visto entre ellos, una mirada llena de cariño, casi íntima, a pesar de las palabras jocosas que la acompañaban, y se preguntó si habrían hablado entre ellos sin saberlo ella. Decidió que no. Leon, claramente, se había sorprendido con la noticia de Maggie tanto como ella, pero quizá había algo más de lo que no estaba al tanto.

–Bueno, me alegro de no ser el único con una vida de mierda –dijo él, que vació la copa y se estiró para coger la botella.

–Oh, Leon –contestó Maggie–, qué mala soy: he acaparado la atención con mis problemas y ni siquiera te he preguntado cómo te encuentras. ¿Qué tal todo?

–Estoy bien –dijo–. He tenido más tiempo para habituarme a mi nueva vida que tú. No hay de qué preocuparse, la verdad. Hacía ya tiempo que yo no era quien Becky quería que fuese. Bueno, ha sido siempre así, en realidad, pero le llevó casi veinte años darse cuenta de que no podía convertirme en su ideal de marido perfecto. Así que, cuando dejó caer que nuestro matrimonio ya no daba más de sí, no me costó mucho darle la razón. Y me estoy dando cuenta de que vivir solo tiene sus cosas buenas. Puedo comer en calzoncillos comida a domicilio directamente de la caja sin que nadie me diga nada.

–¡Puaj! –se quejó Angie–. ¡No hace falta que nos lo describas con pelos y señales!

Leon parecía ofendido.

–Pues no he dicho nada que no hayáis vivido ninguna de las dos –comentó.

–Bueno, ¡no sé si quiero volver a vivirlo! –respondió Angie, y todos se echaron a reír con más ganas de lo que se merecía el comentario; una manera oportuna de liberar la tensión.

Se acercó la camarera para atenderlos, pero, ya que ninguno había abierto siquiera el menú, Angie le pidió que volviera dentro de un rato.

–Entonces, ¿soy la única que tiene las cosas claras? –quiso saber,

235

encantada–. ¡Ya era hora, coño! ¡Se ha hecho un milagro! Llevaba siglos esperando a que llegase mi momento.

–Y hablando de tener las cosas claras –dijo Leon–, ¿sabes algo de Tiger?

Angie notó que Maggie se sobresaltaba al oír su nombre. De modo que la atracción seguía ahí, pasados tantos años, pensó distraída. Pero había algo más. Le pareció que Leon tensaba un poco la mandíbula. ¿Acaso habían discutido él y Tiger la última vez que este pasó por casa? Le parecía improbable, pero no se le ocurría ningún otro motivo por el que se hubieran torcido las cosas entre ellos.

–Hará un año que no lo veo –dijo–. No, espera, creo que hace casi dos. Dios, ¿de verdad que ha pasado tanto tiempo?

–Si es que el tiempo vuela –comentó Maggie–. Prueba de ello es que estamos de trigésimo aniversario.

–Supongo –dijo–. Lo último que supe de él es que estaba trabajando en un club de buceo en el Caribe. En las islas Caimán, creo, donde quiera que estén.

–¿Es monitor de buceo? –preguntó Leon–. Qué guay.

–¡No! –contestó Angie–. ¡¿Tiger, nuestro Tiger?! ¿De verdad crees que sería capaz de aplicarse para obtener la certificación de la Asociación Profesional de Instructores de Buceo? No, es el encargado de anotar las reservas, de llevar los barcos, de limpiar el equipamiento… Cosas por el estilo. En fin, ya lleva ahí una buena temporada, así que debe de gustarle.

–No es muy propio de él permanecer en un mismo sitio tanto tiempo –comentó Maggie–. Debe de irle bien.

–O es eso o es que no ahorra lo suficiente para marcharse –contestó Angie.

–¿Las islas Caimán no son un paraíso fiscal? –preguntó Leon, pensativo–. Imagino que ahí la vida debe de ser bastante cara.

Angie se encogió de hombros.

–Lo que está claro es que ya volverá cuando se aburra. Bueno, me muero de hambre. Vamos a pedir la comida –dijo.

—Y, luego, pondré a prueba vuestra memoria con un pequeño test que he preparado —reveló Maggie.

Angie gruñó, pero estaba de broma. Rememorar con cariño una época en la que la vida era más sencilla era precisamente lo que necesitaban todos.

Capítulo 33

Bien entrada la noche, Maggie y Leon estaban borrachos hasta las trancas y se habían puesto bastante sentimentales. Angie temía que rompieran a llorar, teniendo en cuenta los últimos acontecimientos, pero todo lo contrario: la embriaguez había acentuado la percepción de lo mucho que se querían los unos a los otros, y todo había comenzado con el test de Maggie.

—¿A quién se le cayeron las lentillas al suelo en el bar del campus en plena fiesta de noche de viernes e hizo que el DJ encendiera las luces para que todos nos uniéramos a la búsqueda? —preguntó Maggie.

—Oh, de eso me acuerdo —dijo Leon—. ¿No fue la chica que vivía justo encima de tu dormitorio, Ange? La que tenía unas tetas legendarias.

—¡¡Leon!! —gritó Maggie, de tal forma que todas las personas de las mesas de al lado se giraron, y les devolvió una mirada desafiante muy impropia de ella.

—¿Qué? —dijo él con indignación—. ¡Si tenía unas tetas maravillosas! ¿Cómo se llamaba? Lo tengo en la punta de la lengua. Guinevere o algo así…

—¡Genevieve! —dijo Angie—. ¿Y fue ella la de las lentillas? Era toda una princesita. Me acuerdo de que todos dejamos de bailar y nos pusimos a buscarlas a gatas.

—Vaya ridiculez, si lo pensáis —comentó Leon—, pero por ella habríamos hecho cualquier tontería, fuera lo que fuera. Qué guapa era…

Angie chasqueó la lengua con ganas.

—Siguiente. ¿A quién pillaron con los pies manchados de rojo? —preguntó Maggie, dejando atrás con discreción el cuerpo de Genevieve.

–¡Oh, esa es fácil! –dijo Leon–. El tío ese que hizo unas pintadas contra el *apartheid* en el cajero automático de Barclays Bank y le fue dejando un reguero de huellas a la Policía hasta su piso. ¡Qué imbécil!

–¿No estaba en tu clase, Maggie? –preguntó Angie–. Eso sí que es empezar tu carrera en el mundo del derecho con mal pie.

–Sí. Me pregunto qué habrá sido de él –comentó distraída, antes de preguntar con mayor convicción–: ¿Quién tenía la habilidad de convertir cualquier cosa en un plato decente de chili?

Angie y Leon respondieron a la vez:

–¡Yo!

–¡Lee!

–Tu chili nos dio la vida. Deberías venir una tarde, Lee, y volver a preparárnoslo. Por los viejos tiempos –propuso Maggie.

–No hay más que hablar –dijo él, y, por un instante, Angie supuso que volvería a decir que ahora estaba soltero, pero no fue así: los tres permanecieron al amparo del pasado, al amparo de una época en la que ninguno de ellos sabía todavía cómo serían sus vidas.

A eso de la medianoche, el personal del restaurante empezó a colocar las sillas sobre las mesas y a fregar el suelo, de modo que se marcharon tras pillar la indirecta. El vino pareció surtir efecto en cuanto Maggie se puso de pie, ya que se tambaleó unos instantes, riéndose como una cría.

–No me emborrachaba así desde… –comenzó a decir, alzando la mirada hacia el techo y llevándose el dedo índice a los labios– desde hace una eternidad –concluyó.

Leon la sostuvo por el brazo.

–¡Cuidado! –le dijo.

Incluso estando borracha, Angie imaginaba que Maggie rechazaría el gesto de ayuda, pero no pareció darse cuenta. Salieron del restaurante dando tumbos y se adentraron en la calle bañada por la luz del alumbrado. Había muy pocos viandantes, aunque daba la impresión de que todos se dirigían, con paso firme, a un destino desconocido. La velada parecía haber llegado a su fin.

Nadie propuso entrar en otro sitio, lo cual fue un alivio para Angie. Lo de recordar viejos tiempos tenía un límite, y le daba miedo que, si la conversación volvía a centrarse en el presente, el ambiente de la reunión diera un cambio radical.

—Venga —dijo Leon con determinación—. Llevadme a la parada de taxis.

—Noooo —contestó Maggie—, quédate a dormir en mi casa. Tengo una habitación de invitados con baño incluido, y tú tranquilo, que te doy un cepillo sin usar.

Leon las miró a las dos, como si Angie fuera a ayudarlo a decidir.

—A mí no me mires —le dijo esta última—. Estás más que invitado a quedarte conmigo, pero tienes que dormir en el sofá, el baño está hecho un desastre y ¡tienes que usar mi cepillo de dientes!

Leon volvió a mirar a Maggie.

—¿Seguro que no te importa? —le preguntó.

—Cuantos más, mejor —contestó Maggie, una respuesta muy impropia de ella.

Enroscó el brazo al de Leon y, después de despedirse, los dos se marcharon en dirección a la parada de taxis, conque Angie regresó sola a casa.

✦

Había sido una velada encantadora, pensó Angie al entrar en su casa, donde reinaba el silencio, y subir las escaleras con discreción para no despertar a Romany. Los amigos de siempre tenían algo especial, reflexionó, una compenetración de una profundidad extraordinaria que era imposible alcanzar con las amistades que forjabas más adelante en la vida. Las personas que ya te conocían cuando todavía estabas perfilando tu identidad tenían una visión más sincera de ti. Te habían visto cuando todavía no te habías formado del todo, cuando esa cáscara exterior aún no se había sellado plenamente en torno a ti, y, como consecuencia, se fingía menos. A unos amigos como esos jamás los engañarías con las historietas que tejías en torno a tu vida en presencia de gente nueva. Y, si bien por ese mismo motivo podría dar miedo quedar tan expuesto, lo cierto es que era un alivio estar con ellos. Podías dejar de lado toda trivialidad y formalidad e ir al grano con cualquier asunto que hubiera que tratar.

Dicho esto, en cuanto ella y Leon se enteraron de que habían despedido a Maggie –¡despedido!, ¡¡a Maggie!!–, se las habían arreglado para desviar la conversación, como si de un barco se tratara, de ese escollo en particular, sin importar que fuesen amigos de toda la vida. Ya habría tiempo de sobra para profundizar en ese tema durante las próximas semanas.

Leon parecía haberse adaptado mejor a su nueva situación, aunque, por otro lado, había dispuesto de más tiempo para asimilar los cambios. Además, siempre había tenido el listón mucho más bajo que Maggie, por lo que para él no era caer tan bajo. Su forma de entender la vida tenía cierta lógica; Angie ahora se daba cuenta. Si nunca aspiras a nada muy ambicioso, nunca caerás muy bajo. No obstante, fundamentalmente es una manera de limitarte a ti mismo, de aceptar que tu vida jamás será mejor de lo que tú mismo permitas, y Angie estaba convencida de que no era eso lo que anhelaba Leon de verdad. Miedo al éxito: eso es lo que lo reprimía. Su vida era mucho más sencilla si se limitaba a seguir los pasos de su padre. No entrañaba riesgo alguno y, en muchos sentidos, era digno de admiración, pero ¡no dejaba de ser todo un desperdicio! Desperdiciaba su talento musical y desperdiciaba su vida en general. Solo podías subirte una vez al tiovivo que era la vida: ¿acaso no era responsabilidad de cada uno cerciorarse de que la experiencia fuese lo más emocionante posible?

¿Sería arrogante por su parte, reflexionó Angie, pensar que entendía todo esto mejor que el propio Leon? Posiblemente. Probablemente, más bien, pero saltaba a la vista que ella tenía razón.

En todo caso, ya era tarde. Ahora que se había liberado de las garras de esa esposa controladora suya, ¿reuniría el valor suficiente para aprovechar su talento? Incluso mientras reflexionaba sobre tales cosas, Angie sabía que nunca llegaría a pasar. Leon no tenía lo que hacía falta para dar un paso adelante. Sin ayuda no, por lo menos.

Recorrió el apartamento de puntillas, dejando el bolso en el suelo y lanzando los zapatos por el aire, de tal forma que uno terminó sobre la mesilla y otro, medio escondido debajo del sofá. Por debajo de la puerta del dormitorio de Romany se filtraba una luz, así que agarró el pomo con cuidado y echó un vistazo al interior. Estaba dormida, con *El señor de las moscas* abierto sobre el rostro, donde había caído. Angie entró en la estancia, levantó el libro y dobló la esquina de la página por la que iba leyendo. Acto seguido, se agachó para darle un beso a su hija en la frente y para apagar la luz de la mesilla. En ese momento Romany se desveló y abrió los ojos.

–¿Te lo has pasado bien? –le preguntó. Angie sonrió y asintió–. Me he quedado dormida –dijo, sacando una mano de debajo del edredón para coger el libro que sostenía su madre. Y entonces se dio cuenta–: ¡¡Mamá!! ¡¿Has doblado la esquina?!

–No quería que perdieras la página –contestó, indignada; se sentía orgullosa de que no le hubiera dado por cerrar el libro sin más.

–¿Sabes lo que es un marcapáginas? –inquirió, pero estaba demasiado adormilada como para cabrearse y volvieron a cerrársele los ojos.

–Buenas noches, cariño –le deseó Angie antes de salir del cuarto.

Estaba demasiado espabilada como para irse a la cama, así que se preparó una infusión de manzanilla con la esperanza de adormecerse un poco. Se sentó en el sofá, aovillándose como una bola y agarrando con fuerza la taza con los dedos, y volvió a pensar que, por primera vez en treinta años, era ella la que tenía una vida que transcurría serena. Tenía un negocio consolidado y un piso cuya hipoteca, por lo menos, ya había pagado a medias. Y tenía a Romany, lo más preciado del mundo. A pesar de carecer de un plan, había hecho algo bueno con su vida. Tal vez había sido una cuestión de suerte, más que de sensatez, pero, aun así, en su mundo imperaba una maravillosa sensación de bienestar.

Por supuesto, no se regodeaba de las dificultades que estaban atravesando sus amigos. No era así como funcionaban las cosas. La vida en nada se asemejaba a un balancín, en el que tan solo podías llegar arriba si otra persona permanecía abajo. Pero, por otro lado, sí le parecía justo que ella tuviese un poco de buena suerte. Ya era hora. Nadie entendía como ella la energía del universo. Ahora mismo, usando la terminología de la astrología védica, su signo ascendente era el sol y se sentía agradecida por ello.

Recordó aquel día, durante el segundo año de universidad en York, cuando Maggie la sorprendió llorando en su habitación. Aquel día comenzó su amistad. Hasta entonces, no eran sino dos personas que habían acabado viviendo juntas por una serie de circunstancias fortuitas. Pero, después de revelar sin querer su lado vulnerable, se forjó entre las dos cierta confianza, no sin resistencia, que desde entonces no dejó de crecer poco a poco. A los veinte años de edad, Angie pensaba que no necesitaba a nadie, que era lo suficientemente fuerte como para ir por la vida por su cuenta, pero, con el paso del tiempo, llegó a entender que, en ocasiones, sí necesitas que alguien te apoye. A medida que fueron pasando los años, esa persona resultó ser Maggie.

Y, ahora, aquí estaban, con los papeles invertidos: Angie con una vida bien encaminada y Maggie a la deriva, sin la más remota idea de qué hacer con la suya.

No tenía ningún remedio mágico para ofrecerle a su amiga. Ni siquiera sabía qué opciones podría barajar. Pero sí sabía que estaría a su lado cuando la necesitara.

Capítulo 34

Pasado un mes desde el encuentro, Angie seguía sin enterarse de nada más acerca de la situación de Maggie. Parecía que se la había tragado la tierra. Sus llamadas iban a parar al contestador y sus mensajes recibían respuestas alegres pero escuetas de las que no se podía sacar nada en claro. Angie no quería entrometerse, pero, por otro lado, no quería que Maggie cargase con todo ella sola. La amargura no beneficiaba a nadie. Incluso le había ofrecido una serie de tratamientos terapéuticos, tanto suyos como de otros miembros de su equipo, por si Maggie prefería que no la atendiese una amiga, pero los había rechazado todos con tanta cortesía como firmeza.

No obstante, tenía que hacer algo. Maggie era fuerte, pero toda mujer tenía un límite. Todo el mundo necesitaba ayuda de vez en cuando, hasta Maggie; sobre todo Maggie, tal vez. Cuando algo se le iba de las manos a Angie, ya tenía preparada toda una batería de mecanismos de defensa que había ido forjando a lo largo de una vida plagada de dificultades y que le permitía recuperar el control. Esta era, al menos hasta donde sabía Angie, la primera vez que Maggie se enfrentaba a una situación que no había salido conforme a lo planeado. Desde luego, debía de necesitar toda la ayuda que pudiera recibir. Y Angie estaba decidida a ser la persona que se la ofreciese.

Así pues, mientras iba de camino a pie hacia Live Well una mañana azul despejada, se le ocurrió una idea perfecta. Consultó el parte meteorológico en el teléfono: daban buen tiempo para todo el fin de semana. Era justo lo que necesitaban.

Llamó a Maggie.

–Tengo una idea y tienes que decir que sí. No me vale un no por respuesta.

–Buenos días a ti también –contestó Maggie.

Angie oyó cierta alegría en su voz, lo cual era todo un alivio. Tal vez no lo estaba pasando tan mal como temía.

–Mañana nos vamos a la costa. Tú, Romany y yo. Vamos a remar y a tomar un helado y a comernos patatas fritas envueltas en papel de periódico...

–Ya no sirven patatas fritas en papel de periódico. Es antihigiénico, parece ser, aunque durante generaciones y generaciones no hizo daño –la interrumpió.

–No me interrumpas –contestó–. Vamos a ir a Whitby y, luego, podemos llevar a Romany a la abadía y hablarle de Drácula, para que también sea una excursión didáctica. ¿Te apuntas? No te olvides de que solo puedes decirme que sí.

–Eh... sí –dijo Maggie.

–Maravilloso. Respuesta correcta. Pero tendrás que conducir tú. Aún tienes coche, ¿no?

–Sigues teniendo tan poco tacto como siempre –contestó–. Pero sí, aún tengo coche.

–Genial. Ven a recogernos a las nueve. Trae un termo.

–¿Algo más? –Maggie se echó a reír.

–No, nada más. Ay, espera: una toalla. Hala, nos vemos a las nueve.

Angie colgó antes de que Maggie tuviera la oportunidad de cambiar de parecer. Luego, le mandó un mensaje a su hija para que cancelara cualquier plan que tuviera para el día siguiente.

El sábado amaneció tan soleado y azul como se pronosticaba y Romany apareció a las ocho y media vestida como si fuera a pasar el día en Ibiza en agosto y no en la costa este de Inglaterra en mayo.

–Te van a hacer falta más capas de ropa –le dijo Angie al verla con pantalones cortos y un *crop* top diminuto–. Sé que el planeta se está calentando un poquito más cada día que pasa, pero el clima tropical sigue sin llegar a Whitby. Y no quiero que te pongas enferma y nos chafes el día.

Romany suspiró y puso los ojos en blanco, pero volvió a su habitación para abrigarse un poco más.

Cuando sonó el timbre a las nueve en punto, Angie irradiaba un optimismo sincero. Pasar el día fuera era justo lo que necesitaban todas. Sacó una bolsa de tela del «armario del desastre» y metió dos toallas en el interior. Luego, llenó una botella de agua, buscó la cartera y bajó corriendo las escaleras, al mismo tiempo que Romany se encargaba de cerrar el piso.

Su amiga estaba en la acera, con unos pantalones de color azul oscuro, un jersey estilo bretón y una bufanda roja alrededor del cuello. También llevaba un abrigo. Las supuestas altas temperaturas que daban para ese día no despertaban confianza; resultaba evidente que Maggie había ido a la costa este con anterioridad. Todavía se la veía taciturna, pensó Angie, pero, cuando menos, tenía las mejillas coloradas y sonreía de oreja a oreja, con franqueza.

–Su carruaje las espera –dijo, señalando el coche con un gesto elegante–. ¿Con o sin techo?

–¡Sin techo! –dijeron a coro Angie y Romany.

–Hará frío –les avisó–. Pero he traído mantas –añadió.

Cómo no, pensó Angie.

Tardaron unos minutos en retirar el techo del pequeño descapotable y después partieron y tomaron la carretera de la costa para salir de York. Parecía que no eran las únicas a las que se les había ocurrido la misma idea, ya que hubo mucha caravana hasta que llegaron al desvío hacia Scarborough, donde se despejó la mayor parte del tráfico.

Una vez en Whitby, aparcaron junto al muelle y se dirigieron a pie al pueblo.

–Me da vergüenza admitir que nunca había estado en Whitby –confesó Maggie mientras cruzaban un puente y seguían al gentío en dirección a la abadía–. Sé que está a tiro de piedra, pero, entre una cosa y otra, nunca he hecho un hueco para venir. Es lo malo de estar siempre tan ocupada, supongo –murmuró, y Angie imaginó que comenzaría a ponerse triste, pero aún se la veía animada–. Estos días ya no tengo excusa para no salir más a menudo. ¡Empezando hoy mismo! –Asintió con firmeza, como queriendo reforzar la idea.

–Una vez fuimos en tren hasta Scarborough –recordó Angie–. ¿En tercero? –Maggie se la quedó mirando inexpresiva–. O tal vez fui con otra persona –añadió no muy segura–. Me parece que yo tampoco he estado aquí nunca.

Romany le dedicó una mirada de desdén.

–¡Vaya madre! –se burló–. ¿No entra dentro de tus funciones cerciorarte de que tenga una buena formación y de que sepa en qué lugares me meto?

Angie hizo un gesto con la mano, como quitándose un sombrero imaginario.

–Lo siento, señorita. No volverá a suceder, señorita –dijo, fingiendo un acento londinense, aunque no tenía ni idea de por qué asociaba a los sirvientes con los londinenses.

–Razón no le falta –comentó Maggie.

–¡No os pongáis todas en mi contra! ¡Que hago lo que puedo!

Romany se inclinó hacia ella y le dio un leve apretón.

–Es broma –le dijo.

Aun así, pese a dar lo mejor de sí como madre soltera, ¿de verdad estaba a la altura? Era una duda que Angie se planteaba con frecuencia y se preguntaba si cumplía con su ideal de madre perfecta –y de padre perfecto, ya que estaba–. Como no podía ser de otra manera, sentía que tenía algunas carencias, pero no dejaba de ser normal, ¿verdad? Poca gente se consideraba intachable en ese sentido; estaba convencida. No disponer de un ejemplo al que seguir lo complicaba todo un poco, pero, por lo menos, por experiencia sabía muy bien lo que no debería hacer un progenitor.

Cruzaron un puente y subieron por una calle que, cada vez, se volvía más estrecha. En los escaparates de las tiendas había, sobre todo, joyas y calaveras de azabache baratas. A medio camino, pasaron por el local de un fotógrafo, en cuyo escaparate se mostraban imágenes en sepia de familias vestidas con atuendos de la época victoriana. Angie, en un primer momento, pensó que eran antigüedades a la venta, pero, cuando echó un vistazo más de cerca, intrigada, se percató de que, en realidad, eran instantáneas modernas.

—Romey, mira esto —la llamó.

Su hija, que iba caminando unos pasos más adelante con Maggie, se dio la vuelta y la miró.

—Te puedes disfrazar y sacarte una foto —explicó Angie, ensimismada sin motivo—. ¡Mira!

—Ya —contestó Romany—, pero ¿para qué? ¿Quién en su sano juicio querría una foto así vestido?

Angie siguió mirando el escaparate. Las fotografías de esas personas que miraban solemnes a la cámara luciendo miriñaques y sombreros de copa de imitación le parecían graciosas, pero tal vez en el fondo no lo eran. Entonces, cayó en la cuenta de que en todas las instantáneas había un hombre, dominante y autoritario, con un traje de soldado, desempeñando el papel de padre estricto. Parecía completar la imagen, en cierta manera, si bien no concordaba con el concepto que tenía ella de lo que debería ser una familia. Era consciente de que tenía esa impresión por culpa de los prejuicios sociales, o tal vez se debía a que las fotografías recreaban un pasado lejano que le recordaba a la serie de época que echaban en la televisión los domingos por las noches, en la que había un marido en todas las familias.

Romany, probablemente, estaba en lo cierto, como siempre. Que las fotografiaran con esos vestidos era una idea terrible, como comprarse un sombrero de charro o un *sarong* de vacaciones, artículos idóneos *in situ*, pero no tan prácticos cuando vuelves a casa. Y, de todos modos, ellas tres conformarían una unidad familiar lamentable. Maggie ni siquiera era de la familia. Angie se olvidó de la tienda y siguió a las otras dos, apurando un poco el paso para alcanzarlas.

En la siguiente curva, llegaron a los pies de las escaleras torcidas de piedra que daban a la abadía. Había toda una multitud subiendo por un lado y bajando por el otro, y Angie no tenía del todo claro cuál de los dos grupos parecía más cansado.

Maggie y Romany se detuvieron a los pies de las escaleras y miraron hacia arriba, como si se enfrentaran a todo un reto de alpinismo.

—¿Subimos o qué? —las apremió Angie.

—Oh, supongo que no hay más remedio —dijo Maggie—. No se puede venir a Whitby y no ver el cementerio de la abadía.

—¡Os echo una carrera hasta la cima! —exclamó Romany, antes de salir corriendo, abriéndose paso entre la gente como si tuviera que coger un tren.

Angie y Maggie se miraron, dando a entender que subirían a su ritmo.

Se pusieron en marcha sin prisa pero sin pausa, la una al lado de la otra. Angie comentó, mientras subían, lo contenta que estaba de haber escogido un día tan radiante como aquel para la excursión, y hablaron sobre dónde podrían almorzar, pero, a medio camino, dejaron de conversar y Angie se concentró en poner un pie delante del otro. Pensaba que estaba en forma, pero, claramente, se había engañado. Estaba siendo un esfuerzo demoledor y, mientras subía entre jadeos, decidió que tendría que cuidar más de su salud cardiovascular.

Llegado cierto momento, el final de las escaleras quedó a la vista y, con él, la iglesia de santa María. A lo lejos, las ruinas de la abadía se cernían sombrías por el cielo, a pesar de que el sol reinaba en lo alto. Romany las estaba esperando recostada contra un muro como una modelo, con las largas piernas estiradas.

—Os lo habéis tomado con calma —comentó—. Llevo aquí una eternidad. ¿Os habéis puesto a contar los escalones o qué?

—Ya tenía suficiente con subirlos —contestó Angie, jadeante—. Tengo que volver a clase de zumba, está claro.

—Yo sí los he contado. Son ciento noventa y nueve —dijo Romany con cierto aire triunfal.

—Coincide con mi cuenta —confirmó Maggie.

Angie se las quedó mirando a las dos y negó con la cabeza.

–A veces me pregunto si no serás hija de Maggie, en vez de mía –le dijo a su hija–. ¿Quién se pone a contar escalones, a ver?

–¿Quién no? –contestó Maggie, y ella y Romany se miraron.

–Bueno, estáis locas de remate –respondió Angie, pero, en el fondo, la invadió una oleada de orgullo–. Venga, a ver qué se cuece por aquí.

Recorrieron el camino, pasando por la iglesia y el cementerio, en dirección al centro de visitantes, y fue entonces cuando descubrieron que había que pagar para entrar. Angie miró a Maggie.

–¿Nos morimos de ganas de entrar? –preguntó, y Maggie se encogió de hombros.

–Por mí no hay problema en entrar si queréis –dijo–. O mejor no... Como prefiráis.

Aquella Maggie indecisa suponía un monstruo nuevo y desconocido para Angie, que no sabía si se alimentaba de la falta de confianza o de la falta de fondos. Estaba dispuesta a pagar las entradas, para las tres de ser necesario, pero tampoco le importaría ahorrárselas.

–Por mí no nos molestamos –dijo, y vio que Maggie se apresuraba a asentir, aliviada, al parecer, de no tener la última palabra.

Así pues, regresaron por donde habían venido. En las escaleras, en lugar de volver a bajar al pueblo, giraron a la izquierda, en dirección a una ladera cubierta de hierba, donde se detuvieron a admirar las vistas de Whitby y del mar abierto. El sol se alzaba en lo alto y soplaba una brisa bastante cálida para ser mayo, más juguetona que traviesa. El agua color turquesa en el puerto estaba como una balsa, sin apenas ondas.

Romany se sentó sobre la hierba, se quitó la chaqueta y la enrolló para apoyar sobre ella la cabeza. Entonces, se tumbó y contempló el cielo, en su mayoría de color azul, pero con algún que otro retazo de nube gris, como motas de hollín, por aquí y por allá, para que no se olvidasen de que seguían en Yorkshire. Angie, convencida de que descansar, al menos un rato, podría venirles bien, también se sentó: sacó las toallas de la bolsa y le ofreció una a Maggie, pero esta había traído la que debía de ser la toalla más limpia de la historia de la humanidad en una funda dentro del bolso. La sacó y se sentó.

—Has tenido una idea maravillosa, Ange —le dijo—. Gracias por proponérmelo. Es justo lo que necesitaba: salir de York, sentir la brisa del mar...

Angie inhaló hondo, llenando los pulmones hasta el mismísimo fondo, aguantó la respiración mientras contaba hasta cinco y, luego, exhaló despacio. Repitió el ejercicio varias veces más, al tiempo que notaba que se le ralentizaban los latidos del corazón y que su cuerpo liberaba parte del estrés. Su mente, en cambio, estaba inquieta, por extraño que resultase. No lograba discernir qué era, pero algo la estaba desequilibrando. Tenía la sensación de que necesitaba expresar algo en palabras, desahogarse para que dejase de molestarla, pero no sabía el qué. Probablemente estaría relacionado con el futuro de Maggie. Había muchas preguntas sin respuesta y Angie seguía sin profundizar en el tema, pues estaba esperando a que su amiga se animase a hablar con ella. En todo caso, había algo que la estaba sacando de quicio, que estaba bloqueando sus chacras y sumiéndola en esta desconcertante sensación de desequilibrio.

Y en ese momento comprendió que se equivocaba, que aquel malestar nada tenía que ver con Maggie, aunque era un tema que deberían tratar a su debido tiempo. No, su desazón la había provocado el escaparate del fotógrafo: todas aquellas fotos de familia... Ese tipo de cosas, en general, no le molestaban. Había vivido sin familia desde que los servicios sociales se encargaron de ella por primera vez de verdad y, por tanto, el concepto de núcleos familiares pequeños y fijos no le entraba en la cabeza. En su vida estaban ella y Romany y no había más que hablar. Pero ¿y si, en el fondo, no fuese así? ¿Podría ser cierto que lo que a ella le convenía no conviniese a su hija? Era un tema del que no habían hablado, al menos en los últimos tiempos, pero, de pronto, le pareció de vital importancia comentarlo. Aquí y ahora.

–¿Romany? –comenzó.

Esta estaba mordiendo un tallo, tirando de él con los dientes para extraer el jugo dulce.

–¿Mmm? –contestó, distraída.

–¿Te importa no conocer a tu padre? Quiero decir, ¿te molesta? Hala. Ya estaba. Lo había dicho. Vio que la expresión de Maggie cambiaba, que sus ojos grisáceos observaban su rostro con intriga, tratando de adivinar a qué venía aquella pregunta y si ella debería estar presente para oír la respuesta, pero Romany no se movió. Siguió contemplando las nubes que se deslizaban por el cielo azul.

Nadie dijo nada. Los pájaros cantaban, los niños se gritaban los unos a los otros mientras subían corriendo los ciento noventa y nueve peldaños, se oía a lo lejos la melodía de un camión de helados, pero ninguna de ellas pronunció palabra alguna. Tal vez la frase, que había vocalizado con tanta claridad, tan solo había sido fruto de su imaginación. Miró a Romany en busca de algún indicio de que la hubiera oído. Seguía tumbada bocarriba, contemplando el cielo, con las piernas cruzadas, balanceando la que tenía por encima, abstraída. Angie se volvió para mirar a Maggie y enarcó una ceja; a ella también se la veía perpleja, así que supuso que habían oído su pregunta.

–No –contestó Romany al cabo de un rato, y Angie volvió a centrarse en su hija–. Ni me importa ni me molesta ni me interesa –añadió.

Angie notó que se le elevaba el corazón, redimido por aquellas pocas palabras, aunque tampoco se le había ocurrido nunca, hasta ese momento, que Romany tuviese motivos para recriminarle nada. Ella y Jax nunca habían tomado una decisión concreta. Nunca habían acordado que él debería o no debería involucrarse en la vida de su hija.

Simplemente había pasado lo que había pasado.

En el fondo, era consciente de que Romany tendría todo el derecho del mundo a enfadarse con ella, a culparla por la ausencia de su padre. Había sido Angie, a fin de cuentas, la que había cortado lazos al no enviarle la nueva dirección cuando se mudaron al nuevo apartamento. No obstante, a Romany no le preocupaba o, por lo menos, eso parecía. Angie, hasta entonces, había estado bastante segura de que su hija no estaba enfadada, pero era un gusto confirmarlo.

–De hecho –prosiguió Romany, hablando lentamente, dejando mucho espacio entre palabra y palabra, como si se le fuera ocurriendo qué decir instantes antes de hablar–, incluso diría que, si me dieran a elegir (entre conocerlo o no conocerlo), escogería no conocerlo.

El alivio de Angie era manifiesto, pero trató de disimularlo.

–Vale –dijo–. Bien.

Entonces Romany se reincorporó, un movimiento repentino que sobresaltó a Angie, y empezó a mirar a su alrededor, a la gente que iba y venía.

–¿Por qué? No estará aquí, ¿no? ¿No habremos venido por eso, para conocerlo?

Giraba la cabeza de un lado a otro, y la ansiedad le atenazaba las facciones de tal forma que Angie se acercó para abrazarla.

–No, no –la consoló con dulzura–. No está aquí.

Romany se apartó y siguió inspeccionando los alrededores, si bien con menos frenesí.

–No, ya no tengo su contacto –le dijo Angie–. Es decir, seguro que podría localizarlo si tú quisieras…

–No quiero –contestó, tajante–. Estoy bien. Estamos bien así como estamos. No necesitamos a nadie más, ¿a que no? –le tembló un poco la voz hacia el final y miró a Angie como en busca de confirmación.

–No, tienes toda la razón, pero quería consultártelo.

La joven volvió a recostarse sobre la hierba, una vez superada la conmoción.

—Romey —intervino Maggie—, cielo, ¿me harías el favor de ir a comprarme un helado a ese quiosco de ahí? Cógete uno para ti y también para tu madre, claro. Yo quiero un cucurucho, por favor; de una bola. ¿Ange? ¿Quieres uno?

Angie negó con la cabeza.

—No, gracias —contestó.

Maggie sacó un billete de diez libras de la cartera y se lo entregó a Romany.

—Gracias, tía Maggie —dijo, y se alejó en dirección al quiosco.

Maggie miró a Angie fijamente.

—¿A qué demonios ha venido eso? —inquirió.

—No sé —respondió Angie—. Es que vi todas esas fotos de padres y, de pronto, sentí que tenía que preguntárselo. Lo siento. Tendría que haber esperado a volver a casa.

—No lo digo por mí —le dijo—. Romey parece tener claro lo que quiere.

Angie se echó a reír.

—Sí, ¿verdad?

—¡Está claro que es tu hija! Pero él no anda por aquí, ¿no?

Maggie entrecerró los ojos, buscando en el rostro de Angie algún indicio de que estuviera mintiendo.

—No. No, no está aquí. Hace años que no sé nada de él.

—Bien. Porque estaría muy mal que, de pronto, lo volvieras a meter en su vida cuando ella acaba de dejar claro que no lo quiere.

Angie asintió. Maggie estaba en lo cierto. Sin embargo…

—Pero espero que cambie de opinión —confesó—. Cuando sea algo mayor, quiero decir. A él no le van a dar ningún premio a la mejor pareja del año, pero no es un mal tipo. En el fondo, no. Estaría bien que se conocieran, llegado el momento.

—Puede ser. Pero solo tiene quince años. Ya tendrá tiempo de sobra para todo eso cuando acabe de definir su identidad. Y, como bien sabemos –añadió–, eso lleva su tiempo.

Romany volvía por la hierba con un cucurucho en una mano y una piruleta grande de color naranja chillón en la otra.

–Gracias, Maggie –dijo Angie.

–¿Por qué? Si yo no he hecho nada.

–Has hecho mucho –respondió Angie–. No te haces a la idea de cuánto has hecho.

Capítulo 35

Maggie salió del apartamento de Leon y comenzó a caminar en dirección a la estación de tren. Al principio, venía a Leeds en coche, pero, en el fondo, el trayecto en tren de media hora le resultaba muy reconfortante, y, como lo que le sobraba era tiempo, no le importaba tener que dar un paseo de cuarenta y cinco minutos desde la estación de York hasta su casa. Además, había empezado a dejar alguna que otra cosa en el piso de Leon, artículos de aseo en su mayoría, para no tener que llevar una mochila cada vez que iba a verlo, y todo estaba yendo sobre ruedas.

Los había cogido a los dos por sorpresa esta... No sabía cómo llamarlo. La palabra «relación» le parecía demasiado madura, pero suponía que eso es lo que era.

La primera vez que se acostaron fue la noche que quedaron para celebrar el trigésimo aniversario. No estaba planeado, al menos no por parte de Maggie, cuando ella le sugirió que podría quedarse a pasar la noche en su casa. Pero, por alguna razón, cuando llegaron a casa, sus cuerpos tenían otros planes.

Todo comenzó con una de esas escenas cursis tan propias de una película. Maggie trastabilló un poco al entrar en la casa y Leon extendió la mano para sostenerla: se acercaron, se acercaron más que nunca. Ella notaba su cálido aliento en la mejilla y vio que, en sus ojos, la sorpresa generada por aquella proximidad daba paso al deseo. Entonces se besaron, primero con cautela, sin estar seguros de qué era lo que quería el otro, y luego con una pasión que en raras ocasiones había sentido Maggie.

El sexo consiguiente fue frenético, urgente: en la cocina, con la espalda de ella contra las alacenas. No se molestaron en desvestirse; tan solo se quitaron las prendas que estorbaban. Todo esto también sería digno de una escena grabada en un estudio, si no fuera porque los dos estaban tan borrachos que todo les pareció gracioso, en vez de fogoso.

Después, sentados con cierta incomodidad uno frente al otro a la mesa de la cocina y tomándose apurados una taza de café, se sintieron conmocionados más que otra cosa. Maggie nunca, hasta entonces, había pensado en Leon de esa manera. Leon era Leon, su amigo. Ahora, en cambio, se preguntaba si alguna vez habría dado él indicios, con el paso de los años, de que la viera de esa manera, indicios que ella había decidido ignorar. Seguro que se equivocaba: no tenía mucha experiencia entendiendo a los hombres.

—Bueno —comentó Leon, esquivando su mirada—. Ha estado bien. No me lo esperaba. ¿Tú estás bien? Quiero decir, ¿te parece bien todo esto?

Entonces, la miró: una mirada dulce, curiosa, que le confirmó que el Leon que conocía estaba ahí con ella.

Maggie, a pesar de tener la edad que tenía y de que acababa de compartir un instante de intimidad extrema con un hombre al que conocía desde hacía más de media vida, se sintió cohibida, como una adolescente. Notaba que le ardían las mejillas y levantó la taza de café para ocultarlas. No tenía claro qué decir, aunque de pronto se sentía sobria, lo cual, por lo menos, era de agradecer.

—Sí, yo estoy bien —alcanzó a decir. Y después—: No sé muy bien qué acaba de pasar.

La sonrisa de Leon revelaba una lujuria inequívoca que la descolocó incluso más.

—Yo sé muy bien lo que acaba de pasar —le dijo—. Y me encantaría repetirlo dentro de un rato. Si te parece bien.

✦

Eso había pasado hacía tres meses, o al menos así sería el próximo sábado. Se sentía como una adolescente, contando el aniversario mes a mes, pero ¿qué tenía de malo, en realidad? No había tenido la ocasión de comportarse como una adolescente en su época; ocupada como estaba por su futuro y por hacer sus sueños realidad lo más pronto posible, no había tenido tiempo para tonterías. No obstante, ahora que las hormonas habían tomado las riendas de su cerebro, se preguntaba si de joven no habría escogido mal sus prioridades: esto del deseo era tan divertido...

En fin, más valía tarde que nunca. Disfrutaba al máximo de lo atolondrada que se ponía cada vez que se iluminaba la pantalla de su teléfono. Incluso la oleada de desencanto que la invadía cuando se trataba de otra persona que no fuera Leon le resultaba, a su manera, atractiva, pues hacía que se sintiera viva como hacía años que no se sentía. Leon era lo primero en lo que pensaba cuando se levantaba, y las noches que no pasaban juntos, el último pensamiento que se deslizaba por su mente antes de conciliar el sueño también se lo dedicaba a él. Y disfrutaba de cada instante.

Leon, al parecer, estaba tan mal como ella y no dudaba en sacar su lado romántico: adornaba sus mensajes con corazoncitos y besos. Maggie, al principio, pensaba que estaba de broma, pero no; parecía ser una cara completamente nueva que, hasta entonces, había mantenido oculta debajo de aquella fachada de persona seria. Cuando cumplieron el primer mes juntos, ella encontró una pequeña nota en el bolso, escrita a mano en un pedacito de papel de horno: un simple corazón con una flecha que atravesaba el centro en el que había añadido con cuidado sus iniciales, como en cualquier libro de ejercicios de una estudiante. En el reverso había escrito lo siguiente: «Un mes perfecto». Era muy cursi y, con casi cincuenta años, Maggie sentía que debería ser inmune a encantos como estos, pero, en realidad, le llegó al alma y lo colocó con cuidado entre dos tarjetas de puntos para que no se doblara ni se estropeara. Lo habría enmarcado de no ser porque daría la impresión de que había perdido la cabeza por amor.

Hubo otros detalles más adelante. Ella mencionó de pasada que le gustaba el té Lady Grey, y la siguiente vez que fue a su piso encontró un paquete entero junto al té negro que tomaba él siempre. También despejó un cajón para ella en su dormitorio, y luego se puso a pedir perdón por su atrevimiento con tanta insistencia que tuvo que darle un beso para que dejara de preocuparse por si había metido la pata.

Lo hablaron una noche, en la cama, después del sexo.

–¿Puedo preguntarte algo? –quiso saber Maggie, que apoyaba la cabeza sobre su pecho, al tiempo que él le acariciaba la espalda–. Me da un poco de vergüenza –añadió.

–Ay, Dios –respondió Leon–. ¿Tengo que preocuparme?

–No. –Se echó a reír–. Es que nunca se me ocurrió que pudiera pasar esto entre nosotros –señaló sus cuerpos desnudos con la palma de la mano– hasta esa primera noche. ¿A ti sí?

–¿Que si siempre me has gustado, quieres decir? –preguntó sin rodeos.

A Maggie se le revolvieron las entrañas ante aquella pregunta tan directa.

–Pues sí, supongo –contestó ella.

Hubo una pausa mientras él reflexionaba al respecto, lo cual ya decía mucho. No tendría que habérselo preguntado, suponía ella, si en realidad no quería saber la respuesta.

–Claro que me gustabas –dijo pasado un rato–, pero no tenía muchas esperanzas. Entre tus estudios y Tiger, no me parecía que hubiera mucho que hacer.

¿De verdad había sido tan obvio lo de Tiger? Maggie se reincorporó para mirarlo a la cara.

–Nunca hubo nada entre Tiger y yo –respondió.

–Pero tú siempre quisiste. No me digas que no es verdad. –Ella se encogió de hombros–. Así que, respondiendo a tu pregunta, sí. Siempre me has gustado. ¿Contenta?

Maggie sonrió y volvió a tumbarse, y agradeció que no le preguntase lo mismo a ella.

Maggie subió por Call Lane, una zona muy animada y con mucha vida nocturna, pero no dejaba de ser algo siniestra cuando amanecía y todos los rincones oscuros quedaban a la vista. Notó que le vibraba el teléfono en el bolsillo y lo sacó para leer el mensaje. Era de Angie.

Me han invitado a una fiesta de cumpleaños el sábado.
¡¡Para celebrar los 30!! Ya ves, ¡unos críos!
Solo conozco a la cumpleañera. ¿Me acompañas?

Lo primero que pensó Maggie fue que preferiría pasar el día con Leon, pero, por otro lado, no tenían ningún plan para el sábado por la noche. Imaginaba que pasarían la velada comiendo y tomándose una botella de vino ya fuera en el sofá de ella o en el de él, seguido de una sesión de sexo, lánguido y erótico o urgente y frenético, dependiendo del estado de ánimo.

Angie seguía sin saberlo. Maggie no tenía del todo claro por qué mantenían la relación en secreto y se sentía mal por ello. Desde la quedada, Angie le había enviado una sarta de mensajes de texto y de voz, y ella, cosa rara, se había mostrado esquiva, evitando sus preguntas o respondiendo con otras. El problema era que Angie era muy perspicaz: veía que algo había cambiado en ella y le sacaría todos los detalles en menos de cinco minutos, y Maggie no quería que fuese así. Le encantaba tener un secreto. Nadie en todo el ancho mundo sabía o sospechaba siquiera lo que había pasado entre ella y Leon.

Pero no era solo por eso, Maggie lo sabía. Si Angie se enteraba de lo de ella con Leon, mencionaría a Tiger, y no quería hablar de Tiger, no ahora mismo. Y, lo que es peor, Angie descubriría lo que Maggie sabía en el fondo, pero había decidido ignorar: que Leon era el segundo plato.

Volvió a mirar el mensaje de Angie. Por supuesto que debería ir a la fiesta con ella. Leon podría recibirla cuando regresara. Y, tal vez, podría contárselo a Angie, aprovechando que estarían en una habitación atestada de gente. Escribió:

Podría estar bien. Me encantaría ir. ¿Dónde y cuándo?

Capítulo 36

—Bueno, ¿qué debería saber antes de llegar? —preguntó Maggie, que había tomado asiento en el piso de Angie y estaba esperando a que esta terminara de prepararse.

—Se llama Hope —gritó su amiga desde el baño—. La conocí en un cursillo de negocios que hice hace un par de años y hemos mantenido el contacto. Ahora no la veo mucho, pero durante el curso congeniamos. Tenemos las mismas ideas, el mismo sentido del humor… Tú ya me entiendes.

—Sienta de maravilla cuando conoces a gente que está en la misma onda que tú —contestó Maggie, pensando que a ella le había pasado en contadas ocasiones.

—Sí, de maravilla —confirmó al entrar en la sala de estar solo con las bragas puestas y con el sujetador colgando de un brazo. Maggie, por instinto, habría desviado la mirada para no violar la intimidad de Angie, pero, en realidad, Angie no tenía intimidad, de modo que se esforzó en imaginar que no se estaba paseando por la casa prácticamente desnuda—. A ver, ¿cómo describiría yo a Hope? —continuó, pensativa—. Es directa. Muy pero que muy directa. No se anda con chiquitas, vaya. Diría que incluso es un poco borde.

Maggie, jocosa, abrió mucho los ojos, como si estuviera sorprendida.

—Pues sí que debe de ser directa si a ti te parece borde —dijo, sin preocuparse lo más mínimo por si Angie se ofendía.

—Ya te digo. A su lado, yo soy una mosquita muerta —respondió de inmediato—. Oh, y es guapísima. Más guapa que cualquier otra persona de carne y hueso que hayas visto, seguro.

—¡Anda! —dijo Maggie—. Me parece que no conozco a ninguna persona guapa —añadió con una sonrisita.

—Vaya, pues gracias –contestó–. Pero, ahora en serio, es guapísima. Antes trabajaba de modelo y ahora tiene una empresa de importación de bañadores. Por eso se apuntó al curso, para aprender nociones básicas de negocios. Y eso es todo lo que sé de ella, básicamente. Vive en una casa en el centro. Tiene un novio que es chef. Y ya. No tengo claro por qué me ha invitado a la fiesta, si te digo la verdad.

—Quizá por ser tan guapa no tenga amigos. –Se echó a reír–. Fijo que solo estamos tú, yo, el novio chef y un par de solteronas sentados en círculo a jugar a las cartas.

✦

No fue así en absoluto. Era la fiesta más fastuosa y, sin duda alguna, con más estilo a la que Maggie había ido jamás. Se celebró en la hospedería de los jardines del museo de York, un maravilloso edificio del siglo XIV con un entramado de madera que daba al río por la parte de atrás y rezumaba historia. Las paredes de piedra refulgían como miel de oro a la cálida luz de la tarde y unos faroles de cristal salpicaban el sendero y, desde los jardines, indicaban el camino hasta la entrada.

Varias mujeres, todas ellas mucho más jóvenes que Maggie y Angie, se paseaban por el exterior, sosteniendo copas de champán en las manos. Lucían con elegancia caros vestidos de cóctel de varios largos y colores, y Maggie se sentía aliviada por haber pensado en ponerse uno parecido de su limitado armario, aunque hiciera varias temporadas que había pasado de moda. Así y todo, poco importaba lo que llevase puesto: nadie se fijaría en ella cuando había tantas otras personas más atractivas a la vista. Se había resignado a aceptar la capa de invisibilidad con la que la envolvía la mediana edad, pero, aun así, no podía evitar sentirse un poco vieja y fea, a pesar de que se repetía que tales cosas eran relativas.

Angie, cómo no, se mostró impávida ante el mar de glamur que se abría ante ellas. Se abrió paso entre el grupo y entró en el recibidor: una estancia a la altura de los ocupantes, tanto en estilo como en elegancia. Las columnas de piedra de color claro que sostenían los techos de madera estaban decoradas con guirnaldas de eucalipto, en las que se entretejían diminutas luces de colores centelleantes. Del mismo modo, en la docena de candelabros de hierro forjado que se erguían como centinelas parpadeaban unas luces; cada uno de ellos sostenía nueve velas alargadas de color marfil, en torno a las que se enroscaban hiedras de color verde oscuro. Mesas y sillas, envueltas en lisas telas de damasco blanco, bordeaban toda la estancia, dejando libre el centro para pasear y, posiblemente, para bailar más tarde, pues parecía la clase de fiesta en la que se daría un baile.

Un joven apuesto, sin duda estudiante, con un chaleco y pantalones negros que realzaban su figura, pasó entre ellas contoneándose con una bandeja de copas. Angie cogió una copa de champán y un zumo de naranja y le pasó el espumoso a Maggie, enarcando una ceja y ladeando la cabeza en dirección al trasero del jovencito. Su amiga contuvo la risa, admirada. Desde lo de Leon, de pronto veía a los hombres como hacía años que no los veía. Y era maravilloso. Hacía que se sintiera viva, femenina y, ni más ni menos, sexi.

—Joder —murmuró Angie en cuanto tomó un sorbo del zumo de naranja—. Cómo viven los de arriba, ¿eh?

—Es espectacular —contestó Maggie—. ¿Dónde está Hope?

Angie echó un vistazo a su alrededor, pero a Maggie no le costó divisar a la cumpleañera. Acaparaba la escena en el centro de la sala y vestía un traje de encaje azul oscuro con una falda de tul que le caía hasta los pies. La parte superior cubría finamente su intachable figura, mientras que sus brazos y hombros, morenos y fuertes, estaban desnudos. Daba la impresión de que el vestido no llevaba nada por debajo del tul, pero lo revestía, en realidad, una tela transparente que casi parecía invisible. Era extraordinario. La rodeaba un grupo de personas para felicitarla, pero, de alguna manera, ella impedía que invadiesen su espacio personal, como si la protegiera un campo de fuerza. Era, tal y como había anticipado Angie, la mujer más hermosa que había visto Maggie en persona.

–Ay, madre –susurró–. Si parece una diosa. ¡¿Cómo es posible que una criatura como esta sea amiga tuya?!

Angie le dio un golpecito en el brazo.

–Bromas aparte –dijo esta última, volviéndose hacia la pared para que nadie más la oyera–. Creo que para ella fue un alivio encontrar a alguien con quien hablar a quien no le interese nada de esto –añadió, señalando la habitación con un gesto despectivo del brazo.

–Pero no se puede negar, Ange, que este mundo es bastante intrigante –contestó Maggie–. Yo me dejaría hechizar fácilmente, al menos un rato.

Otro camarero revoloteaba cerca de donde estaban, y Maggie cambió la copa vacía por otra llena.

–Creo que prefiero a gente un poco más normal –dijo Angie.

–¿Conoces a alguien más? –quiso saber, pensando que podría haber algún famoso poco conocido entre los invitados, pero con toda probabilidad ella no lo reconocería; Angie, en cambio, vivía con una adolescente y estaría más al día con ese tipo de cosas, pero la aludida negó con la cabeza.

–A nadie –respondió–. Saludamos a Hope, nos quedamos a tomar un par de bebidas gratis y, después, voto por marcharnos como quien no quiere la cosa. Dudo que nos vayan a echar de menos y a mí no me gusta mucho este tipo de fiesta.

–Pero está bien que te haya invitado –comentó Maggie, y Angie asintió.

–Supongo –dijo.

Hope en ese instante desvió la mirada de sus admiradores y debió de reparar en Angie, ya que levantó un brazo y le sonrió, murmurando un «Hola» en su dirección. Maggie pensó que hasta ahí habrían llegado, que sería poco probable que la anfitriona dejara a sus amigos para hablar con ellas, pero Hope se separó del grupo y se dirigió hacia donde estaban. Caminaba como si estuviera en una pasarela, meciendo las caderas con cuidado. Era difícil no quedarse mirándola. Maggie vio que el grupo que acababa de dejar las señalaba a ella y a Angie con la cabeza y las miraba con curiosidad, pero a nadie le interesaba quiénes eran ellas y, en un abrir y cerrar de ojos, todos fijaron sus miradas penetrantes en otras personas.

–¡Angie! ¡Hola! –la saludó Hope en cuanto se acercó lo suficiente como para que la oyera–. Cuánto me alegro de que hayas venido.

–Feliz cumpleaños –dijo Angie–. Cómo te lo montas, ¿eh?

–¿Te parece excesivo? –preguntó, inquieta–. Nunca sé bien cómo organizar estas cosas.

No dejaba de ser un comentario hipócrita, pensó Maggie. Nadie daba una fiesta como esta sin tener muy claro el impacto que tendría. Notó que cierta sensación de aversión por aquella mujer comenzaba a enraizar en ella, pero trató de reprimirla. Aunque era demasiado pronto para juzgarla, Hope no había dicho ni diez palabras y Maggie ya tenía dudas sobre su carácter.

–Dios, es perfecto. –Angie se echó a reír–. Pijo… pero perfecto. Bueno, ¿te estás divirtiendo? Porque de eso se trata.

Hope frunció los labios y Maggie notó que la sensación de aversión crecía. Tenía todo esto y, aun así, era infeliz. Le parecía tan arrogante, tan superficial, como la fiesta en sí. Todas estas personas, ¿eran siquiera amigas suyas o las había contratado por ser el prototipo de gente que encajaba en una celebración como esta, figurantes de lujo? Todo ello carecía de integridad, pensaba Maggie, y se preguntaba por qué Angie se había sentido atraída por esto, por ella. No era nada propio de ella dejarse cautivar por lo falso.

–Será mejor cuando llegue Dan –dijo Hope–. Tenía que empezar el turno de noche en el restaurante, pero me prometió que se escabulliría antes de que empezara todo el ajetreo y que llegaría temprano. Aunque todavía no ha dado señales de vida. Le voy a cantar las cuarenta cuando por fin se digne a venir.

Angie la miró con simpatía, lo que sorprendió a Maggie una vez más. Debía de estar muy encariñada con esta chica; de otro modo, jamás toleraría este sinsentido. Decidió que debía darle el beneficio de la duda a Hope. Tal vez ella no era así de verdad, tal vez todo esto era una gran farsa.

—Tú olvídate de él —le recomendó Angie—. Él se lo pierde. Céntrate en disfrutar todo lo que puedas.

—Gracias —dijo Hope—. Será mejor que siga desfilando. Gracias por venir, Angie. —Se dio la vuelta para marcharse, pero, entonces, se giró de nuevo—. Oh, perdona. Tú debes de ser la amiga de Angie. —Se dirigió a Maggie—. Encantada.

—Sí, esta es Ma… —empezó a decir Angie, pero Hope ya se había marchado.

—Lo de que era una borde no era broma —masculló Maggie.

—Es que tiene mucha presión encima —la justificó Angie.

Resultaba evidente que se sentía en la necesidad de defender a su amiga, y eso también la sacaba de quicio. ¿Quién era la amiga de toda la vida y quién la nueva aspirante?

—Lo de ser anfitriona puede llegar a ser muy estresante, sobre todo con algo como esto —prosiguió Angie.

Maggie pensaba que eso no justificaba que ni siquiera se hubiera molestado en escuchar su nombre, pero se mordió la lengua. Aquella chica no era nadie para ella y, con toda probabilidad, no volvería a verla en la vida. No iba a dejar que el desaire de una mocosa egocéntrica la desmoralizase. Y, ya que a Angie le caía bien, suponía que debía de tener algo bueno, aunque se lo guardaba bien adentro.

A medida que transcurría la noche y las temperaturas descendían en el exterior, más invitados entraron en la sala, que comenzó a llenarse. El estruendo de la algarabía y de las carcajadas subió tanto que, llegado cierto momento, ella y Angie dejaron de hablar y se limitaron a observar. Por muy arrogantes que fueran, los invitados conformaban un fascinante grupo al que contemplar. Eran todos apuestos y se habían engalanado a un nivel que Maggie jamás podría alcanzar, pero no le pasó desapercibido que jamás se centraban en las personas con las que estaban hablando y que siempre tenían un ojo puesto en el resto de la estancia. Muchos de ellos se pasaban todo el tiempo sacándose fotos, a menudo sin que saliese nadie más. Tal narcisismo le resultaba del todo ajeno, pero aquellos *millennials* parecían a gusto. En cierto sentido, Maggie envidiaba esa autoestima, pero ¿acaso la vida no era algo más que una serie de oportunidades para aparecer en Instagram? Tarde o temprano, hasta las personas privilegiadas como aquellas tendrían que enfrentarse a los golpes de la vida. Trató de recomponerse: estaba empezando a pensar como una vieja, como una madre, de hecho. ¿Qué tenía de malo celebrar el aquí y el ahora y grabarlo para compartirlo con los demás? Que no pudiera imaginarse haciendo lo mismo no significaba que estuviese mal.

Maggie pensó en Leon, que estaría sentado en el sofá, viendo lo que fuera que estuvieran echando en la televisión, y su corazón aleteó atolondrado. Tenía pensado decirle a Angie lo que había entre los dos esa noche, aprovechando algún momento tranquilo, pero en la habitación había mucho ruido y no era la ocasión. Si llevaba tanto tiempo esperando para contárselo, podía esperar un poco más.

—¿Nos marchamos dentro de unos minutos? —le propuso Angie, resoplando y negando con la cabeza en dirección al desfile de bellezas que tenían ante ellas—. Ya no aguanto más este espectáculo.

Maggie asintió y levantó la copa medio vacía.

—Cuando la termine, si te parece —le dijo, y Angie asintió.

Siguieron observando. Había llegado alguien más, un hombre que llevaba ropa más informal que la mayoría: pantalones vaqueros muy desgastados y una camiseta. Tenía el pelo oscuro y comenzaba a encanecer en la zona de las sienes. No parecía sacado de una película como los demás y les sacaba, como mínimo, diez años. Se dirigió directamente hacia Hope, alzando las palmas de las manos, en señal de disculpa. Hope puso los ojos en blanco, pero luego se inclinó para abrazarlo. Debía de ser el novio, pensó Maggie.

Llegaba muy tarde: ya debían de ser casi las diez y media. Aun así, no pudo evitar sentir una discreta admiración por él, por no haberse dejado llevar por toda esa farsa.

Se volvió para comentarlo con Angie, pero Angie también lo estaba mirando..., lo estaba mirando fijamente, boquiabierta.

–Este debe de ser el novio despistado. –Maggie se echó a reír–. Pero parece que le ha perdonado.

–¿Nos vamos? –preguntó Angie, volviéndose hacia la salida de golpe.

Maggie, algo desconcertada, miró la copa medio llena, luego a Angie y luego otra vez la copa.

–Sí –le dijo–. En cuanto...

Pero Angie ya se había marchado, abriéndose paso a empujones entre la multitud hasta sumergirse en la fría noche que la aguardaba en el exterior.

Capítulo 37

Angie no pegó ojo aquella noche. Cuando regresó al apartamento, tras desearle las buenas noches a Maggie sin siquiera prestarle atención –tendría que pedirle disculpas, alegar que se encontraba mal o algo por el estilo–, Romany seguía despierta y estaba viendo un *reality show* en la televisión que parecía protagonizar la clase de gente que Angie acababa de dejar atrás en la fiesta de Hope.

–Qué pronto has vuelto –le dijo su hija, sin levantar la mirada de la pantalla–. ¿Te lo has pasado bien?

–Sí, no ha estado mal –contestó–. Pero estoy cansada. Me voy a la cama. No te quedes despierta hasta muy tarde.

Se dirigió al sofá y se detuvo entre su hija y la televisión; entonces, acunando el rostro de Romany en las manos, se agachó para darle un beso en la frente.

–¡Mamá! ¡Que no veo! –se quejó, forcejeando para liberarse y torciéndose hacia un lado para seguir viendo la pantalla.

Angie sonrió sin ánimo.

–No deberías ver esta mierda. Te va a fundir el cerebro –le dijo, pero no hizo nada al respecto–. Nos vemos mañana.

Una vez en su habitación, tras cerrar la puerta, se derrumbó en la cama y se hizo un ovillo, como si fuera una pelota pequeña.

Jax.

Era Jax. Pese a la distancia, no tuvo ni la más mínima duda. Jax, Daniel Jackson, era el novio de Hope. Más viejo, con un aspecto más convencional, pero era él, desde luego. Le había crecido el pelo desde la última vez que lo había visto y había ganado algo de peso con el paso de los años, pero le sentaba bien. Antes tenía rasgos afilados y puntiagudos; ahora tenía un porte más dulce, menos cara de enfado. A Angie siempre le había parecido apuesto, pero, siendo objetivos, tal vez en el pasado no lo era. Ahora, en cambio, pasados quince años, parecía haber mejorado su apariencia; poseía un atractivo desenfadado y algo caótico.

Angie se llevó una mano al pecho y notó el corazón latiéndole debajo de las costillas. Llevaba acelerado desde que salió corriendo de la fiesta, y le escocía cada fibra de su ser por la adrenalina que había generado su cuerpo como respuesta al *shock*. No había escuchado nada de lo que le dijo Maggie de camino a casa; después esta se había marchado a una parada de taxis y ella, a su piso. Lo único que deseaba era regresar a la seguridad que le brindaba su dormitorio sagrado para empezar a asimilar lo que acababa de suceder, si bien ahora mismo no sabía por dónde empezar.

Comenzó con unos ejercicios de respiración profunda: inspiró por la nariz y espiró por la boca, para tratar de alcanzar un estado de serenidad que le permitiese, por lo menos, pensar con claridad, y poco a poco los latidos de su corazón se ralentizaron.

Jax estaba en York. ¿Cuánto tiempo llevaba aquí? ¿Desde cuándo corría él el riesgo de tropezarse con ella en cada esquina que doblaba? Como mínimo, tres años. Trató de recordar cuánto tiempo llevaba Hope con su novio cuando se conocieron, pero los datos, de alguna forma, brincaban en su mente y era imposible atraparlos. Angie no le había prestado mucha atención, pues, en el fondo, no tenía ningún interés en el novio de Hope.

Ahora, en cambio, trató de ahondar en sus recuerdos, en busca de cualquier retazo de información. Era cocinero, eso lo sabía. Se habían conocido en un evento, de cuya comida se había encargado él, y había vertido algo en el traje caro que llevaba ella puesto. Angie recordaba que esta le había contado la anécdota, que los ojos de Hope habían centelleado con el placer puro que le suscitaba todo aquello, que se había maravillado con lo incómodo que se había puesto él por el descuido, que había dejado que se siguiera atormentando, aun sabiendo que tenía más vestidos.

¿Qué más? Angie cerró los ojos con fuerza, mientras trataba de concentrarse, pero lo único que veía era a Jax, alzando las palmas de las manos, pidiéndole perdón a Hope, aunque en el fondo no lo sintiera, y después el abrazo. Su Jax, enamorado de otra persona.

Se recompuso. Estaba siendo ridícula. No era «su Jax». Hacía años que no lo era. ¿Acaso no la había dejado por otra cuando Romany era bebé? Parecía que aquella relación tampoco había durado. El compromiso no era lo suyo, eso estaba claro.

Y no podía quejarse de que tuviera nueva pareja si ella misma lo había rechazado. Perder el contacto había sido decisión suya. Había dejado que los lazos quebradizos que los unían se rompieran. Solo había una manera de interpretar lo que había sucedido entre ellos. Fuera lo que fuera lo que hubiesen tenido se había roto cuando ella se quedó embarazada. Su relación no había tenido la fuerza necesaria para resistir la tempestad que un bebé no deseado portaba consigo.

Así pues, llevaba en York todo este tiempo, pensó, y nunca lo había visto. Por otro lado, tampoco era tan sorprendente. York era una ciudad y ella no estaba pendiente de él por si lo veía aparecer entre la multitud. Además, ahora era vegana, de modo que era poco probable que frecuentara el tipo de restaurante fino que regentaba Jax o que se mezclara en los mismos círculos que él. Los círculos de Hope. Esta noche, en la fiesta, había visto quiénes eran ellos, y, si lo que necesitaba era una confirmación, ahí la tenía: ella y Hope eran como la noche y el día, desde un punto de vista social. Sin embargo, se asemejaban bastante en otros aspectos, pensó. ¿Por eso Jax se había sentido atraído por Hope en un primer momento? ¿Había visto en ella una parte de Angie que lo cautivaba, tal vez sin siquiera ser consciente?

Estaba siendo ridícula. Además, Hope era hermosa y atraía a los hombres, independientemente de la personalidad que tuviera. Pero cabía la posibilidad, suponía Angie, de que Jax estuviera en York por ella. Bueno, no por ella exactamente, sino por Romany, su hija. Quizá se había mudado a York para estar más cerca de su hija y albergaba la esperanza de cruzarse con ella un día.

Pero ¿cómo iba a reconocerla él? Pensar que podría recorrerse las calles de York y fijarse en todas las chicas de la misma edad inspiraba una tristeza indescriptible. Pobre Jax, despojado de toda oportunidad de entrar en contacto con su propia sangre tan solo porque Angie no había querido enviarle su dirección.

Se estiró y se sentó en la cama. Había cesado el leve murmullo de la televisión y, por debajo de la puerta de su dormitorio, ya no se colaba una fina línea de luz. Romany debía de haberse acostado. Su niña no sabía que sus padres habían estado en la misma habitación aquella misma noche.

Entonces, ¿qué debería hacer ahora? Sería muy sencillo localizarlo. Tan solo debía preguntárselo a Hope, pero ¿qué le diría? «Hola, Hope. ¿Sería un problema que me tome un café con Daniel? Es que ¡adivina! ¡Resulta que es el padre de mi hija adolescente! ¡Qué cosas tiene la vida!». No, eso no podía hacerlo. Lo localizaría por su cuenta. No podía ser muy difícil dar con un cocinero llamado Daniel Jackson que tenía una participación en un restaurante en York.

Pero ¿por qué debería hacer ella tal cosa? No lo amaba. No quería echar a perder lo que Hope tenía con él. Y, por encima de todas las cosas, Romany había dejado claro que tampoco quería verlo.

No. Angie dejaría las cosas como estaban. Pero, por lo menos, si ahora pasaba algo, sabría cómo dar con él. De pronto, ya no se sentía tan sola.

Capítulo 38

2017

Hacía mucho frío: Angie se arrebujó en el abrigo y se subió la cremallera. Tenía los dedos entumecidos y la prenda le quedaba más ajustada que el invierno anterior. De verdad tenía que perder peso. Le parecía injusto, teniendo en cuenta que comía como un pajarito y tenía un estilo de vida activo, pero suponía que era uno de los muchos síntomas de la menopausia. Por el momento, ninguno le estaba gustando mucho. De pronto se sentía más cansada que nunca y le dolía la espalda, a pesar de llevar toda la vida haciendo yoga. Si se dejaba ir, toda esta injusticia acabaría con ella. Pero no lo iba a permitir. La menopausia era un fenómeno del todo natural; todas las mujeres que tenían la suerte de llegar a la mediana edad pasaban por lo mismo. Esta respuesta negativa por su parte era una cuestión de actitud y solo tenía que rectificarla un poco. Decidió que pondría por escrito sus impresiones al respecto en su diario cuando llegara a casa.

Hoy, no obstante, no era buen día para hundirse. Iba a ver a Tiger por primera vez desde hacía más de tres años y lo que sentía era una emoción febril. Nunca habían pasado tanto tiempo separados, calculó mientras cruzaba el puente y rodeaba la muralla de la ciudad en dirección a la estación para encontrarse con él. Había pasado demasiado tiempo.

Había narcisos de brillantes flores amarillas por doquier: habían florecido en cada porción de hierba y pregonaban la llegada de un cambio de estación. Pero ella tenía la impresión de que nada estaba cambiando por el momento. Seguía cayendo nieve, la olía, y el viento cruel que se elevaba desde el río se le metía en los huesos.

Una vez en la estación, se acomodó en el banco circular del patio delantero, a la espera. Le gustaba contemplar a los turistas que se entremezclaban con los residentes: los dos grupos se reconocían con facilidad, por la manera en la que se comportaban al salir de la estación. Los residentes se ponían en marcha con confianza, tenían claro a dónde se dirigían, mientras que los turistas emergían de las barreras de control y se detenían, ansiosos, preparaban sus posesiones, teléfonos y guías de viaje antes de emprender una visita fugaz por los puntos clave de York y luego regresar aquí y marcharse en tren de nuevo.

Tuvo que cambiar de postura en el incómodo asiento de madera al notar otra punzada de dolor en la parte baja de la espalda. Tal vez debería concertar cita con un osteópata o pedirle a Kate que le diera un tratamiento de acupuntura. Podría sentarle bien. Y debería repasar sus libros de nutrición. Además de ayudarla a perder la barriga redonda que tenía desde hacía poco, se enteraría de qué debía comer para aliviar el dolor de las articulaciones. El jengibre sentaba bien, eso lo sabía, y el brócoli.

Y entonces ahí estaba él, caminando hacia ella con la mochila en la espalda. Su piel morena muy bronceada resaltaba a kilómetros de distancia entre la gente pálida e insípida que lo rodeaba. Parecía relucir entre la multitud, y su tupido pelo rubio formaba una aureola en torno a su cabeza.

Angie no se reincorporó de un brinco, por el dolor de espalda, pero se levantó lo más rápido posible, no sin prudencia, y se abrió paso en su dirección entre el gentío, haciendo oídos sordos de las quejas de quienes se interponían en su camino. Cuando llegó hasta él, le rodeó los hombros con los brazos y lo estrechó con fuerza, inhalando su conocido aroma, que no había cambiado pese al paso de los años. Él apoyó la mejilla en lo alto de su cabeza y Angie notó que la ceñía entre sus brazos. Por primera vez desde hacía siglos, se sintió a salvo y amada. No se había dado cuenta de que en su vida se había visto privada de aquella sensación hasta este momento, y, por ese motivo, se le llenaron los ojos de lágrimas. Parpadeó para reprimirlas, pues sabía que Tiger se burlaría de ella ante aquella muestra de sentimentalismo y no quería darle munición, al menos, no por el momento. Ya tendrían tiempo de meterse el uno con el otro más tarde.

Él fue el primero en separarse.

−Vale, vale −dijo, con voz ligera y llena de humor−. Suéltame ya, mujer, ¡que no sabes dónde me he metido!

Razón no le faltaba.

−Vamos a comer algo y me lo cuentas todo −le dijo, dándole un último apretón antes de apartar los brazos y liberarlo.

Él la cogió de la mano cuando se dirigían hacia la salida. Tenía la piel seca, por pasar tantas horas metido en aviones y trenes, pensó, y notó su tacto áspero, sus dedos callosos raspándole los suyos, suaves y fuertes. Los dos tenían manos de personas trabajadoras, pero sus respectivos trabajos habían dejado marcas bien distintas.

Tuvieron un breve debate a propósito del tipo de restaurante al que querían ir. Tiger pensaba que sería gracioso presentarse, desaliñado y sucio como estaba, en el bar del hotel refinado que había junto a la estación, solo para sacar de quicio al personal. No había madurado lo más mínimo. En su época, a Angie también le habría parecido divertido, pero ahora tan solo deseaba pasar tiempo en su compañía sin interrupciones, sin llamar la atención de forma innecesaria. Además, no podía evitar pensar que aquella apariencia descuidada de viajero no causaría la misma consternación en la actualidad que en los ochenta. La sensibilidad del mundo había avanzado durante las últimas tres décadas, aunque, al parecer, Tiger seguía igual.

Optaron por una cafetería normal y corriente y se sentaron en una esquina. Tiger apoyó su preciada mochila contra la pared, a su lado, y coló el pie por dentro de la correa para que nadie se la llevara sin que se diese cuenta. A Angie le parecía que aquella precaución seguramente resultaba innecesaria en un lugar como este, en especial teniendo en cuenta el tamaño de la mochila, pero para Tiger era un acto reflejo y ni siquiera parecía ser consciente del gesto. Aquella cautela tan enraizada era consecuencia de llevar años y años cargando con toda su vida en la espalda, asumía ella.

–Bueno, ¿dónde has estado? –le preguntó–. ¿Seguías en las islas Caimán? Estabas ahí la última vez que hablamos.

Tiger se pasó las manos por el cabello, que comenzaba a escasear un poco, se percató Angie: su frente era más prominente y la atravesaban unas largas arrugas horizontales.

–Dios, no –dijo–. Tuve que salir pitando hace un año, más o menos. Hubo algunos problemillas con la esposa del dueño del club de buceo…

Puso esa cara de cordero degollado que ella tan bien conocía desde hacía décadas y Angie negó con la cabeza.

–Tienes cincuenta años, ¿y aún no te sabes controlar?

–Madre mía, cincuenta –dijo él, negando con la cabeza–. ¿Cómo ha podido pasar? Pero, no, volviendo a tu pregunta, ¡parece que no! En fin, me fui a Jamaica una temporada, pero no me gustó el ambiente, y luego me hablaron de una aldea ecológica en Costa Rica, que es donde he estado hasta ahora. Tienes que ir a Costa Rica, Ange. Es una maravilla. Son muy abiertos y saben conciliar a la perfección el turismo con la sostenibilidad. Ni siquiera tienen ejército.

Siguió parloteando: le habló de la aldea, construida a base de recursos sostenibles de la selva tropical, y de la fauna salvaje.

–Por no hablar de los condenados monos aulladores –decía–. Cuando llegué, pensé que no volvería a dormir nunca. Montan cada escándalo… Pero es como todo en la vida, en el fondo: te acabas acostumbrando con el tiempo y ya ni los oyes.

Angie lo escuchaba y, durante media hora más o menos, viajó a un lugar que quizá no vería jamás: se sentía feliz de estar con él.

Después, cuando terminó de contarle las últimas noticias, Tiger se centró en ella.

–¿Y tú cómo estás? –le preguntó–. ¿Qué tal Romey y el negocio?

–En ese instante la miró a los ojos con curiosidad–. No, olvídate esas dos cosas por ahora –añadió–. ¿Cómo estás tú? –volvió a preguntar. Esta segunda vez, su voz estaba cargada de preocupación–. Se te ve cansada, Angie –le dijo.

–Que estoy hecha una vieja, vaya –contestó, arrugando la nariz, pero Tiger negó con la cabeza.

–No. No es por eso. No aparentas para nada la edad que tienes. Pero me da la sensación de que podrías echarte a dormir un mes entero.

–Oh, es por la puta menopausia –le explicó.

Tiger levantó las manos, mostrándole las palmas, y agachó la cabeza.

–¡Vale! No necesito saber más. Los tíos no aguantamos todo el rollo este de la ginecología. Nos pone de los nervios.

Angie se echó a reír. Este era Tiger en estado puro: con la inteligencia emocional suficiente para formular la pregunta, pero insuficiente para oír la respuesta.

–Y, volviendo a tus otras preguntas, Romany está genial. ¡Ya la verás! Es preciosa e inteligente y sensata. Y preciosa. ¡¿Ya te lo he dicho?!

Tiger le sonrió de oreja a oreja.

–Pues claro que es preciosa –le dijo–. Es hija tuya. Refréscame la memoria: ¿cuántos años tiene?

–Dieciséis –respondió con orgullo.

–¡Dios santo! ¿Ya?

–¿Y a que no sabes quién ha vuelto a la ciudad? –Aguardó unos instantes, aunque era imposible que a Tiger se le ocurriese la respuesta–. El padre de Romany, Jax. ¿Te acuerdas de él?

–¿El ecologista? Sí. Bueno, un poco. Me parece que no le caí muy bien. Entonces, ¿le sigues viendo? ¿Estáis…?

Le guiñó el ojo e hizo un gesto lascivo con la mano. Angie enarcó las cejas con incredulidad.

–No vas a madurar nunca, ¿a que no? No. No estamos juntos. De hecho, no sabe que yo sé que está aquí.

Tiger parecía confundido.

–Entonces, ¿cómo…?

–Lo vi en una fiesta y puse pies en polvorosa antes de que me viera.

–¿Romey lo sabe? –preguntó.

Angie negó con la cabeza, observando fijamente su rostro para tratar de adivinar qué estaba pensando.

–Me ha dejado bien claro que no quiere tener nada que ver con él y yo respeto sus deseos.

–Pero no estás de acuerdo –adivinó con astucia.

Angie ladeó la cabeza.

–Es asunto suyo, supongo. Ya es mayorcita para decidir lo que quiere. Pero no entiendo qué problema habría por al menos conocerlo. He llegado a preguntarme si por eso se habrá mudado él aquí, para estar más cerca de ella. No sé si es cierto, claro, pero es lo que me ha dado por pensar.

–Quizá deberías hablarlo con ella otra vez –dijo Tiger, vertiendo lo que le quedaba de té en la taza–. Si se entera de que su padre está tan cerca, puede que cambie de idea.

–Quizá –dijo Angie, pero no las tenía todas consigo.

–O podrías quedar con él sin decírselo –sugirió Tiger.

Angie hizo ademán de dar un sorbo más a la infusión de menta para ganar algo de tiempo, pero la taza ya estaba vacía.

–Lo he pensado –dijo– y tendría sentido ponerme en contacto con él, para que sepa que yo sé que está aquí. Pero… –se detuvo, confiando en que Tiger terminara la frase.

Así fue.

–Pero no quieres despertar los fantasmas del pasado –dijo.

–Exacto. Prefiero dejar su recuerdo intacto donde está. Y que él haga lo propio conmigo.

Se sonrojó un poco al decir aquello; era consciente de que no quería reencontrarse con el padre de su hija en parte por una cuestión de vanidad y se avergonzaba de ello. No quería que Jax la viera tal y como era ahora, con más de cincuenta años, con sobrepeso, con arrugas y sin la figura que una vez había tenido.

–Pero Romey sigue siendo muy joven para tomar una decisión tan importante –comentó entonces Tiger, con aquella facilidad que tenía para llegar al fondo de cualquier asunto–. Además, puede que te diga eso porque es lo que piensa que quieres que diga.

A Angie se le hizo un nudo en el estómago. Tenía razón. Sabía que tenía razón. Pero ella no quería enfrentarse a ello. Ahora no.

–Puede ser –respondió, dando el asunto por zanjado–. Me lo pensaré. En todo caso, ahora sé dónde está él, así que, por lo menos, la oportunidad está ahí.

–Las oportunidades son buenas –contestó Tiger, que pareció entender que aquella parte de la conversación había concluido.

Permanecieron sentados en silencio unos instantes, rodeados por el trasiego de la cafetería: el tintineo de la vajilla de porcelana, el zumbido de la máquina de café, el bullicio de la gente. Los sonidos del mundo, que seguían su curso. Las pausas, reflexionó Angie, resultaban gratas. Debería detenerse más a menudo. A sus clientes les hablaba sin cesar de la importancia de ser consciente y trataba de comenzar cada día con una sensación de gratitud por todo lo que tenía, pero, en ocasiones, hasta ella se sentía perdida en los entresijos de la vida.

–¿Y qué hay de ti, Tiger? –le preguntó, al cabo de un rato–. ¿Qué oportunidades barajas tú?

Él le dedicó una rápida sonrisa. Era una expresión conocida, pero ¿acaso transmitía algo nuevo? Duda, tal vez, una incerteza que no había visto en él hasta entonces o, al menos, que no había reconocido como tal.

–Seguiré como siempre –le dijo: ahora esbozaba una ancha sonrisa, sin rastro de lo que fuera que hubiera visto ella hacía unos instantes.

–No puedes viajar el resto de tu vida –le dijo.

–¿Por qué no? –A Angie le pareció, por un instante fugaz, que su tono de voz rozaba lo defensivo, pero aquella impresión también se desintegró enseguida–. Mientras me queden fuerzas en los huesos, pienso seguir viendo mundo.

–Pero ¿no te gustaría parar en algún momento, escoger un lugar y asentarte para siempre? –quiso saber ella, pero Tiger negó con la cabeza.

–Por ahora no. Ni me lo imagino. Sigue habiendo tantos lugares que ver…

–No te pueden quedar muchos –apostilló, echándose a reír, y él se encogió de hombros.

–Todavía hay de sobra para seguir una temporada –dijo.

Pero Angie no podía dejarlo estar.

–Podrías buscarte un sitio, solo para tener un hogar al que volver, y seguir viajando –le propuso.

–¿Y cómo lo pagaría? –se limitó a peguntar.

Era un buen argumento que no se le había ocurrido a Angie. Asintió, admitiendo que él tenía razón.

–Cierto –le dijo–. ¿Hasta cuándo te quedarás? Puedes quedarte con nosotras todo el tiempo que quieras –añadió.

Tiger se inclinó sobre la mesa y la cogió de la mano.

–Eres la persona más buena que conozco –le dijo–. Pero no aguanto más de una noche en ese sofá. Me voy ya a Newcastle; he conocido a un tío en Costa Rica que vive ahí y me voy a quedar con él un mes o así. Ganaré algo de dinero antes de marcharme otra vez. Me apetece ir a las Tierras Altas y a las islas de Escocia, para ver aves, pero tengo que esperar a que suban un poco las temperaturas.

Angie tuvo una idea y, de pronto, sintió que hacía siglos que no se le ocurría algo tan brillante.

–Quédate esta noche, aunque sea, y llamo a Mags y Leon. Podemos montar una fiesta como las de antes. ¿Qué me dices? ¿Te parece buena idea?

A Tiger se le iluminó el rostro.

—¿Qué tal está Maggie? —le preguntó con cariño—. ¿Ya ha encontrado marido?

—No. No está casada, nunca lo ha estado —contestó—. Pero perdió su trabajo. Fue un golpe duro. Ahora ya está trabajando de nuevo, pero es un trabajillo de oficina. Ni siquiera tengo claro qué hace, pero no tiene nada que ver con el derecho.

Tiger se frotó la barba de tres días que le cubría el mentón.

—Me sorprende —le dijo—. Pensaba que vivía por y para ese rollo.

—Ya, y yo. Cuando la echaron, perdió toda la autoestima, pero ya la recuperará, seguro. Es cuestión de tiempo.

—Me gustaría verla —musitó—. Y a Leon también —añadió un poco después.

—Entonces, quédate —le dijo—. Aunque sea una sola noche, si no te puedes quedar más. Además, siempre puedes dormir conmigo si no aguantas en el sofá. Llamas a tu amigo desde mi casa y le dices que te has quedado atrapado con tu persona favorita en todo el mundo.

—¿Con quién? ¡¿Con Maggie?!

Le guiñó el ojo y ella le clavó un dedo en señal de amenaza.

—No, imbécil. ¡Conmigo!

Angie echaba mucho de menos esto, echaba de menos a Tiger y la naturalidad con la que se entendían. Eso no había cambiado en todos los años que se conocían. De hecho, parecía que él no había cambiado en absoluto. Ella sí, lo sabía, pero ¿Tiger? Seguía siendo la misma persona a la que conoció en la playa hacía ahora tantos años. Tal vez era porque no tenía ninguna responsabilidad. Tal vez esa mentalidad te permitía vivir sin preocupaciones el resto de tu vida, como cuando tenías dieciocho años. Aunque Angie no tenía del todo claro que Tiger siguiese viviendo sin preocupaciones. ¿Al fin comenzaba a darse cuenta de los defectos evidentes de su estilo de vida nómada? Sospechaba que jamás lo admitiría, ni siquiera a ella, pero debía de estar pensando en lo que le deparaba el futuro.

Era raro que una persona llegase a los cincuenta años sin que empezara a preguntarse cómo sería la segunda mitad de su vida. El problema de Tiger era que nunca sería capaz de confesar tal cosa. Desde que lo conocía, había encarnado el ideal de vivir en el presente y de ir allí donde lo llevase el viento, pero, tarde o temprano, tendría que darse cuenta de que era muy viejo para salir volando con el viento.

Aun así, parecía que no había llegado el momento. Aceptó la propuesta de la fiesta de esa forma tan característica suya: con rapidez y sin detenerse a pensar en el próximo paso.

—Me encantaría —le dijo—. Estaría genial ver a los demás. Lo de Newcastle puede quedar para mañana. O para pasado mañana —añadió con un guiño.

Angie se preguntó brevemente si debería contarle lo de Maggie y Leon. No le había mentido cuando le dijo que Maggie no estaba casada, pero tampoco había sido del todo sincera. Parecía que Tiger seguía prendado de ella, aunque, hasta donde Angie sabía, entre ellos nunca había habido nada más aparte de cierta tensión sexual. De todos modos, ya había llovido desde la época universitaria y fuera lo que fuera que no hubiera llegado a suceder, desde luego, era agua pasada. Así las cosas, no quería estropear este momento con Tiger. Que Maggie y Leon le dieran la noticia ellos mismos.

Entró en la cafetería una mujer con un abrigo rojo cubierto de copos blancos de nieve. Se los sacudió, resoplando y bufando sin dirigirse a nadie en particular, y tanto Angie como Tiger se giraron para ver por la ventana: el mundo se había vestido de blanco mientras ellos conversaban. Caían copos grandes y esponjosos a una velocidad tal que la acera se había cubierto de una fina capa de fulgor y la luz había adoptado esa tonalidad opaca que traían consigo los días de fuertes nevadas.

A Tiger se le iluminó el rostro.

—¡Nieve! ¡Hacía años que no veía nevar! ¡Salgamos a jugar!

—¡Tonto!

Ella se echó a reír, pero con mucho gusto saldría para contentarle. ¿Maduraría algún día? Esperaba que no. Él se puso de pie de inmediato, llevándose la mochila a la espalda, tal vez con más dificultad que de costumbre, y se dirigió a la puerta. Como siempre, tuvo que pagar Angie.

Capítulo 39

—¿**D**eberíamos vestir ropa formal? –le preguntó Leon cuando Maggie apareció en la sala de estar luciendo un mono negro y un par de tacones de aguja. Él llevaba los pantalones vaqueros que se había puesto para el resto del día, aunque, por lo menos, se había cambiado de camisa–. Pensaba que solo íbamos a ser nosotros, Angie y Tiger.

Maggie notó que se ponía colorada hasta en el escote.

—No. No hace falta –dijo, tratando de hablar con toda la naturalidad posible–, pero me apetecía arreglarme un poco, nada más. Tengo el armario lleno de ropa bonita: no estaría mal ponérmela de vez en cuando, para variar.

Tenía ganas de preguntarle qué tal estaba, pero le parecía algo hipócrita preguntarle a Leon si creía que estaba guapa cuando, en el fondo, se había preparado pensando en un hombre completamente diferente.

—¿Yo también tengo que cambiarme? –le preguntó él.

—Si no quieres, no –contestó–. Además, dudo que Ange o Tiger se fijen en lo que llevemos puesto. ¿Estás listo? ¿Nos vamos?

Leon asintió.

—¿Quieres que conduzca yo?

—A mí no me importa llevar el coche. Vayamos en el mío; lo dejo allí y mañana voy a pie a recogerlo –propuso Maggie.

—Vale, como quieras –dijo.

Sería buena idea dar un paseo juntos, pensaba Maggie. A comienzos de la relación, no lo habrían dudado, habrían aprovechado la oportunidad de pasar algo de tiempo en compañía sin tener nada que hacer además de hablar. Sin embargo, las cosas, como no podía ser de otra manera, habían cambiado y a estas alturas tendría más sentido que solo uno de ellos perdiera el tiempo yendo a recoger el coche.

–¿Sabes qué? Te acerco yo mañana antes de volver a Leeds –le dijo Leon.

Problema resuelto: una solución del todo práctica. Maggie suspiró para sus adentros. El resplandor de su romance, sin duda alguna, comenzaba a deslustrarse un poco. Era cierto que no tenía mucha experiencia con las relaciones, pero hasta ella sabía que los días cargados de dopamina, tan embriagadores y tan propios de los comienzos de un amorío, por regla general, duraban poco. El deseo que habían sentido al principio parecía haberlo reemplazado algo menos excitante, y más pronto que tarde se habían convertido sin mucho ajetreo en compañeros, como suponía que eran los matrimonios. No era nada malo, pero Maggie no podía evitar pensar que, de una forma u otra, se habían saltado unos diez años. Suponía que eso pasaba por salir con uno de tus amigos de toda la vida. Había tantas cosas de tu nueva pareja que no te sorprendían, tan poco que quedase por descubrir.

No obstante, no se le había ocurrido pensar nada de esto hasta que Angie les propuso montar una fiesta con Tiger. De pronto, lo único que quería era pasar tiempo con Tiger, y Leon, ese Leon encantador, ese puerto seguro por el que, en el fondo, lo único que sentía era afecto, se interponía en su camino. Pero tenía que ser sensata. Tiger iba y venía como las nubes, mientras que Leon permanecía a su lado día tras día. Sabía qué era lo que más le convenía, pese a que solo con pensar en Tiger se tensaba de pies a cabeza. Tenía que mejorar su conducta, aunque aquellos desmanes solo sucediesen en su cabeza.

–Es una pena que no nos hayan avisado con más antelación –comentó, mientras se ponía el abrigo y se enrollaba la bufanda alrededor del cuello–. Podrías haber traído el saxo y tocarnos algo.

–Sí, podría –contestó Leon, como si fuera algo que habría hecho de verdad de habérsele presentado la oportunidad–. Se nota que lo ha planeado Angie, ¿eh? Todo en el último momento.

—Imagino que Tiger acaba de volver de donde sea que estuviera. Ya lo conoces.

La mención del saxofón no había sido del todo fortuita. Leon tocaba con mayor frecuencia ahora que vivía solo, o eso le decía a ella. En ocasiones, incluso tocaba para ella, aunque sonaba muy alto en su apartamento diminuto y no había manera de bajar el volumen, de modo que era difícil relajarse y disfrutar del sonido. Siguiendo el ejemplo de Angie, Maggie trataba de animarlo con la música. Las decisiones vitales que había tomado de joven no habían funcionado muy bien, por lo que había llegado el momento de probar algo nuevo. Por este motivo, le había propuesto buscar un estudio en Leeds.

—¿Qué te parece si te regalo una sesión de grabación por tu cumpleaños? —le había sugerido—. Podrías tocar algo de *jazz*, los clásicos… —había añadido con cierta vaguedad, pues no tenía del todo claro qué querría tocar—. Quizá podrías tocar con una pista de acompañamiento o incluso contratar a músicos de sesión para que toquen contigo. Así tendría un CD tuyo y te podría escuchar cuando quisiera.

Maggie estaba encantada con la idea, además de impresionada, ya que de alguna manera se las había arreglado para usar la terminología correcta.

—¿Quién escucha CD en los tiempos que corren? —se había limitado a contestar él, lo que había hecho que se sintiera anticuada y estúpida.

En la casa de Angie, parecía que la fiesta ya había empezado. La música se oía a través de las paredes en plena calle; la oían cuando aparcaron el coche en una plaza unas casas más atrás, y el sonido monótono del bombo se esparcía en la noche oscura.

—Seguro que sus vecinos la adoran —dijo Leon, entre risas, y Maggie puso los ojos en blanco.

La puerta delantera estaba abierta, conque entraron sin avisar y Maggie echó el cerrojo tras ellos. Ahora que estaban dentro, reconoció la melodía de «The Only Way Is Up», una canción que estaba de moda el año que se licenciaron y a cuyo son habían bailado en su lamentable casa de estudiantes, cantando la letra como si la hubieran escrito solo para ellos. Maggie, por aquel entonces, estaba tan convencida de que las cosas solo podían ir a mejor, como decía la canción... Ahora ya no se engañaba.

Abrieron la puerta que daba al salón y la música, ya sin barrera alguna de por medio, se abalanzó de lleno contra ellos, junto con el olor a aceite de pachulí y a cerveza. La habitación estaba a oscuras; la única luz provenía de decenas de velas de té colocadas en tarros de mermelada y desperdigadas por todas las superficies. Habían apartado todos los muebles para crear una pista de baile y, en el centro de la habitación, Tiger y Angie giraban y giraban, alzando los brazos por encima de las cabezas y cantando a gritos la letra de la canción. Romany estaba acurrucada en el sofá, observándolos con una expresión divertida en el semblante. Cuando vio a Maggie y a Leon, negó con la cabeza, desesperada.

–¡Tía Maggie! Menos mal. Salvadme. Los ha poseído un demonio que viene directo de los años ochenta.

–Los ochenta están de moda –dijo Leon–. O eso dicen mis hijos.

–Esta parte de los ochenta, no –respondió Romany–. Antes pusieron a Tiffany. ¡A Tiffany!

–Un poquito de Tiffany no le sienta mal a nadie –gritó Angie, sobreponiéndose al estruendo–. Servíos algo de beber –añadió, sin dejar de dar vueltas.

Leon desapareció dentro de la cocina y regresó instantes después con una cerveza para él y una copa de vino blanco para Maggie. Se la entregó y entonces se sentó en el sofá al lado de Romany. Maggie tomó un buen trago: se bebió casi la mitad de la copa de una sola vez. Notó al instante que el alcohol entraba en su organismo y una sensación de ligereza le inundó la mente como tinta que se esparce en un vaso de agua. Después se bebió el resto.

–Eh, cuidado –dijo Leon, enarcando una ceja en lo que debía de ser un gesto de desaprobación, pero ella hizo caso omiso.

Dejó la copa en el alféizar de la ventana y levantó los brazos, con cierta timidez, para ponerse a bailar con Angie y Tiger, justo en el momento en el que terminó la canción. Bajó los brazos, incómoda, pero nadie pareció darse cuenta del gesto. La siguiente canción de la lista era la versión de Tom Jones, de una mala calidad desconcertante, de «Kiss», de Prince, y Maggie le lanzó una mirada llena de interrogantes a Angie. Esta se la saltarían, ¿no? Pero parecía que no. Era una noche, al parecer, dedicada al sentimentalismo, sin tapujos.

Maggie comenzó a mecer las caderas, consciente de que Tiger estaba a su izquierda y Leon, en el sofá. Necesitaba seguir bebiendo para estar a la altura de la canción, pero debía esperar a que pasase algo más de tiempo para rellenar la copa sin perder la dignidad. Parecía que Angie no tenía problema a pesar de no beber alcohol, pero, por otro lado, siempre había tenido la capacidad de bailar como si no la estuviera viendo nadie. Era una cualidad que Maggie envidiaba: ese desinterés de su amiga por la opinión de los demás. Tenía más autoestima que cualquier otra persona que conociera, pensó entonces. ¿Era ella su polo opuesto en ese sentido? Bueno, quizá no, pero le gustaría ser capaz de soltarse con la misma naturalidad.

Decidió esforzarse al máximo por disfrutar del momento. ¿Qué más daba el aspecto que tuviera? Estas tres personas de mediana edad eran sus amigos de toda la vida. Les daba igual cómo bailase y a ella tampoco debería importarle. Se quitó los tacones de una patada y se puso a girar donde estaba, meciendo las caderas. Dejarse llevar le sentaba bien. Debería hacerlo más a menudo, comprendió entonces. Cerró los ojos y el ritmo de la música –ahora sonaba «Ride on Time»– atravesó todo su cuerpo.

Entonces, reparó en que unas manos le rodeaban la cintura y que le daban la vuelta. Cuando abrió los ojos, estaba frente a Tiger, a pocos centímetros de su nariz. Notó que él deslizaba las manos por la tela sedosa del mono hacia su trasero y se le dispararon los latidos del corazón. Por instinto, trató de apartarse, pero él la sostuvo con firmeza, sin dejar de moverse al son de la música.

Entre ellos había una distancia respetable, y él solo estaba jugando, no estaba coqueteando, pero Maggie ardía en deseos de cerrar el hueco que había entre ellos para que sus cuerpos se tocasen de arriba abajo.

—¡Oye! Suéltala o te las tendrás que ver con Leon —le dijo Angie, sonriendo con descaro, cuando pasó junto a ellos en mitad del baile.

Tiger no la soltó de inmediato, pero cambió la forma en la que la sostenía. Lanzó una mirada hacia Leon, en busca de confirmación.

—Oye, ¿es eso cierto, Leon? ¿Has conquistado a la encantadora Maggie a mis espaldas? —gritó, sobreponiéndose al ruido.

Maggie no desvió la mirada para ver la reacción de Leon. Le daba igual. Tan solo quería que Tiger siguiera sosteniéndola y que no la soltara jamás. Pero, obviamente, Leon confirmó las palabras de Angie y, de pronto, Tiger apartó las manos de su cuerpo y, en señal de perdón, levantó las palmas en dirección a Leon.

—Perdona, colega. —Se echó a reír—. No era mi intención extralimitarme.

La euforia se disipó en un instante y la reemplazó una mezcla de desencanto y fastidio. ¿Qué era ella? ¿Un objeto? Salió acelerada de la pista de baile, agarró la copa de vino y fue a rellenarla, mientras trataba de entender qué era lo que sentía, qué era lo que debería sentir.

Mientras llenaba el vaso de vino todo lo posible, la música volvió a cambiar en la sala de estar y Angie apareció en el umbral de la puerta.

—¿Todo bien? —le preguntó con dulzura.

Maggie inhaló hondo y asintió, mordiéndose el labio inferior.

—Lo siento —se disculpó Angie—. Tendría que habérselo dicho. Es que di por sentado que… Bueno, te pido perdón si lo he estropeado.

Maggie negó con la cabeza.

—No te preocupes —le dijo—. No pasa nada. Además, es un sinsentido: un flechazo de la adolescencia que desde el comienzo estaba abocado al fracaso. Tengo cincuenta años y estoy con Leon. Debo superarlo y pasar página.

—Es amor no correspondido —dijo con nostalgia—. Uno no es un ser humano de verdad hasta que le pasa al menos una vez. En realidad, si lo piensas, el único de los cuatro que ha conseguido lo que quería de verdad es Leon.

Y entonces antes de que Maggie tuviera tiempo para entender a qué se refería, Angie se marchó bailando de la cocina. Había muchas cosas en aquella frase que había que deshilvanar, pero no era el momento. Tomó un trago, volvió a llenar la copa hasta arriba y siguió a Angie a la sala de estar. Tiger, que no quería bailar solo, se había tirado en el sofá entre Romany y Leon, y ahí estaban los tres, sentados como tres monos sabios, porque la música estaba tan alta que era imposible entablar conversación.

—¿Bajo un poco el volumen? —propuso Angie, y así lo hizo, sin esperar a recibir respuesta.

—Bueno, ¿y qué más me he perdido? —preguntó Tiger, ahora que se podían comunicar sin gritarse—. ¿Cuánto tiempo lleváis comiendo perdices vosotros dos?

—No hace ni un año —contestó Maggie. Ella y Leon se miraron, y la expresión de él transmitía una mezcla de orgullo y adoración que, de inmediato, la devolvió a la realidad. ¿Por qué soñaba con Tiger si Leon era mucho mejor para ella? En ese instante, respondió a la patente muestra de afecto de Leon con lo que esperaba que fuera una sonrisa inequívoca—. Pasó lo que tenía que pasar, ¿verdad, Lee? —dijo—. Fue como volver a casa.

No era del todo cierto, pero, al decirlo, notó que algo se cerraba en su interior. Ya estaba. Había llegado el momento de dejar la fantasía de Tiger donde debía estar: en el pasado. Notó que se le relajaban los hombros de inmediato, que la tensión que, sin ser consciente, había ido acumulando se disolvía, y supo que había concluido aquel capítulo. Era libre.

—Entonces, desaproveché la oportunidad —contestó Tiger, y le guiñó un ojo a Romany, que arrugó la nariz en un gesto de desdén muy propio de la adolescencia.

Eso era todo lo que era para Tiger, se dijo Maggie. Una oportunidad. Y, de pronto, no comprendía del todo por qué había permitido que su encaprichamiento hubiese durado tantos años. Tiger nunca había sido lo que ella necesitaba. Nunca lo sería.

—Y Ange me ha dicho que has dejado a tu gran amor —prosiguió, ignorando el cambio sísmico que se había producido en la mente de Maggie.

Esta última puso los ojos en blanco. Este era el verdadero Tiger: siempre de buen humor y gastando bromas pesadas. No iba a dejar pasar la oportunidad de meterse con ella por entregarse en cuerpo y alma al trabajo.

—Así es —le dijo—. Cortamos hará cosa de un año.

Admitir aquello era muy duro, y parecía que el paso del tiempo no ayudaba en nada. ¿Alguna vez se acostumbraría a ese cambio de estatus? Seguía siendo doloroso tener que confesar que había perdido su preciada carrera profesional, y reescribir la historia de tal forma que pareciese que había sido por decisión propia solo empeoraba las cosas, pero seguía siendo incapaz de sincerarse y de decirles a los curiosos que la habían despedido.

—¿Qué pasó hará cosa de un año, entonces —preguntó él—, para que cambiasen tantas cosas?

Maggie se encogió de hombros.

—Los dioses debían de estar aburridos esa semana —dijo, soltando una risa.

—Y un cuerno —intervino Angie—. Fue el universo, que quería que entendieras que tenías que cambiar de rumbo. Lo que pasa es que todavía no tienes claro cómo orientar el mapa, ¿verdad, Mags?

—No. Todavía no —contestó esta.

¿Cómo era capaz Angie de eso? ¿Cómo era posible que supiese lo que ni siquiera ella misma entendía? Era muy desconcertante.

—¿Y a qué te dedicas ahora? —se interesó Tiger.

–Oh, trabajo de cara al público en el estudio de un arquitecto en la ciudad.

Tiger hizo una mueca.

–¿Tanto cerebro y tantos diplomas para acabar trabajando de recepcionista? No me cuadra.

–No está tan mal –respondió, sin querer hablar a la defensiva–. Obviamente, el salario no es tan bueno como en el otro trabajo, pero tengo pocos gastos y es maravilloso irse a casa al final de la jornada y no tener que pensar en el trabajo hasta volver al día siguiente.

Aquella era su respuesta comodín, la que repetía a todos los que le hacían la misma pregunta. Hasta parecía verdad.

–Y yo gano mucho –añadió Leon–. No se va a morir de hambre.

Maggie sabía que lo decía para apoyarla y que no pretendía presumir, pero, aun así, se le tensó la mandíbula. Además de dar la impresión de que era incapaz de cuidar de sí misma, también podía entenderse como una crítica encubierta a Tiger, quien parecía ganar lo suficiente para llegar al final de la semana. En el fondo, sabía que Leon no lo decía por eso y Tiger tampoco lo interpretaría de esa manera. La única que tenía un problema de verdad era ella. Algo tarde, le dedicó una débil sonrisa a Leon y esperaba que no se hubiera dado cuenta de lo que había tardado en reaccionar.

–¿Y tú qué? –le preguntó Maggie a Tiger, deseosa de dejar de ser el centro de atención–. ¿Adónde irás ahora?

Tiger soltó un suspiro, como si hacer planes fuera su trabajo.

–Mañana me iré a Newcastle para pasar una temporada y luego iré al norte. Me apetece ver las Orcadas.

–Es un lugar precioso –comentó Leon–. Tranquilo, bien conservado…

–Vamos, hecho a medida para mí –contestó Tiger entre risas, y todos se rieron con él.

–¿Puedo cambiar la canción? –pidió Romany–. ¿Poner algo

un poco más moderno? Es que esto parece el cementerio de la música.

Angie se inclinó por el respaldo del sofá y rodeó a su hija con los brazos. Apoyó el mentón en su cabello reluciente y le dio un besito en lo alto de la cabeza.

—Si insistes… —concedió—, pero luego volveremos a los ochenta.

Romany puso los ojos en blanco solo de pensarlo y cambió la música desde el teléfono. Maggie no reconocía la canción, pero la cantaba una mujer con una guitarra acústica y reflejaba a la perfección el nuevo ambiente que reinaba en la estancia, más introspectivo. Romany, al parecer, poseía la misma perspicacia que su madre.

Maggie se agachó con cuidado, consciente de que sus rodillas no eran tan fuertes como antes, y se sentó de piernas cruzadas sobre la alfombra del suelo. Angie se sentó a su lado. Tal vez tenía un poco más de sobrepeso que Maggie en la zona del estómago, pero, en lo que a la flexibilidad se refería, Angie seguía ganándole de lejos. Se acomodó en la alfombra con un movimiento ágil, sin tener que recurrir a las manos, y levantó las piernas en una postura que Maggie solo podría adoptar en sueños.

—Miradnos —dijo Angie con cariño—. Nos conocemos desde hace más de treinta años y no tenemos nada en común los unos con los otros. Y cuando digo nada, me refiero a nada de nada —subrayó la última palabra—. Pero aquí estamos. Seguimos disfrutando de la compañía, seguimos cuidándonos. ¿Quién lo iba a decir, eh?

Maggie sonrió.

—Cuando entraste en mi dormitorio en la residencia, sin avisar y, por cierto, sin permiso, para exigirme papel higiénico…

—¡Yo no te exigí nada! —objetó Angie.

—Fijo que sí —añadió Romany, y Maggie enarcó una ceja y asintió en su dirección, como diciéndole que ni se le ocurriera dudarlo.

—… para exigirme papel higiénico —prosiguió—, por nada del mundo me habría imaginado que íbamos a estar aquí sentadas esta noche, siendo amigas después de tanto tiempo.

–Si te soy sincera, yo tampoco –respondió Angie–. Pensaba que eras una estirada y una exagerada.

Maggie se encogió de hombros, reconociendo que era una buena forma de describirla.

–Pero aquí estamos. Y me parece fantástico. ¡Brindemos! Por las amistades inverosímiles.

Todos alzaron las copas y brindaron los unos con los otros.

Maggie se inclinó y apoyó la mano en la pierna de su amiga, apretándola un poco, como si, en cierta manera, la estuviera abrazando. Era todo gracias a Angie: que siguieran en contacto, que Leon fuera parte de su vida, y Tiger también, ya puestos. Y ahora también Romany, lo más cercano que tenía a una hija. De alguna manera, Angie era la clave de todo, Angie, a la que una vez llegó a considerar la persona más egoísta que conocía.

–Por las amistades inverosímiles – repitió Maggie.

Capítulo 40

2018

—Si mi madre no estuviera muerta, la mataría –dijo Romany–. ¿En qué demonios estaba pensando cuando se le ocurrió este plan sin pies ni cabeza? Como si necesitara que todos estos amigos suyos tan raritos cuidaran de mí. ¡Que ya tengo dieciocho años, por favor! ¡Que soy adulta! Y no necesito que un *hippy* con un nombre ridículo haga de niñera. Soy más que capaz de cuidar de mí misma.

Se puso de morros, se cruzó de brazos y se recostó contra el respaldo del asiento, levantando las dos patas delanteras de la silla.

—La verdad es que es una mierda –respondió Laura–. Es una pena que el tío *hippy* se haya mudado a tu casa. Si no, podríamos haber montado cada fiesta…

Romany asintió.

—Ahora que lo dices, lo de las fiestas no le importaría. Le gustan bastante esas cosas. Más que a mamá, al menos. Pero ¿y si quiero llevar a alguien a casa? ¿Nos imaginas en mi habitación, con él sentado en el sofá, a la escucha?

—Bueno, así es la vida en mi casa –dijo Laura–. Te juro que mi madre se entera cuando Matt y yo nos acercamos a menos de un metro, porque siempre aparece para ofrecernos una tacita de té.

Puso los ojos en blanco y Romany sonrió.

—Bueno, yo no corro ese riesgo en mi casa –contestó. Su madre no volvería a sorprenderla con un chico.

Laura, por unos instantes, pareció consternada, pero luego le dedicó una medio sonrisa triste.

—No —le dijo, y después añadió—: Por lo menos, Matt tiene coche.

—¿Lo habéis probado? —preguntó Romany—. Es muy incómodo. En fin, eso no es lo que importa. Lo que importa es que mi madre me ha abandonado con todos estos inadaptados sociales cuando yo solo la quiero a ella. Qué mierda.

Notaba que comenzaba a cerrársele la garganta y que unas lágrimas ardientes luchaban por salir en las comisuras de sus ojos, pero se las enjugó con rabia. Ya había llorado bastante y no iba a ponerse a llorar otra vez, al menos delante de la gente. Bueno, delante de Laura tal vez sí, pero de nadie más. Si quería que la tratasen como la adulta que no paraba de decir que era, tendría que dejar de comportarse como una niña pequeña.

Laura la rodeó con los brazos, volviendo a apoyar la silla en las cuatro patas.

—Tranquila, cariño. Sé que es duro —pronunció las palabras en un susurro, para que los chicos que se sentaban en la fila de atrás no las oyeran.

Era duro. En realidad, dudaba que hubiera algo más duro que perder a tu madre cuando seguías estudiando. Y ni siquiera había dispuesto de mucho tiempo para hacerse a la idea de lo que iba a pasar. Cuando su madre al fin dejó de intentar curarse del virus que pensaba que tenía a base de dietas macrobióticas, suplementos alimenticios sospechosos y reiki y consultó a un médico de una vez por todas, descubrieron que tenía cáncer de ovario en estadio cuatro, terminal, con muy pocas probabilidades de que cualquier tratamiento para prolongarle la vida fuera a tener éxito. Falleció en cuestión de dos meses.

En un primer momento, Romany le echó la culpa a su madre por no pedir ayuda antes. ¿Cómo podías aproximarte tanto a la muerte sin ser consciente de que estabas enferma? Pero las enfermeras de la organización benéfica Macmillan Cancer Support les habían explicado que a veces pasaba. Los síntomas o no se veían o se diagnosticaban de manera incorrecta. Aunque su madre hubiese ido al médico antes, nada garantizaba que hubieran detectado el cáncer con algo más de antelación. El cáncer de ovario se conocía como «el asesino silencioso», al parecer. O el asesino susurrante, al menos, pero es que, en el caso de su madre, se manifestó en susurros tan bajos que nadie lo oyó.

Después culpó a los médicos por ser incompetentes y, por último, se culpó a sí misma por no atar cabos entre el estómago hinchado de su madre, aquel letargo tan impropio de ella y la enfermedad mortal que la estaba carcomiendo por dentro.

El dolor era, parecía ser, un proceso. Lo había buscado en Google, desesperada por encontrar un rayo de esperanza en las experiencias de los demás. Suponía que estaba atascada en algún punto de la tercera fase, que era la rabia, pero, algunos días, a veces incluso algunas horas, seguía rozando la segunda fase, el dolor y la culpa. De las dos, prefería la rabia, ya que, por lo menos, le permitía gritar y lanzar cosas por el aire. El dolor resultaba insoportable.

Y, aun así, aquí estaba ella, sentada en clase de Química y, más o menos, de una pieza. Su tutora, que no paraba de mirarla con lástima y de ofrecerle pañuelos, le había dicho que, si se sentía en la necesidad de tomarse un tiempo de descanso, no habría problema. Se lo comunicarían al comité de evaluación y tendrían en cuenta sus circunstancias. Pero ¿qué iba a hacer ella si no venía a la escuela? ¿Quedarse en casa todo el día con Tiger? Eso era impensable.

No. Lo único bueno que pensaba sacar de esta terrible situación era aprobar los exámenes de acceso a la universidad e ir a la universidad de Durham a estudiar Bioquímica para que su madre estuviera orgullosa de ella. ¿Qué otra cosa podía hacer salvo seguir adelante?

El profesor Johnson entró en el aula y se detuvo al frente, a la espera de que los alumnos guardaran silencio. Pasó un rato hasta que todos repararon en su presencia.

—Buenos días, chicos del último curso —dijo cuando al fin el aula quedó en silencio—. Espero que estemos todos listos para seguir con las propiedades biodegradables de los polímeros. Sacad los deberes; a ver qué desastre habéis hecho.

Y entonces ya no hubo tiempo para pensar en nada que no fueran los polímeros, lo cual le venía muy bien.

+

Después de clase, Laura trabajaba cuidando de un par de niños de primaria, de modo que Romany tenía que volver a casa sola a pie. Por lo menos, ahora que su madre había fallecido, no corría el riesgo de que hubiera empeorado en casa mientras ella estaba en clase. No obstante, se rezagó sin siquiera ser consciente de ello: tomó el camino más largo para volver a casa y se paró en escaparates que, en situaciones normales, no le habrían llamado la atención. Cualquier cosa con tal de no tener que hablar con Tiger. Se sentía fatal. Era un tipo muy majo, pero no tenían nada que decirse el uno al otro. ¿Qué sabía él de chicas adolescentes? ¿Qué sabía ella de hombres cincuentones, ya puestos? Parecía que no tenían ningún vínculo de unión, más allá de su madre, y de ella, precisamente, evitaban hablar los dos, presas de la desesperación. Así pues, siempre acababan revoloteando el uno en torno al otro, sumidos en un silencio tenso y benigno, ya que ninguno de los dos tenía ni la materia prima ni la energía para entablar conversación, a no ser que fuera para preguntarle al otro qué quería comer. La situación era de una incomodidad indescriptible, pero no había nada que pudiera hacer ella para mejorarla. De modo que pasaba el menor tiempo posible en casa, y, cuando volvía, se escondía en su habitación para estudiar o ver *CSI* en el portátil hasta que fuera hora de irse a dormir.

No sería así para siempre, se repetía ella. Ya estaban en octubre y, según el acuerdo alcanzado, él se marcharía en cuanto ella terminase los exámenes en junio. Sin embargo, cada vez que contaba las semanas en el calendario, le parecía una eternidad.

Capítulo 41

—A ver, no quiero preocuparte –le dijo la tutora de Romany–. Todavía tienes tiempo de sobra; faltan meses para que acabe el plazo. Pero sí que es cierto que los estudiantes se concentran mejor en el curso una vez que envían las solicitudes de matrícula a las universidades y se olvidan del tema.

A Romany le entraron ganas de llorar. ¿No tenía ya bastante? Sabía qué disciplina quería estudiar y adónde quería ir, decisiones que había tomado con gran esfuerzo, teniendo en cuenta todo lo que le había sucedido. ¿No era suficiente? ¿Por qué tenía que pasar por el infierno de cubrir formularios? ¿Acaso no sería más sencillo para todas las partes si enviaba un correo electrónico a la universidad de Durham explicando lo que quería y ellos se limitaban a contestar con un «Vale»? Así podría centrarse en sacar buenas notas.

Pero no era así como funcionaban las cosas. Tenía que cubrir un formulario y escribir una carta de presentación para convencer a Durham de que era una apasionada de la materia y de que serían unos necios si desaprovechaban la oportunidad de darle clase. Por desgracia, se veía incapaz de cumplir con esa tarea. No entraba dentro de sus capacidades: la había metido, sin vacilar lo más mínimo, en la caja imaginaria de las cosas «imposibles de hacer». Sí que había intentado empezar: había creado una nueva carpeta en el portátil que contenía un documento titulado, muy convenientemente, «Carta de presentación», pero cada vez que lo abría y miraba la página en blanco y el pequeño cursor parpadeante, se le quedaba la mente en blanco. ¿Qué iba a decir ella de sí misma? ¿Qué tenía que ofrecerle a un lugar tan prestigioso como la universidad de Durham? Nunca había estado en Durham, para empezar, pero, en cierto modo, sabía que ahí era donde deseaba estar. En Durham ya no sería la chica del padre desconocido y la madre muerta. Sería, simple y llanamente, Romany Osborne, estudiante de Bioquímica, como todos los demás.

Antes de que su madre muriera, las había inscrito a las dos para las jornadas de puertas abiertas, como se suponía que debía hacer, pero, cuando llegó el día, su madre no se sentía bien y lo habían pospuesto, tras decirse la una a la otra que ya irían a las jornadas de septiembre. No sabían, por aquel entonces, que aquel septiembre jamás llegaría.

Si su madre estuviera ahí, la ayudaría a escribir algo ingenioso para la solicitud. Aunque, por otro lado, si su madre estuviera ahí, Romany no necesitaría ayuda, ya que podría pensar con claridad sin que todos sus pensamientos se enmarañasen y se confundiesen en su mente.

–No te llevará mucho tiempo, una vez que des el paso de empezar –le dijo su tutora, interrumpiendo el hilo de sus pensamientos. Le hablaba con esa voz dulce con la que se dirigían todos a ella estos días, y le daban ganas de gritarles que dejasen de tratarla como a una víctima–. Por lo menos, ya sabes adónde quieres ir y qué quieres estudiar, así que ya has hecho lo más difícil.

Le dedicó una débil sonrisa y Romany sintió lástima por aquella mujer. Ella tampoco sabe qué decir, pensó entonces. Seguro que lleva semanas temiendo esta conversación, que lo ha hablado con el marido por las noches, con una copa de vino en la mano. «En mi grupo de tutoría de último curso hay una pobre chica que acaba de perder a su madre. Qué tragedia… ¿No se te parte el corazón?».

En eso se había convertido Romany: en una persona que le partía el corazón a la gente. Pero las cosas iban a cambiar. Tenía que recomponerse y demostrarles a todos que no necesitaba que se compadeciesen de ella, que seguía siendo la misma persona de siempre. Y entonces quizá la gente dejaría de tratarla como si fuera a romperse en cualquier momento. La que había muerto era su madre, a fin de cuentas, no ella.

–Y yo estoy aquí para ayudarte –continuó diciendo la tutora–. Seguro que juntas acabamos con esto en un abrir y cerrar de ojos.

–Gracias –contestó, alzando la vista y mirándola a los ojos por primera vez en toda la conversación–. Pero no hace falta. Sé de alguien que me puede ayudar.

✦

A la hora del almuerzo, le envió un mensaje a Maggie. Su madre la había dejado a cargo de este tipo de cosas, así que era el momento de que saltase a la acción. Y, además, le caía mucho mejor que su tutora.

Hola, tía Maggie. ¿Podrías echarme un cable con la solicitud de matrícula para la universidad? Besos. R.

Le contestó al momento.

Por supuesto. ¿Sigues interesada en Bioquímica?
Me informo un poco y lo vemos juntas.
¿Esta tarde te viene bien?

Su madre estaba en lo cierto. Maggie era posiblemente la persona más eficaz de todo el mundo.

Genial. Pásate después del trabajo.

Maggie llegó a las seis y diez con un surtido de Hotel Chocolat y una amplia sonrisa. Le dio un abrazo fugaz –ni muy dramático ni muy sensiblero– y le entregó los bombones.

–Hay que alimentarse –le dijo.

Se sentaron a la mesa de la cocina con un bloc, una selección de bolígrafos de colores y los portátiles listos para la batalla.

–Veamos –dijo Maggie–. He investigado un poco y parece que lo que importa es la carta de presentación. Tienes que demostrarle a la comisión encargada de evaluar las preinscripciones quién eres tú, que tienes las destrezas necesarias para estudiar en la universidad y que eres una apasionada de la carrera en la que te quieres matricular. ¡Es pan comido!

Romany asintió. Sí que parecía sencillo cuando Maggie lo decía de aquella manera.

–Y puedes solicitar plaza en cinco universidades –añadió–. ¿Vamos a tope con la Bioquímica?

–En realidad, solo quiero ir a Durham –contestó, y Maggie la miró con curiosidad–. He echado un vistazo a las demás carreras y universidades y esa es la única que me interesa.

–Vale –respondió, hablando despacio–. Es una decisión atrevida, pero si estás segura de que es lo que quieres, no veo por qué no. Aunque no creo que a la escuela le vaya a hacer mucha gracia.

Romany se encogió de hombros; no le importaba mucho lo que pensase la escuela.

–Estás cursando las materias correctas, así que eso no va a ser un problema. Y, si todo sigue igual, sacarás…

–Sobresalientes –dijo–. O eso era antes…

–Tú no te preocupes –contestó–. Por ahora, lo que importa es que la universidad tenga en cuenta tu solicitud. Ya nos preocuparemos de sacar la nota que hace falta luego.

Oyeron que se abría la puerta delantera y Romany reparó en que Maggie se sobresaltaba. Se peinó con una mano y se limpió las manchas de rímel debajo del ojo. Su madre siempre decía que estos dos se gustaban, pero a ella le daba asco que la gente mayor se pusiera a flirtear.

–Hola, Tiger –gritó con alegría, dándole a entender que tenían visita.

Entró con dos bolsas de la compra que parecían pesar mucho.

–Oh, hola, Mags –la saludó al verla. Se le veía mucho menos nervioso que a Maggie–. He comprado todo lo de la lista, excepto las alcaparras. No hubo manera de dar con alcaparras.

–No importa –respondió Romany–. Maggie y yo estamos preparando mi preinscripción para la universidad.

Tiger asintió.

–Mags es la mujer ideal para eso –dijo con admiración–. ¿En qué lugar estás pensando?

–En Durham –respondió.

–Ah –dijo, asintiendo de nuevo.

Dios, será inútil, pensó Romany. Seguro que ni siquiera sabe dónde está Durham.

–Una ciudad preciosa –comentó él entonces–. El castillo y la catedral son patrimonio mundial de la UNESCO, por supuesto, y también hay unos jardines botánicos maravillosos. Si aciertas con la hora, date un paseo por el puente Elvet cuando se ponga el sol: la luz en ese lugar es asombrosa. Una gran elección, Romey.

Esta lo miraba boquiabierta.

–Vaya, eres una enciclopedia andante –dijo Maggie, que también parecía impresionada.

–¿Cómo sabes todo eso? –quiso saber Romany–. Hablas como un guía turístico.

Tiger parecía sorprendido por la pregunta.

–Bueno, y lo he sido, ¿o no? Es un lugar extraordinario. Diminuto, pero lleno de historia medieval. Es fantástico.

Y entonces se puso a sacar la compra de las bolsas. Maggie le lanzó a Romany una mirada insinuante, enarcando las cejas, y se miraron con pura incredulidad.

–Bueno –prosiguió Maggie, volviendo a centrarse en lo que estaban haciendo–. Empecemos presentándote...

✦

Al final de la tarde habían redactado una carta de presentación bastante buena y Romany se sentía mucho más tranquila con todo el trámite. Maggie la había orientado con claridad y sensatez y le había explicado lo que necesitaba escribir de tal forma que el texto pudiese leerse con fluidez, transmitiese entereza y finalizase de manera oportuna con una conclusión colmada de ilusión. También habían dado en el clavo con la extensión. Romany habría sido incapaz de hacerlo sola y tenía que admitir que, si su madre hubiera estado ahí para ayudarla, seguramente habrían acabado discutiendo por lo que deberían añadir y lo que deberían eliminar. Maggie era la persona perfecta para un cometido como este.

–Gracias, tía Maggie –le dijo, mientras cogía una trufa con sabor a champán de la caja semivacía–. Me has ayudado mucho.

Maggie sonrió.

–Un placer serte útil –le dijo–. Si te digo la verdad, me ha gustado mucho hacer algo que me obligue a pensar, para variar. Echo de menos usar la cabeza.

–Entonces, ¿no la usas mucho? –le preguntó.

No tenía del todo claro a qué se refería. Desde luego, si eras tan lista como Maggie, tendrías que usar la cabeza todo el tiempo; no podrías evitarlo, aunque quisieras. La aludida arrugó la nariz.

–Estoy un poco sobrecualificada para el trabajo que tengo ahora mismo –le dijo–. Es decir, es una empresa maravillosa y la gente es encantadora, pero estoy acostumbrada a tener algo más de responsabilidad.

–Si es así, ¿por qué te quedas? –quiso saber.

Maggie sacó una chocolatina de la caja, pero no se la llevó a la boca, sino que la rozó con los labios, sumida como estaba en sus pensamientos.

–Bueno –comenzó a explicar–, no me hace falta ganar mucho dinero. No tengo que mantener a nadie y yo misma salgo barata. Y es un trabajo fácil, sin complicaciones. Además, me encanta volver a casa por la tarde y desconectar… –se calló.

–Pero ¿te aburre? –sugirió Romany.

Maggie asintió.

–¿Y tienes la impresión de que no te sientes realizada?
Asintió otra vez.
–¿No crees que te vendría bien probar otra cosa un poco más exigente?
–Puede que sí –dijo.
–Pero ¿te da miedo?
Asintió.
–Pero saliste escaldada, ¿no es así?
Asintió.
Romany se recostó en el asiento y la contempló fijamente, evaluándola.
–¿Qué me dirías si fuera yo? –le preguntó, y Maggie suspiró hondo.
–Te diría que recuperes el ánimo, te centres y te pongas manos a la obra de una vez por todas –le dijo.
–Mmmm –murmuró, esbozando una sonrisa irónica–. Pues ¿a qué esperas?
Le dio la impresión de que Maggie se había sonrojado.

Capítulo 42

Maggie estaba preparando la cena para ella y para Leon: lasaña cien por cien casera. Cuando trabajaba de abogada, no tenía tiempo para hacer platos con tantos ingredientes. Por aquel entonces, se limitaba a preparar a toda velocidad un plato de pasta, le añadía salsa de tomate con alguna que otra verdura y se lo comía sin degustarlo mientras repasaba los correos electrónicos y los documentos para el día siguiente. Ahora, sin embargo, mientras la salsa del ragú comenzaba a burbujear en el horno, removía la salsa de bechamel con cuidado, cerciorándose de que no espesase muy rápido o de que no se pegase a la sartén. Le gustaba disponer de tiempo para cocinar de verdad; incluso le parecía terapéutico. No obstante, por irónico que pareciese, ahora que al fin tenía tiempo de remover una salsa sin tener que hacer nada más a la vez, ya no ansiaba tales momentos de sosiego. Casi echaba de menos comer a la carrera, sin pararse a apreciar la comida porque su mente estaba ocupada con cosas más interesantes.

Leon estaba sentado en la isla de la cocina, frente a una copa de vino, consultando la programación de la televisión para aquella noche en el iPad.

—En ITV se estrena una serie con cuatro protagonistas que promete —le comentó—. O siempre podemos seguir con *House of Cards*.

Maggie suspiró para sus adentros.

—¿Probamos la nueva? —propuso.

Había perdido el interés en *House of Cards* después de la segunda temporada, pero, por otro lado, no quería molestar a Leon, a quien parecía que seguía gustándole.

–Como quieras –contestó él–. ¿Qué tal te fue con Romany ayer por la tarde?

–Oh, fue muy productivo. Le dimos caña a su carta de presentación. Ya lo tenía casi todo pensado; solo necesitaba que le dieran un empujoncito para ponerlo por escrito. Es una chica muy lista.

Leon asintió.

–Bien –le dijo–. ¿Mencionó la lista que le envié? Cien libros que leer antes de cumplir los veintiún años. Busqué recomendaciones de lectura en Google y me apareció eso. Había libros muy buenos, aunque también muchos que no me sonaban para nada.

–No –contestó–. No hablamos de eso. Y, si te soy sincera, Lee, no sé si es lo que le conviene justo en este momento, con los exámenes de acceso a la universidad a la vuelta de la esquina. Ya tiene bastante presión encima como para que ahora también piense que tiene que leerse toda una lista de novelas.

–Sí, seguramente tengas razón. –Se le veía alicaído; apoyaba el mentón en la mano–. Que quede entre tú y yo, pero no tengo del todo claro qué es lo que debería hacer como tutor cultural. Tú no tienes problema: obviamente, va a necesitar ayuda con cosas como la solicitud de acceso a la universidad, pero mi función es tan ambigua… Ojalá Angie nos hubiera orientado un poco más.

Maggie dejó de remover la salsa y la retiró del fuego. Se sirvió una copa de vino y se sentó junto a Leon.

–Creo que, en el fondo, lo que quería era asegurarse de que Romany tuviera referentes adultos en su vida. La función que te haya tocado no es tan importante.

Leon parecía sorprendido.

–¿De verdad? Entonces, no sé si…

–¿Por qué no llevas a Romany a algún lado? ¿Al teatro o al cine, algo que disfrutéis los dos? Y luego charláis un poco al salir.

–¿Cómo? ¿Los dos solos? –preguntó Leon dudoso.

–¿Y por qué no?

Se encogió de hombros.

–Es que no sé… Me parece un poco raro.

–No tiene padre y los únicos hombres a los que conoce sois tú y Tiger, y no veo al otro yendo al teatro, ¿no te parece? ¿Por qué no le echas un vistazo a la cartelera y le propones algo? Lo peor que puede pasar es que te diga que no. Pero ¿una lista de libros…? No sé si esa es la mejor manera.

Le sonrió para darle ánimos. Le entraron ganas de comentarle lo bien que Tiger conocía Durham; le había resultado asombroso. No tenía del todo claro por qué se sorprendía tanto, pero así era. Y, en el fondo, lo que la incomodaba era que lo había subestimado. Se había dejado llevar por las apariencias y nunca se había molestado en analizarlo en profundidad, pero, ahora que lo pensaba, suponía que él debía de tener mucho más que ofrecer como persona; de otro modo, su amistad con Angie no habría sobrevivido todos esos años. Aun así, no debería tener esta conversación con Leon. No le parecía apropiado. Lo que necesitaba era comentarlo con Angie. Dios, cómo la echaba de menos…

Así pues, optó por decir lo siguiente:

–En realidad, ayer no fui la única que dio consejos.

–¿Ah, no?

–No. Romany me sugirió que quizá no estoy aprovechando todo mi potencial trabajando para el arquitecto.

Leon enarcó una ceja.

–Bueno, eso salta a la vista –le dijo.

–Ya, ya, pero fue diferente al oírlo de sus labios, de una niña.

–Tiene dieciocho años; ya no es una niña.

–Sí, pero tú ya me entiendes. Me dio que pensar; eso es todo.

–¿Y a qué conclusión has llegado? –le preguntó, y Maggie inhaló hondo.

–Necesito un cambio –anunció.

Capítulo 43

—Es por aquí abajo –le indicó Romany.

A Leon se le veía muy inquieto: no dejaba de observar los contenedores rebosantes de basura y las cajas de cerveza del callejón oscuro.

—¿Estás segura? –le dijo–. No tiene muy buena pinta.

—Segurísima –contestó ella–. He venido cientos de veces.

Lo condujo por el callejón adoquinado, disfrutando de la insólita sensación que le brindaba estar a cargo por una vez, hasta que llegaron a una puerta negra a la que se le había caído la pintura.

—Es aquí arriba –le dijo.

Leon miró hacia atrás, como si lo hubieran metido en una encerrona, y Romany se echó a reír.

—Ay, Leon. ¿Es que no sales nunca?

—A *pubs* extraños en callejones oscuros no –le dijo, pero ella se alegró de que estuviera sonriendo.

Había sido idea de Romany venir al micro abierto. Ella había venido un par de veces con anterioridad, para ver una mezcla de actuaciones buenas, regulares y, por qué no decirlo, catastróficas. No obstante, siempre había alguna que otra joya que brillaba como un diamante perdido entre carbón, y solo por eso valía la pena. Hoy, en cambio, cantaría Laura, de modo que venía, más que nada, para apoyarla. Varios amigos de clase también estarían presentes, y habría venido con ellos de no ser por el mensaje que le había enviado Leon.

Hola, Romany. Quería preguntarte si te apetecería ir al cine una noche de estas. No sé muy bien qué es lo que te gusta, pero estoy abierto a sugerencias.

Le había parecido una bendición. Sabía que estaba dando lo mejor de sí y esto suponía un avance, en comparación con la lista de clásicos que le había enviado, todos ellos dignos de admiración pero no muy llamativos. No obstante, en el cine no había nada interesante y, además, tendría que escoger con cuidado la película para no acabar viendo nada muy sentimental por accidente. Lo que le faltaba era echarse a llorar en presencia de Leon. Seguro que al pobre le daría algo.

Y entonces se le ocurrió el microj abierto. Sería perfecta. Se trataba de una actividad cultural –de todo tipo: poesía, música folclórica de guitarra, cantantes y demás músicos– y era en directo, por lo que no podrían conversar mucho. ¡Puede que incluso a Leon le gustase! Le daba la impresión de que él no salía a menudo y no se podía decir que Maggie tuviese una vida muy aventurera.

Por lo tanto, había contestado a su mensaje así:

Mi amiga va a tocar en un micro abierto el jueves por la noche. ¿Quieres acompañarme?

Y le había dicho que sí.

Lo condujo escaleras arriba, a la sala del piso superior. Se trataba de un altillo con las mismas dimensiones que el *pub* de la planta baja: había una barra en uno de los extremos y un pequeño escenario en el otro. El suelo era de tablas de madera y las paredes y el techo se habían pintado de negro, de modo que, a pesar de ser un lugar muy espacioso, transmitía cierta intimidad. La sala ya estaba medio llena. Romany escogió una mesa algo alejada de los altavoces y se sentó.

–¿Me pides una botella de Becks? –le dijo ella, y Leon la miró con escepticismo.

–¿Teniendo clase mañana? –inquirió.

A Romany se le había olvidado que tenía dos hijos y que, por tanto, sería muy estricto con ese tema. Pero esta era su noche: enarcó una ceja.

—¿Y puedes traer una bolsa de patatas saladas con vinagre? Tiger y yo no preparamos nada de cenar.

Leon negó con la cabeza y chasqueó la lengua, y ella pensaba que estaba a punto de hacer un comentario sobre la vida doméstica en el apartamento, pero debió de cambiar de parecer y se marchó a la barra, de donde volvió con dos botellas y dos bolsas de patatas.

—Bueno —dijo después de sentarse y de que ella rompiese la bolsa por los bordes y la abriese del todo para compartir—. ¿Cómo funciona esto?

—Básicamente, te apuntas con una semana de antelación, dices lo que quieres hacer y, la noche de la función, agarras el micrófono y te tiras a la piscina. Hay funciones de todo tipo. Hay mucha poesía que no vale para nada, pero los humoristas a veces son graciosos. Y mi amiga Laura, a quien hemos venido a ver, es muy buena.

—¿Qué es lo que hace? —quiso saber Leon.

—Canta y toca la guitarra. Es maravillosa. Interpreta las canciones de Adele, Norah Jones y demás, pero hoy va a tocar una que ha compuesto ella misma, así que está un poco más nerviosa de lo normal.

—Tengo ganas de escucharla —dijo Leon, y a Romany le dio la impresión de que estaba interesado de verdad.

Mientras charlaban, él no paraba de recorrer la sala con la mirada, fijándose en cada detalle. Tal vez Romany había encontrado un punto en común que pudieran disfrutar juntos; así, se ahorraría el tener que aguantar sus lamentables propuestas.

Se oyó un grito en la habitación y Romany alzó la mirada hacia el grupo de sus compañeros de clase, entre los que se encontraba Laura, con la guitarra colgando de la espalda. Tenía pensado sentarse en mesas separadas para no imponer su presencia a Leon y viceversa, pero parecía que se estaban acercando hacia ella y, antes siquiera de ser consciente, se estaban acomodando en torno a ellos, sacando sillas de otras mesas y pidiendo las bebidas.

Cuando se sentaron todos, Romany los presentó. Leon alzó una mano a modo de saludo y les sonrió de oreja a oreja. No intervino mucho, pero estuvo atento a la conversación, asintiendo y riéndose en los momentos oportunos. Pareció cobrar vida cuando la sala se llenó de gente y el estruendo aumentó de volumen. Siempre le había parecido una especie de ermitaño, se había preguntado por qué su madre era amiga suya si parecían polos opuestos, pero tal vez era por este motivo. Tal vez Leon era una criatura nocturna en el fondo. Ahora estaba hablando animadamente con los demás, mientras esperaban a que comenzasen las funciones. En realidad, era bastante gracioso, pensó ella, tenía un sentido del humor marcado por la ironía y la perspicacia, y, conforme se fueron relajando todos a medida que avanzaba la noche, Romany empezó a sentirse verdaderamente orgullosa de él.

En las primeras funciones no hubo sorpresas: un humorista que solo soltó tres chistes buenos y un poeta que lo único que quería era criticar el sistema. Laura saldría en quinto lugar y, a medida que se fue acercando el momento, se fue apagando. Romany quería acercarse y animarla, pero tenía la silla pegada a la pared y no podría aproximarse a su amiga con facilidad sin armar todo un revuelo, de modo que se limitó a decirle algunas palabras que esperaba que fuesen de ayuda. Laura asintió, pero no paraba de morderse el labio y se había puesto un poco pálida. Entonces vio que Leon se inclinaba hacia ella y le decía algo. Dado que había apartado el rostro de Romany, no podía leerle los labios, pero, fuera lo que fuera, Laura sonrió. Se enderezó y pareció recuperar parte del color. Y entonces, cuando el maestro de ceremonias pronunció su nombre, volvió a mirar a Leon, como si fuera una especie de mentor. Romany, intrigada, se preguntaba qué le habría dicho para tranquilizarla de aquella manera; tendría que preguntárselo a Laura más tarde.

Esta cogió la guitarra, se subió al pequeño escenario y se sentó en la banqueta frente al micrófono. Entonces, después de afinar el instrumento una última vez, comenzó el espectáculo. Laura empezó la melodía con confianza; Romany siempre se admiraba de lo buena que era. No se pasaba el día hablando de ello ni era evidente solo con verla que tuviese tanto talento, de modo que era fácil que pasase desapercibido, pero ahora, cuando comenzó a cantar, saltaba a la vista que era especial. Su voz, con un estilo peculiar, entre Amy Winehouse y Dido, pareció vacilar al principio, pero luego comenzó a ganar mayor seguridad cuando comprendió que había cautivado a la sala. Cuando rasgueó el último acorde, el público se deshizo en aplausos de admiración. Laura sonrió con timidez y volvió a sentarse con ellos.

Las chicas la rodearon para prodigarle todo tipo de halagos, Romany entre ellas, pero esta se dio cuenta de que Laura tan solo deseaba saber la opinión de Leon, quien asentía en señal de admiración y esbozaba una ancha sonrisa.

–Ha sido fantástico –le dijo–. Me ha encantado la forma en la que has ido aumentando de intensidad conforme avanzaba la canción y el interludio fue un contrapunto perfecto al resto de la melodía. Maravilloso, de verdad. Muy, muy bien. Enhorabuena.

–Gracias –dijo Laura, con ojos relucientes.

Romany estaba intrigada. ¿Qué era todo esto? ¿Dónde estaba el friqui de siempre? Aquí no, eso estaba claro. Este Leon era bastante guay. Sus amigos, sin duda, pensaban lo mismo, ya que todos competían por acaparar su atención en la conversación. Entonces, algo se iluminó en un rincón de su memoria: ¿no le había dicho su madre que Leon tocaba un instrumento cuando estaban en la universidad, que se le daba bastante bien?

–¿Tú eres músico, Leon? –le preguntó entonces.

Su respuesta fue instantánea e inequívoca. Pareció encogerse un poco en el asiento y hundir los hombros.

–No, la verdad –dijo, con la mirada fija en el regazo–. A vuestra edad tocaba el saxo, nada más.

–¿Estabas en un grupo? –preguntó Laura, y Leon negó con la cabeza.

–No, para nada. Solo tocaba para mí.

–Deberías tocar aquí –propuso uno de los otros.

—¡Sí! —exclamó Romany—. Sí, qué buena idea. Podemos apuntarte para el mes que viene. ¿Qué clase de música tocas?

Leon se mordió el labio y se abrazó el torso.

—*Jazz*, pero no sé si...

—Ay, venga —le apremió Romany—. Si aquí casi no hay nadie. Será muy guay.

Daba la impresión de que él quería que se lo tragara la tierra. Así pues, ella le dio donde más dolía:

—Hazlo por mi madre —le pidió.

Capítulo 44

—¿**H**as enviado la solicitud de acceso a la universidad? –le preguntó Tiger a Romany el sábado siguiente.

Si bien no se veían mucho durante la semana, habían adoptado el hábito de reunirse el sábado por la noche para ver lo que fuera que echasen en la televisión un rato. No era un sacrificio muy grande. Cuando Romany tenía planes para la noche, siempre era para más tarde, y Tiger parecía agradecer la oportunidad de charlar un rato. Ella comenzaba a darse cuenta de que él también le hacía mucha compañía. «Una vez conocí a un chamán en Bali…», empezaba a contarle. O: «Cuando trabajaba en una zapatería en Helsinki…».

Romany nunca sabía qué era verdad y qué mentira, pero asumía que la mayoría de las anécdotas o bien le habían sucedido a él o bien a alguien que conocía. Se lo imaginaba sentado en pensiones de todo el mundo, contándoles historias fantasiosas a los otros viajeros para entretenerlos. Se le daba bien, era un narrador innato. No se dio cuenta de que tener la capacidad de contar anécdotas fuese una destreza tan complicada hasta que oyó a Tiger hilar las suyas. Poco importaba cómo concluía la historia, si era graciosa o trágica o si, como una fábula moderna, contenía una moraleja. El valor de las historias de Tiger residía en el viaje en sí. Ella le había dicho que debería ponerlas por escrito, pero él se había limitado a bufar. «¿Quién? ¿Yo? –Se había echado a reír–. Si a duras penas sé coger un bolígrafo». Romany suponía que lo decía de broma…, pero no pondría la mano en el fuego.

—No, todavía no la he enviado –le contestó entonces–. En el colegio me dicen que no puedo limitarme a Durham. Que, al parecer, tengo que tener un plan B, así que he tenido que buscar otros sitios y me ha llevado algo de tiempo.

Él asintió.

—Tiene sentido —le dijo—. Aunque seguro que no te hace falta. Lo del plan B, quiero decir. ¿Y Durham sigue siendo tu primera opción?

—Sí, creo que sí —le respondió.

—¿Te gustaría ir hasta allí? —le propuso—. Para que veas el sitio antes de que te comprometas. Podemos ir en tren, si quieres. O hacer autoestop...

—Iremos en tren —contestó con firmeza—. Usaré parte del dinero que me dejó mamá para viajar.

✢

Fueron el fin de semana siguiente. Romany estaba un poco inquieta. A pesar de que llevaban viviendo juntos un mes aproximadamente, no se veían con frecuencia, y pasar todo un día en compañía, sin ninguna posibilidad de escapar, le parecía mucho. No obstante, debería ir a Durham antes de enviar la solicitud de una vez por todas, por si resultaba que no le gustaba ese sitio para nada, y no quería viajar sola.

En la estación, Romany compró unos cafés humeantes y unas magdalenas de arándanos para ambos.

—Tu madre se estará revolviendo en la tumba —bromeó Tiger.

Ella se había dado cuenta de que, a diferencia de todos los demás, él no evitaba hablar de su madre ni se ponía nervioso cada vez que se decía algo que podría considerarse insensible. Seguía siendo el mismo de siempre, como si su muerte hubiera sido algo natural. Al principio aquella franqueza le había parecido inapropiada y le había guardado rencor por no tener en cuenta sus sentimientos, pero ahora se lo agradecía.

—Pues sí. Cafeína y, por si fuera poco, azúcar al mismo tiempo. Pero, en el fondo, no le importaba. Sí, en casa comíamos comida vegana y no había azúcar, pero si volvía a casa con un paquete de Haribo o me comía un sándwich de huevo en el almuerzo, no me decía nada.

–¿Por qué te comerías un sándwich de huevo? –preguntó, haciendo ademán de meterse dos dedos en la garganta.

–Tú ya me entiendes. Mamá tenía las ideas bien claras, pero eran sus ideas. Siempre me dio la libertad de tener las mías propias.

Tiger asintió.

–Sí, tu madre era muy buena. ¿Y qué piensas de lo de tener tutores? No tendrás queja de los tuyos, claro… –bromeó, soplándose las uñas y limpiándoselas contra el forro polar.

–Bueno, ahora que empiezo a entender qué pretendía mi madre con todo esto, no me parece tan mal –le confesó–. Soy muy joven para vivir sola, supongo, y no había nadie más que pudiera acogerme. Maggie me ha ayudado mucho con el tema de la preinscripción y seguro que me echará un cable en muchas otras cosas. Y Leon es un amor. No he parado hasta convencerlo de que toque en un micro abierto, dentro de un par de semanas. No se le veía muy contento, pero siempre puede echarse atrás si quiere.

–¿Va a tocar el saxo? –quiso saber Tiger. Romany asintió y él silbó–. Pues te va a encantar –añadió–. Igual voy yo también.

–¿Toca bien? –le preguntó.

–Tú prepárate –contestó con convicción–. ¿Y qué hay de esa mujer, Hope? ¿Sabes algo de ella?

Romany negó con la cabeza.

–No tengo muy claro por qué la escogió mi madre –le dijo–. Maggie tampoco lo sabe. Dice que solo la vio una vez antes de leer el testamento. Tú no la conoces, ¿no?

–No –dijo–. A mí también me pareció una elección extraña, pero estoy seguro de que tu madre tenía un buen motivo. Nunca hacía nada al tuntún.

Por regla general, Romany se molestaba cuando la gente intentaba explicarle cómo era su madre, pero, en cierto sentido, viniendo de Tiger no le importaba. Seguramente se debía a que, dijera lo que dijera sobre ella, casi siempre daba en el clavo.

El tren se detuvo en Durham y se bajaron, para luego abrirse paso por el andén entre los demás pasajeros. Era un día gris, con unas nubes que amenazaban lluvia en lo alto, pero no les importaba. Tenían una misión que cumplir. Tiger había organizado una ruta por la ciudad que, según él, incluía los puntos clave, además de la universidad en sí y algún que otro rincón para que viera el Durham «de verdad».

—¿Conoces todos los lugares a los que has ido tan bien como este? —le preguntó Romany: él caminaba confiado por North Bailey y ella lo seguía.

—Más o menos, sí —contestó—. En algún que otro lugar no estaba, que digamos, en plenas facultades; tú ya me entiendes… —Le dedicó una amplia sonrisa—. Pero me acuerdo de la mayoría.

—A mí me cuesta hasta orientarme en York —confesó.

—Yo creo que, cuando algo te importa, se te queda grabado en la mente —le dijo—. Me encanta viajar, ver lugares nuevos, conocer gente, de modo que, cuando me voy por ahí, sería bastante estúpido por mi parte olvidarme de todo nada más marcharme.

Hubo una pausa en la conversación, mientras esquivaban a un grupo de turistas.

—Bueno, ¿te molesta mucho —le preguntó Romany— estar atrapado conmigo?

En realidad, no lo había pensado hasta entonces. Se había dejado llevar de tal manera por el rencor por todo lo que le había sucedido que no se había detenido a analizar la situación desde el punto de vista de nadie más. Tiger no contestó de inmediato. Me va a mentir, pensó ella. Me va a decir que no hay problema y que no le importa lo más mínimo.

—Sí, es terrible —respondió—. Pero no me malinterpretes —añadió—. Eres una muchacha estupenda y yo haría lo que fuese por tu madre, pero ¿esto? ¿Estar atrapado en un sitio todo un año? Puede que me mate.

Romany estaba horrorizada.

–Lo siento mucho… –comenzó a decir, pero entonces reparó en la expresión de su rostro: le estaba sonriendo. Le clavó con cuidado un dedo en las costillas–. ¡Serás cabrón! –dijo, riéndose–. Pensaba que lo decías en serio.

Tiger suavizó la sonrisa.

–Bueno, tampoco es del todo mentira –le dijo–. Es duro no tener la libertad de marcharme cuando me plazca. Pero no va a durar para siempre y, si te digo la verdad, me estoy acostumbrado a la rutina. Y asentarse en un sitio tiene sus ventajas. Es más seguro, para empezar: no tengo que estar mirando hacia atrás todo el rato para ver si me están siguiendo. Y siempre hay comida (bueno, cuando hago la compra), y vivo en una casa caliente y seca. Y no roncas; por lo menos, no te oigo desde el otro lado de la pared. Así que no, no es tan malo. Bueno, basta ya de mierdas profundas. Vamos a echarle un vistazo a la catedral. Tiene la bóveda más antigua de estas proporciones que se conserva. ¿Lo sabías? Bueno, supongo que ese tipo de dato entra dentro tanto del campo de Leon como del mío, pero fijo que él no podría darte un *tour* guiado.

✦

Al final del día, Romany tenía las piernas hechas polvo y no podía dar ni un paso más, pero tenía la sensación de que ya se había hecho una buena idea de la clase de ciudad que era Durham.

–Bueno, ¿aún tienes ganas de estudiar aquí? –le preguntó Tiger cuando se sentaron en el tren para volver a casa.

–Sí, me parece que sí –respondió–. Gracias, Tiger.

–De nada. Un placer.

Algo parecido a la tristeza le atravesó el rostro en ese instante, como si desease ayudarla más a menudo. Esto le dio que pensar a Romany.

–¿Puedo hacerte una pregunta? –comenzó con incerteza.

–Pues claro. Dispara.

–¿Estás solo? Es decir, ¿tienes familia en algún lado o eres como yo? ¿No tienes a nadie?

–¿Así te sientes? –contestó a su pregunta con otra pregunta.

Romany frunció los labios para reprimir sus sentimientos, pero entonces se dio cuenta de que no tenía ganas de llorar.

–Sí, un poco –le dijo–. Es decir, te tengo a ti y a la tía Maggie. –Notó que se ponía colorada al llamarla de aquella forma tan infantil–. Y a Leon, por supuesto. Y tengo amigos. Laura es maravillosa y su madre me ha ayudado mucho. Pero, en el fondo, sí, siento que estoy sola.

–¿Y tu padre? –preguntó–. Sigue por ahí, en algún lugar. Podríamos localizarlo.

Romany lo había pensado. Desde aquel día en Whitby, cuando respondió con tanta contundencia a la pregunta de su madre, había sentido que necesitaba seguir en la misma línea. Pero, en el fondo, teniendo en cuenta lo mucho que habían cambiado las circunstancias, ya no se oponía tanto a aquella posibilidad como cuando tenía quince años. Aun así, eso no quería decir que quisiera localizarlo. Negó con la cabeza.

–Mejor no –dijo–. Es decir, me las he arreglado sin él hasta ahora. Y, además, tal vez no estemos destinados a conocernos…

Por la forma en la que la miraba, Tiger daba a entender que no estaba de acuerdo, pero no contraargumentó.

–Eres joven –se limitó a decir–. Tienes mucho tiempo para decidirlo.

Entonces, guardaron silencio: los dos miraron por la ventana el cielo, cada vez más oscuro, durante el resto del trayecto. Romany no se dio cuenta hasta más tarde de que Tiger había esquivado su pregunta.

Capítulo 45

—¡**D**ate prisa, Leon, que vamos a llegar tarde!
Se estaba retrasando y Maggie sabía claramente por qué. No quería ir. Llevaba nervioso por el micro abierto desde que Romany lo presionó para que se apuntara, pero le había dicho que tocaría y ahora no podía echarse atrás. Maggie suavizó el tono de voz:

—Irá bien —le dijo—. Puedes hacerlo hasta con los ojos cerrados. Solo tienes que tocar una canción, demostrarle a Romany que estás ahí a su lado. Para ella es muy importante que des el paso.

Leon se negaba a contestar. Fuera lo que fuera lo que le estaba pasando por la cabeza, no estaba preparado para compartirlo con ella y se marchó de la habitación sin mediar palabra. Hacía tiempo que Maggie no lo veía así de vulnerable. Siempre había sido una persona muy sensible, pero, con el paso de los años, ese lado suyo se había ido sepultando en su interior. Una consecuencia de envejecer, asumía. Se te da mejor ocultar tu lado sensible y, con el tiempo, en ocasiones incluso te olvidas de que lo tienes.

Así y todo, la idea de tocar en este micro abierto había desatado algo en su interior, sin duda alguna. Maggie no tenía del todo claro de qué se trataba: se había puesto nervioso, desde luego, pero sentía que había algo más en el fondo, algo que no llegaba a vislumbrar del todo.

Volvió a aparecer en la puerta con el saxo colgando de la espalda. Estaba muy pálido. ¿Le estarían pidiendo demasiado? Se preguntaba si debería darle la oportunidad de que se echara atrás.

—Puedo decirle que estás indispuesto, si quieres —le dijo con dulzura—. No tenemos que ir.

Leon negó con la cabeza.

–No –contestó–. Vayamos.

Una hora después estaba sentada en una habitación a oscuras en la planta de arriba de un *pub*, sorbiendo una copa de vino blanco que dejaba mucho que desear y sintiéndose indudablemente fuera de lugar. Le sacaban, como mínimo, veinte años al resto de la clientela y, a propósito, también iban mucho más limpios que la mayoría. Sin embargo, había buen ambiente, un ambiente abierto y afable, y el aire estaba cargado de cierta emoción por lo que les deparaba el espectáculo.

–¿Sabes quiénes más van a subirse al escenario? –preguntó Maggie, y le entraron ganas de darse una patada por escoger esas palabras tan visuales y explícitas, pero Leon se limitó a negar con la cabeza; ella quería preguntarle qué había pasado la otra vez que había venido, pero resultaba evidente que no iba a conseguir entablar conversación con él, de modo que se limitó a tomar otro trago y a mirar hacia la puerta.

Romany llegó unos quince minutos después, joven y hermosa, y rodeada de una pandilla de otras chicas jóvenes y hermosas. Casi tenía la edad que tenía Maggie cuando conoció a Angie. Por aquel entonces, se había sentido tan madura, pero Romany le seguía pareciendo una niña. Aun así, también debía de sentirse madura, como le había pasado a ella en su época, y, por supuesto, había tenido que enfrentarse a muchas más dificultades que Maggie en toda su vida.

Las seguía Tiger, pero el estómago de Maggie se quedó en su sitio al verlo. Ya estaba. Se había terminado. Y no lo echaba de menos. Era hora de apreciar lo que tenía, en vez de anhelar una farsa. Era algo que había aprendido al pasar más tiempo con Romany.

Tiger levantó un brazo y se acercó a ellos, mientras que Romany y sus amigas arrastraron una mesa vacía para que se pudieran sentar todos juntos.

–Hola, tía Maggie –la saludó esta, inclinándose para darle un beso en la mejilla–. Hola, Leon. ¿Preparado?

Leon asintió.

–Preparado –dijo, con voz plana, sin revelar que tenía los nervios a flor de piel.

Una de las chicas se separó del grupo y se aproximó para susurrarle algo al oído. Él se volvió para mirarla y, por primera vez en toda la noche, sonrió. Debía de ser Laura, pensó Maggie. Qué chica más dulce. Y, le dijese lo que le dijese, pareció ser de ayuda, ya que de pronto se le veía menos tenso. Entonces, levantó la pinta, que no había tocado hasta el momento, y se bebió la mitad de un solo trago.

Antes de Leon, intervino un poeta cómico con una diatriba a propósito del Brexit y un cantante de música folclórica que desafinaba un poco, según Maggie, aunque ella tampoco era una experta. Luego, llegó el turno de otro poeta, seguido de Leon. Maggie le dedicó una sonrisa para darle ánimos cuando se levantó y se dirigió al escenario. Ella misma tenía un nudo en el estómago y sentía que le costaba respirar. Enarcó las cejas en dirección al resto del grupo, como diciéndoles: «Preparaos, que viene lo bueno», pero, por debajo de la mesa, tenía los dedos cruzados. Ninguna de las chicas era consciente de lo importante que era este momento para Leon. Puede que Tiger tampoco se percatara. Pero ella sí.

Leon se pasó la correa del instrumento por el cuello y se llevó la boquilla a la boca unas cuantas veces para humedecer la lengüeta. Lo bañaba el círculo de luz que proyectaba uno de los focos y su saxofón refulgió cuando lo levantó, listo para empezar. Maggie recordó la primera vez que lo oyó tocar, en el pasillo, en la residencia universitaria. Fue la semana que conoció a Tiger. Y Angie también estaba presente. Parecía que había sido en otra vida.

Durante la interpretación de Leon, la sala permaneció inmóvil y el público se entregó al hechizo de su música. Maggie no reprimió las lágrimas que le surcaban las mejillas. Lloraba por la juventud perdida, por los sueños que jamás se habían hecho del todo realidad, por el talento desperdiciado de Leon, por las oportunidades perdidas con Tiger, pero, por encima de todas las cosas, lloraba por Angie, su amiga más inconcebible, pero también la más íntima.

Cómo le habría gustado estar aquí, animando a Leon, como siempre. De todos ellos, había sido la que más creía en su talento, en él. De hecho, Maggie no conocía a nadie que hubiese tratado de alentar a Leon como Angie, ni siquiera contándose a sí misma. Ay, la añoraba tanto; el dolor la apuñalaba en el pecho.

La interpretación terminó antes siquiera de darse cuenta: la gente aplaudió y luego se puso de pie, alzando los brazos sobre las cabezas. Se oyeron fuertes silbidos en la sala y gritos pidiéndole otra canción. Maggie se apresuró a limpiarse las lágrimas de los ojos y entonces miró hacia el escenario. Leon permanecía ahí de pie, en su círculo de luz, con la mirada clavada en los pies, pero, cuando quedó claro que la ovación no iba a cesar, levantó despacio la cabeza y miró a su público. Y en ese momento se convirtió en un ser de luz: mostrando todos los dientes, esbozó una sonrisa enorme que le iluminó todo el semblante. Les dio las gracias y alzó el saxofón a modo de despedida.

El público siguió vitoreándole, dando pisotones en las tablas de madera a una marcha rítmica y pidiendo más. Parecía que Leon no sabía qué hacer. Entonces un hombre gritó desde detrás de la barra, sobreponiéndose a la algarabía:

–¡Calma, calma! Un poco de silencio, ¿no? A ver, normalmente no aceptamos bises, pero ¿qué os parece si hacemos una excepción, solo por esta vez?

El público enloqueció y Leon miró a Maggie con ojos cargados de interrogantes. Entonces Tiger se puso en pie y le gritó, por encima de los vítores:

–Adelante, Leon, colega. ¡Demuestra lo que vales!

Y tocó de nuevo. Esta canción era más animada y menos introspectiva que la primera; reflejaba a la perfección el sentimiento del público, que la escuchó cautivado y después aplaudió con vehemencia una vez más. No obstante, en esta ocasión Leon se desconectó del amplificador y se abrió paso para regresar a la mesa entre la multitud, que se había puesto en pie y le daba palmadas en el hombro sin dejar de felicitarlo a su paso.

–¿Ves, Romey? –dijo Tiger–. Te dije que te iba a encantar.

Romany tenía los ojos muy abiertos, relucientes.

–¡Madre mía, Leon! –exclamó–. ¿Dónde aprendiste a tocar así?

Este se encogió de hombros. Era la misma situación que hacía treinta y pico años, cuando la madre de Romany le hizo la misma pregunta, pensó Maggie: Leon modesto, sus amigos maravillados. Pero esta vez el momento lo sazonaba un sentimiento más profundo de amargura: ahora habían vivido más de la mitad de sus vidas y el talento de Leon seguía descomponiéndose encerrado en una caja, donde nadie podía verlo.

–No lo sé, la verdad –contestó este–. Aprendí y punto.

–¿Eras músico profesional? –se interesó Laura–. En tus tiempos, quiero decir.

Maggie se estremeció. ¡Tampoco eran tan viejos! Pero, por otro lado, para estas chicas, cuyas vidas centelleaban enteras ante ellas, tal vez sí lo eran.

Leon negó con la cabeza.

–No. Siempre ha sido un pasatiempo –dijo, volviendo a guardar el saxofón en la funda–. Bueno –anunció con firmeza, cambiando de tema–, ¿queréis beber algo antes del siguiente espectáculo?

Se marchó a la barra, a pesar de que ya había pagado la ronda anterior, y el resto del grupo siguió charlando sobre lo maravillosa que había sido su interpretación. Pasado un rato, Maggie se dio cuenta de que tardaba en regresar y alzó la mirada para ver adónde había ido. Seguía de pie en la barra, hablando con el hombre que le había permitido tocar una segunda vez. Se le veía alegre y animado, con la cara brillante y gesticulando con las manos al hablar. Daba gusto verlo.

Al cabo de un rato, volvió con las bebidas en una bandeja y se acomodó a la mesa. La siguiente intérprete, una guitarrista, estaba preparando el micrófono, sin duda cohibida por tener que tomarle a él el relevo. Leon repartió las bebidas, sin dejar de sonreír como el Gato Cheshire.

–El chico de la barra me ha ofrecido tocar en un concierto –anunció.

–Qué bien, colega –dijo Tiger, dándole una palmada en la espalda.

–¿Qué clase de concierto? –preguntó Maggie.

–En un club de *jazz* de Leeds. El director es amigo suyo, al parecer –explicó, haciendo una mueca que daba a entender que no sabía si era algo bueno o malo.

–¡Fantástico! –respondió ella, para dejarle claro que era una gran noticia–. ¿Qué le has dicho?

–¡Le he dicho que sí!

Estaba encantada. Lo rodeó con los brazos y lo besó. Cuando levantó la mirada, Tiger los miraba: la viva imagen de la melancolía.

Capítulo 46

La universidad de Durham le había hecho a Romany una oferta. Llegó mientras estaba en la escuela y se enteró, como si fuera lo más normal del mundo, cuando refrescó la página de la preinscripción en el descanso. La miró, volvió a mirar y su corazón se detuvo unos instantes antes de desbocarse. Soltó un grito y le entregó el teléfono a Laura.

–¿Pone lo que creo que pone? –le preguntó, y su amiga contempló la pantalla.

–Pues si crees que pone que Durham te ha hecho una oferta de matriculación, siempre y cuando saques dos sobresalientes y un notable en los exámenes, entonces, ¡sí! ¡Lo pone! ¡Enhorabuena, Romey!

Laura la rodeó con los brazos y de dio un achuchón hasta cortarle la respiración. Romany se quedó inmóvil, incapaz de creérselo. Ahora poco importaba lo que dijesen las demás universidades: tenía una oferta de Durham. Lo único que tenía que hacer era sacar buenas notas. ¡Así de simple! Solo de pensarlo, la invadió una oleada de inseguridad y pánico, pero se recordó a sí misma que la oferta no cambiaba nada en ese aspecto: seguía siendo tan capaz como siempre de sacar esas notas. Tenía que seguir como hasta ahora y no desviarse de su objetivo.

–Y, cuando yo entre en Newcastle, estaremos a tiro de piedra –comentó Laura con una sonrisa, y Romany asintió.

Todo aquello formaba parte del plan. La distancia entre las dos ciudades les permitiría forjar nuevas amistades, pero, puesto que no estarían muy lejos la una de la otra, Romany tendría un lugar en el que refugiarse de ser necesario. Lo habían hablado largo y tendido. Ella no volvería a casa los fines de semana, como la mayoría de estudiantes. Cuando comenzara la universidad, Tiger también se marcharía, una vez liberado de su jaula de oro, para volver a volar por todo el ancho mundo, y el apartamento se quedaría vacío. La idea de regresar a un lugar vacío, con tantos y tantos recuerdos entretejidos a cada plato y a cada cojín, le resultaba insoportable. Las vacaciones serían otra cuestión diferente, pero ya pensaría qué hacer llegado el momento. Por ahora, le bastaba con saber que Laura estaría cerca de ella, en Newcastle.

–No me puedo creer lo rápido que está pasando este curso –dijo Laura, mientras deslizaba el dedo por el teléfono, para ponerse al día con lo que se había perdido durante la clase–. El simulacro de los exámenes está al caer y dentro de nada empezarán los exámenes de verdad. Y después, ¡fin del instituto! ¡Fin de la vida, tal y como la conocemos! –Divertida, hizo una mueca de terror–. ¡Joder!

Entonces sonó el timbre y se marcharon a la siguiente clase. Por ahora, la vida seguía como siempre, aunque Romany tenía que darle la razón a Laura en lo de que el tiempo volaba. Habían pasado más de tres meses desde el fallecimiento de su madre. En muchos sentidos, le parecía que había transcurrido una eternidad. Cada mañana se despertaba con una lista de cosas que le gustaría contarle a su madre en la cabeza, y cada noche se iba a la cama con el dolor profundo de su ausencia incrustado en el estómago como una piedra. Pero, en muchos otros sentidos, el tiempo volaba de verdad. ¿Cómo era posible que ya casi fuera Navidad? Los adornos navideños brillaban en todos los escaparates y las luces decoraban las farolas y los árboles por doquier. Incluso habían montado un árbol en casa. Romany, en un primer momento, no tenía del todo claro que estuviera preparada para tal cosa, pero, cuando volvió a casa un día y descubrió que Tiger se había comprado uno y que lo estaba decorando él mismo, de pronto se alegró de que se hubiera tomado la molestia. La Navidad no sería Navidad sin un árbol. Hasta había comprado un nuevo paquete de adornos. Lo que le dijo fue que no sabía dónde guardaban ellas los viejos, pero Romany sospechaba que, en el fondo, no quería revivir recuerdos dolorosos. Y había hecho muy bien. Aquel año no debían decorar el árbol con lo de siempre.

Ella no se había dado cuenta de que también había metido las Navidades en la caja de las cosas «imposibles de hacer» y de que intentaba no pensar en el tema hasta que Tiger le preguntó cómo quería celebrarlas.

—No paso las Navidades en el Reino Unido desde... —Levantó la mirada hacia el techo, mientras pensaba—. Bueno, no sé, pero vaya si ha llovido.

—Yo nunca he pasado las Navidades en ningún otro sitio —dijo Romany.

Notaba que se le estaba formando un nudo en la garganta. En ocasiones, se esforzaba por mantener el control, pero en otras no luchaba contra las lágrimas. Esta era una de esas veces. Unas Navidades sin su madre... No era capaz de imaginárselo ni mucho menos de digerirlo.

Tiger reparó en su llanto y se aproximó. Con el paso de los meses, se habían ido habituando el uno al otro, y la incomodidad de las primeras semanas se había disipado poco a poco. Ahora, por primera vez, la abrazó. Romany se sorprendió, pero entonces se recostó contra él, gozando de la sensación que le suscitaba el notar el calor del cuerpo de otro ser humano contra el suyo y el estar en brazos de alguien más grande que ella. En ocasiones tan solo ansiaba que alguien tomase las riendas de la situación para poder ser de nuevo una niña. Lloró contra su hombro, y él la sostuvo hasta que sus sollozos comenzaron a menguar y luego se desvanecieron del todo.

—Háblame de cómo pasabas las Navidades con tu madre —le dijo—. Ven, siéntate.

Se desplazaron al sofá y ella se sentó con las piernas cruzadas a su lado.

—Bueno —comenzó a decir—. Normalmente el día de Navidad lo pasábamos solas ella y yo, aunque a veces venía Maggie. No seguíamos la tradición de comer pavo, claro está, ni tampoco teníamos un plato especial que comiésemos siempre, sino que preparábamos lo que nos apeteciese. El año pasado, sin ir más lejos, pedimos curri a domicilio porque mamá no tenía ganas de cocinar. Sin embargo, sí que nos hacíamos regalos. Mamá me preparaba un calcetín lleno de cosas pequeñas, que debía de coleccionar a lo largo de todo el año. A veces, yo misma le pedía algo y ella me decía que no lo necesitaba, pero me lo daba el día de Navidad. Así era ella, atenta. Abríamos uno cada hora.

Tiger hizo una mueca.

–Y yo que soy de los que arrasan con el papel de regalo en cuestión de segundos...

–Sí. Eso es lo que quería hacer yo cuando era pequeña... –Se dio cuenta demasiado tarde de que el comentario podría resultar ofensivo, pero no le importó–. Pero, a medida que fui creciendo, me fue más fácil tomármelo con calma. Y, bueno, nosotras lo hacíamos así; para mí era lo normal. Mamá decía que, de esa manera, apreciábamos mejor cada regalo y nos sentíamos más agradecidas.

–Muy propio de tu madre –convino.

–Y luego jugábamos al Scrabble y veíamos películas y yo comía chocolate. A veces, hasta mamá comía un poco. ¡Y compraba cerveza! Era el único día del año que bebía. Fingía que no la echaba de menos, pero, en el fondo, sí lo hacía. Saltaba a la vista.

–Parecen las Navidades perfectas –comentó Tiger. Romany asintió y comenzó a llorar de nuevo–. Bueno, ¿y si este año hacemos algo diferente? –sugirió–. En vez de quedarnos en casa, vayamos a comer fuera en Navidad. Podemos ir a donde tú quieras. Eliges tú. Y podemos invitar a Maggie y a Leon también, si te apetece. Como si fuera una fiesta.

El corazón de Romany se animó un poco.

–Me encantaría –le dijo.

–Podemos forjar una nueva tradición –prosiguió–. Será la tradición más corta de la historia –añadió–, pero bueno.

Ella le dedicó una amplia sonrisa.

–Gracias, Tiger –le dijo, pero él le quitó hierro al asunto, como si no fuera nada especial.

–Tú buscas un restaurante y yo me encargo de hablar con Maggie y Leon –propuso.

–Vale –contestó ella–. He visto un sitio que parece muy guay y siempre he querido ir. Tengo que ver si estará abierto el día de Navidad. Voy a buscarlo ahora mismo.

–Genial –dijo–. Pues ya tenemos plan.

Romany se inclinó hacia él y se sorprendió a sí misma al darle un beso en la mejilla. Era algo que jamás se le habría ocurrido hacer hacía tres meses.

–Gracias, Tiger –repitió, y él le respondió con una sonrisa. Tenía los ojos llorosos.

Capítulo 47

Maggie miró los relucientes pendientes con forma de árbol navideño y se preguntó, una vez más, si podría ponérselos. No eran de su estilo, en realidad, ni tampoco le gustaban, pero poseían cierta frivolidad y simpleza que le resultaban atractivas. Había gente que se ponía joyas navideñas y parecía sobrevivir sin darle mucha importancia. Quizá podría ponérselos en sentido irónico, de tal forma que, si alguien comentaba que no esperaba verla con algo así, ladearía la cabeza y le sonreiría con lástima, como si no hubiera entendido para nada por qué los llevaba puestos. ¿Y si solo se ponía uno, un guiño a las Navidades, pero dando a entender que no había caído del todo en la trampa comercial?

¿O le estaría dando demasiadas vueltas? Cogió los pendientes y los volvió a depositar en la caja. Quizá el próximo año…

Nunca había comido fuera el día de Navidad, pero, precisamente, de eso se trataba. Resultaba conmovedor que Tiger hubiera tenido la sensibilidad de darse cuenta de que Romany necesitaba un cambio este año. Conmovedor y bastante sorprendente. Antes Maggie pensaba que, de los tutores de Romany, ella poseía el monopolio del detallismo, pero en eso, como en tantas otras cosas, se equivocaba.

Le parecía tierno que Tiger los hubiera invitado a ella y a Leon. Nadie había sugerido invitar a Hope, la cuarta tutora por ahora ausente. Maggie no estaba conforme con eso. No le parecía procedente que todos fuesen a salir juntos sin siquiera decírselo, aunque había tratado de justificarlo pensando que no habían decidido pasar el día de Navidad en compañía porque los tres hubieran sido nombrados «tutores», sino porque eran amigos de toda la vida, los cuales, por muy insólito e improbable que fuera, estaban todos disponibles el 25 de diciembre ese año. Hope, sin duda alguna, preferiría hacer otras cosas, como pasar el día con ese novio que tenía, si es que seguían juntos. Maggie no la había vuelto a ver desde la lectura del testamento de Angie, y aquel día no se habían puesto a hablar de su vida amorosa, por motivos más que evidentes.

Así pues, dejó de sentirse mal y comenzó a ilusionarse con la comida de Navidad. Romany había escogido el restaurante, un lugar al que Maggie había llevado a sus clientes en un par de ocasiones, cuando todavía tenía clientes, pero no recordaba mucho, más allá de que no había estado nada mal. Tal vez no era la clase de sitio que habría escogido ella para comer en Navidad, pero, por otro lado, ¿no se trataba precisamente de eso? Un cambio, algo nuevo y desvinculado de cualquier cosa que hubiera hecho Angie: esa era la fuerza motriz de la celebración.

Oyó que aparcaba un coche en la entrada. Leon había llegado. Siempre quería pasar la mañana del día de Navidad en Leeds, para hacerles una visita a sus hijos, pero imaginaba que aquella tradición tenía los días contados: Thomas tenía veintidós años y no tardaría en querer celebrar las Navidades por su cuenta, aunque solo fuera para escapar de las garras de la controladora de Becky, pero, por el momento, a Maggie no le importaba despertarse sola en un día tan importante y, en el fondo, le gustaba disponer de toda la mañana por su cuenta, matar el tiempo con los villancicos «Carols from Kings» en el equipo de sonido y una copa de champán en la mano.

Se calzó y se miró una última vez en el espejo: tenía buen aspecto, concluyó, y no le hacían falta los pendientes relucientes con forma de árbol navideño.

✦

El restaurante estaba atestado, pero había una mesa para cuatro vacía justo en el centro de la sala, a la espera de que llegasen sus comensales. Transmitía cierto estilo, gracias al lino blanco y a los vasos resplandecientes, pero no faltaban las bolsas de cotillón y serpentinas en cada asiento. Era imposible escapar del todo de las Navidades, pensó Maggie, lanzando una mirada en dirección a Romany para ver si se sentía incómoda, pero esta seguía sonriendo, bromeando con Tiger, y no parecía angustiada. Maggie abriría las bolsas o las tiraría al suelo en función de lo que hiciese ella.

Siguieron a la camarera hasta la mesa y entonces después de vacilar unos instantes por no saber cómo debían sentarse, se acomodaron. Tiger, sin más dilación, agarró una serpentina y le tendió uno de los extremos a Romany. Ya se había cansado de ser sensible, pensó Maggie, pero la joven pareció cogerla con el mismo ánimo que se la ofrecía y, más pronto que tarde, se lanzaron todo lo que había que lanzar y acabaron sentados luciendo alegres gorros de papel y mofándose de las bromas malas que se gastaban.

–Qué bueno –dijo Romany, que, de alguna manera, se las arreglaba para conservar la elegancia a pesar de llevar puesta la corona amarilla del cotillón–. Muchas gracias a todos.

No cabía duda de que alguien tendría que mencionar a Angie tarde o temprano, pero, por ahora, no, pensó Maggie. Leon también parecía pensar que era mejor retrasar el momento y se estiró para coger el menú de las bebidas.

–¿Pedimos algo de vino? –propuso.

Todos aprovecharon apresuradamente la oportunidad de desviar la atención de la ausencia de Angie comentando qué clase de vino y qué cantidad deberían pedir. Acto seguido, comentaron con pelos y señales el menú, que ofrecía varios platos para cada parte de la comida, pero no había rastro del pavo. Luego, comenzaron a hablar, empezando por la oferta que Romany había recibido de Durham y por el viaje que habían hecho ella y Tiger para visitar la ciudad, después de lo cual hablaron de varios temas, al tiempo que se servían el vino. Entre plato y plato se intercalaban numerosos tentempiés y catas extra que todos valoraron en voz alta, ya fuese de forma favorable o no, dependiendo del gusto de cada uno. Justo estaban terminando el plato principal cuando se oyó una fuerte ovación detrás de ellos. Maggie se dio la vuelta y vio que el cocinero y su equipo, todos vestidos de blanco reluciente, habían salido de la cocina para recibir los aplausos. Le pareció algo pretencioso, pero quizá se debía a que era Navidad; lo cierto es que era lo mínimo que podían hacer los comensales, ya que el personal de cocina y de servicio había sacrificado el día de Navidad para que el suyo fuese perfecto.

Se volvió en el asiento para mirar de frente al equipo y entonces se unió a los aplausos. Se estaba alargando en exceso, al menos en su opinión. Recorrió con la mirada la fila del personal y la posó en el de mayor edad, que se ubicaba en el centro, con un gorro alargado de cocinero, sonriendo de oreja a oreja. Debía de ser el jefe, pensó. Le resultaba familiar, pero no lo reconocía.

Cesó el alboroto y el equipo volvió a entrar en la cocina para preparar los postres. Lo que a Maggie le quedaba en el plato se había enfriado, así que soltó el cuchillo y el tenedor, a la espera de que trajesen lo que fuese que tocase a continuación. No iba a pasar hambre, teniendo en cuenta la cantidad de comida que les habían servido.

En ese momento notó que le tocaban el hombro y, al girarse, vio a Hope de pie. La sobrevino una sensación de culpa de inmediato y se sonrojó. ¿Cómo se había enterado? ¿Iba a montar una escena porque no la habían invitado a la fiesta, como la bruja malvada de *La bella durmiente*? Era poco probable, por supuesto, pero Maggie no podía evitar sentirse fatal por que se hubiera enterado de que se habían reunido todos sin ella.

Sin embargo, Hope esbozaba una amplia sonrisa. Estaba espectacular, con un elegante vestido de cóctel de color negro, por el que caía purpurina como si de una cascada de diamantes se tratara.

—Hola a todos —les dijo, regalando una rápida y deslumbrante sonrisa a cada uno de ellos.

Tiger se quedó casi boquiabierto y el gesto sacó de quicio a Maggie. ¿Acaso no podía controlarse un poco? Era patético, patético de verdad. Se negó a mirar a Leon para ver cómo había reaccionado él al ver a Hope.

–Hola, Romany –prosiguió esta–, y feliz Navidad. ¿Os lo estáis pasando bien?

–Hola –contestó Romany–. Feliz Navidad. Sí, nos lo estamos pasando bien, gracias. ¿Qué haces aquí? ¿Has venido a comer?

La joven echó un vistazo a su alrededor, tratando de adivinar con qué grupo se sentaba Hope.

–Yo no tengo tanta suerte: estoy trabajando –respondió, encogiendo un poco los hombros, gesto con el que a Maggie no le faltaron ganas de poner los ojos en blanco–. Este es el local de mi novio, Daniel. En un día como hoy, hay que arrimar el hombro, así que, en vez de estar comiendo chocolate sola en casa, he venido a echar una mano.

Maggie pensó que era muy poco probable que Hope comiese chocolate, ya fuera sola o acompañada. Seguro que en pleno día de Navidad se iba al gimnasio a hacer la rutina de ejercicios completa. Pero de eso le sonaba el cocinero, comprendió entonces: de la fiesta de su trigésimo cumpleaños.

–Y os habéis reunido todos. Qué bonito. Supongo que tus primeras Navidades sin tu madre deben de estar siendo duras.

Maggie se irritó incluso más. ¿Es que había perdido el juicio aquella mujer? Era claramente una pregunta complicada y no hacía falta sacar el tema… Pero Romany parecía preparada para contestar.

–Sí, es duro, pero a Tiger se le ha ocurrido que podríamos hacer algo completamente diferente este año, y aquí estamos.

–Buena idea –contestó Hope, prodigando otra de sus radiantes sonrisas a Tiger.

Maggie, con los labios fruncidos, echaba humo.

–Y gracias por la postal y el regalo –continuó Romany–. Lo de pasar un día en el spa es una gran idea. Me encantaría ir. Podríamos organizarlo para cuando termine el simulacro de los exámenes, que me va a hacer falta relajarme un poco.

–Cuando tú quieras –respondió Hope–. Tú llámame y lo preparo.

Así pues, Hope y Romany sí habían estado en contacto, pensó Maggie. Se sentía aliviada y ofendida a la vez, y se preguntaba si no estaría algo celosa, lo cual, por supuesto, era una ridiculez.

–Escuchad –dijo Hope–, ahora tengo que irme, pero ya casi hemos terminado el servicio del almuerzo. ¿Y si os quedáis un rato después del café para que nos tomemos algo y nos pongamos al día? Sacaré a rastras a Daniel de la cocina para que lo conozcáis, aunque ¡a saber la pinta que tiene…!

Le sonrió de nuevo. Era, en verdad, la mujer más hermosa de todas; Maggie tenía que concedérselo.

–Me encantaría –contestó Romany, hablando en nombre de todos ellos–. Será un placer saludarlo. Nos vemos luego.

–Genial –respondió–. Ahora tengo que volver a la faena. Nos vemos dentro de un rato.

Los de la mesa grande situada junto a la pared del fondo se habían puesto a cantar, con cierto alboroto y sin mucho estilo, una versión de la canción «I Wish It Could be Christmas Every Day», conque el ambiente de toda la sala estaba cambiando un poco, y se acercó contoneándose hasta ellos para poner orden.

–¿La ves con frecuencia, Romey? –quiso saber Maggie.

Sabía que era infantil por su parte esperar que Hope hubiese desatendido sus responsabilidades. Lo importante aquí era Romany; cualquier hostilidad que sintiese ella era absurda.

–La verdad es que no –contestó–, al menos en comparación con lo que os veo al resto de vosotros. –Maggie trató de reprimir la sensación de vanidad que la embargaba–. Pero me envía mensajes de vez en cuando; hemos tenido alguna que otra conversación. Es muy maja, pero me parece que anda muy ocupada. Por Navidad me envió un cupón para las dos para que vayamos a un spa muy pijo que hay cerca de Harrogate. Muy amable por su parte.

Maggie vio que Tiger fijaba la mirada en las uñas. Resultaba evidente que no le había regalado nada a Romany, pero dudaba que ella hubiera esperado nada de él.

–Sí –se mostró de acuerdo Maggie–. Muy amable. Bueno –añadió, pues quería desviar el tema de conversación de la hermosa y perfecta Hope–, ¿a quién le apetece un pudin?

Capítulo 48

Les habían servido los cafés y unos bombones caseros deliciosos y la mayoría de los demás comensales se había marchado, por lo que se habían quedado los cuatro en una isla en mitad de un mar de servilletas sucias y vasos medio llenos.

Romany tenía ganas de volver a casa. Salir había sido una idea fantástica y no estaba segura de si habría podido soportar unas Navidades «normales» en casa, pero ahora tenía ganas de ponerse el pijama y ver cualquier tontería que estuvieran echando en la televisión. No obstante, no podían marcharse por el momento, ya que Hope los había invitado a quedarse para tomar algo, de modo que se resignó a pasar otra hora más con sus tutores.

No se quejaba. Se lo había pasado bien con ellos, si bien ahora estaban todos bastante borrachos. Leon no había escatimado en el vino; había pedido botellas nuevas antes incluso de terminar la anterior, tal vez para asegurarse de que todos siguiesen contentos. Romany se había bebido las dos primeras copas con rapidez, como para anestesiarse contra el posible dolor, pero, al final, había sido una tarde divertida, alegre y en absoluto sensiblera, de modo que no había tardado en decidir que no necesitaba recurrir al alcohol para pasar el mal trago.

La conversación había serpenteado por derroteros conocidos y terminado, como no podía ser de otra manera, con un viaje al pasado. Ninguno de los tres parecía capaz de desprenderse de las vivencias mutuas, como si contar como mínimo una anécdota fuera requisito para convalidar futuros encuentros. En el fondo, resultaba enternecedor, y Romany esperaba que, cuando entrara en la universidad, también formara un grupo de amigos de los que fuese a ser íntima el resto de su vida, como ellos tres. Al verlos juntos resultaba evidente que gozaban de una camaradería muy natural, fruto de la intimidad. Así y todo, lo que más le gustaba era lo comprensivos que eran con sus respectivos defectos, porque todos ellos tenían graves defectos.

Tiger, por ejemplo. A Romany le parecía evidente que llevaba huyendo de algo toda su vida adulta. Empezaba a pensar que ni siquiera él tenía claro por qué no podía detenerse, pero ¿sería acaso porque le daba miedo lo que pudiera ocurrir? Aun así, en algún momento tendría que asentarse en algún lugar. Ya tenía cincuenta y pico y no podía seguir huyendo el resto de su vida.

Maggie también tenía miedo de algo. Romany no llegaba a entenderlo porque, desde su punto de vista, siempre parecía tenerlo todo bajo control, pero, por otro lado, veía que había algo que la reprimía, como si se le hubiera enganchado el abrigo a la puerta y fuera incapaz de soltarse. Tenía ganas de decirle que se quitara el abrigo y lo dejara atrás, pero no era asunto suyo y, además, Maggie le caía muy bien; no quería hacer nada que pudiera molestarla.

Y Leon. El hombre más ordinario del mundo con el talento más extraordinario del mundo. Qué desperdicio tener algo así y hacer como si no existiera. ¿A qué se debía? ¿También al miedo? ¿Quién iba a decir que la adultez pudiera provocar tanto pavor? Pero a su madre no le había dado miedo el mundo, pensó Romany. A su madre no le había dado miedo nada.

El verdadero misterio residía en Hope, pensó mientras la veía ir de mesa en mesa, recogiendo la basura. Seguía sin comprender por qué su madre la había incluido en aquel grupo de cuatro. Parecía agradable; era un poco fría, pero suponía que, si tenías un aspecto como el suyo, seguramente tendrías que buscar una manera de defenderte de las atenciones que te prodigaban sin tú quererlo. Pero la belleza no era razón suficiente para encomendarle la misión de orientar a Romany en este año tan peliagudo y también en el futuro. Tenía que haber algo más. Si algo tenía claro sobre su madre era que jamás hacía nada sin pensarlo. No, tenía que haber una intención oculta; lo único que tenía que hacer ella era destaparla.

Hope interrumpió sus pensamientos al cruzar el restaurante en dirección a ellos con una botella de champán en la mano. Una camarera que Romany conocía de la escuela la seguía con media docena de copas en una bandeja de plata.

—Siento la tardanza —dijo al acercarse—. Al final, siempre tardas en hacer las cosas más de lo que tenías previsto, ¿verdad? Pero aquí me tenéis. ¿Os lo habéis pasado bien?

—Sí, gracias —contestó Romany, que sentía que, por ser la más sobria, debía hacer de portavoz—. La comida estaba deliciosa; díselo a tu novio.

—Díselo tú misma —contestó; se dio la vuelta y gritó en dirección a la cocina—: Dan. Ven, te voy a presentar a Romany y a los demás.

Instantes después el tal Dan hizo acto de presencia. Se había quitado el gorro alargado de cocinero y tenía la ropa blanca manchada de salsa, pero le brillaban los ojos.

—Hola —dijo, apartándose el pelo humedecido de la frente.

Contempló a todo el grupo, pero entonces posó la vista en ella. Se miraron a los ojos, pero era una mirada tan intensa que Romany se incomodó; sentía que la estaba interrogando. Era extraño y, en cierto modo, sospechoso. Ella le sostuvo la mirada, desafiante, pero luego, como él no la apartaba, bajó los ojos. ¿Acaso había hecho algo que le había molestado sin querer? Acababa de comentar que le había gustado la comida, aunque suponía que él todavía no se había enterado. Había oído que los cocineros perdían los nervios con facilidad, pero, desde luego, no de esta manera. Se pasó un dedo alrededor de la boca con cierta inseguridad, por si tenía alguna mancha de comida en la cara, pero nada. Seguía notando su mirada fija en ella. ¿Qué demonios le pasaba a este tipo?

—Romany quería felicitar al chef —dijo Hope, guiñándole un ojo, y la joven lo miró de nuevo.

Seguía observándola, pero ahora su expresión era más dulce y había perdido intensidad. Quizá se lo había imaginado todo. Su madre siempre le decía que los adolescentes se creían el centro del universo cuando, en realidad, no era así. Al fin, Daniel sonrió, gesto con el que cambió todo su aspecto: ahora parecía mucho más normal. Tenía unos ojos preciosos, pensó Romany, de un color marrón oscuro lleno de matices, y un rostro afable cuando no te miraba fijamente.

—¿De verdad te ha gustado? —quiso saber—. ¡Qué bien! —parecía desesperado, como si el visto bueno de ella fuera en verdad importante, lo cual, por supuesto, no podía ser cierto—. ¿Qué plato te ha gustado más? —añadió.

No tuvo que pensárselo.

—Me ha encantado el aperitivo de limón —dijo—, pero lo que más me ha gustado es la tarta de tres chocolates.

—Ah, sí —respondió Daniel—. También es mi favorita. ¿Y los demás estáis igual de satisfechos? —preguntó, centrándose al fin en los otros.

Se levantó un murmullo general de aprobación entre el grupo. Hope, que estaba jugueteando con el agrafe del corcho, abrió la botella con un movimiento elegante y sirvió una copa de champán espumoso sin derramar ni una sola gota. Romany estaba impresionada. Cada vez que veía algo así en una película, le parecía un gesto complicado. Hope rellenó las copas con pericia y Daniel las repartió.

Maggie aprovechó la coyuntura para levantar la copa y decir, arrastrando las palabras:

—¡Por el chef!

Todos la imitaron y, por unos instantes, Daniel bajó la mirada en señal de modestia. Entonces, volvió a levantarla y les dedicó una amplia sonrisa antes de volver a observar a Romany. «¡¿Qué?! —tenía ganas de decirle ella—. ¿Qué pasa contigo?».

Él se llevó la copa a los labios, tomó un sorbo y volvió a dejarla sobre la mesa.

—Bueno, tengo que volver —dijo—. Ha sido un placer conoceros.

Se dio la vuelta y regresó a la cocina, así que Romany se quedó muy desconcertada. Lanzó una rápida mirada a los demás, para ver si también les había parecido extraño, pero parecía que no se habían dado cuenta de nada. Quizá se lo mencionara a Maggie más tarde, cuando estuviera sobria.

Esta última hizo ademán de ponerse en pie. Le estaba costando mucho y se tuvo que agarrar a la mesa para no volver a caerse en el asiento.

—Ha estado muy bien —dijo, arrastrando las palabras—, pero deberíamos ir yendo. Tenéis que volver con vuestras familias este día de Navidad.

—Iré a por los abrigos —dijo Hope, y se alejó contoneándose.

Maggie estaba mirando por debajo de la mesa para cerciorarse de que no se le olvidaba nada y Leon estaba mirando el teléfono, pero Tiger seguía ahí sentado, con la vista fija donde había estado Daniel.

—Vamos, Tiger —le urgió Maggie—. Es hora de volver a casa.

Este seguía sin moverse; era el vivo retrato de la confusión.

—Lo conozco —dijo.

—¿A quién conoces? —preguntó Leon, sin levantar la mirada del teléfono.

—Al cocinero ese, Daniel. Estoy seguro de que lo he visto en algún lado.

—Puede ser —respondió—. Con todo lo que viajas, has debido de conocer a medio planeta.

Leon se marchó hacia donde estaba Hope, que tenía un montón de abrigos en los brazos, pero Tiger permaneció donde estaba, enarcando las cejas, sumido en sus pensamientos.

—¡Tiger! —le gritó Maggie—. Tenemos que marcharnos.

Tiger se levantó a regañadientes y se acercó a los demás, pero Romany le oía mascullar por lo bajo, tratando de hacer memoria.

Capítulo 49

Maggie estaba en el lugar de siempre, en el mostrador de la recepción de Space Solutions. Era, como cabía esperar del estudio de un arquitecto moderno con visión de futuro, una estancia iluminada y ventilada, con muebles a la moda pero incómodos y mucha madera blanqueada. En una esquina de la estancia se ubicaba una habitación de cristal, la sala de reuniones, donde se llevaban a cabo los encuentros importantes. Hoy estaba atestada de hombres exasperados: se habían quitado las chaquetas y se habían remangado las camisas, como si estuvieran enfrascados en un debate complicado y arduo. Los ánimos estaban caldeados y a su jefe, el socio principal –quien, en realidad, tenía, como mínimo, diez años menos que ella–, se le veía especialmente agotado.

Mientras los observaba, el secretario salió, cerró la puerta tras él y puso los ojos en blanco.

–La que se está montando ahí dentro –comentó–. ¿Podrías prepararnos a todos otra ronda más de café? A ver si así calmamos un poco las aguas.

–Por supuesto –dijo Maggie, levantando el auricular del teléfono para dar la orden–. ¿Cuál es el problema?

Miraba expectante al secretario, pero este se limitó a encogerse de hombros y le respondió:

–Oh, nada, cosas de negocios. –Le dio la espalda y volvió a dirigirse a la habitación de cristal–. Y si pudieras traernos también unas galletas…

Y se marchó.

Maggie inspiró hondo por la nariz, cuadró los hombros y pulsó el botón para contactar con el servicio de la cafetería.

–En la sala de reuniones quieren más café y galletas –dijo cuando le contestaron–. Sí. ¡Más! Y no sería mala idea que trajeses un par de bandejas de más para limpiar la basura.

Oyó que, al otro lado, la persona encargada de gestionar los cafés se irritaba, pues sabía a la perfección cuántos vasos de café había que limpiar: era su trabajo. Maggie lamentaba sacar de quicio a la gente con tanta frecuencia, pero es que a menudo había formas mejores de hacer lo que hacían. Aun así, debería morderse la lengua y no interferir en nada: no le pagaban para tener ideas.

La mañana siguió su curso como siempre: Maggie respondía al teléfono, atendía a las visitas y respondía a correos electrónicos. Seguía atenta a la reunión, pero no parecía que fueran a alcanzar ningún tipo de acuerdo. No dejaba de preguntarse cuál sería el problema y le habría gustado estar ahí dentro para ayudarlos a resolverlo. Eso era lo que más le gustaba cuando era abogada: resolver problemas. Las leyes solo eran leyes: te beneficiaban o te perjudicaban dependiendo de lo que quisieses conseguir; a veces las dos cosas a la vez. Sin embargo, solucionar un problema era diferente: para eso era necesaria la creatividad, la imaginación, el saber qué riesgos podías correr y cuáles no bajo ningún concepto. A Maggie se le daba bien, lo cual, en el fondo, no dejaba de ser irónico, teniendo en cuenta los pocos riesgos que había corrido en su vida.

A la hora del almuerzo, se abrió la puerta de la habitación de cristal y sus ocupantes comenzaron a desalojarla, frotándose la nuca y los hombros, volviendo a ponerse las chaquetas por encima de las camisas arrugadas. Al final, solo quedaron el socio principal, Mark, y el hombre que Maggie suponía que era su cliente. Se detuvieron justo delante de su mostrador y siguieron debatiendo como si ella fuera invisible.

–Esto es una chapuza, Mark –decía el cliente–. Y no me puedo creer que, con todo lo que llevamos hecho, no hayamos tenido este problema hasta ahora.

Mark parecía exasperado, pero hacía todo lo posible por mostrarse cortés y optimista; todo un reto, desde luego.

–La cuestión, Tim, es que hasta que excavamos un terreno no hay forma de saber qué hay debajo. Por eso hace falta un presupuesto para imprevistos.

–El presupuesto para imprevistos ya se ha ido al traste con todos los problemas que hemos tenido para acceder al terreno –se quejó Tim–. A estas alturas ya nos lo hemos gastado todo y eso que no hemos ni empezado el edificio principal. Y ahora esto. Un cementerio anglosajón justo debajo de mi precioso bloque de oficinas. De verdad, es lo que me faltaba.

Mark negó con la cabeza, en señal de simpatía.

–Qué mala suerte –dijo–. Lo habríamos visto venir si… –pero entonces se calló.

Ah, pensó Maggie. Es uno de esos clientes que quieren todos los extras, pero solo están dispuestos a pagar por lo básico.

–Y es que yo no puedo esperar más –prosiguió el susodicho–. Todo lo que tengo depende de este proyecto. Necesito que volvamos al terreno y empecemos a excavar. ¿Por qué no hacemos la vista gorda con los huesos y punto? A ver, ¿quién se va a enterar?

–Haré como que no te he oído –dijo Mark–. Tenemos que esperar, seguir el procedimiento…, pero mucho me temo que puede llevarnos meses. La arqueología forense es un área muy especializada y el experto con el que colaboro en casos como este tiene la agenda completa, en ocasiones con años de antelación.

–Por todos los santos… –masculló el cliente–. Esto no me gusta nada. No me das más que problemas. Estoy empezando a arrepentirme de haber contratado esta empresa en primer lugar y ya te puedes ir haciendo a la idea de que pediré un descuento en la factura por todas estas chapuzas.

Maggie veía que ahora Mark estaba enfadado de verdad y que le estaba costando no perder los papeles.

–Nada de esto es culpa nuestra, Tim –le dijo con un tono de voz tranquilo.

–¿Ah, no? Entonces, ¿quién coño tiene la culpa? Porque yo, desde luego, no.

–Bueno, si hubieras estado dispuesto a gastar un poquito más en…

Maggie ya no podía aguantar más.

–Disculpen –les dijo.

Ninguno de los hombres se dio cuenta.

–Disculpen –dijo en un tono de voz un poco más alto–. ¿Han probado a consultarlo con la profesora Vanessa Quinn? Trabaja en la Universidad York St. John: es rápida, eficiente y muy buena a la hora de solucionar esta clase de problemas.

Los dos hombres se volvieron para ver quién había hablado.

–Entiendo que han hallado un esqueleto mientras excavaban en el terreno –continuó Maggie–. El contrato debería contemplar esa clase de retraso. Las garantías e indemnizaciones básicas están cubiertas, ¿verdad? Si confían en la profesora Quinn, verán que podrán solucionar el problema y seguir adelante sin altercados. Tengan en cuenta que no les saldrá barato, pero, por supuesto, perderán menos dinero que si abandonan el terreno y pierden todas las subcontratas.

El cliente, que la miraba fijamente, negó con la cabeza.

–¿Y tú quién diantres eres? ¿Mi hada madrina? ¿O qué?

Aquella confianza tan propia de otra época de su vida que irradiaba Maggie hasta hacía unos instantes se disipó de golpe y bajó la mirada.

–Lo siento –masculló–. Seguro que lo tienen todo bajo control.

–No –dijo el cliente–. No tenemos nada bajo control. Y lo que acabas de decir tú es lo más sensato y factible que he oído en toda la mañana.

Maggie le dedicó una sonrisa, sin dejar de apretar los labios.

–Si quiere, la llamo yo misma –se ofreció, y entonces, al reparar en la cara de Mark, añadió–: O le doy su número.

–Se lo agradecería –dijo el cliente–. A ver si conseguimos que se ponga manos a la obra de inmediato. Pagaré lo que sea necesario.

Maggie vio que Mark enarcaba las cejas.

–Bien –dijo este–. Le diré a mi asistente personal que se ponga a ello ahora mismo.

–Al traste con tu asistente personal –le dijo el cliente–. Me fío más de tu recepcionista. ¿Cómo has dicho que te llamabas? –añadió.

–Maggie Summers –respondió.

Él entrecerró los ojos, como si le sonase el nombre, pero entonces le estrechó la mano y se marchó en dirección a la salida.

–Arréglalo, Mark –dijo, antes de desaparecer por la puerta giratoria y dejarlos a los dos solos.

La incomodidad que embargaba a Maggie se manifestaba como una presencia física, casi como si la tuviera sentada en su regazo y le estuviera acariciando el cabello.

–Espero no haberme extralimitado –le dijo–. Tan solo pretendía ayudar.

Mark seguía observándola.

–Maggie Summers –repitió–. ¿De qué me suena a mí ese nombre?

–Antes trabajaba en Brownlows –le dijo–. Era socia en el departamento de inmuebles comerciales.

–Entonces, ¿por qué demonios eres mi recepcionista? –inquirió, y ella se encogió de hombros.

–Me apetecía un cambio.

–Acabo de pasarme toda la mañana discutiendo con una panda de imbéciles por gilipolleces y todo este tiempo te tenía aquí sentada, mirando –dijo.

Maggie temía que estuviera a punto de estallar, pero parecía que se lo estaba tomando con sentido del humor.

–¿Sabes cuánto cobra nuestro abogado? –le preguntó él.

–Me hago una idea –contestó ella con cierta ironía.

–Y tú me has ayudado más en cinco minutos que él en toda la mañana. Lo único que ha hecho es contradecir todas mis propuestas y echar abajo cualquier plan de actuación.

—Entonces le diría que ha contratado al abogado equivocado —respondió Maggie.

—¡Sí! Diría que sí —contestó Mark—. Bueno, en fin, si me das el número de teléfono, me pondré en contacto con ¿la profesora...?

—La profesora Quinn —le recordó Maggie.

—La profesora Quinn. A no ser, por supuesto, que quieras llamarla tú en mi lugar. Te lo agradecería —añadió—. Y luego ya me contarás por qué alguien como tú ha terminado trabajando en la recepción de mi estudio.

Maggie no tenía la menor intención de compartir su vida personal con él, pero estaría encantada de hacer la llamada.

—No hay problema. ¿La llamo ahora? —preguntó, consciente de que tendría que desatender sus tareas de recepcionista.

—Sí, por favor —dijo, haciendo un gesto con el brazo—. Y gracias, Maggie.

Se dirigió a los ascensores, negando con la cabeza, como si toda aquella situación le pareciera del todo surrealista. Maggie sacó el teléfono del bolso, buscó el número de Vanessa y la llamó.

Capítulo 50

Más tarde, después de preparar la cena y de llamar a Leon para contarle su pequeño triunfo en el trabajo, Maggie se sentó frente al ordenador portátil y comenzó a buscar ofertas de trabajo. Hacía tiempo que no lo hacía. Al principio le había resultado muy doloroso leer siquiera las descripciones de los empleos, teniendo en cuenta que acababan de arrebatarle el trabajo de sus sueños. Luego, a medida que fueron pasando los meses y los años, poco a poco había dejado de buscar. Asumía que estaba muy oxidada. Las cosas, la gente, el mundo en general habían cambiado y, por mucho que corriera, jamás conseguiría seguirles el ritmo.

Hoy, en cambio, después de volver a entrar en acción, de la más imprevisible e inesperada de las maneras, notaba, para sus sorpresa, los pies rápidos y enérgicos. Se había olvidado del placer que le suscitaba proponer formas de ayudar al cliente a solucionar sus problemas. Lo de hoy no había sido para nada una cuestión legal, sino que daba la casualidad de que conocía a la persona idónea para lo que buscaban, pero lo cierto era que conocía a Vanessa Quinn por todos sus años de experiencia y que Vanessa había estado dispuesta a contestar al teléfono por la relación de admiración mutua que habían forjado durante todos aquellos años en los que se habían cruzado sus caminos.

Por todo ello, Maggie recordó algo importante: no solo cobraba vida cuando solucionaba problemas legales, sino que –y quizá era lo más importante– también se le daba bien. Debería volver a buscar trabajo en serio, pensó. No era demasiado tarde. No necesitaba volver a ser socia; de hecho, no tenía claro que fuera lo que quisiese. Se contentaría con ser útil en un departamento decente de inmuebles comerciales con una cartera sólida de clientes que la valorasen y que confiasen en ella. Eso sí que sería perfecto.

Mientras buscaba en las páginas de empleos en el ámbito legal, sonó el teléfono. Lo cogió y miró la pantalla: era Tiger. La recorrió un ramalazo de emoción al ver su nombre en la pantalla, una respuesta inconsciente de la que parecía que jamás se libraría, y contestó la llamada. Tiger nunca llamaba. Ni siquiera tenía del todo claro que tuviera el teléfono activado la mayor parte del tiempo; en general, parecía tenerlo apagado o sin batería. Debía de haber pasado algo malo. Pensó en Romany de inmediato.

—Tiger —le dijo—. ¿Todo bien?

—Sí, sí —dijo, hablando muy despacio—. ¿Por qué no iba a estar todo bien?

No serviría para nada que se lo explicara, pero Maggie se relajó un poco.

—Bueno —optó por decir—, ¿qué quieres?

—Sé que no viene a cuento —contestó—, pero ¿te acuerdas cuando salimos el día de Navidad?

Por supuesto que se acordaba, aunque tenía que admitir que la última parte de la tarde la recordaba con cierta vaguedad.

—Sí —respondió.

—¿Te acuerdas del cocinero ese…, el novio de Hope…?

—¿Daniel? —añadió Maggie para ayudarlo a refrescar la memoria.

—Sí, pero antes no se llamaba así. Por eso me ha costado tanto acordarme de él. Porque no se hacía llamar Daniel por aquel entonces, cuando lo conocí.

Maggie estaba desubicada.

—Tiger, no te entiendo —le dijo—. ¿Por qué no empiezas por el principio?

—Claro, mejor. Pues resulta que el tal Daniel me sonaba de algo, pero no era capaz de recordar de qué. Me estaba volviendo loco. No podía parar de pensar en ello porque sentía que era importante, pero, aun así, no había manera de acordarme. Así que, al final, decidí que la única manera de refrescar la memoria sería volver a verlo. Suponía que, si no me emborrachaba hasta las trancas, me sería más fácil reconocerlo. Así que hoy volví al restaurante y me puse a revolotear por la entrada, para ver si aparecía. Y, cuando apareció, al fin me acordé. Ya sé quién es, pero ha cambiado de nombre. Eso es lo que no me cuadraba. Cuando lo conocí, no se hacía llamar Daniel. Era Jax.

Hubo una pausa mientras Maggie ataba cabos.

—¿Jax, el Jax de Angie? —preguntó.

—El mismo —confirmó.

—Por lo que el tal Daniel, ahora novio de la divina Hope, ¿es…?

—¡Bingo! —dijo—. Premio para ti.

—¡Joder! —exclamó.

—Sí, joder —respondió Tiger—. Y ahora ¿qué hago?

A Maggie empezaban a cuadrarle las cosas. Nunca había conocido a Jax, pero sí había visto a Daniel con anterioridad, en la fiesta de Hope. Hizo memoria para tratar de recordar cómo había reaccionado Angie al verlo, pero no se acordaba. ¿Los habían presentado? Pensaba que no. Poco a poco, todo comenzaba a encajar. Daniel había llegado tarde y ellas habían supuesto que se trataba de su novio porque Hope les había dicho que venía de camino. Y poco después se habían marchado de la fiesta.

—¿Maggie? —oyó la voz de Tiger al otro lado de la línea—. ¿Sigues ahí?

—Sí, perdona. Es que estoy pensando —dijo.

—¿Crees que Angie lo sabía? —preguntó.

—Creo que sí —reveló—. Fuimos a la fiesta de cumpleaños de Hope juntas y él estaba presente. No me dijo nada, pero debió de reconocerlo. Y por eso… —Ahora todo encajaba y, como si de un cofre del tesoro se tratara, una cerradura se abrió de golpe y en la mente de Maggie refulgieron, dorados, todos los recuerdos, como joyas—. Por eso escogió a Hope como tutora de Romany.

—La encargada de las relaciones —la interrumpió Tiger, en cuya voz se filtraba nítida una sensación de triunfo.

–La muy pillina… –contestó con una sonrisa sarcástica.

–¡Eso mismo pienso yo! Pero ¿ahora qué hacemos, ahora que lo sabemos? –preguntó–. ¿Le decimos a Romany dónde está su padre?

Y entonces Maggie recordó otro día: un picnic en Whitby, cuando Angie se empeñó en mantener una conversación algo forzada con Romany sobre su padre. ¿Se lo había preguntado delante de ella para que supiera qué pensaba Romany al respecto? Le parecía algo retorcido, pero, ahora, teniendo en cuenta lo que acababan de descubrir, quizá formaba parte del plan, aunque no estaba segura de que encajase en la escala de tiempo. Tendría que pensarlo con detenimiento. Ahora lo que importaba era lo siguiente: ¿qué querría Angie que hiciera ella a continuación? Romany había dejado bien claro que no quería saber quién era su padre. ¿Estaba en desacuerdo Angie? ¿Deseaba que los cuatro propiciaran un encuentro entre ellos?

–¿Maggie?

–Perdona, estaba pensando. Creo que tenemos que tener mucho cuidado. Romany me dijo una vez que no le interesaba conocer a su padre. No tengo ningún motivo para pensar que ha cambiado de opinión. Y ahora mismo ya tiene bastante encima. Faltan pocos meses para los exámenes. ¿Crees que deberíamos guardar el secreto, al menos por el momento?

El silencio de Tiger al otro lado de la línea revelaba el desencanto que sentía.

–Quizá –dijo a regañadientes–. Aunque me parece que está cambiando de idea con lo del padre.

–Pero tal vez –se le ocurrió– deberíamos mencionárselo a Hope y a Daniel, a ver qué piensan ellos.

Ahora él parecía tener dudas.

–No sé, Mags. Quizá deberíamos dejar las cosas como están. Como has dicho tú, lo que menos necesita Romany ahora es otro sobresalto.

Pero Maggie pensaba en voz alta:

–Daniel ha debido de caer en la cuenta –dijo–. Aunque no regresara a York para estar más cerca de ellas en un primer momento, debió de asumir que Angie y Romany seguían viviendo aquí. Y si Hope le mencionó que Angie la ha nombrado tutora, debió de atar cabos. Sería demasiada coincidencia que hubiera otra madre soltera llamada Angie con una hija llamada Romany de la misma edad. Y sería muy propio de Angie involucrar de esta manera a Hope.

Maggie esbozó una sonrisa al pensar en las ocurrencias de Angie. Ay, le habría encantado que todos ellos le estuvieran dando tantas vueltas al asunto. Pero entonces se le ocurrió algo más y se le borró la sonrisa.

–Tenemos que tener mucho cuidado, Tiger –le dijo–. ¿Y si Daniel no le ha dicho a Hope quién es Romany? No nos compete a nosotros darle la noticia a ella. ¿Quién sabe lo que podría suceder?

Capítulo 51

Romany estaba en la recta final de los exámenes. La meta ya casi estaba a la vista y lo único que tenía que hacer era seguir cabalgando hasta llegar. Dejó el libro de texto, se dio la vuelta, tumbada como estaba en la cama, y miró hacia el techo. Era tal vez la peor de las metáforas. Era algo que diría su tutora en una de sus tutorías para infundir ánimo y Romany se juró que aquella imagen jamás se le pasaría por la cabeza de nuevo.

Aun así, sí que parecía una carrera de caballos. Todo el año en sí. Corría de un punto a otro, aproximándose cada vez más a su objetivo, pero sin tener tiempo para nada más. Tal vez no era algo negativo, pues temía derrumbarse si se detenía a pensar mucho y, simple y llanamente, no tenía tiempo para derrumbarse. Lo más importante en estos momentos era acabar los exámenes, luego ya podría derrumbarse todo lo que quisiera.

Oía a Tiger pasar la aspiradora por todo el piso, y aquel zumbido monótono le resultaba, en cierto modo, reconfortante; un indicio de que la vida normal y corriente seguía su curso a su alrededor. Cuando él comenzó a mostrar cierto apego por lo doméstico, Romany se había quedado anonadada, y la primera vez que lo vio con una bayeta y un limpiador multiusos en la mano se había echado a reír.

–Ay, Dios –le había dicho entre risas–. Pero ¡mírate!

Él se había indignado bastante.

–Bueno, no tenemos por qué vivir como unos salvajes –le había dicho–. Y supuse que, si me esforzaba un poco más, te quitaría a ti algo de presión de los hombros.

Entonces ella había dejado de reírse al comprender que lo decía en serio. En realidad, le resultaba enternecedor.

—Gracias —le había dicho, algo avergonzada.

—No te preocupes. Cuando acabe con esto, me parece que les voy a dar un repaso a las ventanas. Se nota que están manchadas cuando les da el sol.

Así que le había dejado a su aire, agradecida de que pareciera dispuesto a ayudarla. Desde entonces la casa se había transformado: poco a poco, él había dado un repaso a todas las habitaciones, limpiándolas, sacando brillo y recogiendo las cosas a su paso. Romany no se había dado cuenta de lo sucia que estaba la tapicería hasta que él lavó las fundas de los cojines e incluso tiró alguna que otra cosa, aunque siempre le preguntaba si el objeto en cuestión tenía valor sentimental antes de desecharlo.

La alimentación también había cambiado. Al principio, cuando Tiger se mudó con ella, sobrevivían a base de comida fresca pero sencilla que se pudiera comer con solo calentarla. Verduras cocidas, carne asada, pescado o algún plato de pasta con verduras —Tiger no era vegetariano y, ahora se daba cuenta, ella tampoco—; todo ello era de lo más nutritivo, pero no requería ningún esfuerzo, solo un poco de tiempo. Ahora, en cambio, habían renovado el menú por completo. Incluso comían salsas caseras, puesto que Tiger no paraba de ganar confianza en la cocina. Se había convertido en todo un dios del mundo doméstico.

Así pues, lo único que se esperaba de ella era que sacara las notas necesarias para irse a Durham, y con todo el apoyo que recibía tanto en casa como en la escuela, la verdad, no tenía excusa.

Le llegó una notificación al móvil y estiró el brazo para recogerlo de la mesilla de noche. Había recibido varios mensajes a la vez: tres de Laura, que le preguntaba qué tal iba con un trabajo que les habían puesto, y uno de Hope. Romany se enderezó y abrió este último.

Hola R. Shooting en Aysgarth Falls, sábado. Q dices? Besitos.

Romany estaba habituada a la manera abreviada de escribir de

Hope y se había acostumbrado a intuir el significado. Sus mensajes eran lo opuesto a los de Maggie, quien respetaba a rajatabla la gramática. Así y todo, en este caso tuvo que detenerse a pensar unos instantes. Suponía que se refería a un *shooting* de moda, no a un tiroteo. Hope tenía una especie de empresa de bañadores. Romany no tenía del todo claro en qué consistía exactamente, pero se había quedado muy impresionada con el biquini que había lucido Hope cuando fueron juntas al spa y se había quedado incluso más encantada cuando le regaló una bolsa de muestras. Ahora tenía la mejor ropa de playa en todo York, aunque todavía no se había puesto nada fuera de su dormitorio.

Había oído hablar de Aysgarth Falls, pero nunca había ido. Eran unas cascadas ubicadas a poca distancia. ¿Y el sábado? Bueno, ¿qué planes tenía ella si no repasar? Seguramente le vendría bien descansar un día y le encantaría ver cómo era un *shooting* de moda.

Le contestó:

Me encantaría. Gracias. Besos.

✦

¿Qué se ponía una para ir a un *shooting* de moda? Romany y Laura montaron todo un drama en FaceTime; Laura le hacía sugerencias, a partir del limitado armario de Romany, y esta las rechazaba todas, por considerarlas muy aburridas, muy atrevidas, muy excesivas, muy poco originales o quién sabe qué.

—A ver, Romes —intentó hacerla entrar en razón—. Algo tendrás que ponerte. Y, si te soy sincera, no creo que nadie se vaya a fijar siquiera, con lo ocupado que estará todo el mundo con las fotos o lo que sea que vayan a hacer.

—Pero es que Hope es tan guapa… —se quejó—. Ya tuve bastante cuando fui con ella al spa.

Laura puso los ojos en blanco, exasperada.

–Pues no vayas –le dijo–. Nadie te obliga.

–No, no es eso…

–Pues venga. ¡Escoge algo de una vez!

Al final optó por un vestido blanco y negro con un escote con forma de corazón y un estampado de florecillas y tomó prestada la chaqueta vaquera de Tiger, después de jurarle, como que se llama Romany, que no permitiría que ninguna de las supermodelos se la robase. Él estaba muy serio cuando le puso esta condición y Romany se lo prometió con la misma seriedad, alzando la mano como si fuera un *boy scout*.

Hope pasó a recogerla a la hora acordada; hacía meses que Romany no se despertaba tan temprano. El asiento trasero del coche estaba atestado de cajas de cartón.

–Es ropa –le explicó Hope–. Cuando lleguemos, puedes echarle un vistazo, si quieres.

Romany sí quería, y esperaba que volviera a darle prendas gratis. Se recostó en el asiento, preparada para disfrutar, y se pusieron en marcha: las calles estaban sumidas en un profundo silencio y los rayos del sol comenzaban a despuntar en el horizonte. Hope, al volante, alzó la mirada hacia el cielo.

–Espero que la luz no nos falle, que no tengo tiempo para repetir la sesión de fotos si hoy no nos sale bien.

–¿No tendrán frío las modelos? –preguntó, pensando en la última vez que había metido un dedo del pie en un río en Inglaterra.

–Son profesionales –contestó, quitándole hierro al asunto–. Si no aguantan, no las pienso contratar otra vez.

Aquello era algo en lo que Romany había reparado con anterioridad. Hope poseía una frialdad que no tenían sus otros tutores: era intransigente, centrada, decidida. A su lado, Maggie parecía un osito de peluche. Aun así, a Romany le gustaba, la inspiraba, y trató de no sentirse intimidada ante su forma de ser tan directa. Hope le había comentado que había montado la empresa desde cero después de que su carrera como modelo comenzara a estancarse y que se había esforzado mucho para que fuese un éxito. Romany no sabía si le iba bien o no, pero imaginaba que sí.

En muy pocas ocasiones hablaban de su madre, y a Romany no le importaba: no le faltaban personas con las que hablar de esos temas si lo necesitaba. Seguía sin entender por qué era una de sus tutoras, pero no se atrevía a preguntárselo a ella directamente. Era una persona que se irritaba con facilidad y le daba miedo que, si cuestionaba su posición, se alejara de ella; entonces, nunca llegaría a resolver el misterio.

Llegaron a un aparcamiento que ya estaba atestado de mujeres muy altas, las cuales se paseaban con albornoces y esas mantas reflectantes llenas de dobleces que se veían mucho en series de televisión ambientadas en hospitales. Un par de ellas ya se había maquillado: en los ojos lucían asombrosas formas geométricas de colores metálicos y brillantes y en los labios, oscurísimos, tonos azules y grises antinaturales. Así parecían incluso más frías, pensó Romany.

Hope hizo varias preguntas y lanzó órdenes a gritos mientras recorría a pie el aparcamiento. Romany la seguía apresurada, como si fuera un perrito, pero se alegraba de estar presente y de formar parte de todo aquello. ¿Qué más daban las intenciones de su madre si Hope era así de guay?

El río no estaba muy lejos. Esperaba encontrarse unas altísimas cascadas rodeadas de un claro verdoso, algo sacado de un anuncio de champú, pero, en realidad, Aysgarth Falls era un sitio mucho más corriente. El agua no caía ni a un metro de altura, pero sí que había tres cascadas seguidas y el río era muy ancho y majestuoso. Si bien en un principio se había sentido decepcionada, veía que el paraje resultaba espectacular en su discreción.

El fotógrafo ya estaba metido en el agua, con unas botas de pesca puestas, así como un grueso abrigo acolchado. En cambio, las pobres modelos estaban descalzas en el agua gélida, en biquini, posando tal y como les ordenaban. Ninguna de ellas parecía quejarse, pero solo con verlas se estremeció.

Hope andaba ocupada y todo el mundo parecía tener claro cuál era su función, de modo que Romany contempló desde un lateral cómo preparaban instantánea tras instantánea y luego sacaban la foto. Era tal el esfuerzo que se hacía con cada imagen que sería incapaz de volver a hojear distraída una revista sin pensar en este día.

Hope le había dicho que había traído un termo de té y que podía beber cuanto quisiese, de modo que, congelada como estaba, lo sacó de una de las muchas bolsas, y estaba a punto de servirse un poco en la tapa de plástico que hacía las veces de vaso cuando oyó una voz a sus espaldas.

–No bebas en esa porquería –le dijo–. ¡Beber té en un vaso de plástico! ¡Puaj!

Romany se dio la vuelta y vio al novio de Hope, el chef.

–Si prefieres, te traigo un café con leche –le sugirió–. A Hope la quiero mucho, pero con el *catering* en exteriores es un desastre.

Sonrió y la piel en torno a sus ojos se arrugó de manera natural, como si estuviera habituado a sonreír, pero a Romany no se le había olvidado la forma en la que la había observado el día de Navidad, de modo que permaneció alerta. Hoy, cierto es, no se comportaba de manera extraña, sino que parecía simpático, pero, aun así, no quería darle alas y alzó el vaso de plástico.

–Con esto me basta, gracias –le dijo.

–¿Cómo va el *shooting*? –preguntó él–. A Hope no se lo puedo preguntar. No me dirige la palabra cuando está trabajando.

–Bien, creo, pero ¡las pobres modelos se deben de estar congelando!

Daniel asintió.

–Ya, aunque para ellas es el pan de cada día. A mí, en cambio, jamás me verás arrodillado en agua fría.

–Prefieres el calor de los hornillos, ¿no? –preguntó.

–Ahora, sí –contestó–, aunque, en mis tiempos, me las he visto con los elementos en más de una ocasión. Una vez, viví en un árbol durante seis meses –añadió, haciendo una mueca, dando por sentado que ella reaccionaría con cierto escepticismo.

–¿De verdad? –preguntó Romany, volviéndose para mirarlo bien–. Mi madre también vivió en un árbol una vez. Siempre me decía que se desplazaban de plataforma en plataforma, sin bajar en ningún momento, para que no los arrestaran. Debía de ser una locura. Y vaya frío.

–Sí, así fue.

Su cara se volvió inexpresiva y Romany se preguntó si él no habría exagerado la realidad, si no habría asumido que se quedaría impresionada con su anécdota, al no saber que ella también tenía una historia de árboles que contar. Se sintió algo culpable por haberle robado el protagonismo.

–Entonces ¿desde cuándo tienes el restaurante? –preguntó, para arreglarlo–. Me parece muy guay, por cierto. He ido un par de veces más desde las Navidades.

Su rostro volvió a iluminarse.

–Llevo en York unos quince años –le dijo–. Pero primero trabajé por cuenta ajena. Luego me dediqué al servicio de *catering* para eventos. Era un trabajo complicado. Y después compré el restaurante con un amigo, hace un par de años. Hemos tenido varios altibajos, pero ahora nos va bastante bien. ¿Y tú qué? ¿Te estás preparando para los exámenes de acceso a la universidad? Hope me ha dicho que quieres seguir estudiando.

Romany le explicó su situación y lo que deseaba hacer en el futuro, y él la escuchó con atención. Mientras hablaban, se acercaron más a donde estaban sacando las fotografías para ver lo que estaba sucediendo. El fotógrafo les acababa de pedir a las modelos que se tumbaran sobre las olas, junto a la orilla. Romany no entendía cómo eran capaces de seguir sonriendo mientras el agua gélida se mecía contra su piel desnuda. Dos de ellas se habían puesto azules. Daniel seguía a su lado, y ella se lo agradecía, ya que, si bien no conversaban mucho, así daba la impresión de que había venido aquí por un motivo y no porque fuera una infiltrada. De vez en cuando saludaba a Hope con la mano o levantaba el pulgar, y ella o bien lo ignoraba o respondía con una media sonrisa, frunciendo mucho los labios, como si no tuviera tiempo para sonreírle del todo.

A la hora del almuerzo parecía que ya habían terminado. Las modelos se habían vuelto a vestir y bebían tazas humeantes de chocolate caliente que Daniel había distribuido en pequeños vasos de cartón del tamaño de un café expreso. Hope estaba mirando las imágenes que habían sacado en una pantalla colocada a cierta distancia del agua y comentaba las instantáneas con el fotógrafo.

–Parecen contentos –dijo Romany, asintiendo en dirección a Hope, que, por primera vez en toda la mañana, sonría de verdad–. Han debido de conseguir lo que querían.

Daniel se mostró de acuerdo.

–Eso parece. Hope suele conseguir lo que quiere –añadió, y le guiñó el ojo.

Le caía bien, decidió. Le gustaba su sentido del humor y el optimismo que transmitía. Pero, sobre todo, le gustaba lo mucho que parecía amar a Hope: un amor que irradiaba puro resplandor. No veía indicio alguno de que ella lo amase de la misma forma, aunque era una persona tan cerrada que sería difícil discernirlo; en todo caso, suponía que, en el fondo, sí lo quería. Le gustaba la imagen que daba su relación desde fuera: dos personas, independientes pero conectadas, que se apoyaban sin dejar de lado lo suyo. Quizá por ese motivo su madre le había confiado a Hope la tarea de orientarla en el tema de las relaciones. Esperaba que así fuera, porque, si alguna vez tenía novio, le gustaría que la relación se asemejara a esta.

No obstante, Daniel nada tenía que ver con la discreta Hope. Parecía llevar los sentimientos en la palma de la mano, donde todo el mundo pudiera verlos. A juzgar por la conversación que habían tenido por la mañana, él no parecía ocultar nada: decía lo que se le pasara por la cabeza. Era una sensación grata. Romany estaba muy acostumbrada a que la gente intentase ocultarle sus sentimientos por miedo a que ella fuese incapaz de digerirlos, pero Daniel parecía una persona natural y feliz con la vida. Le gustaba.

El tiempo pasaba y la pila de material pendiente de revisar que la esperaba en casa comenzó a inquietarla. No había contado con pasar todo el día fuera. Daniel parecía estar pensando lo mismo, ya que no paraba de mirar el reloj y de cambiar el peso del cuerpo de un pie a otro, pero Hope no daba ningún indicio de que estuviera a punto de terminar. Estaba enfrascada en una conversación al teléfono, mientras los demás recogían a su alrededor.

—Yo he de volver ya a York —le dijo Daniel—. Me gusta apoyar a Hope siempre que puedo, pero ya me he ausentado mucho tiempo. Tengo que volver a las cocinas. Puedo llevarte, si quieres —añadió.

Romany no sabía qué hacer. Le gustaría que la llevara a casa, pero no quería que Hope pensara que era una grosera o una ingrata. Daniel pareció leerle la mente.

—No te preocupes por Hope —le dijo—. Ahora no podemos interrumpirla, pero ya le mandaré un mensaje más tarde para decirle que te he llevado a casa. No le va a importar. Es más, ni se va a dar cuenta de que nos hemos ido. —Se despidió de Hope con la mano, le lanzó un beso por el aire y luego señaló a Romany y el coche con el pulgar. Hope asintió, le sonrió a la joven y entonces les dio la espalda a los dos y siguió hablando por teléfono—. Ya está —dijo Daniel—. Arreglado.

Tenía un Audi de color negro. Elegante, práctico, sencillo. Sin embargo, el interior no estaba muy limpio: había vasos de café vacíos y el envoltorio de un par de sándwiches precocinados rodaba por el asiento trasero.

—Perdona —le dijo—. He tenido que comer de camino. Son gajes del oficio. Trabajando con comida todo el día…

La miró arrepentido, pero Romany se limitó a encogerse de hombros. No iba a montar un escándalo por un poco de basura.

De camino a casa, él le pidió más detalles sobre los planes que tenía para el próximo año y lo que quería hacer cuando se graduase, y contestó a todo con mucho gusto. Parecía impresionado, lo que hizo que ella se sintiera orgullosa, como de costumbre, por haber salido adelante a pesar de lo que le había pasado a su madre.

Cuando llegaron a la salida para su casa, Romany estaba a punto de darle las indicaciones pertinentes, pero entonces él puso el intermitente y tomó la salida sin necesidad de decirle nada.

—¿Sabes dónde vivo? —le preguntó, y él dudó unos instantes.

—Sí. Hope me pidió que viniera a recogerte esta mañana, pero luego hubo cambio de planes y al final vino ella.

Encontró una plaza de aparcamiento a poca distancia de la casa y estacionó el coche con total naturalidad. Ella hizo además de abrir la puerta y estaba a punto de darle las gracias cuando él tomó la palabra con urgencia, como si necesitara desahogarse:

—Escúchame, Romany —le dijo, frotándose la mano—. Debería decirte una cosa.

—¿Ah, sí? —contestó, apoyando la mano en la manilla de la puerta—. ¿De qué se trata?

Por primera vez en toda la mañana, se le veía incómodo; había perdido la confianza.

—Es que conocí a tu madre cuando…. Bueno, la conocí.

Capítulo 52

Romany apartó la mano de la manilla de la puerta. Era toda oídos. Hablar con alguien que había conocido a su madre, en particular antes de que ella naciera, era todo un lujo.

–¿Ah, sí? –preguntó, intrigada–. ¿De qué la conocías?

–¿Recuerdas los árboles de los que te hablé? –dijo–. Bueno, tu madre y yo… estuvimos en los mismos árboles.

Ella abrió los ojos como platos.

–¡¿En serio?! Pero ¡qué guay! Mi madre siempre decía que participar en esa protesta fue una de las mejores experiencias que tuvo.

Daniel asintió, esbozando una sonrisa afectuosa, ausente.

–Sí –dijo–. Tuvo sus cosas buenas. Fue duro, en especial cuando hacía frío, pero había muy buen ambiente. Todos éramos un equipo, con un objetivo común: salvar aquel bosque. Estábamos tan convencidos de que ganaríamos, de que el Gobierno comprendería que lo que decíamos tenía sentido… Éramos unos ilusos, supongo, pero se nos daba genial trepar árboles.

Romany se mordió el labio.

–¿Puedo hacerte una pregunta? –dijo.

–Por supuesto.

–¿Cómo era mi madre por aquel entonces?

Le encantaba hablar de su madre. Muy pocas veces se le presentaba la oportunidad, puesto que todo el mundo daba por sentado que lo que quería era, precisamente, lo contrario, y la mayoría evitaba el tema, como si fuera una bomba que pudiese estallar si la tocaban. Pero tenía ante ella a una persona que la había conocido antes incluso de que ella hubiera nacido. Por supuesto, le habían hablado de aquella época –Maggie y Tiger no paraban de hablar de los viejos tiempos cada vez que se veían–, pero se sabía todas sus anécdotas tan bien como si ella misma hubiera estado presente. Daniel, en cambio, le estaba dando la oportunidad de vislumbrar una parte completamente nueva de la vida de su madre. Con lo prometedora que era, no podía desaprovecharla.

Daniel se desabrochó el cinturón de seguridad y empujó el asiento hacia atrás para estirar las piernas. Al mencionar a su madre, su sonrisa adoptaba un cariz más cariñoso. Le había gustado mucho, en sus tiempos; resultaba evidente por su expresión.

–Tu madre era de armas tomar –le dijo–. Le daba igual lo que pensara la gente de ella. Hacía lo que consideraba correcto. Aunque era un completo desastre. ¿Siguió siendo así después?

Romany pensó en que en el apartamento a menudo reinaba el caos, en que su madre nunca tenía lo que necesitaba cuando lo necesitaba, en que se negaba a planificar las cosas y luego se frustraba cuando no salían como quería, y asintió.

–Sí, era un desastre –confirmó, con una sonrisa.

–Y era fiel –prosiguió él, con la mirada fija en los contenedores al fondo de la calle–. Si te quería, hacía lo que fuera necesario para asegurarse de que no te faltaba de nada. ¿Te habló de su madre?

–Un poco –dijo, y Daniel asintió.

–Bueno, tuvo una infancia complicada. Me parece que por eso nunca planificaba nada. Para ella no tenía sentido, ya que toda su vida estaba fuera de control. Pero también me parece que, por ese mismo motivo, si se cruzaba contigo y le gustabas, nunca te librarías de ella. Se te pegaba como una lapa y te defendía de cualquier persona. Como he dicho, era fiel.

A Romany le encantaba oír ese tipo de comentarios y se adecuaba tanto a la opinión que tenía ella de su madre que sabía que él no lo estaba diciendo por decir.

–¿Fuisteis novios? –preguntó con timidez.

Daniel, que seguía con la mirada fija en el parabrisas, asintió de nuevo.

–Sí, la verdad –confirmó, aunque Romany sabía que tenía que ser así por la forma en la que hablaba; imaginaba que los dos habían tenido un trato muy íntimo.

—Qué guay —comentó—. Y qué raro que ahora salgas con una de las amigas de mamá. Vaya coincidencia.

Daniel giró la cabeza y la miró por el rabillo del ojo.

—Así es —dijo—. Pero no es lo que piensas.

Estaba confundida.

—¿A qué te refieres? —quiso saber.

—Bueno —comenzó a decir, despacio—, la coincidencia no es que yo conociese a tu madre, sino que ella coincidiera con mi novia en un cursillo.

Romany no lo entendía, pero daba igual. Lo importante era que se había incrementado el número de personas con las que podía hablar de su madre.

—En realidad —continuó diciendo Daniel—, que Hope y yo estemos juntos y que tu madre conociera a Hope es una coincidencia, pero el motivo por el que me mudé a York en primer lugar fue para estar más cerca de tu madre.

Giró más la cabeza hacia ella, para que pudiera verle el rostro.

—Y de ti… —añadió.

Se hizo el silencio. Ahora la miraba a los ojos, de la misma forma que en el restaurante el día de Navidad. Romany parpadeó una y otra vez. Daniel, evidentemente, estaba tratando de decirle algo, pero no lo entendía. ¿Por qué querría estar cerca de ella?

—Romany —comenzó, pero se detuvo, frotándose la boca con la mano, e inspiró hondo.

Pero no hacía falta que dijera nada más.

Lo había entendido.

Sabía exactamente qué estaba tratando de decirle.

Y, de pronto, no bastaba con el oxígeno que había en aquel espacio cerrado. Abrió la puerta de golpe, motivo por el que un viandante se sobresaltó y luego la insultó indignado. Tenía que salir huyendo. No sabía a ciencia cierta qué estaba a punto de decir él, pero no quería oírlo. Salió corriendo del coche sin cerrar la puerta, directamente hacia el apartamento, hurgando en el bolsillo de la chaqueta en busca de la llave. Lanzó una mirada hacia atrás, pero él no la estaba siguiendo. Seguía sentado justo en el mismo sitio, como si se hubiera detenido el tiempo.

Giró la llave, se abrió la puerta: Romany entró en el apartamento y dio un portazo.

Capítulo 53

Romany permanecía inmóvil con la espalda contra la puerta. Estaba jadeando y el corazón le latía con tanta fuerza que le dolía. Cerró con fuerza los ojos y trató de serenarse. Una voz le hablaba en la cabeza y sabía que se trataba de su madre. «Tranquila, Romey –le decía–. Céntrate en la respiración. Inspira por la nariz. Espira por la boca».

Trató de hacer lo que le había enseñado su madre, pero no funcionaba. ¿Cómo iba a calmarse con lo que acababa de descubrir? ¿Daniel era su padre? ¿Era eso lo que había estado a punto de decirle?

Trató de recordar todo lo que le había dicho su madre sobre su padre, pero no era mucho: solo que se habían querido mucho, pero que no había funcionado. Cuando ella era más joven y la presionó para que le diera más detalles, su madre se había limitado a negar con la cabeza y le había dicho que le diría todo lo que quisiera saber cuando fuera mayor. Y luego, cuando ya era mayor, ella no había querido saber nada; de hecho, se había negado a escuchar.

De modo que ahora no tenía nada en lo que basarse, no tenía manera de confirmar lo que creía que Daniel había tratado de decirle. Intentó vislumbrar su rostro, constatar si en alguna ocasión había detectado algo familiar en él, pero no veía nada. Él no era más que Daniel, el novio chef de Hope, bastante agradable a simple vista, pero nada sugería que compartieran el ADN.

Y, aun así, él había conocido a su madre. Eso sí se lo creía. Su madre le había contado la historia de los árboles infinidad de veces porque a Romany le encantaba escucharla. Podía aceptar que ella y Daniel hubieran coincidido en el campamento que habían montado sobre los árboles. Incluso estaba dispuesta a aceptar que hubieran salido juntos en sus tiempos. Pero ¿esto? Esto no lo podía asimilar.

En lo alto de las escaleras, oyó que Tiger la llamaba:

–¿Eres tú, Romey? ¿Te lo has pasado bien?

Y entonces, como ella seguía sin aparecer, asomó la cabeza desde lo alto de las escaleras y la miró.

–¿Qué haces ahí abajo? –le dijo, riéndose de ella. Y, luego–: Eh, ¿qué ocurre?

Romany no contestó nada porque no sabía por dónde empezar. Se quedó donde estaba, contra la puerta, con los ojos bien cerrados, como cuando era una niña y quería que algo en particular desapareciera. Oyó que Tiger bajaba las escaleras hacia ella, pero siguió paralizada donde estaba.

–A ver, Romes –le dijo cuando se acercó–, ¿a qué viene todo esto? ¿Ha pasado algo con Hope? ¿Te ha molestado?

No había mucho espacio en el vestíbulo; Tiger permaneció donde estaba, en el segundo peldaño, y cuando Romany abrió los ojos, tuvo que alzar la vista parar mirarlo. Le dio la sensación de que era un espacio protegido, íntimo.

–¿Llegaste a conocer a mi padre? –susurró.

Hubo una pausa, un latido de corazón, y Tiger habló.

–Ah –dijo.

¿Qué quería decir aquello? No había hablado de su padre con sus tutores por los mismos motivos por los que se había negado a hablar de él con su madre. Pero quizá todos lo supiesen y ella fuese la única que no estuviera al tanto. En realidad, tenía sentido. Eran amigos desde la adolescencia. Tenían que saberlo.

Aparte de Hope, por supuesto. Para Romany, y sospechaba que también para todos ellos, siempre había sido un misterio cómo encajaba Hope en todo esto. Pero ¿sería esta la razón? Quizá lo que quería su madre no era que Hope fuera parte de su vida, sino su novio.

–¿Qué quieres decir con «Ah»? –inquirió; habló con voz áspera y se dio cuenta de que se estaba enfadando.

—Conocí a tu padre una vez —dijo—. Antes de que tú nacieras.

—¿Y…?

Tiger hizo una mueca, como diciendo: «¿Qué más quieres que diga?».

—Parecía majo. Un buen tipo. Bueno, es que solo lo vi una vez.

—Daniel… El Daniel de Hope —aclaró—, ¿es mi padre?

Tiger hizo una pausa y se pasó la lengua por los dientes, mientras trataba de decidir qué responder.

—Sí, creo que sí.

—¡¿Crees que sí?! —preguntó, hablando en voz más alta de repente, casi gritando.

Tiger se frotó el mentón con la mano, pensando, al parecer, en su siguiente respuesta, y Romany notó que en su pecho se formaba una bola ardiente de pura rabia mientras lo veía decidir qué contarle.

—Pues sí —dijo—. Es tu padre. Me sonó su cara cuando lo vi en el restaurante el día de Navidad, pero no sabía de qué. Él parece que no me reconoció y no dijo nada… Pero lo llevo pensando desde entonces y, sí, creo que es él.

—¿Y cuándo pensabas contármelo exactamente?

Soltó un suspiro y la miró con pesar.

—Oh, por favor, Romey. No me eches a mí la culpa. ¿Qué iba a hacer yo? Pensaba que era él, pero no estaba seguro. Y parecía que tú no querías saber nada de él, así que me callé.

—¿Y Maggie y Leon? ¿También lo saben? —preguntó, como si fuera una acusación, y Tiger se encogió de hombros.

—Se lo mencioné a Mags, sí. Pero ella nunca conoció a tu padre. Yo sí, por accidente. Llegamos a la conclusión de que sería mejor esperar a ver qué pasaba. Con los exámenes y todo, nos pareció lo correcto, pero te pido disculpas si nos hemos equivocado.

Se le veía afectado de verdad y Romany notó que el cabreo que sentía perdía fuerza.

—Pero ¿qué ha pasado? —preguntó él—. ¿Te ha dicho algo Hope?

—Hope, no —contestó, y se le quebró la voz al intentar reprimir el llanto–. Daniel. Me trajo a casa en coche y nos pusimos a hablar y me dijo que conoció a mi madre cuando eran jóvenes y que se mudó a York para estar más cerca de ella y de mí. Y até cabos y salí corriendo –las palabras tropezaban las unas con las otras, apurada como estaba por contárselo todo, y luego se dejó llevar por las emociones y rompió a llorar.

Tiger la rodeó con el brazo y la estrechó con fuerza.

–Oh, Romes, no llores. No soporto verte triste. Pero, dime: ¿no llegó a decirte que era tu padre? Con esas palabras, quiero decir.

Ella negó con la cabeza, contra su hombro, y su camiseta le amortiguó la voz:

–Bueno, no –le dio la razón–, con esas palabras no. Pero todo encaja, ¿no?

–Sí –respondió–. Al menos, es la conclusión a la que he llegado yo.

Hubo una pausa: ella trató de reprimir las lágrimas y Tiger no dejó de sostenerla. Entonces, él le dijo:

–¿Te apetece hablar con él? ¿Poner las cartas sobre la mesa?

Romany reflexionó al respecto. Salir corriendo no había sido la reacción más madura, concluyó, pero la habían pillado con la guardia baja. Para una situación como aquella no había plan que sirviera. En todo caso, Tiger estaba en lo cierto. Había que arreglarlo y aquel era un buen momento.

–¿Seguirá ahí fuera? –le preguntó ella.

–Solo hay una forma de saberlo –le dijo–. ¿Voy a ver?

Romany asintió.

–Y, si sigue ahí, ¿le digo que pase?

–Vale –dijo, y un leve temblor partió en dos la palabra.

Se hizo a un lado para que Tiger pudiera pasar y abrir la puerta. Este abrió el pestillo y lanzó una mirada a la calle. Acto seguido, se acercó hasta la verja, pero un par de segundos después volvió.

–Me parece que se ha marchado –anunció.

Capítulo 54

Hacía mucho tiempo que Maggie no se sentía así, con los nervios a flor de piel. Solo era una entrevista, se decía. Había participado en cientos de ellas con anterioridad, aunque, para ser exactos, por regla general ella era la entrevistadora, no la entrevistada. Y no era tan importante. Sí, sería fantástico conseguir este empleo, pero habría más. Ahora que había empezado a buscar, le salían trabajos interesantes de debajo de las piedras. Lo que diferenciaba a este de los demás era que se trataba de su primer intento. Sería el punto de referencia desde el que analizaría todo lo que pasase a continuación, todo lo que, por el momento, le era desconocido. ¿Cómo sobrellevaría la presión? ¿Supondría esto el fin de su pausa laboral? ¿Sus conocimientos en materia de derecho seguirían estando al día? ¿Cómo sería ella como miembro del equipo, en vez de jefa,? ¿Maggie Summers seguiría siendo relevante para el mundo del derecho?

Creía tener respuesta para algunas de estas preguntas, pero no para todas. No descubriría la verdad hasta hacer la primera entrevista y ver cómo la recibían. Y eso iba a suceder en cuestión de segundos.

Le vibró el teléfono y se apresuró a cogerlo: era un mensaje de buena suerte de Leon. Era muy tierno por su parte, pensó, pero estaba demasiado nerviosa para responderle en esos momentos. Puso el móvil en modo «no molestar» y volvió a meterlo en el bolso. Entonces, se puso en pie, inspiró hondo y se preparó para la entrevista.

+

Dos horas después, estaba en la acera fuera de las oficinas del que esperaba que fuera a ser su nuevo jefe. Había ido bien, pensaba. Estaba bastante segura de que había dado una impresión de moderación y serenidad, con un sentido profundo de la responsabilidad y la integridad, una sólida ética de trabajo y un nítido espíritu de trabajo en equipo. De hecho, se había mostrado como en verdad era y les había gustado, o al menos eso esperaba. Parecieron reaccionar bien a su franqueza cuando le preguntaron por qué había dejado Brownlows y qué había hecho desde entonces, y, por supuesto, su currículum era impresionante, con una cartera envidiable de antiguos clientes y de transacciones. Se pondrían en contacto con ella en breve, le habían dicho, de modo que ahora lo único que tenía que hacer era esperar.

Había pedido el día en Space Solutions para ir a la entrevista, conque ahora estaba libre. Tras barajar las opciones, pensó en hacerles una visita a Romany y a Tiger, para ver cómo se encontraban. Los exámenes de Romany ya habían comenzado, de modo que debía de haber mucha tensión. Ella todavía recordaba la experiencia: de todos los exámenes que había hecho a lo largo de los años, los de acceso a la universidad habían sido los más estresantes. De verdad había sentido que toda su vida dependía de ello, que, si no sacaba buenas notas, todo se echaría a perder y su vida habría terminado. Qué ingenuo y dramático le parecía ahora, pero, por aquel entonces, estaba convencida de que era cierto. En la época de los exámenes de acceso a la universidad había tenido una pesadilla fruto del estrés que seguía teniendo cuando se veía sometida a una presión extrema, y en nada habían cambiado los detalles desde la primera vez, hacía ahora treinta y cinco años. Ojalá pudiéramos decirles a nuestros jóvenes yos qué es lo que debería preocuparles de verdad, pensó.

Al llegar a la casa de Angie –¿cuándo dejaría de pensar así?–, llamó al timbre y esperó, imaginando en parte que no habría nadie, pero entonces oyó que alguien bajaba las escaleras en su dirección. Se abrió la puerta y ahí estaba Tiger: llevaba puesto un delantal, uno masculino de color azul marino, pero no dejaba de ser un delantal. Maggie se echó a reír.

–Madre mía, Tiger, eres la viva imagen de la vida doméstica. ¿Qué demonios estás haciendo?

–Estoy preparando profiteroles de chocolate para Romey –respondió con aire desafiante–. Son sus favoritos y hoy tiene otro examen, así que se me ha ocurrido preparar una tanda para cuando vuelva a casa. ¿Te apetece entrar?

–Si tienes algo de tiempo, sí –contestó, señalando el delantal–. No quisiera interrumpir. –Y, entonces, añadió–: Conque profiteroles de chocolate, ¿eh? No sabía que tuvieras tanto talento.

–¡Soy una caja de sorpresas! –dijo, agarrando los tirantes del delantal con los pulgares; solo le faltaba ponerse a cantar–. Sube, que te preparo un café.

Maggie lo siguió por las escaleras, sin apartar la mirada de su trasero. Se dijo a sí misma que era por puro hábito. El apartamento estaba, como de costumbre en aquellos tiempos, impecable, sin un solo cojín fuera de lugar, y, si bien resultaba evidente que Tiger estaba en pleno horneado, la cocina estaba limpia y había amontonado con esmero todo lo que ya había usado para lavarlo luego.

–¿Y qué examen tenía hoy? –le preguntó, acomodándose en una de las sillas para verlo trabajar.

–Biología 1 –dijo, al mismo tiempo que llenaba la cafetera de café.

–¿Y cómo lo llevaba? –inquirió, recordando lo nerviosa que se había puesto ella aquella misma mañana.

Él se volvió hacia Maggie.

–Lo llevaba bien. Parece que hemos dejado atrás la fase del pánico y ahora está bastante tranquila. Está muy centrada.

–Me alegro por ella –dijo–. Qué chica tan maravillosa. Angie estaría muy orgullosa de ella.

–¿A que sí? –convino Tiger.

–Y tú tienes parte del mérito –añadió–. Lo estás haciendo genial.

Tiger se encogió de hombros, con modestia, pero a ella le pareció percibir cierto orgullo en sus ojos. Jamás lo había visto orgulloso de nada que hubiera hecho. ¿Era esta su primera vez?

–¿Y lo de Daniel? –le preguntó entonces–. ¿Hay novedades?

Había pasado un mes desde que Tiger la llamó para contarle lo que había pasado el día del *shooting* de moda, pero, desde entonces, Romany había debido de decidir que los exámenes eran más importantes que su padre ausente y se había olvidado del asunto.

–No –contestó él–. Como si no hubiera pasado nada.

–¿Sabes algo de Hope? –preguntó, y Tiger negó con la cabeza.

–No sé si Romey ha hablado con ella. Se cierra en banda a hablar del tema.

–Bueno, quizá cuando terminen los exámenes...

Tiger resopló.

–Sí –le dijo–. Cambiarán muchas cosas cuando terminen los exámenes.

Preparó el café y le sirvió una taza, antes de ponerse los guantes y sacar del horno los pastelitos dorados de pasta *choux*, cuya fragancia se esparció por la estancia. A Maggie se le hizo la boca agua.

–Bueno, supongo que te irás al fin del mundo en cuanto puedas –comentó–. Lo que has hecho es maravilloso. A todos nos consta que, para ti, quedarte aquí y cuidar de Romany ha sido un sacrificio enorme. Si te digo la verdad, yo pensaba que no aguantarías. Seguro que te has pasado todo el año planeando adónde irás en cuanto por fin puedas escapar.

Se dio cuenta de que él no la miraba, sino que se centraba en comprobar que cada profiterol estuviera bien horneado.

–Ah, ya –dijo–. Tengo alguna que otra idea, pero nada concreto, por el momento.

Ella notaba que se mostraba reacio a hablar del tema; quizá fuese a echar de menos a Romany cuando se marchase. Resultaba evidente que se habían encariñado mucho el uno con el otro, pero esto no dejaba de ser un trato y él estaba a punto de cumplir su parte.

—Ya falta poco para el concierto de Leon, ¿verdad? —comentó él, cambiando de tema con total naturalidad.

Ese era otro tema que seguían sin sacar. Cuando se programó el concierto, parecía que aún faltaba tanto tiempo que les costaba imaginar que fuese a pasar de verdad, pero ahora, como no podía ser de otra manera, la fecha ya estaba a la vuelta de la esquina.

—¿Cómo lo lleva? —preguntó Tiger—. Estará hecho un manojo de nervios.

Le sonrió, y ella, que no lo admitiría delante de ninguna otra persona, asintió:

—Y que lo digas. Está fatal. Si me dieran una moneda cada vez que dice que va a llamarlos para cancelar el evento, sería rica. Pero he conseguido convencerlo. Me parece que, en el fondo, le hace ilusión.

—Debería recordar cómo reaccionó el público la noche del micro abierto —dijo Tiger—. Eso tiene que motivarlo bastante. Si hasta parecía Springsteen o algo así.

Maggie se echó a reír.

—Eso no se lo menciones. Pero, sí, creo que tienes razón. Lo que lo animó y le dio confianza fue la forma en la que lo vitoreó el público.

—Tendría que haberse animado hace años —dijo.

Ella asintió. Era cierto. Leon podría haber tocado en público todos estos años y habría recibido la misma reacción con cada espectáculo.

Tiger separó una silla y se sentó a su lado.

—Eso es lo que decía siempre Angie —comentó—. No paraba de decir que estaba desperdiciando su talento.

Al oír el nombre de Angie, Maggie notó que se le hacía un nudo en la garganta, pero se sentía bien: el dolor del duelo comenzaba a ser llevadero, gracias al paso del tiempo, como tantas otras cosas. Sonrió con cariño.

–Sí –admitió–, es verdad. Y sabía que, cuando Leon al fin se decidiera a tocar en público, vería en la respuesta de la gente lo que nosotros veíamos con claridad. Es una lástima que le haya costado tres décadas animarse.

Tiger le dedicó una sonrisa llena de melancolía.

Durante unos instantes, permanecieron sentados, cada uno sumido en sus pensamientos. Maggie pensaba en Angie, en la manera en la que seguía conmoviendo y guiando sus vidas mucho después de haberlos dejado: imposible de olvidar, como la felicidad en los días de lluvia.

Tiger rompió el silencio:

–No dejo de arrepentirme de que tú y yo nunca… Tú ya me entiendes… –Hizo un gesto vulgar con la mano para explicarle a qué se refería y Maggie puso los ojos en blanco–. Las predicciones de Angie se torcieron un poquito en ese sentido –añadió, y ella frunció el ceño.

–¿Lo predijo? –inquirió–. ¡A mí nunca me dijo nada!

–Cada vez que venía a visitarla, no paraba de decirme que debería llamarte.

–Pero, por el motivo que sea, nunca me llamaste –soltó una risa sarcástica, y él se encogió de hombros.

–Ya. Lo siento –dijo–. Pero ojalá te hubiera llamado.

Maggie alzó la vista y se miraron a los ojos: por unos instantes, compartieron una mirada rebosante de emoción y lástima.

–Sí –dijo ella–. Me habría gustado.

Tiger soltó un suspiro.

–Pero estás mucho mejor con Leon –comentó–. Siempre ha sido mucho mejor partido que yo.

Ella asintió.

–Pues sí. No te falta razón.

Volvieron a guardar silencio, mientras los dos reflexionaban sobre lo que pudo haber sido.

Entonces, Tiger volvió a tomar la palabra:

—Nos conocía a todos muy bien, ¿verdad? Me refiero a Angie.

Maggie derramó una sola lágrima, que se deslizó por su mejilla. La atrapó con la punta del dedo.

—Sí —dijo—, de verdad que sí.

Capítulo 55

¡Había terminado los exámenes! Romany no se lo creía. Todo su esfuerzo, su ansiedad, toda esta mierda de año habían acabado, al fin quedaban atrás y ante ella se desplegaba un largo verano caluroso. Sería maravilloso, siempre y cuando no se obsesionara con el día en el que se publicarían las notas, que se cernía como una sombra sobre todo su mundo.

En todo caso, si su madre estuviera ahí, le diría que ahora no había nada que pudiera hacer al respecto y que, por tanto, no tenía sentido preocuparse por algo que no podía cambiar. Decidió, por una vez, seguir el consejo de su madre. ¡Se iba de fiesta! El mes de julio estaba repleto de actividades sociales y, con suerte, incluso se iría de vacaciones a España con Laura y varias chicas más. Sería fantástico.

Pero en su horizonte había una nube negra.

Daniel.

Desde el día de la sesión de fotos, se lo había quitado de la mente a él, y también lo que le había dicho. No tenía espacio para él, no estaba de ánimo para enfrentarse a las consecuencias, pero era consciente de que no podría ignorarlo para siempre. Tendrían que hablar y era ella quien tendría que dar el primer paso.

No dejes para mañana lo que puedas hacer hoy.

Sacó el teléfono del bolsillo trasero y abrió los mensajes. Entonces se detuvo. Justo acababa de terminar los exámenes. Desde luego, se merecía descansar un par de semanas antes de plantar cara a lo que se cernía sobre ella. Pero se conocía a sí misma muy bien: necesitaba hablar con él y poner las cartas sobre la mesa; si no, se angustiaría y se estropearía todo el verano. Volvió a oír la voz de su madre en la cabeza: «No esperes más, Romany. ¿Qué es lo peor que puede pasar?». Lo peor que podía pasar era que se quedase sin padre. Nada nuevo, pues.

No tenía el número de Daniel, de modo que le mandó un mensaje a Hope.

Hola. Tengo que hablar con Daniel. ¿Puedes decirle que se ponga en contacto conmigo, por favor?

Al cabo de diez minutos, recibió un mensaje.

Hola. Soy Daniel. ¿Dónde nos vemos?

✦

Ella le propuso quedar en una cafetería en el centro. Reunirse en terreno neutral le parecía lo más oportuno, para que los dos pudieran levantarse y marcharse si el encuentro no era lo esperado. Aunque Romany no tenía ni idea de qué esperarse en concreto. Siempre había dicho que no le interesaba su padre, que su madre podría desempeñar la función de los dos progenitores con facilidad…, pero su madre ya no estaba. Habían cambiado las reglas del juego y Daniel era la única familia que tenía. Y, al menos en apariencia, parecía un buen tipo. No era un idiota ni nada por el estilo, así que podrían empezar con buen pie. Necesitaba que le contara la historia, descubrir qué había separado a sus padres. No hacía falta decidir ya qué pasaría a continuación. Podía tomárselo con calma.

Pidió un café con leche y jengibre que le sirvieron en un vaso con una buena capa de nata por encima. Daniel, a su vez, se tomó un americano. Durante un rato, ninguno de los dos dijo nada. Él removía el paquete de azúcar que se había echado en el café y ella, la nata.

—Bueno –dijo él, al darse cuenta de que ya no tenía sentido que siguieran removiendo las bebidas–, ¿quién empieza?

Romany tomó la iniciativa. Estaban aquí por ella, a fin de cuentas. No quería aparentar debilidad ni desde luego echarse a llorar, de modo que adoptó un tono de voz defensivo y escogió unas palabras acordes con su postura:

—¿Por qué abandonaste a mamá? —preguntó, mirándolo directamente a los ojos en cuerpo y alma.

Daniel parecía dolido, y soltó un hondo suspiro antes de responder:

—Un golpe duro, pero supongo que bien merecido —dijo—. Bueno, para empezar, no teníamos una relación convencional, por así decirlo. Yo vivía en Newbury y Angie regresó a York después de las protestas porque sus amigos vivían aquí. Yo me acercaba cada pocos meses, cuando reunía algo de dinero. Era fantástico. Para nosotros, funcionaba. La cosa nunca se estancaba ni se hacía aburrida.

Romany imaginaba que se refería a su vida sexual, un tema en el que bajo ningún concepto quería pensar.

—¿Y después? —quiso saber.

—Bueno, después se quedó embarazada. Fue una sorpresa, Romany. No te voy a mentir. No quiero echarle la culpa a tu madre, claro que no, pero dejó de tomar la píldora sin decirme nada. Yo no estaba preparado para eso. Es decir, no éramos tan jóvenes; creo que yo tenía treinta y uno. Angie tenía unos más. Creo que pensaba que se le estaba pasando el arroz. Pero nunca hablamos del futuro ni de tener hijos. Así que no me lo esperaba. O sea, no te esperaba —aclaró, incómodo.

Cogió la taza del café, tomó un sorbo y volvió a dejarla sobre el platillo. Romany lo observaba fijamente, en busca de cualquier indicio que revelase cómo se sentía en realidad, pero no veía nada.

—Angie tuvo tiempo para hacerse a la idea de tener un bebé, pero, cuando yo me enteré, no había marcha atrás. Estaba embarazada. Quería tener al bebé. Me dejó claro que lo que yo pensase no era muy importante y (y no me orgullezco de esto) a mí me dio igual.

No estaba preparado para ser padre. Me acojonaba el compromiso. Así que, cuando tu madre me dio permiso para desentenderme, le tomé la palabra y me marché.

Por lo menos estaba siendo sincero. Romany lo creía: le parecía posible que su madre se hubiera comportado como decía. Cuando tomaba una decisión, no había mucho que se pudiera hacer para que cambiara de idea. Y, llevada por una independencia extrema, nunca le pedía ayuda a nadie. Nunca. Si Daniel decía que su madre lo había apartado, podría ser cierto. Aun así, su madre no se había mostrado fría ni insensible. Él podría haber insistido, de haber querido.

—¿Me viste alguna vez? —le preguntó.

Le parecía una pregunta importante, aunque no estaba segura de si quería saber la respuesta. Si no se había molestado en venir a verla, ¿qué clase de persona era él?

—Una vez —respondió—. Cuando eras muy pequeñita. Me presenté en su casa sin previo aviso. Tendría que haberle avisado, pero no. Se lo tomó bien; no me echó a patadas ni nada por el estilo y me dejó cogerte en brazos. Eras perfecta. Tan diminuta. Me daba miedo sostenerte por si te aplastaba o algo. Y ella sabía cuidarte tan bien… Me parecía increíble que supiera qué era lo que necesitabas exactamente. Lo de ser madre le salía de forma natural.

—Bueno, no le quedó otra, ¿no? Yo era lo único que tenía en el mundo. Tuvo que aprender a base de golpes —contestó, enfadada.

—Por supuesto —dijo él, alzando una mano para calmar las aguas—. Solo digo que parecía que había un vínculo entre vosotras desde el comienzo. Era evidente que te adoraba.

—Y tú no.

Hundió los hombros y soltó un suspiro.

—A ver, Romany —le dijo—. No seas tan dura conmigo, ¿quieres? Yo no estaba en mi mejor momento, eso es cierto; no me esforcé lo suficiente y tendría que haber dado más de mí. Solo digo que sabía que no te faltaba de nada. Veía lo mucho que te quería y te cuidaba ella. No es que te dejara desamparada. Tú estabas a salvo. Angie no me quería, en el fondo no. De modo que volví a Newbury y seguí con mi vida.

Lo estaba intentando, ella lo sabía: Daniel era consciente de que había cometido errores y estaba tratando de excusarse de la mejor manera posible, pero tampoco se estaba poniendo a la defensiva.

—Entonces, ¿por qué acabaste en York? —preguntó.

—Angie y yo perdimos el contacto. El número de teléfono que tenía de ella estaba fuera de servicio y creo que os mudasteis. Pero no paraba de pensar en vosotras, de preguntarme qué tal estaríais. —Él le devolvió la mirada: su rostro le decía a Romany que necesitaba que le creyera—. Entonces, me salió una oferta de trabajo en York. Acababa de terminar los estudios de *catering* y ya nada me ataba a Newbury, de modo que me postulé al empleo y me mudé.

—Pero ¿no nos buscaste?

Negó con la cabeza.

—No quería entrometerme o arruinar la relación que tuviera Angie con otra persona. Pero os buscaba a las dos cuando salía, por si me encontraba con ella o con alguien que pudieras ser tú. Creo que llegué a veros una vez en Parliament Street y estuve a punto de saludaros, pero se os veía tan felices juntas, como un pequeño equipo, que me acobardé.

—¿Y sabías que Hope y yo nos conocíamos?

Él asintió.

—No fue muy difícil atar cabos. Angie y Romany no son nombres muy comunes. Cuando Hope me contó lo que le había pedido Angie, comprendí el motivo al instante.

—¿Y Hope?

—Ella también lo sabe. Se lo he contado. ¿Cómo no iba a contárselo? Estábamos esperando al momento oportuno para decírtelo.

—Pero ¿cómo sabía mamá que tú estabas en York? —le preguntó Romany, que seguía tratando de entenderlo todo, pero aquel detalle se le escapaba.

–Creemos que me vio en la fiesta del trigésimo cumpleaños de Hope, pero no lo sabemos a ciencia cierta. Es la única explicación que se nos ocurre.

Romany se sumió en sus pensamientos unos instantes, inmersa en el trasiego de la cafetería. La cabeza le daba vueltas, pero todo tenía sentido.

–Tiger te reconoció en Navidad –le dijo.

–Sí, imaginaba que me reconocería. Desde entonces hemos estado esperando a que todo saliera a la luz. Pero quería que tú tomaras las riendas de la situación, Romany. La decisión tenía que salir de ti. Hasta que me dio la impresión de que Tiger no iba a decir nada no te di una pista.

Romany recordó el trayecto en coche a casa desde la sesión de fotos. Le había dado una señal tan sutil… Habría sido fácil no darse cuenta de nada.

–Y aquí la tienes –añadió él–: la triste historia. Imagino que ahora necesitarás algo de tiempo para pensarlo, para decidir lo que quieres hacer. No te sientas presionada, Romany. Me involucraré en tu vida todo lo que quieras. O nada en absoluto, si así lo deseas.

Ella rascaba los restos de espuma en el fondo del vaso con la cuchara. No tenía ni idea de lo que quería hacer, de cómo sería su futuro, de si él formaría parte de su vida o no. Pero le caía bien. Había ido al grano, pensó, le había dicho la verdad. Y eso no era algo sin importancia.

–Vale –le dijo.

Capítulo 56

Romany no le había dicho a Tiger que había quedado con Daniel porque no quería que se preocupara y no le apetecía que, al volver, la sometiera a un interrogatorio del que no tendría escapatoria. Sin embargo, cuando regresó al apartamento, se arrepintió de no habérselo contado. Necesitaba hablar con alguien, pero, por otro lado, no quería tener que empezar desde el principio, tener que aclarar todo lo que se le había pasado por la cabeza hasta el día de hoy. Lo que quería era ir al grano y hablar de lo que acababa de suceder, sin más preámbulos ni explicaciones. Pero a Tiger no se le daban bien los temas delicados. Seguro que se ponía a gastar bromas pesadas.

Quizá a Maggie se le diera mejor escuchar. En otras ocasiones le había resultado muy sencillo hablar con ella y, en general, siempre decía cosas sensatas, aunque no fuera lo que quisiera oír. Pero Romany era amiga íntima de su madre; criticaría a Daniel por haberlas abandonado al comienzo y por haberse desentendido desde entonces. Y la rabia que sentía Maggie por esas decisiones distorsionarían la opinión que se formase Romany. No, no era la persona adecuada. Y, además, pensó entonces, su madre había dejado a Maggie al mando de los temas legales. Esto no entraba dentro de sus competencias.

No, su madre había confiado a Hope el tema de las relaciones, una decisión que en su momento no había tenido sentido, pero que ahora resultaba coherente. Este era el momento de Hope. Pero ¿podría hablar con ella sobre Daniel? No quería que tuvieran problemas por su culpa. No sería justo. Por otro lado, Daniel le había dicho que Hope estaba al tanto de toda la historia, y no es que hubiera salido con ella y su madre al mismo tiempo.

Romany cogió el teléfono y le envió un mensaje. Recibió una respuesta casi al instante.

Sí. Paseo por las murallas. Seis y media, Monk Bar. Ok?

Romany contestó enseguida para confirmar la cita. Aún era la hora del almuerzo, de modo que tendría que entretenerse hasta entonces. Tiger estaba en el baño, trasplantando unas plantas para colocarlas en la ventana. No había balcón en el apartamento, pero había ideado una manera de enganchar las macetas al alféizar y ahora estaba usando la bañera para no mancharlo todo con el sustrato y estaba plantando unos geranios rojos entre unas florecillas azules cuyo nombre desconocía Romany. Estaba arrodillado en el suelo, encorvado sobre la bañera, en plena faena.

–Qué bonitas –dijo ella cuando se detuvo en el umbral de la puerta para echar un vistazo.

–Gracias –contestó él, sin darse la vuelta–. Un año fui a Aix-en-Provence para la cosecha de lavanda y me encantó que todas las casas tuvieran macetas con geranios en los alféizares. Sé que aquí no es lo mismo, pero quizá queden bien.

–Son preciosas –le dijo–, aunque, más que nada, las disfrutarán los vecinos. Desde dentro no las veremos mucho.

–No –admitió Tiger–. Tal vez un día podríamos plantearnos mudarnos a un sitio con jardín. Podría plantar plantas aromáticas e incluso lechugas.

No la miró al decirlo. Era la primera vez que uno de los dos mencionaba lo que pasaría después de que ella terminara el instituto. La carta de su madre se centraba en exclusiva en velar por ella hasta que acabase los exámenes de acceso a la universidad, exámenes que ya había terminado, y, más pronto que tarde, cumpliría diecinueve años y, con suerte, se iría a estudiar a Durham. No se había planteado qué pasaría a continuación, pero siempre había dado por sentado que Tiger se marcharía. Nunca se le habría ocurrido que estuviera pensando en sitios a los que mudarse juntos.

–¿No quieres irte de viaje otra vez? –le preguntó–. Pensaba que lo tenías planeado. Guatemala, ¿no?

–Esa oportunidad la dejé pasar –dijo.

–Pero habrá otras. Claro está –respondió Romany. Él se encogió de hombros.

–Viajar no es lo único en la vida –comentó–. A veces viene bien descansar un poco. Echar raíces.

Seguía sin mirarla, como si no quisiera ver su reacción, y ella tampoco tenía claro cómo reaccionar. Había dado por supuesto que la dejaría. ¿No era por eso por lo que Laura se iría a Newcastle, para no acabar completamente sola? Tiger retomaría sus viajes donde los había dejado, ella viviría sola en el apartamento y Maggie y Leon, y ahora quizá también Daniel y Hope, estarían pendientes de ella, dispuestos a ayudarla en caso de que cundiera el pánico en algún momento.

–¿Qué me estás queriendo decir, Tiger? –le preguntó.

–Nada, en serio –respondió, aparentando normalidad–. Nada.

Pero algo quería decirle. Su lenguaje corporal no dejaba lugar a dudas.

–Deja eso un momento –le dijo–. Habla conmigo.

Despacio, se puso en pie, estirándose y frotándose la parte baja de la espalda, y se volvió hacia ella. Parecía nervioso, ansioso incluso. Romany no reconocía aquel estado de ánimo y no estaba segura de si le gustaba. Tiger no era así. Él era el bromista de su vida, un hombre alegre que jamás se preocupaba por nada, y mucho menos por sí mismo. Se metió las manos manchadas en los bolsillos de los vaqueros y clavó la mirada en los pies.

–¿Me estás diciendo que prefieres quedarte aquí antes que volver a viajar? –le preguntó.

–Bueno –comenzó a decir–, es que me ha sorprendido lo mucho que me gusta estar aquí. Lo de tener un hogar me encanta. Al principio me puse a hacer cosas para animarte, pero después me enganché de verdad.

–Y se te da muy bien –le dijo Romany–. O sea, mira cómo está la casa. Nunca ha estado tan bien. ¡Mamá estaría maravillada!

Tiger soltó una risita, aunque más bien fue un bufido.

–Sí, a tu madre no le iban mucho estas cosas. Y me he dado cuenta de que quizá me he cansado de no tener un hogar. No me malinterpretes. Quiero seguir viajando. Me faltan tantos sitios que ver... Pero tal vez esté preparado para hacer viajes más cortos, más como unas vacaciones que como un estilo de vida. Dios, ¿tú me oyes? Si es que hablo como un viejo.

Puso los ojos en blanco y se rio de sí mismo, pero a Romany le pareció ver algo más en su expresión: de verdad quería que lo entendiera, que le dijera que podía quedarse. Este cambio de planes dependía por completo de su opinión.

No lo dudó.

–¡Sería fantástico! –le dijo–. ¡Me encantaría!

Abrió los brazos y le rodeó los hombros. Notó que él se relajaba al abrazarlo, como si llevara un tiempo temiendo este momento y ahora sintiera un alivio enorme porque al fin lo habían aclarado. Cuando se separaron, Tiger le dijo:

–No digo que tengamos que mudarnos. Solo era una idea. Obviamente, esta es la casa de tu madre y está llena de recuerdos.

Romany asintió. Tenía razón, pero los recuerdos estaban en su mente y en la de Tiger y no necesitaba asociarlos a ningún lugar. En cierto sentido, empezar de cero en otro sitio justo al mismo tiempo que entraba en la universidad le parecía perfecto. No quería decir que fuera a dejar a su madre atrás, sino, más bien, que la llevaría consigo a su nueva vida.

–Me encantaría vivir en un sitio con jardín –le dijo–. Siempre y cuando no nos alejemos mucho del centro. Me gustaría volver a casa a pie cuando salga por las noches.

Tiger le sonreía de oreja a oreja.

–Bueno, podemos empezar a buscar en verano –le dijo–, tasar el piso y ver qué nos podemos permitir. Y estaba pensando que podría buscar trabajo. Quizá de guía turístico en la ciudad. Seguro que se me daría bien.

Romany asintió con entusiasmo.

–Seguro que sí –respondió–. Se te daría genial.

Reflexionó acerca de su propuesta unos instantes. Una parte de ella temía que las cosas estuvieran cambiando muy deprisa, que fuese a necesitar más tiempo para asimilarlo todo, pero entonces se acordó de la personalidad de Tiger. Quizá se las hubiera arreglado para usar una aspiradora, pero no era como Maggie. No iban a irse a ningún lado de la noche a la mañana.

–Oye, tendrías que haberme dicho lo que estabas pensado antes –le dijo, pero él se encogió de hombros.

–No me he dado cuenta de que es lo que quiero hasta hace muy poco –confesó–. Todo empezó por algo que me dijo Maggie. Empiezo a sospechar que tu madre ya tenía todo esto planeado.

Romany recordó la conversación que había tenido con Daniel por la mañana y asintió.

–Me parece que tienes razón –le dijo–. Escucha, Tiger, ¿puedo preguntarte algo? ¿Algo personal?

Parecía algo incómodo, pero asintió.

–Tiger es un apodo, ¿verdad?

Volvió a asentir.

–Entonces, ¿cómo te llamas de verdad?

La miró, miró el techo, se miró los pies y luego la miró una vez más.

–Has de prometerme que no me llamarás así nunca –le dijo.

–Prometido –aceptó.

–Y, pase lo que pase, so pena de muerte, no se lo puedes decir a Maggie.

Ella asintió. Tiger agachó la cabeza y, con un hilo de voz, susurró:

–Derek.

Romany se mordió el labio, pero se le escapó una risita.

Capítulo 57

Hope estaba debajo de Monk Bar, una de las entradas antiguas al casco histórico de la ciudad, esperando a Romany. Las tiendas estaban cerrando, las calles estaban atestadas de gente que hacía compras de última hora y los turistas aprovechaban los últimos momentos del día en la zona histórica de York. Los peldaños que daban a la antigua muralla de la ciudad estaban repletos de visitantes que bajaban, y la piedra de color arenoso de la torrecilla medieval resplandecía a la luz del crepúsculo.

No tenía del todo claro de qué quería hablar Romany, pero se hacía una idea y estaba preparada. Había tenido tiempo para asimilarlo. Aquel primer día, en el despacho de la abogada, se había sentido desconcertada. No entendía por qué la habían incluido en el grupo y no conocía a nadie a excepción de Maggie, a la que había visto unos instantes en su fiesta. Así pues, cuando leyeron la carta en voz alta y se enteró de lo que Angie esperaba de ella, le había resultado incomprensible. Había vuelto a casa, le había comentado a Daniel la insólita petición de Angie y él se había puesto muy pálido. Más adelante, a ella se le había ocurrido pensar que él podría haberse callado y podría haber esperado a ver qué pasaba, pero no había sido así. Le había pedido que se sentara a su lado y entonces se lo había contado todo, deteniéndose tan solo para cerciorarse de que ella se encontraba bien, a medida que le narraba los detalles. Y ella lo había escuchado, horrorizada, en un primer momento, al pensar que quizá había salido con ella y con Angie al mismo tiempo, y luego se había calmado un poco al constatar que, al parecer, no había sido así.

Con todo, había abandonado a su hija. Le había llevado mucho tiempo digerirlo. Si le hubieran preguntado si Daniel era la clase de hombre que haría algo así, habría respondido con un no rotundo. Y, sin embargo, sí lo había hecho. Había eludido sus responsabilidades.

Hope había recordado entonces algunas de las conversaciones que había tenido con Angie en las pausas para el café durante el curso, en las que esta le había confesado lo duro que era en ocasiones intentar ser tanto la madre como el padre de su hija. Nunca se había quejado, no era su estilo, pero tenía un negocio y cuidaba de Romany sola; a Hope le había dado la impresión de que debía de ser muy complicado conciliar ambas cosas. Daniel había estado cerca todo ese tiempo, pero ausente. Angie podría haberle obligado a que se hiciera cargo de sus responsabilidades, pero había decidido seguir adelante por su cuenta. Y, por lo que había visto Hope, le había salido de maravilla.

Se preguntaba qué pensaba Romany de todo aquello. Cuando le mandó un mensaje a Daniel por la mañana para preguntarle cómo había ido el encuentro, él se había limitado a responderle: «Bien. Hablamos luego», lo cual no le había revelado nada. Tendría que esperar a ver qué quería decirle Romany.

La veía bajar por la calle en su dirección; su coleta pelirroja se mecía de arriba abajo con cada paso que daba. Al menos, no daba la impresión de que llevase sobre los hombros una carga insoportable. Cuando se acercó lo suficiente para reconocerla, alzó una mano a modo de saludo.

–Hola –le dijo Romany, con una ancha sonrisa, y Hope se relajó un poco; bueno, por lo menos, no parecía enfadada.

–¿Subimos? –le propuso, y subieron los peldaños de piedra de la puerta de la ciudad hacia la antigua muralla.

En comparación con el trasiego de las calles, en la muralla reinaban la tranquilidad y el silencio. Hope contempló la ciudad, que se extendía a sus pies: una mezcla de arquitectura antigua y moderna, y la catedral, que se erguía sobre todo lo demás. Era, en verdad, un lugar hermoso.

—Bueno —dijo, mientras paseaban la una al lado de la otra—, has hablado con Daniel.

Romany asintió.

—¿Y bien?

—Me gustaría estar enfadada con él —le confesó—. Básicamente, nos abandonó y mi madre tuvo que salir adelante sola. Pero…

—Pero ¿te cuesta porque se ha sincerado contigo…? —sugirió.

—Así es. Es muy tajante con los errores que cometió. No se puso a la defensiva ni lo más mínimo. Ni siquiera intentó poner excusas ni nada.

—No —se mostró de acuerdo—. Por lo que me ha dicho, él no quería tener hijos y Angie lo sabía. La que quiso tenerte fue ella, no él, y parecía tener claro que podría perderlo si seguía adelante. Tuvo que elegir, imagino. Y creo que Daniel se habría puesto en contacto contigo llegado el momento si hubiera sabido dónde encontrarte.

Romany parecía escéptica y Hope vio que en sus ojos ardía la ira, pero no perdió la calma.

—Bueno, podría habernos encontrado, de haberlo querido. Hoy en día no es muy difícil localizar a una persona. El problema es que no quería, pero no pasa nada. Me parece que entiendo lo que me ha querido decir.

—Pero se mudó a York —le dijo—. Eso fue por ti, creo.

Asintió.

—Parece un buen tipo —comentó—. ¿Lo es?

Hope no tenía del todo claro qué se suponía que debía decir. Llevaban juntos casi diez años; resultaba evidente que, para ella, lo era.

—Sí, es un buen hombre —respondió—. Tiene buen corazón.

Romany la miró de soslayo.

—Es mucho mayor que tú, ¿no? —le preguntó, cohibida.

—Me saca quince años —confirmó.

—¿Vais a tener hijos? —inquirió con una sonrisa—. Serían mis hermanastros o hermanastras –daba la impresión de que le gustaba la idea, pero Hope negó con la cabeza, vehemente.

–No. Yo no quiero tener hijos.

Romany se encogió de hombros.

–Entiendo –dijo–. No tendré más familia. No hay nada que hacer, ¿eh?

–Lo siento –contestó, pero ella seguía sonriendo y no parecía molesta por que no fuera a tener hermanos–. Bueno –prosiguió–, ¿qué piensas hacer? Con Daniel, quiero decir.

–¿Te refieres a que si quiero que sea parte de mi vida? –preguntó, y Hope asintió.

No tenía del todo claro qué deseaba que respondiera. Le gustaba su vida juntos tal y como era, sin niños, aunque, en realidad, Romany ya no era una niña. Tenerla a ella añadiría cierta complejidad a su relación que antes no existía. Dicho esto, Daniel había cambiado desde septiembre, desde que leyeron la carta de Angie en el bufete de abogados. A pesar de que habían tenido que pasar otros nueve meses para que al fin hablase con su hija, saber que en algún momento la vería pareció darle un rumbo más concreto a su existencia. Si Romany le permitía entrar en su vida, para él sería algo positivo. Hope sabía que él se sentía mal por lo que había hecho, a pesar de que Angie había aceptado que no fuera a formar parte de sus vidas. Quizá, si su hija le permitía volver, al fin haría las paces consigo mismo. Se había perdido los primeros dieciocho años de su vida, pero no por eso debía perderse el resto.

La joven ladeó la cabeza mientras reflexionaba acerca de la pregunta.

–Creo que lo mejor es ir viéndolo sobre la marcha –respondió.

Capítulo 58

El corcho de la botella de champán salió disparado y Maggie se echó a reír cuando el chorro blanquecino le manchó a Tiger toda la camisa.

—Mira que te dije que no la agitaras —le recordó, y él se rio de ella.

—Maggie Summers, eres la persona más prudente que he conocido en la vida —le dijo—. ¿A quién se le ocurre abrir una botella de champán sin agitarla?

—Bueno, uno de nosotros tenía que ser prudente —contestó, pero su voz tan solo transmitía alegría.

Tiger sirvió el champán en seis copas; cada uno cogió una y la levantó. Se miraron los unos a los otros, sin tener claro quién debería llevar la voz cantante en el brindis, ya que ninguno quería imponerse.

Fue Leon el que tomó las riendas. Últimamente, no dejaba de sorprenderlos.

—Enhorabuena, Romany —comenzó—, por bordar los exámenes. Dos dieces y un nueve. Es una maravilla y Durham tiene suerte de que alguien tan especial como tú vaya a estudiar allí.

—Eso, eso —dijeron todos al unísono.

—Sí —añadió Maggie—. Por Romany.

Todos alzaron las copas y bebieron en honor de Romany, aunque ella era incapaz de estarse quieta y no paraba de brincar de un pie al otro como una niña pequeña; el champán amenazaba con desparramarse de la copa y verterse por el césped, que habían cortado con esmero.

Maggie se había mostrado reacia cuando Hope los invitó a tomar algo para celebrarlo en su casa. Se sentía traicionada, como si Hope, que tan poco tiempo llevaba en la vida de Romany, se hubiera extralimitado al invitarlos, pero, ahora que estaba aquí, comprendía que era el lugar idóneo. Con este jardín tan elegante y las dobles puertas plegables, que daban a una cocina blanca, parecía una casa de exhibición o de una revista de moda: era el lugar perfecto para que Romany se sintiera especial.

Y Romany parecía sentirse especial. Y querida. No había dejado de sonreír ni un solo segundo y no paraba de mirarlos a todos, como si no pudiera creerse que lo estuvieran celebrando juntos.

–Gracias –les dijo–. Pero, si no hubieseis estado a mi lado, no lo habría logrado.

Entonces se borraron un poco las sonrisas. Era difícil no pensar en Angie en este momento.

–Tu madre estaría tan, tan orgullosa de ti… –alcanzó a decir Maggie, antes de que se le hiciera un nudo en la garganta–. Te quería muchísimo y lo único que deseaba era que fueras feliz.

Romany rompió a llorar: las lágrimas le caían por su precioso rostro.

–La he honrado, ¿verdad? –preguntó, mirándolos para que se lo confirmasen.

–Dios, pues claro –dijo Tiger. Se acercó y la estrechó en brazos. Parecía tan pequeña al apoyarse contra él, con la cabeza en su pecho…–. Estaría muy orgullosa de ti, mi querida niña. Ni te lo imaginas.

Se separó de Tiger y se enjugó las lágrimas con el dorso de la mano.

–Ahora me toca a mí dar un discurso –anunció–. Quisiera daros las gracias. A todos vosotros. He de admitir que, cuando se leyó la carta de mi madre, me pareció la idea más ridícula del mundo. Me cabreé mucho con ella por morirse y, además, por encasquetarme a todos vosotros. En especial a ti, Tiger. –Hizo una mueca, avergonzada, y él puso los ojos en blanco–. Pero ahora me ha quedado claro que mamá sabía muy bien lo que hacía.

Sois todos maravillosos y me habéis ayudado a lo largo de todo el año. Y me alegro mucho de tenerte en mi vida, Daniel. –Alzó la mirada hacia él, cohibida, y él asintió–. No habría sido posible de no ser por mi madre y su plan.

Alzó la cabeza y se dirigió a los cielos:

–Gracias, mamá –dijo, brindando hacia las nubes esponjosas.

Maggie no estaba segura de si podría guardar la compostura mucho más tiempo. Parpadeó con fuerza para reprimir las lágrimas.

–Y sé que, en teoría, ya no necesito tutores –prosiguió Romany–, pero, por favor, no me abandonéis aún. No sé nada de nada, la verdad. Y, desde luego, os voy a necesitar a todos cuando esté de vacaciones, así que, por favor, ¿podéis quedaros a mi lado una temporada más?

–Tú intenta deshacerte de nosotros, que ya verás –contestó Tiger, sonriéndole con tanto cariño que a Maggie le entraron ganas de abalanzarse contra él y abrazarlo.

Se acabaron el champán y Daniel abrió otra botella. Romany les habló de la universidad de Durham y les contó todo lo que sabía de la residencia, mientras Maggie la escuchaba y la embargaban oleada tras oleada de emoción. Es justo como nosotros, pensó Maggie, tan joven, tan ilusionada, lista para comerse el mundo. Si Angie estuviera aquí, habría sido perfecto. Pero entonces pensó que, si Angie estuviera allí, sería muy poco probable que lo estuviesen celebrando todos juntos.

Otra oleada de lágrimas amenazaba con derrumbarla y, para no arruinar el estado de ánimo de los demás, Maggie se separó del grupo y fijó la mirada en el jardín, decorado únicamente con tonos verdes y blancos, lo cual ofrecía un contrapunto al gris monótono del entorno, pero le llamó la atención un resplandor de color rojo y azul iridiscente. Era una mariposa que revoloteaban de flor en flor, un diminuto borrón de colores vivos que resaltaba contra el fondo apagado. Jamás había creído en nada que rozase lo sobrenatural, pero quizá podría hacer una excepción, solo por esta vez.

Agradecimientos

La idea para este libro surgió mientras escuchaba una conversación ajena. La gente debería tener mucho cuidado cuando se pone a hablar: nunca se sabe quién puede estar a la escucha. Así y todo, confío en que este libro, fruto de la punzada de interés que sentí entonces, sea irreconocible para el narrador original.

Cuando empecé a escribir, en enero del 2020, el mundo seguía más o menos normal. Para cuando envié el manuscrito a la editora, llevábamos varios meses confinados en nuestras casas debido a la pandemia del coronavirus y la vida había cambiado mucho. Si bien pude viajar a York a comienzos del año, por lo demás tuve que documentarme desde el escritorio, recurriendo al poder de internet y de mi imaginación, así que os pido que disculpéis cualquier error que haya podido cometer con la geografía.

Como siempre, hay personas a las que quisiera darles las gracias. Es una maravilla que mi editora en Amazon Publishing, Victoria Pepe, siempre me apoye y se interese por mis ideas, y este libro no ha sido una excepción. Gracias, Victoria, por estar siempre ahí. Gracias también a Sammia Hamer y a Hannah Bond, que han colaborado en este libro. Ha sido un placer. Además, le estoy muy agradecida a Celine Kelly, cuyos consejos no dejan de mejorar mis libros con tanta destreza como buen humor. El maravilloso equipo de Amazon Publishing es enorme y, como siempre, no quisiera mencionar ningún nombre por si se me olvida alguien sin querer. Basta decir que son personas muy optimistas y divertidas y que es un gusto trabajar con ellas.

Por último, gracias a mi familia. La unidad familiar, en todas sus formas, es el pilar de mis libros, y es una bendición que la mía me apoye tanto en todo lo que hago. Gracias a todos.

Índice